紅魔

薛金升著

一

滾滾滔滔的黃河，在這裏突然來了個急轉彎，浩浩蕩蕩地向東流去。就在這大河的轉彎處，有一座小小的縣城——條山。縣城的房屋破舊而又古樸，一些頗有年代的門樓牌坊仍然保留著，十字形的兩條大道把縣城分成四塊，解放後在城北街搞了一些新的建築，但這些建築還不足以改變整座縣城古老而莊重的格調。唯有路旁的樹木顯得蓬勃而有生機，雖然幾經人的修剪，但樹梢仍然頑強地越過頭頂的電線沖天而立。十字大道的東北角上有一個露天劇場，劇場周圍是商店和各種服務設施，這裏是縣城最繁華的地方，每逢劇場裏演戲，狹窄的馬路常被擠得水泄不通，小商小販的吆喝聲，姑娘小夥子的笑罵聲，劇院裏的鑼鼓聲，孩子們的哭鬧聲……這一切交織在一起，使這座小城顯得空前的熱鬧和升平。

縣城的西郊有一所條山中學，這是全縣規模最大、歷史最為悠久的一所學校。校園馬路兩旁的大榆樹大都一抱多粗，盛夏從馬路上走過，幾乎曬不著太陽，就像行走在公園的長廊裏一般。校園中心有一個不小的花園，四季青在花園四周圍成一道厚厚的圍牆，野藤和垂柳點綴其中，每當春暖花開，這裏姹紫嫣紅，絢麗多姿，蝶飛蜂舞，香氣撲鼻。馬路左邊，是一排排整齊有致的教室；右邊，是宿舍、圖書館和教學研究室；沿馬路走到最後，就是一個頗大的操場，四百米跑道僅占了操場四分之一的面積，籃球場、足球場、網球場等體育設施都很齊全。

也許是得力於優美的學習環境和多年來形成的很強的師資力量，這所學校的升學率一直很高，多年來為全國的高等院校輸送了一批又一批高材生。一九六五年，它的高考升學率竟達百分之七十以上，在全省近千所中學當中，一舉奪得「高考紅旗」的桂冠。在每年一次的畢業典禮大會上，老校長史文榮總免不了要講這樣幾句得意而自信的話：「黃河，是中華燦爛文化的搖籃，是祖國母親的乳汁，我們地處黃河之濱，理應培養出大批棟樑之才嘛！不然，黃河水算從咱們這兒白白流過去了……」

年復一年，黃河繞過條山奔騰不息地流淌著。到了西元一九六六年夏天，一場史無前例的風暴突然席捲到了這座縣城，條山中學一時成了全縣風暴的中心。學生們原本像一隻隻鼓滿風兒的帆船，正準備在人生的長河中揚帆遠航之際，卻被這場急驟的風暴打得掉轉了方向，他們扔掉了書本，捲入了這場你死我活的「階級搏鬥」之中——轟轟烈烈的文化大革命在這裏展開了。

高三（四）班的教室裏，此時正是一派熱烈的氣氛，一些矜持穩重的同學還坐在自己的座位上，更多的同學則倚桌站立，有的甚至坐在了課桌上面。

講臺上，王得牛同學正在手舞足蹈地講著話。他粗短身材，大而方的腦袋，厚厚的嘴唇，兩隻眼睛瞪起來像牛眼一樣大。他把胳膊一揮，高聲說道：「從今天起，我徹底拋棄王得牛這個名字，改名王闖。」他一邊說，一邊在黑板上寫了一個大大的「闖」字。

「『闖』就是李闖王的闖，把闖王這兩個字顛倒一下，就是我的新名。今後，希望大家照此稱呼，如有再呼舊名者，概不理睬。特此聲明。」

王得牛正要走下講臺，有人嚷嚷說：「說說你改名字的理由麼。」「沒有理由不予承認。」

王得牛朝大家掃視了一眼，說：「這不很明白麼。牛，是牛鬼蛇神之首，報紙上剛發了〈橫掃一切牛鬼蛇神〉的文章，我當然要把它徹底掃掉。況且牛總是俯首聽命，任人驅使的，文化大革命不需要這樣的奴隸主義，它需要天不怕地不怕的革命闖將。所以，我才要把名字改成王闖。」

「毛主席不也提倡『俯首甘為孺子牛』嗎？」不知誰插了這麼一句。

王闖摸了摸他的後腦勺，一時無言以對。過了片刻，他把那牛一樣的大眼一瞪，說：「你們是不是阻撓我破四舊？你們願意叫什麼牛，那你們自己叫去吧，反正我從今天起叫王闖了，誰也沒有權利干涉我的革命行動！」他把拳頭往上一揮，一步從講臺上跨了下來。

王得牛的父親解放前給地主扛長工，那時，他窮得房無一間，地無一壟，晚上就睡在牛棚裏和牲口作伴。剛解放那年，他已經五十二歲，經別人撮合，才和一個外地逃難來的女人成了親。

村子裏分土改果實，老漢興沖沖正把一頭大犍牛拉回院裏的時候，孩子呱呱墜地了。收生婆隔著門簾對他說：「嘿，真是好福氣，生個胖小子，起個啥名兒？」

老漢不假思索地說：「我今天剛得了一頭牛，就叫得牛吧。」

老漢對這個名字是相當滿意的，餵了大半輩子牲口，第一次有了自己的牛，每喚一聲「得牛」，心裏總是甜滋滋的。可惜老漢福薄壽短，兒子剛學會叫爸的時候，他就溘然長逝了。

老漢有個弟弟參加了解放軍，臨終前他托人給弟弟寫信，讓他以後照顧孤兒寡母。他的弟弟離家太遠，後來又上了朝鮮前線，除了寄些生活費外，其他就很難照顧得到了。

得牛媽媽積勞成疾，不久，雙目幾近失明，她無力管教兒子，任其在外面頑皮打鬧。得牛在這樣一種無人管教的環境中漸漸長大。

上學之後，他隔三差五經常闖禍，母親生氣時就要抄起拐杖揍他。王得牛野性難改，見他母親舉起拐杖，就腳底抹油，溜得不見了蹤影。母親磕磕碰碰出不得門，還得央求別人尋他回來。後來，她乾脆不去管他了，於是，王得牛成了遠近聞名的野孩子。

王得牛走下講臺，班長衛發財走了上去，他說：「既然王得牛都改了名，我這名字就更得改了。」

衛發財的父母都是農民，也許是窮怕了，母親生下他後給他起了個吉利的名字——發財。名字雖然吉利，但他家卻總也沒發什麼財。農村孩子，叫「滿囤」、「富貴」甚至「屎盆」、「尿罐」的都有，衛發財這個名字人們叫了十幾年，而且也叫習慣了，叫的時候也沒覺得有什麼不好。

衛發財的學習不是太好，頂多也就是中上水準，可他的政治覺悟卻非同一般。別的學生考上高中，都把主要精力用在文化學習上，都思謀將來能考上大學，奔個好的前程。可是，衛發財上高中後，卻別出心裁，在班上組織了一個毛主席著作學習小組，學習小組每個星期都要學習一篇毛主席著作，小組每個成員都要寫一篇毛主席著作學習心得，學習心得就貼在教室後面的「學習園地」裏，供大家欣賞交流。這個舉動很快就引起學校黨、團組織的注意，有人把他們的這個活動寫成文章，發表在地區的報紙上。衛發財因此有了些名氣，順理成章地當上了班長。

沒注意到最高調突出政治的人卻和一個最沒政治意味的名字聯繫在了一起。衛發財，這個名字配上那個姓，人們叫起來就成了「為發財」，和毛主席宣導的「為人民服務」背道而馳。這可不是一般的問題，而是和偉大領袖的的教導和黨的最高宗旨相違背。看來不改是絕對說不過去的。

有同學問：「你打算改成什麼名字？」

衛發財想了想，說：「衛東彪。」頓了頓，他解釋說：「意思是保衛毛主席，保衛毛主席的親密戰友和好學生林彪同志。」

衛發財說完，大家不約而同地鼓起掌來，覺得這名字起得響亮，有很強的政治性和時代感。一些名字不太革命的同學坐不住了，紛紛發表改名聲明，有人生怕好名兒被別人搶先占去，急得站在課桌上起勁叫喊著。

團支書宋淑華因這樣的場面激動不已。按說，她的名字也沒有多少要改的必要，可是，在這種場合她怎麼好保持沉默呢？於是，等大家稍靜了一下，她從容不迫地走上臺去，發表自己的一席看法：

「毛主席教導我們說，不破不立，要破，我們就要破得徹底些，不然，立也立不牢固。依我看，光改名還不夠，有些姓也得改一改，比如有人姓『錢』，有人姓『陳』，還有人姓『蔣』，和蔣介石一個祖先，多不光彩！我們完全有必要打破這些封建社會遺留下來的陳規舊矩，以一些嶄新的、革命的名和姓取而代之……」

「那你準備改個什麼名呢？」有人問。

「我嘛，」宋淑華沉思了片刻，說：「乾脆，按照宋的諧音，就叫『送舊迎新』吧。」

同學們都笑了起來。

「別笑，為什麼一個人的姓名只能有兩個字、三個字？這是誰規定的？叫它四個字、五個字有何不可？革命嘛，就要有打破一切傳統習慣的膽量和勇氣！」

「我覺得，你還是按照宋的諧音，叫『送瘟神』好些。既通俗易懂，又叫起來順口，來源於毛主席詩詞，富有革命意味，不知團支書意下如何？」說話的是班裏的高材生衛崇儒。

宋淑華對衛崇儒極不嚴肅的口氣十分惱火，她白了他一眼，說：「這是什麼場合，你倒在這裏糟蹋人？如果不加上前面的姓，那大家都管我叫『瘟神』？虧你想得出！」

同學們又笑了起來，衛崇儒為自己辯白說：「我只是給你提個建議，叫不叫隨你嘛。」

「謝謝你的驢心腸！」宋淑華不客氣地罵了他一句。

衛崇儒上高中之後，就給自己定下一個目標：考不上清華北大，誓不甘休。他記憶力強，腦瓜聰明，各門功課都很優秀，學校的領導和教師認定他將來一定能給條山中學增光，也都格外器重他，有意栽培他。那時雖然強調德智體全面發展，但學習好的同學還是讓人高看一眼。

團支書宋淑華在政治上和衛崇儒相比佔有優勢，但在學習上卻只能甘拜下風。

有一段時間，她對衛崇儒崇拜之外增添了幾分愛慕。可是，這位十八歲的團支部書記實在缺乏戀愛經驗，一次，她以團支書的身分找衛崇儒談話，問：「你對我有沒有什麼意見？」

「沒有。」衛崇儒答。

「果真沒有？」宋淑華進一步追問。

衛崇儒並不知她的用意，照實回答說：「難道我還騙你不成？你是團支部書記，又是運動場上的明星，我對你能有什麼意見？」

「沒什麼意見，有什麼看法也行呀。」

衛崇儒用手撓了撓腦袋，想了半天，說：「也沒有什麼看法。」

心無靈犀，點也不通。宋淑華感到非常失望。中學生談戀愛是犯禁忌的事，她也不敢往明裏說，宋淑華的第一次試探就這樣以失敗而告終了。從此之後，一向大大咧咧、風風火火、無憂無慮的宋淑華竟然被這次談話攪得心神不安起來。她細細揣摩衛崇儒當時說話的表情、語調和內容，分析他對自己所持的態度和看法：

「你是團支部書記」——莫非說我高高在上，脫離群眾？

「又是運動場上的明星」——莫非說我四肢發達，頭腦簡單？

雖然我學習比不上你，但你也別太驕傲了，莫忘了，你還沒有入團。

漸漸地，她對衛崇儒由愛慕轉而怨恨起來。有時，她則把愛恨交織在一起，以痛快淋漓的話語向他盡情潑去。衛崇儒不怎麼要求進步，對這位五大三粗、臉上長滿雀斑的女生平時很少留意，印象最深的只是每年秋季運動會上，她那鼓脹飽滿、跑起來像揣著兩隻兔子一樣上下跳動的胸部。他不知道這位團支書內心的隱密，對她的粗暴和蠻橫總是主動地退讓三分。今天，看到她那股刺人的目光和逼人的氣勢，他趕忙掛起了免戰牌。

和衛崇儒坐在一起的李秀娟用胳膊碰了他一下，說：「出力不討好，誰讓你瞎替別人操心？有那份心思，快把你的名字改一下吧。」

衛崇儒說：「我這個名字可不能改，聽我媽說，我的名字是一個鄉村老教師給起的，為起這個名字，糴了兩斗米，管了人家一頓好酒好飯。」

李秀娟捂住嘴，差一點沒笑出聲來。她說：「為這就捨不得你那寶貝名字了？外地來的傳單上說，北京要改成毛澤東城，長安街要改成東方紅大道，這些名不比你那個名值錢？」

衛崇儒說：「那我也要好好斟酌一番，起名花了二斗米，改名也不能太草率了。」

李秀娟略帶譏諷地說：「當然囉，誰不知衛崇儒是大名鼎鼎的高材生？改個新名，和高材生掛不上號，不把你一下子埋沒了？」

衛崇儒急忙為自己辯解說：「你別瞎說，我不是那個意思，絕對不是那個意思！」

李秀娟站在桌子上，把一條毛主席語錄貼牆擺好，問站在後面的王得牛：「王得……」「牛」字還沒有出口，她趕忙吐了吐舌頭，改口道：「王闖，你看正不正？」

王闖眯縫了一下他那雙牛眼，說：「可以啦，往上摁圖釘吧。」看著李秀娟費力地摁圖釘的架式，他好像突然想起了什麼，說：「喂，李秀娟，你的名字為什麼沒有改一改？」

李秀娟臉衝牆回答：「我的名字不算『四舊』呀。」

「這還不算？」王闖說：「『秀娟』，完全是封建社會閨房小姐的名字，應該把它徹底掃進垃圾裏去！」

「這事我做不得主，得爸爸媽媽同意才行，他們『娟子』、『娟子』地喊慣了，猛一改，就不知道該怎麼叫我了。」

「思前顧後，這還當得了無產階級革命派？你爸爸是縣委書記，能不支持你革命？」

「那也要先給他們打個招呼，征得他們同意才行。」

「我替你先想個名字，你看行不行？」

李秀娟從桌子上跳下來，說：「不敢勞駕。」

「這有什麼，互相幫助麼。」王闖略想了一下，說：「叫『李衛東』，怎麼樣？」

「這是女生叫的名字嗎？」

「不滿意，再換一個，『李永紅』，可以吧。」

「有三個女同學都叫這個名字了。」

王闖不耐煩地說：「你也太難侍候了，像你這樣的人，只配當革命的絆腳石！」

聽了這話，李秀娟滿臉的不高興：「就你最革命，別太張狂了，哼！」她氣忿忿地說完，甩開王闖，和別人一起貼標語去了。

二

李秀娟從內心裏討厭王闖，常常對他抱有一種戒備心理，這種思想感情的形成還要追溯到初中年代。

王闖小時候無人管教，淘得出了名。他們村子裏有一位鰥居的老盲人，家中屋簷下築了個很大的蜂巢，多年來，老盲人和蜂群互不相擾。有一天，王闖突然生出一個念頭：何不捅掉這個馬蜂窩，讓馬蜂螫一螫這個老瞎子。於是，他用根長杆把馬蜂窩捅掉了。馬蜂成群結隊地向老盲人展開了進攻，直螫得他嗷嗷亂叫，疼痛難忍。他毫無目標的亂撲亂打，亂跑亂竄，王闖卻在一邊看得捂著嘴直樂。

「三年困難」時期，許多學生因難捱饑餓而輟學，王闖那個在部隊當上團職幹部的叔叔經常寫信教育他、勉勵他，並定期給他們母子寄來生活費，才使他沒有中斷學業。

上初中後，他正好和李秀娟同桌。那時，王闖依然是全班最調皮搗蛋的一個學生，他的功課很差，但卻有幾樣拿手的絕活。他敢徒手捉蛇，扳掉蛇的毒牙之後，把蛇像圍巾一樣圍在脖子上玩；他能用彈弓打下飛著的麻雀；他敢爬到胳膊粗細的樹梢上去掏喜鵲窩……上課時，他最常玩的花樣是趁老師在黑板上寫字時，突然站起來面對大家作個鬼臉或怪動作再迅速落座，在驟然而起的哄堂大笑中他卻裝得一本正經，若無其事，常常把任課老師弄得莫名其妙。

有一次上音樂課，他偷偷把一條大毛蟲夾到李秀娟的歌頁裏，音樂老師喬嵐正拉著手風琴指揮大家唱歌，李秀娟「啊」地尖叫一聲，從座位上彈了起來，這一聲尖叫使全班同學吃了一驚，而王闖卻正襟危坐，裝出一副泰然無事的樣子。當喬嵐老師弄清了事情的原委後，她把教鞭在講桌上「啪」、「啪」地敲了兩聲，怒喝道：「王得牛，站起來！」

王闖的屁股稍稍離開凳面，腰像一張弓一樣彎曲著，頭幾乎觸到了桌面。

「你給我站直！」喬嵐聲色俱厲地命令著。

王闖的身子動了動，腰還是像一隻大蝦一樣彎曲著，只不過頭距桌面稍微高了一些。

「站到前面來！」這個難以駕馭的學生使喬嵐愈加生氣起來，她下決心要在全體同學面前好好整治他一番。

王闖離開課桌，慢慢向講臺前移著步子。教室裏靜得出奇，同學們的眼光都集中到他的身上。待王闖在講臺前站好，喬嵐命令道：「你先把剛才教的歌唱上一遍。」

同學們以為這下可要難住王得牛了。別看他平時吵起架來嗓門很大，很粗，但渾身沒有音樂細胞，況且剛才又沒有用心去學，這會兒要在大家面前進行獨唱表演，怎麼能不出乖現醜？

誰知王闖滿不在乎地笑了笑，「吭」、「吭」地輕咳了兩聲，然後拿腔拿調地唱了起來：「高高山上喲——白雲飄——唉……」

他那奇怪的嗓音，滑稽的表情，可笑的動作逗得同學們「嘩」地大笑起來，課堂上嚴肅凝重的氣氛一下子被沖刷得無影無蹤。王闖像一位歌唱明星似的陶醉在大家的歡笑聲中，喬嵐老師氣得雙手不住地顫抖著，無可奈何之下，罰他在課堂上站了一個課時。

事後，李秀娟和王闖調換了座位，她對他極力採取躲避的態度，不是迫於無奈，決不和他進行任何接觸。可是，就像一個人躲不開他的影子似的，有些事情總是有意無意地把他們糾纏在一起。

高中期間，一次上軍體課，練習小口徑步槍打靶。李秀娟平生第一次摸槍，心裏不免有些膽怯，再加上她的眼睛怎麼也不聽指揮，要睜則一齊睜開，要閉則全部閉上。在這種情況下，她只好用一隻手捂住左眼而單用右眼瞄準。王闖蹲在一旁看著她那彆扭勁兒，譏諷地說：「小姐，還是回家跳橡皮筋去吧，這可不是兒童商店裏的玩具槍。」

李秀娟本來又急又躁，聽他這麼一說，心中更加慌亂起來，也不知怎麼一摳板機，「呯」地一聲，子彈從王闖的耳邊飛了過去。王闖雖然平時膽大，此時也被嚇出了一身冷汗。虛驚過後，他尋思李秀娟是有意要害他，輪到他打靶的時候，他非要還她一槍不可，嚇得李秀娟嗷嗷亂叫，直往人叢裏鑽。

團支書宋淑華把李秀娟拉到自己的身後，衝他說：「王得牛，你發什麼瘋，不想活了？」王闖不理睬她，仍然向李秀娟進逼，宋淑華一把抓住他伸過來的槍管往上一推，「呯」的一聲，一顆子彈朝天飛去。

為此事，王闖受了個處分，差一點沒被開除學籍，李秀娟對他愈加討厭和害怕起來，從此她和宋淑華卻成了密不可分的好朋友。

文化大革命開始後，王闖一下子成了班裏的風雲人物，不管他怎樣張牙舞爪，李秀娟對他的成見並沒有絲毫減少，她看不慣他的所作的為，更不願像他那樣出風頭，她給自己定下的信條是：隨大流，不出頭，沉靜加穩重，三思而後行。

下午，陽光從寬敞的玻璃窗外照射了進來，李秀娟坐在教室的一角，專心致志地翻閱著當天的報紙。這些天來，報紙上幾乎每天都有新的、鼓舞人心的消息：《人民日報》頭版登載了〈無產階級文化大革命的浪潮席捲首都街道〉的消息，就在同一版面上，還刊登了〈工農兵要堅決支持革命學生〉和〈好得很〉兩篇社論。文化大革命的烈火在首都北京勢不可擋地熊熊燃燒起來。李秀娟把報紙翻看了兩遍，然後把一些重要內容和精闢話語抄錄在自己的塑膠紅皮筆記本上。

忽聽耳旁「咔嚓」一聲，她忙回過頭，只見王闖一手拿著把剪刀，一手攥著條長辮子正衝她做著怪相，幾個男同學也都嘻嘻哈哈地衝她笑著。她伸手一摸，正是自己的一條辮子被剪去了。她站起身，非常生氣地對王闖說：「你……你……這是幹什麼？」羞惱和氣憤使她滿臉漲紅，說話也口吃起來。

「幹什麼？」王闖把剪下來的辮子纏在他的手上，理直氣壯地說：「到處都在破四舊，你卻無動於衷，一個人不想自覺革命，別人只好在她的頭上動刀了。」

「誰不革命了？」李秀娟反問道。

「這還用問？你睜大眼睛看看，班裏還有哪個女同學梳辮子？就你一個！臭美，滿腦袋資產階級思想！」

的確，班裏就李秀娟一個女生梳辮子了。前些天同伴們剪辮子的時候，她猶豫再三，最終還是沒有捨得把它剪去。這兩條辮子她精心梳編了六年，而今已垂過了腰際，像兩股瀑布一樣從頭頂傾泄了下來。她的頭髮烏黑、柔軟而富有光澤，配上那清秀的面龐，窈窕的身姿，真是別有一番風韻，那些早熟的男同學即使只看她的背影就會油然而產生一種愛慕之情，女同學們則常常以忌妒的口氣議論道：

「我們怎麼就梳不出那樣兩條辮子呢？上帝也太不公平了，給了她一副好眉眼不算，還要給她一頭秀髮！」

「誰說頭髮在人身上無關緊要，看人家李秀娟，嘖嘖！」

李秀娟對夥伴們的議論充耳不聞，幾年來，她只是天天梳，天天編，這兩條辮子凝結著她多少心血，消耗掉她多少勞動啊！人說十指連心，怕只是每根頭髮都要連著心呢！沒想到，王闖的剪刀「咔嚓」一聲就判了它的死刑。

對王闖的宿怨和不滿使她一反往常的嫻靜和溫柔，她漲紅著臉，指著王闖質問道：「誰說留辮子是四舊？拿出依據來我看看！」

王闖搖晃著他那四棱大腦袋，說：「依據？依據到你的腦子裏去找吧。我問你，留它有什麼用處？還不是為了漂亮、好看？這不是資產階級思想是什麼？辛亥革命都號召剪辮子了，你現在卻想把辮子一直拖到腳下，這不是頑固堅持四舊是什麼？」

同學們嘻嘻哈哈地笑了起來，也不知是笑王闖的回答，還是笑李秀娟的容貌（對於一個從來未發過火的人來說，發起火來倒是很招惹人的）。李秀娟氣得一時說不出話來，王闖見她無言以對，更加有恃無恐起來，他一手張開剪刀，一手伸過去要抓她的另一條辮子，李秀娟本能地左右躲閃著，王闖大有不達目的誓不甘休的勁頭。

「住手！」隨著一聲怒喝，宋淑華大步走了過來，大家的眼光都集中到這位團支部書記的身上，王闖好像是被定身法定在了那裏，一時停止了動作。

別看王闖平日在班裏稱王稱霸，但對這位團支部書記卻多少有點害怕，這不光是由於宋淑華有一定的工作能力和群眾威信，還由於她有著十分健康的體魄。剛滿十八歲，她的身體發育得又粗又壯，那豐滿結實的肌肉幾乎要把衣衫鼓裂開來，每年一次的校運動會上，她總是得獎最多的一個運動員。她不但頭髮剪得和男同學差不多，就是走起路來也是一副男同學的架式——步子邁得很大，上身左搖右晃，地皮被踩得咚咚響。此時，她朝在一旁取樂的同學飛快地掃了一眼，然後盯著王闖，問：「你要幹什麼？」

「幹什麼？破四舊唄！」王闖故意顯出一副滿不在乎的樣子，並且把那條剪下的辮子在空中甩了個圓圈，好像在甩一條馬鞭似的。

宋淑華是不能容忍男生欺負女生的，當然，更不能容忍王闖欺負她的好朋友李秀娟，她沒好氣地對王闖說：「破四舊我們自己不會來？誰要你幫忙了？真是狗咬耗子，多管閒事！」

話一出口，她才意識到無意間也罵了李秀娟，看到李秀娟那滿臉的窘相和遭到破壞的秀髮，看到王闖的張狂之氣已被她打壓了下去，她走過去拉著李秀娟的手，說：「既然已經剪成這個樣子，那就乾脆把辮子全剪掉算啦。走，到宿舍照著鏡子，我給你剪。」

李秀娟順從地跟著宋淑華走了出去，她的一條辮子垂在腰際，另一邊的頭髮卻散披在頭上，她低下頭，用一隻手捂住散披的頭髮走出教室，她無暇顧及身後的議論聲和嬉笑聲。路上，彷彿人們都在用奇異的眼光看著她，都對她報以開心的笑聲，她覺得平生從來也沒有像今天這樣難堪過。

急匆匆走回宿舍，宋淑華把鏡子放到她的面前，問：「看著，要留多長？」

「千萬別剪成你那樣的。」李秀娟擔心地說。

「咋啦，我這頭不好？省時省工，颯爽英姿。不過，我也不強求你。王闖這傢伙還算手下留情，再往上剪一些就只好和我的頭一樣了。」

李秀娟沉默不語，宋淑華在她的耳旁繼續說：「不是我偏袒王闖，雖然他今天做得有些過分，可你的頭髮也確實早該剪啦，我勸過你多少次，你就是不聽，留那麼長的頭髮有啥好處？每天要增添多少麻煩！問題不光是這些，這兩條辮子反映出你的思想跟不上形勢。文化革命如疾風驟雨一樣在我國興起，報上號召我們做徹底的革命派，不當動搖派，要永遠高舉毛澤東思想偉大紅旗，把無產階級文化大革命進行到底。帝國主義、反革命修正主義把復辟的希望寄託在我們這一代身上，我們要讓他們的希望徹底落空。我們這一代沒趕上長征，沒趕上抗日戰爭和解放戰爭，可是，我們趕上了這場文化大革命，我們應該像前輩們那樣幹出一番轟轟烈烈的事業來。你爸爸是縣委書記，你理應比別人表現得更積極些，突出些，可你總是不顯山不露水的，一切都在隨大流，有時大流也隨不上。今天這個事對你也是個教訓，你要拿出無產階級革命派的勇氣來，積極投身到這場鬥爭中去⋯⋯」

對團支書的話，李秀娟點頭表示同意，宋淑華按住她的腦袋說：「先別亂動，小心剪壞了。」待把李秀娟的頭髮修剪完畢，她把鏡子塞到李秀娟手裏，說：「再仔細瞧瞧，滿意不滿意。」

鏡子裏映出一張俊秀姣好的面容，鴨蛋形的臉白皙、柔嫩，長長的睫毛下是一雙十分好看的眼睛，黑白分明的眼球流光溢彩，微微翹起的鼻子像用玉石雕成一般，小巧的嘴唇抿成一道十分優美的曲線。「美人兒怎麼打扮都漂亮。」宋淑華在一旁讚美說。秀娟順手捋了捋自己的短髮，朝宋淑華作了個怪臉，說：「唉呀，你都說些什麼呀！」說著，她與鏡子裏的自己相對而笑了。

「先別笑，說說今天這事對你有沒有觸動？」

「觸動，當然有一些，但如果據此就說我落後，我還是不承認。革命不革命不能看表面而是要看內心，我可是一腔熱血要緊跟毛主席幹革命的，可我怎麼都看不慣王闖那張狂勁兒，見了他心裏總不舒服。」

「那你能看慣誰呢？」

「我願意和你在一塊兒。」

「那好，我以後幹啥都把你拉著，拽著，你可千萬不能往回縮！」

「這你放心，有你在，我的膽子就大多了。」

「明天咱們走出校門破四舊，到時候你可要做出個好樣兒出來，不然，別人再在你的頭上動刀動剪，我可再不管了。」

「只要是革命行動，我是不會落在別人後面的。」李秀娟十分自信地說。

三

距條山縣城五公里處，有一座普濟寺，該寺始建於唐代大中八年，宋代時重修，明代嘉靖三十四年因地震毀壞重建。寺門朝西，上有「第一禪林」磚雕橫匾一方。進得寺院，兩側是四大天王殿，正中是大雄寶殿。沿寺側石階上行，中為藥師洞，左側為禪院僧舍。寺內有一多寶佛塔，平面八角，高十三層，全部用磚砌成，登上塔頂，只見黃河南瀉，猶如金帶蜿蜒。西望華山風光，恰如屏風聳立；近覽四周山水，好似畫卷鋪展。塔下茂林修竹，翠柏如蓋，清泉細流從寺側潺潺流過，更顯出寺院的清幽和靜寂。讓人稱奇的是，塔頂長著一棵石榴樹，每當石榴開花時，遠遠看去，如同一團火球在塔頂跳動，給普濟寺增添了無限秀色。李商隱、王之渙、王昌齡、元稹等文人墨客都到這裏遊歷過，且留下了膾炙人口的動人詩句。

這裏一度香火很盛，解放後，和尚越來越少，現在只留下一個人在維持著寺院。儘管如此，這裏仍是史學家和外地遊客經常光顧的地方，因為從這裏可以得到古代文化藝術的享受和薰陶。

高三（四）班把這裏作為破四舊的首要突破點。

吃過早飯，高三（四）班的學生們自動集合到了一起，宋淑華站在隊列前面作著戰前動員，她說：「同學們，我們是毛澤東時代的革命青年，我們是徹底的唯物主義者，我們不信神，不信鬼，在文化大革命的偉大洪流中，我們要拿起革命的鐵掃帚，蕩滌舊社會遺留下來的一切污泥濁水，我們要用革命的雙手，開闢出一個紅彤彤的毛澤東思想的新天地……」王闖不知從哪兒找來一柄十八磅的大錘扛在肩上，好像開山劈嶺的勇士一般。宋淑華看了他一眼，臉上現出一絲不快。說心裏話，她對王闖也沒有多少好感。但這是一場史無前例的文化大革命，人們的觀念和認識正在經歷巨大的變化，對人對事的看法往往會與前迥異。以前認為好的，現在有可能很糟；以前認為壞的，現在說不定很好。雖然他魯莽些、蠻幹些，有時近乎於胡鬧，但向舊世界宣戰，造舊世界的反，還少不了王闖這樣的衝勁、闖勁。想到這裏，她臉上的不快很快消失了，繼而向他投出期許的目光。

李秀娟的心情既激動又新奇，她朝周圍看了一眼，見大家都是一副摩拳擦掌、躍躍欲試的樣子，心裏也逐漸穩定了下來。

出發後，宋淑華起了個頭，大家唱起了新學的毛主席語錄歌：「凡是反動的東西，你不打，他就不倒，這也和掃地一樣，掃帚不到，灰塵照例不會自己跑掉……」這首歌是喬嵐老師剛教大家學會的，可惜它譜的不是進行曲的曲調，走起路來腳步總是踩不上拍子。

來到了寺院門前，王闖扯起喉嚨朝裏面喊道：「喂，老禿頭，快開門！我們到這兒掃灰塵來了。」

王闖的喊叫聲惹得幾個人忍不住笑了起來，看到其他人滿臉嚴肅，他們趕快忍住笑聲，換上一副同仇敵愾的神氣。叫了幾聲，裏面沒有人回應，待了五六分鐘，王闖耐不住了，掄起大錘，朝寺門使勁砸去，「咚」的一聲，門上留下一處很深的凹痕，兩扇門仍然緊閉在一起。

「是不是老和尚聽到了什麼風聲，才閉門不開呢？」王闖尋思著。正待他再掄起大錘，大門卻「吱」地一聲打開了，同學們潮水一般湧了進去。老和尚低著頭，彎著腰，雙手合十，恭恭敬敬地站在一旁，口中念念有詞，神色茫然而驚恐。

李秀娟被大家擁進大門後，不由放緩了腳步，落在了別人的後面。這個地方她已經有好多年沒來過了，小時候爸爸曾帶她來過一次，那時在她的心目中，這個寺院好大呀！走啊走啊，怎麼也走不到邊。這裏殿宇巍峨，松柏參天，但卻人煙稀少，這到底是個什麼地方呢？她心中不由得產生了一種神秘可怕的感覺。

天王殿裏的四大天王怒目虬髯，表情猙獰，手握法器，十分恐怖。待走到大雄寶殿，看到了高大的佛像和兩旁齜牙咧嘴的十八羅漢，她嚇得「哇」地一聲哭了起來。

她想起了房東王大娘給她講過的鬼的故事，她感到這些齜牙咧嘴的怪物一齊向她撲了過來，她緊緊抱著爸爸的大腿不放，爸爸趕緊把她抱在懷裏，連聲說：「不怕不怕，這都是泥捏的東西，怕什麼。」爸爸的話一點也沒有驅逐李秀娟心中的恐懼，她伸胳膊蹬腿，哭得更厲害了。無奈，爸爸只好捂住她的眼睛，把她抱出了寺院。「這丫頭，膽子比兔子還小。」爸爸對媽媽說。「她沒有長到你那個歲數。」媽媽總是護著自己的女兒。

李秀娟一天天地長大了，想到小時候的這段經歷，她覺得非常好笑，但由於種種原因，她卻再沒有到這座寺院來過，而今天……註定要徹底抹去兒時對菩薩恐懼的經歷。李秀娟此時的心情很難說清，既有一腔革命豪情，又有一種新鮮和好奇，隱隱約約，還有些膽怯和不知所措。好在人多勢眾，同學們遝雜的腳步聲和紛亂的叫喊聲把這座寂靜的寺院攪了個底朝天。她的眼睛追尋著宋淑華的影子，她是自己的主心骨，她怎麼幹，緊跟著她一起幹就行了。

王闖一夥人進了大雄寶殿，他猛力地揮起了大錘，朝周圍排列的十八羅漢砸將下去。別看這些羅漢兇神惡煞，手持法器，但在王闖的大錘下卻不堪一擊，頃刻間一個個粉身碎骨。消滅了這些「敵人」，他又向殿正中的巨大佛像展開了進攻。可是，畢竟這尊佛像太高太大，一下子很難把它砸碎，王闖叫幾個同學蹲下身去，他踩著他們的肩膀向佛像頭頂攀去。爬到了大佛的肩上，他一錘就砸開了大佛的頭顱，他伸出一隻手到大佛的頭顱裏摸了摸，也沒摸出什麼東西，就從上面哧溜一下滑了下來。

底下有人朝他喊：「佛頭裏面一般不會藏什麼東西，要藏就藏在肚子裏面。」王闖站在了蓮花寶座上，照著佛的肚子狠狠給了一錘，肚子被砸開一個窟窿。王闖伸進手摸了半天，除了摸到些稻草外，什麼也沒有摸著。

王闖罵道：「真是些窮和尚，當初塑像時也不往裏面裝些金呀銀呀之類東西，弄得今天也帶不回什麼戰利品。」

大雄寶殿的戰鬥很快就結束了，同學們一擁而出，又轉戰到了別的地方。王闖從蓮花寶座上跳了下來，突然想到「佛頭著糞」四個字，這時候他正有了些便意，就想在砸下的佛頭碎片上拉上一泡屎，一則使這些泥胎遺臭萬年，二則也別有一番紀念意義。可看到周圍的人太多，而且有女同學在跟前晃來晃去，只好打消了這個念頭，悻悻地走了出去。

王闖來到了和尚的臥室，想到哪個電影裏有和尚搞敵特活動的鏡頭，他亂翻了一氣，很想在這裏找出個手槍或電臺之類的東西，可惜翻了半天，什麼也沒有翻出來，最後，只是把一些殘存的經卷和字畫一把火燒成了灰燼。

宋淑華帶著幾員女將來到了後面的高塔下面，她繞塔轉了一圈，決定敲掉磚塔四周神龕中的佛像。神龕太高，一時無從下手，她從地下撿了塊石頭朝上扔去，結果白費力氣，根本就沒蹭上佛身，佛像依然端坐在佛龕中，似乎在嘲笑她的無能。宋淑華捋了捋袖子，對李秀娟說：「走，咱們找個梯子去。」

梯子沒有找到，卻找到了兩根檁條。宋淑華指揮大家把它們斜靠在塔身上，抓著便向上爬。畢竟是運動員的體魄，身上有的是蠻力。大雄寶殿砸佛像時王闖出盡了風頭，她團支部書記不能落在他的後面。幾個人手按檁條為她作著保護。李秀娟生怕她抓不牢或檁條滾動把她從上面摔下來，看到她腳上一滑，李秀娟的心就往上一提，禁不住喊道：「啊呀，菩薩保佑！」

宋淑華往下看了李秀娟一眼，笑著說：「我們要砸菩薩，他還能保佑我們？別擔心，馬克思會保佑我們的。」

很快爬到了佛龕跟前，她朝下喊：「秀娟，給我扔塊石頭。」

李秀娟撿了塊石頭朝上扔去，她的力氣太小，也掌握不住方向，一出手，石頭直向頭頂飛去，要不是她跑得快，掉下來準會砸住自己的腦袋。

「真笨，換個人。」宋淑華說。

衛東彪把一塊石頭扔到了宋淑華手裏，宋淑華舉起石頭，朝神龕裏的佛像雨點般地砸了起來，很快，佛龕裏的佛像就面目全非了。

這群學生中也有消極旁觀者，衛崇儒就是其中的一個。他雖然隨隊伍一起進入寺院，但在整個破四舊的過程中卻沒伸一下手，沒出一點力，他只是這裏走走，那裏看看，好像一個觀光遊覽者。他雖然不出力，但思想卻還是活動著的。看到大佛被敲碎了腦袋，他覺得可惜：這些泥胎坐在這裏也沒礙著誰，何必和他們過不去？看到磚塔傷痕累累，他也為之鳴不平：好好一座古建築，就在我們這一代人手裏毀了。他心中還有一絲對佛的畏懼：聽說佛是講究因果報應的，你這樣摧殘他，他將來可是要狠狠報復的。

可是，他不能制止事態的發展，只能隨波逐流，充當一名看客。他無法否定同學們的革命行動，就在心裏為這種活動尋找理由：佛是西方來的東西，我們東方的儒學都要全盤否定，這些西方來的東西豈能長久存在？這些泥菩薩固然沒礙著誰，但他對革命也沒有半點益處。我們的目標是實現共產主義，難道這些菩薩能把人們帶到共產主義？他們所謂的極樂世界和共產主義可差得遠了。首都北京早行動起來了，說明他們的行動是得到了毛主席的支持，我們要以他們為榜樣，緊跟他們行動起來，不然就會落到革命潮流的後面。在這個年代，不革命或不積極革命，就會遭到歧視和排斥，即使你在其他方面再有優勢，也難以得到認可，難以受到贊同，難以有個光明的前途。

衛崇儒功課在班裏拔尖，可大學不招生了，他的這個優勢也就蕩然無存。他對政治活動一貫不那麼積極，人們對他就多少有了些鄙視，他也不敢在這個時候逆潮流而動。宋淑華慶幸當初和他的情感無果而終，否則，和這麼個落後人物牽扯在一起，豈不有損於團支書的威信和形象？好在大家今天都很專注很忙碌，沒有人注意衛崇儒的行動和表現，更沒有人知曉他內心的一些想法。

宋淑華和李秀娟她們是最後離開寺院的，老和尚仍像她們剛來時一樣，彎著腰，恭恭敬敬地站在大門旁，口中念念有詞。聽不清他念了些什麼。

宋淑華走到他身旁，厭惡地皺了皺眉頭，厲聲呵斥道：「從今以後，再不准用唯心主義的東西麻痺毒害革命人民群眾，否則，無產階級的革命鐵拳絕不答應！」

老和尚唯唯諾諾地點頭，一副唯命是從的態度。

縣城的大街小巷上，其他各班級的同學正在這裏擺開了戰場。宋淑華走到大街的十字路口，正巧碰見校學生會主席、高三（二）班的張永豪。張永豪一手握著管粗大的毛筆，一手端著碗墨汁，由於都是學生幹部，他們倆極為熟悉。

張永豪問她：「怎麼樣？」

宋淑華興奮地回答：「摧枯拉朽，痛快淋漓。」

張永豪哈哈一笑，說：「我們也是凱歌高奏，所向披靡。」張永豪向她介紹說：「我們今天可是改了不少匾額和地名，北大街的『日雜商店』，我們改成了『為民商店』；『四鮮飯店』改成了『工農兵飯店』；『興隆』眼鏡鐘錶店改成『興無』眼鏡鐘錶店；『范家巷』改成了『革命巷』；『梁家巷』改成了『反修巷』……原來以為破四舊會遇到什麼阻力，結果革命群眾都十分擁護和支持。在我們把『條山百貨商店』改成『東方紅百貨商店』的時候，商店裏的職工紛紛鼓掌歡呼，高喊『毛主席萬歲！』我們和群眾一起高唱毛主席語錄歌『凡是反動的東西，你不打，他就不倒……』，場面非常感人。」

張永豪在學生中享有很高的知名度。他最初出名是緣於一次全校歌詠比賽。由於是大合唱，誰的嗓子好與不好很難顯露出來，可站在前面打拍子的人卻能引人注目。張永豪的拍子打得漂亮極了，他那兩隻手上下翻飛舞動，一會兒如春風拂柳，一會兒如浪滔洶湧，一會兒如空中閃電，一會兒如刀劈斧砍。他的身體隨手、臂的舞動前後左右晃動著。他哪裏是在打拍子，分明是一個人在表演一場精美的舞蹈，而那些合唱隊員都成了他個人表演的陪襯。他的肢體語言吸引了臺下所有人的目光。那時候學生們都沒有聽過見過什麼指揮家，張永豪讓他們開了眼界，成了他們心中十分崇拜的一個人物。張永豪一舉成名，後來就成了校學生會的文藝部長。上屆校學生會主席畢業之後，他就當選為新的學生會主席。那些低年級學生對別的高年級學生未必認識，可張永豪他們卻無人不知。

宋淑華聽了他的介紹，心裏不免有些嫉妒，覺得張永豪真是長袖善舞，會在恰當的時候做出恰當的選擇，而他們把第一個目標選在人跡冷清的普濟寺多少有點兒失策。不過，革命正未有窮期，砸爛舊世界絕不是一朝一夕的事兒。她扭頭對身邊的同學們說：「咱們二、四方面軍會師了，同學們，讓革命的暴風雨來得更猛烈些吧。」

衛東彪正覺得在普濟寺未能顯出身手，此時，他拉著王闖的手，說：「跟我來。」

王闖提著那柄十八磅大錘尾隨著衛東彪，後面還跟著十幾個同學。他們走進一座舊院落裏，這裏是舊社會本縣一位老財主的庭院，解放後收歸國有，現在有縣宗教局、史志辦等幾個單位在裏面辦公。庭院門樓高闊，上有磚雕的各種圖案，門前有一對石獅子把守，進門有一大大的照壁，照壁上有磚刻的一個大大的「福」字，福字的旁邊有蝙蝠飛翔，衛東彪指著福字和周圍的圖案，說：「這裏盡是些四舊，把這些東西都統統砸掉！」

王闖輪起大錘就朝照壁砸了上去，其他幾個同學爬到高高的房脊上，把兩端高翹的獸脊敲了下來，隨著沉重的落地聲，站在地上的同學熱烈地鼓掌喝彩起來。

待王闖把照壁砸得差不多了，衛東彪不知從哪兒拿來張毛主席像，貼在原來「福」字的位置，此時，宋淑華帶著同學們都來到了這裏，他們對著毛主席像熱烈鼓起掌來，有人帶了個頭，大家舉起拳頭，高呼「毛主席萬歲！」「毛主席萬萬歲！」

「這簡直是破壞，胡鬧！」

誰這樣高喉嚨大嗓門的？竟敢這樣對待革命小將？宋淑華扭頭一看，原來是一位農村老頭，這個人皮膚粗糙，臉上刻著密密的皺紋，兩隻眼睛像冒火一樣怒視著眼前的一切。

「破壞，破壞，十足的破壞！」老頭進一步提高了嗓門。

宋淑華走過去，指著老頭那滿是蒼桑的臉，說：「不破不立，我們就是要破壞掉舊的，然後才能立下新的。你說我們破壞，我們破的還遠遠不夠，今天才剛剛開了個頭，更大的破壞還在後頭呢！」

「你們這一群敗家子，簡直是胡鬧！我到縣裏告你們去！」老頭知道和這些學生娃娃說不出個裏表，氣呼呼地拔腿要走。

宋淑華上前一把拉住老人的胳膊，問：「先別走，說說你家是什麼成份？」

「貧農，怎麼著？」老頭根本不把這個毛丫頭放在眼裏。

「誰能證明你是貧農？你這樣氣急敗壞，是不是這原先是你家的老宅？」人越聚越多，他倆被團團圍在了中間，李秀娟奮力擠過來，拉了一把宋淑華的胳膊，對著她的耳朵悄聲說：「這是我家老房東，王大伯。」

宋淑華聽了這話，也不好再追究什麼，只好繃著臉說：「去吧，到縣裏告我們去吧，到省裏告我們也不怕！文化大革命是毛主席發動和領導的，誰能阻擋我們執行毛主席的偉大號令？」

「我就不信沒人管著你們了，你們就在這兒等著。」老漢狠狠瞪了他們一眼，一扭身朝縣委會的大門走去。

「螳臂擋車！」

「跳樑小丑！」

同學們看著老漢的背影說著調皮話，李秀娟低著頭，不敢和王大伯照面。看著大夥兒對房東的戲弄和嘲笑，她覺得耳根有些發燒。

三

晚上，李秀娟和宋淑華打了桶熱水泡腳。從街上回來，李秀娟累得骨頭架子都快散了。宋淑華畢竟有運動員的體格，並不顯得怎麼累。她把雙腳泡在水盆裏，背靠著床沿，臉朝著頂棚，說：「啊，今天過得可真有意思！秀娟，你猜我回校時都想了些什麼？」

李秀娟說：「我猜不著。」

「我想到了馬克思的一句名言：『鬥爭就是幸福』，我想到了『五四』運動和『一二·九』運動，學生們走上街頭，宣傳愛國口號，開展遊行示威……我們今天的行動和那時候多麼相似！只是今天沒有軍警的水龍頭和警棍，沒有流血和逮捕，否則，可能會更悲壯和激烈一些，會更有意思一些。以後，後代人寫歷史的時候也會把我們這一代人的舉動寫到裏面，會將我們的行動看成是五四運動和一二·九運動的繼續，看成是新的歷史條件下無產階級革命鬥爭新的壯舉！想到這些，我身上就有使不完的勁兒……」

宋淑華越說越激動，盆裏的水已經涼了下來，但她還把腳泡在裏面，滔滔不絕地訴說著。

「你說，近代一些大的革命行動為什麼總是從學生開始呢？通過今天的行動我總算有了些感觸。學生思想敏感，沒有負擔，接受能力強，富有革命熱情和鬥爭精神，因此，才能一馬當先，站在鬥爭最前線，起著先鋒和橋樑作用……」

「快洗腳吧，盆裏的水都涼了。」李秀娟說。

宋淑華擦洗完畢，依然興致勃勃，談興很濃：「秀娟，你今天可真是大有進步了。我早就知道，你是不會落在別人後面的。」

李秀娟累得不想多說，拉開被子脫衣睡了。

宋淑華很快就睡著了。李秀娟覺得全身疼痛，輾轉難眠。在她十八年的生活道路中，這樣的經歷畢竟是第一次，她不知道戰爭年代新戰士第一次上戰場是什麼心情，她今天既新鮮，又激動；既膽怯，又亢奮；既清楚，又茫然。啊，文化革命，文化革命……

這時，幾個手持武器，長相怪異，怒目圓睜，兇神惡煞的人闖了進來。

「好啊，你們竟敢無法無天！」李秀娟定睛一看，這些人好像在哪裏見過，噢，這不是大雄寶殿裏的十八羅漢？那個頭上長角、手拿鐵棍的人將鐵棍直朝李秀娟的頭上砸來，李秀娟雙手抱頭，「啊」地驚叫了一聲。

宿舍裏的幾個人都被鬧醒了。

「怎麼回事？」宋淑華揉著眼睛問。

「沒什麼，我剛才作了個夢。」李秀娟抑制住心跳，假裝平靜地說。

「你呀！」宋淑華咕噥了一句，翻了個身，又睡著了。

李秀娟覺得身上汗津津的，她朝宋淑華身邊靠了靠，又是很長時間未能入睡。

三

四

高三（四）班的教室前面，喬嵐老師正在教同學們唱毛主席語錄歌。她四十多歲年紀，鬢角已有些許白髮，但從她白皙、端莊的面龐上，依然可以窺見當年的風采和神韻。雖說她的嗓音並沒有隨著年齡的增長而有多大改變，依然清脆而甜美，但身體畢竟擋不住歲月的剝蝕，逐漸趨向衰老，手風琴壓在她的肩上，已使她的額頭沁出了細密的汗珠。喬嵐在學生面前總是一副精神飽滿、意氣風發的樣子，面對文化大革命中出現的新事物，她更是興致勃勃，不知疲倦。此時，隨著手風琴的一張一合，她那纖細的手指在鍵盤上輕巧地移動著，嘹亮而動聽的聲音在校園內回蕩著。

「革命不是請客吃飯，不是作文章，不是繪畫繡花，不能那樣雅致，那樣從容不迫，文質彬彬，那樣溫良恭儉讓。革命是暴動，是一個階級推翻一個階級的暴烈行動。」

這些歌詞大家早記熟了，譜的曲也不怎麼複雜，大家學得很快，唱得很整齊、很洪亮，每個音符都飽含著年輕人熱情而奔放的情感。

喬嵐一九四六年畢業於省立師範學校。畢業後，在父母親的安排下，她和一個小官僚的兒子結了婚，一年之後，就當上了孩子的媽媽。婚後的生活使她感到非常的無聊和空虛，她酷愛音樂，但卻只能向自己的孩子唱催眠曲；她喜歡跳舞，但每天卻不得不操持著繁瑣的家務；她嚮往廣闊的天地，但每天卻被禁錮在窄小的四合院中；她幻想有意義的人生，但丈夫只想讓她成為賢妻良母……她為自己結婚而感到莫大的後悔，更把生孩子看作是犯了一個絕大的錯誤。

丈夫是一所中學的語文教員，除了《詩經》、《論語》、《左傳》、《史記》等，他對政治頗不關心。一天，當他發現喬嵐看一份解放區的油印小報時，臉色嚇得發白，問：「這是從哪兒來的？」

「朋友們送來的。」喬嵐不動聲色地回答。她的幾個同學去了解放區，時常通過一些秘密管道捎回一些那裏的宣傳品。

「你怎麼能看這種東西？」丈夫質問她。

「我願意！」喬嵐的話像幾塊石頭一樣向丈夫擲去。她把自己心中的憂怨煩惱都歸咎到丈夫的身上，她看不起他，甚至有些討厭他，因為他是一個不關心政治且膽子很小的人。他懼怕招災惹禍，他害怕樹葉掉下來砸破腦袋。他只想讓妻子安寧本分地守在身旁，與他默默到老，終此一生。

妻子的言語無疑激怒了他，他伸手抓過報紙，把它放在火爐上燒了起來。喬嵐急忙動手去搶，但火苗燒了她的手，小報很快化成了灰燼。

「你……」她氣憤得說不出話來。

「我不許你再和這些人來往，我不許你再看這一類東西，我不許你走出這所院子！」丈夫在她面前擺出一副男子漢的威嚴架式，給她來了個約法三章。

「這你管不著！」喬嵐再也不想逆來順受了，她對這種平庸瑣屑的生活展開了反抗。

喬嵐的不羈使丈夫的自尊心受到了傷害，喬嵐的舉動使丈夫受到了某種威脅，感到了很大的不安，他多年來篤信「夫為妻綱」這一封建禮教，他不能讓妻子隨心所欲。第二天出門時，他特意在大門外加了一把大鎖，把喬嵐鎖在了家裏。

丈夫的行動激怒的喬嵐，這種囚犯一般的生活她再也無法忍受了。她設法撬開大門，找到了自己的幾個同學，連夜投奔到解放區去了。

離開家後，她的心裏不免又有些後悔：兒子還不滿周歲，以後將怎樣生活？丈夫雖然膽小，但心地還是善良的，他能否經受得了這個打擊？她掛念著自己的兒子，又可憐自己的丈夫，她的心被一陣陣揪扯著，時時產生一種從未有過的疼痛。

解放區的新生活使她很快淡忘了這一切。她參加了土改工作隊，教村裏的孩子們唱歌、跳舞、扭秧歌、演文明戲，火熱的生活使她感到陶醉，感到幸福，感到充實，感到一種從未有過的痛快。她教孩子們唱〈解放區的天是晴朗的天〉、〈沒有共產黨就沒有新中國〉、〈打過長江去〉，她的才華得到了充分地發揮，所到之處總能引起人們的矚目和推崇。她像時代大潮中的一朵浪花在翻騰著，跳躍著，不停地向前奔湧而去。

條山縣城解放後，她便留在了條山中學，作為一個音樂教員，她在這裏已經度過了十七個寒暑。

省城解放後，她和自己的丈夫通了信，知道兒子在婆婆那裏長得很好，丈夫仍在一所中學教書，日子過得還算安逸。祖國大地雲開霧散，兩個人之間的關係也雨過天晴。只是喬嵐很少回家，她和丈夫在思想感情上總感覺隔膜，她和兒子的關係也顯得有些疏遠，她把學校當成了自己的家，她把全部的母愛都傾注到自己的學生身上，她愛他們勝過愛自己的兒子，她教他們唱歌、跳舞，輔導他們進行各種各樣的文娛活動。多少年來，條山中學的文娛活動一直十分活躍，學校的文娛宣傳隊可以使縣城的專業劇團賣不出票去。喬嵐一手培養的文娛骨幹遍佈縣城的各行各業。

現在，她又不辭辛勞地向各年級教唱毛主席語錄歌，她把這看成是一個音樂教師義不容辭的光榮使命。她骨子裏喜愛中外的古典音樂，特別是那些經過了時間淘洗的經典音樂。

起初，她覺得把幾句話譜成歌曲有點不倫不類，歌詞是要講意境、講韻律的，幾句話怎麼就能當歌來唱呢？但這種想法在她的腦子中一閃就被驅趕得無影無蹤。因為這不是一般的幾句話，這是偉大領袖毛主席的話啊！毛主席的話句句是真理，一句頂一萬句。報紙上每天在報眼位置都要刊登一段毛主席語錄，那就是一種引導，一種號召，對此，你只能以萬分的虔誠、萬分的敬畏去學習、去理解、去實踐，你喬嵐怎麼能有那樣荒唐的想法呢？雖然只是一閃念，但也足以說明自己的小資產思想還沒徹底改造好，還要繼續接受文化大革命的洗禮。

喬嵐是衝破重重阻礙才走上革命道路的，她是在毛主席的指引下才使生命綻放出絢麗之花的，革命的歷程使她對黨和自己的領袖產生了無比的信賴。在她心目中，領袖的每個決策、每句話都是無比正確的，都是應該堅定不移、不折不扣地貫徹執行的。

現在她的頭上有了縷縷白髮，但童心未泯，革命激情依舊，在這場史無前例的文化大革命突然降臨的時候，彷彿受著一種慣性力量的驅使，她毫不猶豫地滿腔熱忱地全身心地投入了進去。

教完了歌，喬嵐擦了一把額頭的汗，覺得渾身很累，她合上手風琴，把它挎在右肩，朝自己的房間走去。

李秀娟從後面趕了上來，說：「喬老師，讓我把手風琴背上吧。」

「噢，我自己來。」

李秀娟從喬嵐的肩上拉下手風琴，說：「教了這麼長時間，我們都站累了，你拉著手風琴，能不累？」

手風琴背到了李秀娟的肩上。喬嵐說：「唱起歌來什麼都忘了，一停下來，才覺得渾身難受，可見精神的力量有時是難以估量的。」

李秀娟背著手風琴，貼近喬嵐慢慢地走著。自從文化大革命開始後，由於取消了高考，絕大部分老師都失了業，唯有喬嵐比以前更忙碌了。李秀娟看到她那日漸削瘦的臉龐，看到她頭上新添的縷縷白髮，心裏油然生出一種深切的同情和愛憐。

走到校中心的花園旁，她們都放慢了腳步。要在往年，此時這裏正是枝繁葉茂，姹紫嫣紅，蝶飛蜂舞，香氣襲人，今年卻成了另外一種完全不同的景象：花園裏的各種花草都被當成資產階級的東西連根拔掉了，花畦四周，栽上了許多大木樁，木樁上釘著炕席——這是新開闢的大字報園地。炕席上已經貼滿了大字報，內容大都是揭發校黨委書記許志傑和校長史文榮資產階級教育路線的。大字報上，有的地方用紅筆劃著著重號，有的地方則加著一連串的問號和感嘆號，還有一些呼籲和倡議。喬嵐和李秀娟見沒有新的、爆炸性新聞，就匆匆走了過去。

喬嵐一個人住在一間十分寬大的屋子裏，這裏既是她的寢室，又是她的工作室和樂器室，屋子的一角放著一架很舊的風琴，牆上掛著些二胡、笛子、小提琴等中西樂器。她那書架上的書也是五花八門，除了馬列和毛主席著作外，還有伏爾泰的《老實人與天真漢》、盧梭的《懺悔錄》、黑格爾的《歷史哲學》及海涅和雪萊的詩集、巴爾扎克和托爾斯泰的小說……她的房間就像一個小小的知識寶庫，文學、藝術、理論、科學都在這裏佔有一定的位置。

李秀娟把手風琴放在桌子上，在椅子上坐了下來。喬嵐倒了兩杯開水，一杯遞給李秀娟，一杯自己端著。她問：「文化革命開始以來，你都有些什麼想法和感受？」

「新鮮、好奇，有時還有些膽怯和疑惑。但一想到這是毛主席親自發動和領導的，我就一切疑慮也沒有了，只想盡最大努力，表現得更優秀一些。」

李秀娟是校文藝宣傳隊的骨幹，和喬嵐之間有著非同一般的關係，在喬老師面前，她願意把內心深處的話往外掏。

「是啊，蘇聯變修了，這一事實不能不引起我們警覺。文化界是最容易出事的地方，毛主席首先在思想文化界發動這場革命，一定是經過深思熟慮的。這場革命真是史無前例，我們每個人都要在這場革命中經受考驗。」

「喬老師，我真恨我天生膽小，不像人家宋淑華，幹什麼事都是潑潑辣辣，風風火火，我也不想落後，可怎麼也走不到前面。」

「沒什麼，勇氣和膽量都是鍛煉出來的。參加革命前，我們許多女同志聽見放炮也要捂住耳朵的，到了革命隊伍裏，槍林彈雨也敢闖了。以前，王闖一條小蟲子也把你嚇成那個樣子，現在不會那麼害怕了吧。」說到這裏，李秀娟不好意思地笑了。「你看革命多麼鍛煉人！高爾基的《海燕》你們學過了吧，就是要像海燕那樣，勇敢地去迎接暴風雨……」

李秀娟默默地點了點頭。

從喬嵐的屋子裏出來，她漫不經心地走在校園裏，路過校中心的花園時，見許多人正圍著一份新貼出的大字報，她忙擠上前去，大字報的醒目標題使她吃了一驚：〈揪出資產階級知識分子喬嵐！〉她急切地看了後面的署名，原來是王闖寫的，怪不得唱歌時沒見到他的面。

王闖在大字報上羅列了喬嵐的「十大罪狀」：投機革命，個人歷史不清；散佈靡靡之音，毒害青年一代；崇拜西方音樂，資產階級腐朽思想氾濫；上課體罰學生，摧殘青年一代；排練大毒草《洪湖赤衛隊》，為大軍閥賀龍歌功頌德……

秀娟越看心裏越不是味兒：這不是胡說八道麼，這不是挾私報復麼，這不是栽贓陷害麼，憤懣、不平、疑問、擔心填滿了她的胸腔，彷彿大字報上寫的不是喬嵐，而是她自己。

「喬老師見了這張大字報該是什麼反應？」離開席棚，她邊走邊為喬嵐擔憂。她不敢把這件事告訴喬嵐，一是怕喬老師受刺激，二是怕有人說她在文化大革命中立場不穩，為資產階級教師通風報信。

晚上躺在床上，她悄聲問自己的好友宋淑華：「王闖的大字報你看見了嗎？」

「嗯。」

「你覺得他的大字報可信嗎？」

「寫大字報是每個人的權利，你不能不讓人家寫。他那樣寫，總有一些道理吧。」

李秀娟沉默了一會兒，說：「喬老師哪是那樣的人呢？王闖的大字報純粹是在泄私憤。」

宋淑華不以為然地對她說：「你可不能這樣看問題。群眾運動，難免有過頭的地方，但要看大方向。你沒看過毛主席的《湖南農民運動考察報告》？文化革命剛剛開始，允許人們懷疑一切，否定一切。不然，這運動就沒法開展了。這些老師和咱們不一樣，咱們是生在新社會，長在紅旗下，他們都是從舊社會過來的，有幾個歷史是清白的？你想想，舊社會窮人能上得起學嗎？階級鬥爭是錯綜複雜的，是尖銳激烈的，我們可不能太單純太善良了。太單純太善良了，就有可能被階級敵人所利用，幹出親者痛仇者快的事情。秀娟，我不是說你，你的心總是太軟，什麼事都是往好的方面想，這哪行？」

李秀娟沒想到問題會有這麼嚴重。看來自己又落伍了？思想又跟不上形勢了？她開始由疑慮轉而自責起來。

月牙像一葉小舟在雲海中沉沒了，四周萬籟俱寂，牆角的蝙蝠似乎也被文化大革命的喧鬧聲搞得精疲力竭，此時也已酣睡了，李秀娟的眼睛仍然瞪得很大。

喬嵐在她的心目中那麼完美，難道還會有問題？假如她也要被揪出來批判，那學校還有誰是清白的呢？假如她成了牛鬼蛇神，自己以後該怎樣面對這種事實呢？

一系列疑問攪得李秀娟頭痛，她不知道明天還會有什麼意想不到的事情發生。

五

作家們喜歡用「濃眉大眼」來形容一個男子漢的英俊漂亮。王闖的眼睛瞪起來像銅鈴，但卻不能給人絲毫的美感，反倒使人覺得有些恐怖。看來，任何事物都要有一定的限度，超過了這個限度，就會走向它的反面。

此時，他正瞪著那雙牛一樣的大眼直視著喬嵐，那對眼珠兒像定在了裏面，一動不動。他的身後站著五六個幫手，大都是低年級的同學。

「喬嵐，我們今天要抄你的家！」他對喬嵐說。

「誰讓你們來的？」喬嵐問。

「誰？毛主席唄。」

「憑什麼要抄我的家？」

「看看大字報你就知道了。」

大字報喬嵐已經看過了，當時，她只覺得荒唐、可笑，不值一駁，根本沒把它當回事兒。她把它當成未成年小孩子的惡作劇。可是，你可以不理睬大字報，但有人會理睬你；你可以把它不當回事兒，但有人會把它當成天大的事兒。

喬嵐還是對自己太自信了點。有關她的大字報出現之後，她就應該預料到會有這一步。揭發黨委書記許志傑和校長史文榮的大字報貼出沒多久，他們的家就被抄了個底朝天，而且在抄家過程中搜到了許多新罪證，據說取得了重大戰果。

校長史文榮真是個十足的書呆子，別看他平日裏極具風度，威嚴體面，可遇到這種陣勢卻慌得手腳無措，盡幹傻事。為防抄家，他把一些材料塞到頂棚上，泡在臉盆裏，結果是欲蓋彌彰，更引起了學生們的好奇心，激發了大家對他更加猛烈地炮轟和批判。你心中沒鬼為什麼會這樣？你這點小伎倆豈能逃過全校上千名學生的亮眼？

其實，史文榮力圖銷毀和藏匿的那些東西大都是歷年來的教學總結和經驗介紹，這些東西有的發表在報刊雜誌上，有的印發給了教育界的同行，這些油印的或鉛印的東西隨處都可以找到，你想把它藏匿銷毀不讓人知豈不是徒勞？咳，人到災禍臨頭時總要想些消災避難的辦法，至於這些辦法有沒有用，他們就顧不了那麼多了。防衛，是人類的本能，不知道防衛，我們的祖先恐怕在類人猿時就已經絕跡了。

可是，面對勢如破竹的文化大革命，書生們往往顯得太幼稚太笨拙，抄家者有恃無恐，被抄家者如俎上魚肉，你費盡心機築起一道小小的堤壩，哪能阻擋得了滔滔洪水的衝擊！

王闖他們來了之後，喬嵐的腦子裏立即閃出個大大的問號：「怎麼辦？」根據被抄的校領導和那些當過「右派」的教師的經過看，制止是徒勞的，而且越是制止便越是會引來強烈的反彈，最終只能反受其害；找領導申訴？領導們全是泥菩薩過河，自身難保，他們還不知道向誰訴說呢；向學生們做些解釋和說服？這會被當作狡辯拖延施展陰謀詭計。既然什麼辦法都不靈，那只能敞開大門，讓他們抄去，反正身正不怕影子斜，心正不怕鬼叫門。想到這裏，她坦然坐在一把椅子上，注視著王闖他們的一舉一動。

「呵，你倒會享福！當初在課堂上是怎麼體罰學生的！」王闖手一揮，上來兩個同學架住喬嵐的肩膀，他順手從屁股底下抽掉椅子：「你也嚐嚐罰站的味道吧。這叫以其人之道還治其人之身。」

粗暴的舉動和污辱性的言語使喬嵐氣得顫抖起來，但她說不出話，她被拉扯得渾身發軟，好像被電擊過一樣，胳膊和腿都有些麻木，而且，這種麻木感向上擴散，直沖頭部，頃刻，她覺得頭暈目眩，支持不住，「嗵」地一聲坐在了地上。

「耍賴皮！」王闖高傲地俯視了她一眼，好像獵人在看著自己槍下受傷的獵物。

他們不再理會喬嵐，開始分頭行動起來。書架上的書翻得亂七八糟，王闖打開琴盒，發現裏面裝著的小提琴，他罵罵咧咧地說了聲「什麼洋玩意兒」，就把它高高舉過頭頂。在小提琴被舉起那一瞬，喬嵐的心也被提得老高，她想撲上前去保護它，身體卻不聽自己的指揮。她知道自己孱弱的身軀是無法和這幾個失去理智的青年對抗的。隨著小提琴的落地聲，她的心也好像從高處重重地摔了下來，好疼好疼。

擁進喬嵐房間的學生越來越多，場面已無法控制，喬嵐只能蜷縮在屋子裏的一角，任由他們為所欲為。她此時的心情非常複雜，原想滿腔熱情地參加這場史無前例的文化大革命，沒想到革命卻革到自己的頭上；原以為孩子們幼稚，不成熟，有些過激的行動也可以原諒，沒想到他們竟如此地失去理智，胡作非為；原想在文化革命中觸及一下自己的靈魂，革除自己身上那些非無產階級的東西，使自己變得更革命一些，沒想到自己一下子卻面臨著去皮掉肉並被打入另冊的威脅；原想自己嘔心瀝血教書育人，全身心地投入教育事業，視學生如同自己的孩子，師生關係應該沒有什麼問題，沒想到學生會和自己這樣尖銳對立，視自己如同仇敵，必欲把自己置之死地。一系列不解在她的心中縈繞，她索性閉起眼睛，對眼前的這一切視若無睹。

日記、筆記、教案、歌譜、書信……凡一切存有疑點的東西全被翻箱倒櫃地找了出來。其中最出人意料的是在衣櫃的最下層找到一部線裝古書《金瓶梅》，王闖沒看過這部書，不知道裏面都寫了些什麼東西，但憑直覺知道這不會是一部好書，肯定是封建主義的玩意兒，有人告訴他這是一部淫書，他立馬來了興趣，說：「把它保管好，完後好好審查一下。」他們把抄來的一大堆東西用喬嵐的一張床單包裹了，準備帶回去好好審查。臨出門前，王闖又在屋子裏掃了一眼，把目光落在了那架舊風琴上，他腦子裏靈光一閃，想，裏面會不會藏著一臺發報機？喬嵐如果搞特務活動，把發報機藏在裏面，一面彈琴，一面發報，誰也看不出來，誰也發現不了，這多隱蔽！她多年一個人獨居，是不是為著搞特務工作方便？想到這裏，他重新折回來，舉起喬嵐常背在身上的手風琴朝那架風琴猛砸下去，兩架風琴「嗚」地悲鳴了一聲，同時被砸爛了。遺憾的是裏面沒有發報機之類的東西。

李秀娟聽說王闖帶人去抄喬嵐的家，心中深為擔憂。她想進去看看，但走到門口卻止步未進。她不知道進去後將如何面對喬嵐。向她表示慰問和同情？明顯不合時宜；向她表示懷疑和憤慨？自己做不出來；什麼都不說不做？哪進去幹什麼？她想像不出一旦和喬嵐四目相對，該會是一種怎樣的尷尬和難堪。明明是她最親近最信任的一個學生，此時卻愛莫能助，這該是多麼的悲哀和無奈。她站在門口翹起腳朝裏望了一眼，看見喬嵐正蜷縮在一角一動不動，似乎凝固成一尊雕像。她心一酸，扭頭走開了。

路上遇見宋淑華，她問李秀娟去哪裏了，李秀娟告訴她，喬嵐家被抄了，去那裏看了看。她說她想不通喬老師為什麼會被抄家。宋淑華說：「文化革命，什麼人都要經受考驗，什麼意想不到的事都可能發生，不要感情用事，不能心理太脆弱了，牛鬼蛇神臉上沒有寫字，他們一般都善於偽裝，隱藏得很深，千萬不能站錯立場啊。」說到這裏，她拉著李秀娟的手說：「走，咱們去抄美術老師賈興中的家去，風頭不能只讓王闖一個人出了。」

李秀娟問：「為什麼要抄賈老師的家？難道他也是牛鬼蛇神？」

宋淑華說：「已有種種證據證明他有嚴重問題。」

她拉著李秀娟的手走到校中心的花園，花園的正中是一個圓型水池，水池中央有一個高高的基座，基座上塑著一尊雷鋒像，宋淑華指著雷鋒像說：「你看，這像雷鋒嗎，分明就是賈興中自己！毛主席樹立的全國人民學習的典型，他卻塑成自己，這還不夠反動？還有，不知你記不記得，我們教室旁邊的牆上掛著一行標語，是『政治掛帥』四個大字，那個『帥』字被風吹掉了，只剩下鐵絲，他公然在教室裏說：『這不成了政治掛鐵絲』？還有，他出身地主家庭，有一次他講：『我要把屁股扭向無產階級』。屁股扭向無產階級，臉朝哪個階級？這不是公然宣稱背叛無產階級迎合資產階級嗎？」

宋淑華滔滔不絕地邊走邊說，路上她又拉了幾個低年級同學，氣勢洶洶向賈興中家走去。

賈興中的老伴在農村，他和喬嵐一樣，也是一個人住著一間大屋子，屋子的一角堆放著不少石膏像，牆上掛著由他臨摹的國外名畫《最後的晚餐》、《蒙娜麗莎》、《伏爾加河的縴夫》、《拾穗》，窗臺上擺放著一幅他的自畫像。屋子的中央擺放著畫架，一邊的桌子上擺滿了各種顏料。最為奇特的靠床處還擺著一張方桌，方桌上面擺滿了拳頭大小的石頭，石頭上面都貼著標籤——全國各地的地名。賈老師有個愛好，就是幾乎每年假期都要外出旅遊。他幾乎遊遍了全國的名山大川。每到一地，他都要撿回一塊石頭，在上面標出石頭所在之處，這樣時間一長，他的桌子上就堆滿了來自全國各地的石頭，這些石頭就成了他所到之處的見證。

當然，賈老師的旅遊絕不是為了撿回塊石頭作個見證，他的旅遊目的主要還是寫生。他平時生活極其節儉，既捨不得吃也捨不得穿，身上的衣服都是自己剪裁縫製。一個大男人，粗手笨腳，能縫製出什麼像樣的衣服？他穿的衣服粗針大線不說，而且極不成形，衣袖和褲腿都十分寬大，走起路來飄飄忽忽，十分惹眼。平時他從校園走過，就是一道奇特的風景，學生們見他禁不住指指點點，掩口而笑。他走路的姿勢也十分奇特，好比南極洲上一隻被追趕著的企鵝，那些調皮的學生常常跟在他的後面學他的走路。賈老師走路從來目不斜視，學生學他他也視若無睹，從不生氣，依舊坦然走自己的路，教自己的課，穿著自製的衣服，旁若無人地走在校園或全國名山大川。旅遊時為了省錢，他總是睡火車站，吃老鹹菜，他的生活標準定得很低，但對藝術的追求卻很高，他總想畫出一幅畫來留存後世，他的屋子裏堆積最多的就是他的畫稿，從國畫到油畫，從素描到寫生，無所不有。

別看賈老師穿的衣服沒款沒型，但他卻有潔癖。每次上課前，他總要強調一句：「不准在課堂上放屁，要放屁，請出去。」這個要求也太苛刻了。他教的都是些農村的孩子，而且正值「三年困難」時期，吃的都是些「瓜菜代」，哪有不放屁的？但既然他態度嚴肅地提出了如此要求，同學們也只能聽從。大家想放屁時都儘量憋著，實在憋不住了，便偷偷地把它放出來，儘量不弄出聲音，叫他難以察覺。誰肯為放個屁舉手請示，等批准以後再跑到院子裏去放？這不比脫褲子放屁還煩瑣？

與世事無爭單和繪畫較勁的賈老師今天卻難逃一劫。

宋淑華帶領人進了賈老師的屋子，賈老師還天真地問：「同學們有什麼事？」

宋淑華大大咧咧地說：「沒事我們能到這來嗎？」

賈老師也覺出來者不善，忙說：「同學們請坐，請坐。」

宋淑華說：「不用啦，我們看看你這兒有沒有什麼四舊。」

賈老師說：「沒有，沒有。」

「沒有？」宋淑華指著牆上掛的幾幅臨摹畫，說：「這都是些什麼東西！全都扯下來。」

賈老師還想保護這些由他花費不少心血臨摹的在他心裏占著重要位置的世界名畫，幾個同學早上去把它全扯了下來。賈老師不能再說什麼，他知道學生們這會兒招惹不得，再說什麼也沒有用。同學們就在屋裏亂翻了起來。別的倒沒翻出什麼，最大的收穫就是一堆畫稿。

他們把畫稿攤在當地，一張一張檢查其中有沒有反動的內容。有個同學在一幅《青竹》的畫中那一大片竹葉中發現幾片竹葉彷彿組成了一個「介」字。好像哥倫布發現了新大陸，他想，既然有

「介」字，那就肯定會有「石」字，於是又顛過來倒過去尋找，好不容易又發現幾片竹葉彷彿組成了一個歪歪扭扭的「石」字。「介」和「石」都發現了，那就再找「蔣」字吧，他們把那一堆密密的堆疊在一起的竹葉認定為「蔣」字，「蔣介石」三個字都找出來了，那肯定還有其他字，他們又找啊找，後來終於找出幾片竹葉隱約如「萬歲」二字。好了，這是一張反動畫確定無疑了。好你賈興中，平時目不斜視，清高自負，我行我素，彷彿拒人於千里之外，原來是一個不折不扣的黑幫分子，是一個隱藏很深的反革命分子。幸虧我們革命小將有火眼金睛，幸虧這場文化大革命來勢猛烈，否則，你還不知要隱藏到何時！

有了這一重大發現，那就乘勝追擊，把那一大堆畫一張張拿出來細細過目。

幾個同學都顯得極度亢奮。無產階級文化革命開始以來，個個都在以實際行動表露自己對毛主席的一片忠心，個個都想顯得比別人更革命，更聽毛主席的話，誰也不想在這場史無前例的鬥爭中落於人後。今天，他們幾個挖出的這個黑幫足以成為全校一條爆炸性新聞，他們終於可以一鳴驚人了，他們的警惕性、革命性不能不使別的同學刮目相看了。還是文化大革命這場大風暴來得及時，不然，怎麼能識破賈興中的本來面目！

果然又有了新的發現，你看，這張畫畫了一頭牛，牛的旁邊畫了一張琴，這是什麼意思？聯想到他那句「政治掛鐵絲」，這分明影射突出政治是「對牛彈琴」；這一張畫上畫了四個人各抱著一塊形似磚頭一樣的東西正在往河裏扔，這不是要拋棄毛主席的雄文四卷又是什麼！這一張畫畫了一棵果樹，可上面卻沒有結一個果子，這肯定是影射無產階級專政沒有好結果。還有，這張畫畫了一根鐵絲上晾曬著幾件衣服，衣服的領子和袖子卻滿是污垢，這肯定是影射和污辱我們的偉大領袖……真是是可忍，孰不可忍，這個賈興中真是反動透頂，死有餘辜！他這樣辱罵我們心中最紅最紅的紅太陽，我們的偉大領袖毛主席，我們一定要徹底揭開他的畫皮，把他打翻在地，再踏上一隻腳，讓他永世不得翻身！

十幾張黑畫被用一根長長的鐵絲穿起來，上面分別寫著分析批判文字，掛到屋子外面的大樹間示眾。高三（四）班由王闖和宋淑華帶頭，接連揪出兩個隱藏很深的大黑幫的新聞，很快在全校引起哄動。賈興中的屋子本來就在學生們心中充滿著神秘感，平時很少有人涉足，此時大家饒有興致、絡繹不絕地來到這裏一看究竟。屋子裏一時擠擠挨挨，水泄不通。正值夏日，房間充溢著汗味、呼出的二氧化碳味、屁味、粉塵味，賈興中老師蜷縮在屋子的一角，任汗水從頭頂滾珠般流下，那「不許放屁」的訓誡早被踐踏到腳下，沒有人再理會了。

六

從喬嵐家中抄出的東西暫被堆放在高中物理教研室裏。學校不上課了，教研室早已人跡罕至。班裏指定幾個同學組成專案組對喬嵐的物品進行嚴格細緻地審查。幾個同學都對那部《金瓶梅》有興趣，有的同學隨便翻了幾頁，就面紅耳赤，說這書黃得不能再黃了，沒想到喬嵐平時裝得很革命，很道貌岸然，很一本正經，其實內心卻這麼骯髒，作風這麼下流，思想這麼頹廢，竟然把這麼一部充滿色情的讓人不忍卒讀的無恥之極的東西壓在了箱底。只是這部書和書架上其他不健康的外國書籍還不能確鑿證明她有「三反」問題，正在大家感到有些失望的時候，有個同學終於有了重大發現，這就是喬嵐在她的日記裏寫著這樣一句話：「……我要做一個毛主席的好老師……」

這句話差一點被忽略過去，還是宋淑華政治嗅覺敏銳，她分析說：「林副主席指出，毛主席是當代最偉大的馬克思主義者，毛主席天才地，創造性地繼承、捍衛和發展了馬克思列寧主義，把馬克思列寧主義提高到了一個嶄新的階段，毛澤東思想是當代最高最活的馬克思主義，毛主席要比馬克思、恩格斯、列寧、史達林高得多，像毛主席這樣的天才，中國幾千年、世界幾百年才出現了一個。誰也不可能給毛主席當老師。喬嵐不自量力，要給毛主席當老師，這不是貶低毛主席又是什麼，僅憑這一句話，就完全可以把她定為反革命分子！」

王闖對這個重大發現喜不自禁，對宋淑華的分析也點頭稱是。因為這是對他們革命行動的充分肯定。

學校裏又掀起新一輪大字報熱潮。前一段大字報主要是針對黨委書記許志傑和校長史文榮的，現在喬嵐和賈興中一下子處在了風暴的中心，大字報鋪天蓋地集中向他們壓將下來。他們的名字被打上了黑×，名字前面被冠以黑幫、反革命、階級敵人、牛鬼蛇神、地主階級孝子賢孫、封建主義殘渣餘孽等等稱謂，當然，喬嵐的名字前面還少不了有美女蛇、白骨精、破鞋等稱謂。王闖和宋淑華都大出了一把風頭，他們被當作響噹噹的革命闖將而被人們另眼相看。

校園裏開始流行從北京傳來的革命口號：

「老子英雄兒好漢，老子反動兒混蛋。要革命的你就站過來，不革命的就滾他媽的蛋，滾他媽的蛋。」

「拿起筆作刀槍，黨是我的親爹娘，誰要敢說黨不好，馬上叫他見閻王，叫他見閻王！」

自從文革風暴刮起之後，李秀娟還沒有寫過一張大字報。她的心軟，看誰都不像壞人，特別是喬嵐，她們之間師生情深，她很佩服她、很愛她，怎麼突然間她就成了牛鬼蛇神？她真是一百個想不通。可是，自從喬嵐被揭發之後，沒有一個人為她鳴過不平，人們幾乎是異口同聲地批判她、聲討她，在這樣強大的輿論面前，她也沒有膽量為她辯護、開脫。階級敵人一般都善於偽裝，赫魯雪夫不是隱藏在史達林身邊那麼久麼？史達林生前他表現得比誰都忠誠，史達林一去世，他不就撕去偽裝，反起史達林了麼？知人知面不知心，也許，她以前戴的是假面具，她投身革命實際上是投機革命，她混入革命隊伍是為了恢復她們失去的天堂，她真的是一個隱藏很深的階級敵人。革命潮流浩浩蕩蕩，順之者昌，逆之者亡，在無產階級和封資修反動腐朽勢力激戰的偉大革命潮流中，革命青年李秀娟無論無何不能當一個逆潮流而動的人。

此時，她正坐在教室的一角，面前放著筆墨和紙，她雙手托腮，眉頭緊皺，一副冥思苦想的樣子。

「秀娟，你快寫呀！」宋淑華焦急地催促著她。

「可我總覺得她不像反革命。」

宋淑華朝左右看了一眼，壓低聲音說：「唉呀，到現在你還說這種話，你的立場……」

宋淑華真不知道如何去勸說她這位柔弱而善良的好友了，她順口背出一段毛主席語錄：

「以偽裝出現的反革命分子，他們給人以假像，而將真相隱蔽著，然而他們既要反革命，就不可能將真相隱藏得十分徹底。」

她接著說：「反革命分子能給他們臉上貼張『我是反革命』的紙條嗎？毛主席早說教導我們說，社會主義時期的階級鬥爭是長期的，曲折的，有時甚至是很激烈的，這可不像從前在戰場上那樣，兩軍對壘，敵我分明。對現階段的階級鬥爭，必須採取不同於以往的非正常的特殊方式去進行。」

李秀娟仍然沉默不語。

宋淑華進一步點化她說：「對敵人的仁慈就是對人民的犯罪！秀娟，誰都知道你和喬嵐關係密切，你不揭出點有分量的東西，能得到同學們的信任和理解嗎，能對得起毛主席嗎？能無愧於縣委書記的女兒嗎？這可是證明自己立場和態度的關鍵時刻，你千萬不要心慈手軟，要不是咱們倆關係好，我才不這樣勸你！」

李秀娟陷入了深思之中。

自從喬嵐的「反革命罪行」被揭發之後，全校革命師生口誅筆伐，對她展開了猛烈的「炮轟」，大字報、大標語、漫畫、諷刺詩鋪天蓋地，狂轟濫炸，看這陣勢，喬嵐是要遭滅頂之災了。喬嵐被揭發出來後，李秀娟自然受到了同學們的側目，大家都在看她會有什麼樣的表現，如果她能不失時機地進行揭發和批判，就能得到同學們的諒解並在他們面前樹立起一個較為良好的形象，反之，同學們就會把她視為革命的落伍者甚至是絆腳石，就會把她拋在一邊不予理睬。這樣，她昔日在校文藝演出的舞臺上光彩俏麗的形象將不復存在，這個令農村孩子仰視且羨慕的縣委書記女兒頭上的光環將趨於黯淡。

是保持沉默還是和同學生一起搖旗吶喊，李秀娟陷入了兩難境地。萬一她不是反革命，自己豈不是落井下石，在喬嵐流血的傷口再紮上一刀？萬一她是反革命，自己豈不是受她蒙蔽，犯了溫情主義錯誤？作為一個革命幹部的後代，她可是根紅苗正，一身清白，難道在文化革命中卻要留下個污點不成？看來不揭發些東西是說不過去的，反正牆倒眾人推，揭發批判喬嵐也不是她一個人，要錯大家都錯，誰也不會怪罪在她的頭上……

看到李秀娟那副愁眉苦臉的樣子，宋淑華的心一下子軟了下來：李秀娟畢竟是個嬌嬌女，以前見到蟲子都害怕，文化革命以來，敢於和她一起破四舊、抄賈興中的家，這已經很了不起了，也不能太難為她。事情的發展總得有個過程嘛。於是，她又耐心地啟發誘導李秀娟：「她以前給你講過什麼反動話沒有？你好好想想。」

李秀娟搖了搖頭。

「文化革命開始之後，你沒發現她的神色有什麼不正常的地方嗎？沒聽見她對文化大革命有什麼不滿的話語嗎？當然，這些話不可能直截了當地說出來，她必然要採取隱晦曲折的方式向外流露，你再好好想一想，那怕提供一點點線索也行。」

「文化革命開始後，她不是積極教我們唱語錄歌了嗎？」

「這都是表面現象，『馬克思主義在理論上的勝利，逼得他的敵人不得不裝扮成馬克思主義者』，別忘了革命導師列寧的這段教導。」

李秀娟在腦海中苦苦搜尋著。許久，她才猶疑地說：「有這麼一件事情，不知算不算什麼問題。」

「說說看。」宋淑華迫不及待地說。

「有一次宣傳隊在一起排練節目，大概是排練《紅太陽頌》吧，舞蹈到了最後，大家要隨著音樂的節奏，舉臂高呼：『毛主席萬歲！毛主席萬歲！毛主席萬歲萬萬歲！』排練休息時，我們幾個人圍著喬老師，有人問：『毛主席真能活一萬歲嗎？』她說：『哪能呢，喊萬歲只是人們的一種美好祝願，能活一百歲就了不起了。這是不可抗拒的自然規律，封建社會的帝王無不被呼萬歲，可誰也沒活過一百歲。』」

宋淑華一拍大腿：「啊呀，你今天終於開了金口啦，這麼重大的問題，你為什麼不早說，真是反動透頂，反動透頂！」

「這……能算問題嗎？」

「這不算問題，還有什麼能算問題？全國人民，誰不發自內心地高呼毛主席萬歲，她卻公然站在廣大群眾的對立面，說毛主席活不到一百歲，這不是反對毛主席又是什麼！最為惡毒的是，她把毛主席和封建帝王相提並論，是可忍，孰不可忍！毛主席是全國人民的大救星，是我們心中最紅最紅的紅太陽，是全世界無產階級最崇敬和仰慕的偉大領袖和導師，而封建帝王是什麼？他們只不過是一堆糞土，是封建地主階級最高權力的象徵，是騎在廣大人民群眾頭上作威作福的統治者！他們怎麼能和我們的偉大領袖毛主席相提並論？對這麼惡毒的反動言論你還表示懷疑，看來你的政治嗅覺和政治敏感性也太遲鈍了。」

讓宋淑華這麼一說，李秀娟覺得可怕了起來。宋淑華攤開桌上的白紙，把毛筆塞到李秀娟手裏，說：「還愣什麼？趕快寫張大字報貼出去，這可是一磅重型炸彈！這發炮彈打出去，你李秀娟的威信就樹立起來了，喬嵐反革命分子的帽子就戴得更牢了。」

「那……我還是打個底稿吧，千萬別寫得走了樣兒。」

「還打什麼底稿！就把你剛才說的寫上去，然後按我說的上綱上線，標題要醒目一些，就寫〈喬嵐反對毛主席鐵證如山〉，我去拿紅墨水，把重要的地方勾劃出來。」

待宋淑華拿來了紅墨水，李秀娟已經寫好了標題，不過，她沒按宋淑華意思去寫，而是〈喬嵐這些話是什麼意思〉，宋淑華看了連連搖頭，說：「沒勁，沒勁。」她讓李秀娟把她剛才所擬的題目作為小標題寫在下面。

她們拿著大字報朝校園中心走去，還沒貼上席子，周圍已經圍了一大群人。眾目睽睽之下，李秀娟有點手忙腳亂，好像在做著什麼拙劣的表演。她的心跳加快，抹糨糊的手不由自主地顫抖著，腦門上的汗珠也吧嗒、吧嗒往下掉。以前在舞臺上表演節目，臺下的人要比這多得多，但她卻能從容鎮定，收放自如，可今天卻像作賊一般，沒有了一點點信心和勇氣。多虧有宋淑華在這裏為她撐腰作伴，不然，她真有可能扔下大字報迅速逃匿。文化大革命以來，這是她親自張貼的署有自己姓名的第一張大字報！她一面貼一面想：同學們看了該有什麼議論？喬嵐看了該有什麼感想？自己心中將會怎樣的忐忑不安？她覺得自己像一隻動物園中的猴子，正在被人們指點著、觀賞著、議論著。

王闖擠到了席子跟前，眯起他那雙牛眼，看著李秀娟和剛剛貼上去的大字報，說：「啊哈，大義滅親呀，既然有這個殺手鐧，為啥不早拿出來？」

李秀娟反感地看了王闖一眼，心想：「你神氣個啥？你在文化大革命的浪頭上翻騰了幾下就不知道姓什麼啦！咱們究竟誰最革命，走著瞧吧。」

宋淑華不滿地瞪了王闖一眼，說：「少說些廢話！你每天咋唬得那麼厲害，揭出了多少有分量的東西？李秀娟這一條能抵你幾十條！」

王闖說：「那是，人家和喬老師關係近乎，自然知道的東西就多，揭出來的就有分量，咱是隔山打炮，哪能那麼準一下子擊中要害。」

宋淑華說：「文化大革命，誰也不甘落後，你有你的優勢，別人有別人的優勢，誰也不要譏笑誰嘲諷誰。」

王闖說：「那是，縣委書記的女兒，自然比我們覺悟高，我們向她學習，向她致敬！」

宋淑華說：「少來這一套，快一邊待著去吧。」

七

早飯過後，操場裏一溜排開幾十張課桌，根據已經揭發出的材料，牛鬼蛇神們按照罪行的大小一一被「請」了上去。為首的是校黨委書記許志傑。這是一位「三八」式的老革命，瘦高的個子，長長的臉盤，平時不苟言笑，性格耿直剛強。他微低著頭，站在那高高的課桌上，顯得平靜且鎮定。緊挨著他的是老校長史文榮，他個子不高，卻像一隻大蝦似的彎著腰，頸關節也使勁向下彎曲著，平日裏整齊向後梳的頭髮散亂開來，完全沒有了昔日的體面和尊嚴。也不知是因為課桌不穩還是由於別的什麼原因，他的身體不停地抖動著，似乎隨時都有從上面摔下來的危險。排在他後面的，是副校長、教導主任、教研組組長以及各科的代課老師。

條山中學的代課老師沒有幾個是出身好的，有的舊社會參加過反動黨團組織，有的解放後被打成右派或犯過別的什麼政治錯誤，要在他們中間挑出幾個沒有任何污點的人實在是太難了。按說，喬嵐參加過革命，是他們之中最為清白最可信賴的人物，可偏偏她又被同學們揪了出來，成為現行反革命分子。這些老師有的畢業於清華，有的畢業於北大，有的畢業於北師大，有的畢業於復旦，許多人才高八斗，身懷絕技。他們因種種際遇流落到了這個小縣城，身負沉重的枷鎖，忍受著心頭的創痛，默默地做一名吃粉筆沫的教書匠，把他們的知識、才能傳授給共和國的年青一代。

一個小小的偏遠的縣城中學，聚集了這麼多名牌大學畢業、學養深厚的高級人才，這真是一個前所未有的奇特現象，這也是這個學校歷年升學率高的一個重要原因，這種特殊現象可供後人進行歷史、政治、人文、地理等方面的研究。到了二十世紀末，當人們知道知識和人才重要的時候，不得不驚歎當時學校能擁有那樣一批老師實在是太奢侈了，才痛悔那樣的奢侈不會再出現了。

課桌不夠用，同學們源源不斷地往這裏扛。年青教師李保平為顯示自己的革命熱情，也和同學們一起扛桌子，誰知他剛把桌子放下，就被一個同學「請」了上去，他懵懵懂懂地被排在了最末的一個位置上。

牛鬼蛇神們全都上了課桌，同學們開始對這些「丑類」進行「化妝」。各年級八仙過海，各顯神通，紛紛送來了各式各樣的紙帽子和紙牌子。這是從毛主席的《湖南農民運動考察報告》中學來的。農民運動中貧苦百姓給剝削壓迫他們的地主階級戴高帽子遊街，使之威風掃地，面對一些人的責難，毛主席說：「好得很！」毛主席在文章中還說：「矯枉必須過正，不過正不能矯枉。」這些牛鬼蛇神們推行資產階級教育路線，長期以學生為敵，妄圖為帝國主義、修正主義培養接班人，他們難道還不應該也享受這樣的「待遇」以使威風掃地嗎？

黨委書記許志傑的個子最高，給他糊的紙帽子也最長，大約有一米五左右，上面寫著「黑幫分子許志傑」七個字，格外引人注目。

史文榮的帽子上面安了個彈簧，彈簧上又別出心裁地裝上一個古時公子哥們頭上戴的簪纓，象徵他是地主階級的孝子賢孫。隨著他身體的不斷抖動，彈簧在有節奏地抖動著，逗得許多人忍不住掩口而笑。

根據大家的豐富想像力，有的帽子是一顆牛頭，有的帽子是一個凶鬼，有的似一條毒蛇，有的是一個煞神，戴上帽子，讓人一眼就能看出這些人牛鬼蛇神的身分，看出這些人都是被同學們用革命的鐵掃帚掃出來的「殘渣餘孽」。

喬嵐的頭上扣了頂牛頭的紙帽，兩隻牛角高高豎起，好像馬戲團裏的丑角似的，她的胸前，掛著「反革命分子」的牌子，不知誰又找來兩隻破鞋子，用麻繩繫起來，掛在了她的脖子上，兩隻鞋子分別扣在她的兩隻乳房上。

賈興中這個倔老頭不願戴那頂畫著凶鬼的紙帽，他可能嫌那張鬼臉畫得太低劣，不夠水準，結果引來了同學們的強烈憤怒和不滿：「你這個隱藏很深的現行反革命分子，難道要做茅坑裏的石頭不成？」有人聯想到他講課時「不許放屁」的潔癖，特意提來個屎盆子扣在了他的頭上，賈興中的頭部負不起這樣的重量，又懾於學生們的淫威，只好用雙手擎住盆沿，任憑屎尿不停地往身上滴嗒。天氣太熱，他身上的汗味和屎尿的騷臭混合在一起，真正變成了個臭不可聞的怪物丑類。他幾次想吐，但哇哇地張著嘴卻什麼也吐不出來。

這些老師們以往都是體面地站在講臺上，面對的是一片仰視的求知的目光；而今他們卻顏面掃地的站在課桌上，面對的是一片仇視的譏笑的目光。怎麼短短時間，就會出現這樣天壤之別的落差和變化，這令他們每一個人都始料未及無比難堪。

也許是一九五七年「反右」震破了膽，他們中多數人都在不斷地自責：「我們是小資產階級知識分子，我們身上帶有『原罪』，有一種難以克服的『劣根性』，雖然經過多少年來的思想改造，但離無產階級的標準還差得很遠。我們追求分數名次追求升學率，我們執行了資產階級教育路線，我們應該接受革命洪流的沖刷和洗禮，我們應該在鹽水裏浸泡，在堿水裏搓洗，直到脫無數層皮，才能符合無產階級的革命事業的要求。」

被「化妝」後的老師們站在課桌上，如同站在大海的孤島上面，面對著一片喧囂的波濤。全校的同學們團團圍著他們，指點著，議論著，譏笑著，一個個既興奮又開心。

牛鬼蛇神們胸前都掛上各種各樣的紙牌子，有黑幫分子、反黨分子、反社會主義分子、反革命分子、老右派、修正主義教育路線的吹鼓手、赫魯雪夫的孝子賢孫、叛徒、三青團骨幹分子、封建地主階級殘渣餘孽、資產階級反動路線的馬前卒……全校大多數老師都站在了課桌上面。

一個小小的條山中學，竟出現了這麼多牛鬼蛇神，一時蔚為大觀。老師們戰戰兢兢地站在高高的課桌上，彎腰低頭，斯文掃地。天氣炎熱，心情壓抑，身著「甲冑」，頭戴「桂冠」，人人的身上都在往出冒汗。那些經常挨整的老「運動員」們倒還撐得住，那些第一次挨整的老師就顯得格外難堪，他們羞愧得面紅耳赤，目光不敢朝下與自己的學生對視，他們恨不得地下突然裂開一道大縫，然後一頭栽下去了事。好在牛鬼蛇神們太多，這多少消解了他們的一些膽怯和沮喪，使他們不至於感到孤單和恐慌。

「同學們，」王闖站在一張講桌上張開他那張厚嘴唇講起話來，「文化革命開始以來，我們回應偉大領袖毛主席的號召，積極行動，窮追猛打，揪出了一大批牛鬼蛇神，這是毛澤東思想的偉大勝利，是毛主席革命路線的偉大勝利。今天，我們要押著這些牛鬼蛇神們遊街示眾，以此大長革命群眾的士氣，大煞牛鬼蛇神的威風。同學們看一看，還有漏掉的沒有？」

宋淑華朝牛鬼蛇神們看了一眼，起初興奮無比的心情突然有了一種疑惑，有了一絲怯意。她沒想到牛鬼蛇神會這麼多，她明明知道許多人根本不應該站在這個行列中。問題是誰都可以根據自己的喜惡認定某某老師是牛鬼蛇神，這就失去了控制，難免殃及了無辜。作為一個學生幹部，這些老師平時很器重她依賴她，時不時給她以特別的關心和愛護，今天這樣對待他們是不是有點殘忍，有些不近人情？這種疑惑和怯意壓制了她的革命豪情，使她無法像去普濟寺那樣激情四溢，氣干雲天。她朝後縮了縮，一任別的同學衝到前面以掌控局面。

衛東彪讓幾個人用繩子像串糖葫蘆似的把牛鬼蛇神們串在了一起，看他們收拾停當，便湊到王闖跟前，說：「基本上全了，可以走了。」

王闖一揮手，牛鬼蛇神們從課桌上「請」下來，如同古時發配的囚犯，在同學們的押解下，浩浩蕩蕩向縣城走去。

許志傑的個子高，帽子也高，相比之下，胸前的牌子顯得小了一些，有人拿了條單人涼席掛到他的脖子上，涼席從胸部一直拖到了腳面，上面「反革命修正主義分子許志傑」幾個字赫然醒目。史文榮帽子上的纓絡隨彈簧上下晃動本來就夠引人注目，不知誰又畫了個骷髏並打上一個大大的紅×，用糨糊直接粘在他的衣服上，象徵他推行的那一套教育路線和方針已被宣告死亡。喬嵐本想把掛在脖子上的那雙破鞋扔掉，想到賈興中不願戴紙帽反被扣上屎盆的經過，她最終沒有輕率扔掉那雙鞋子。她閉上雙眼，想，權當自己正在演出一幕活報劇，權當這一切都與已無關。戲既然開場了，那總要有高潮，有結尾，總不會永遠這麼一直演下去吧。想到這裏，她的心情輕鬆了一些，微微睜開眼睛看著周圍情緒激動面孔通紅的同學們。看著他們敵視和嘲笑的目光，她對他們恨不起來，只覺得他們無知、可憐。她不知道究竟該去怨誰恨誰。前面有繩子牽著，她像夢游一般向前挪動著腳步，扮演著分配給自己的這個角色。

「打倒反革命修正主義分子許志傑！」

「打倒資產階級教育路線的祖師爺史文榮！」

「打倒反動畫家賈興中！」

「打倒反革命分子喬嵐！」

「打倒黑幫小丑李保平！」

「……」

領呼口號的是初二（四）班學生展紅旗。展紅旗原名展洪啟，前不久他也改了名，改成了展紅旗。初二（四）班與高三（四）班結為兄弟班，宋淑華被派去擔任初二（四）班的少先隊輔導員，展紅旗是少先隊幹部，和宋淑華接觸比較多。宋淑華很喜歡這個既聽話又各方面表現優秀的學生，一直想發展他加入共青團。可是，就在校團委正準備研究他的入團申請的時候，他的爸爸被定成了「四不清」幹部，撤銷了在生產隊的一切職務，並被開除了黨籍。

展紅旗的爸爸當過多年的生產大隊的大隊長，「三年困難」時期，餓瘋了的社員群眾不顧一切地偷盜尚未成熟的生產隊的莊稼，作為生產隊幹部，他要求所有大隊幹部及其家庭成員不能和社員們一起去偷盜。可是，大隊幹部家裏也沒有糧食，一家人也要活命。

一天夜裏，展紅旗一家人圍著一口冷鍋，饑腸轆轆看著他的爸爸。他的媽媽幽咽著說：「不讓偷青，難道就讓我們這樣活活餓死？」可是，如讓她們偷青，怎麼去制止其他社員？這一年的收成還有什麼指望？無奈之下，他一咬牙，找到生產隊會計，經過一番商量，決定深更半夜從留下的豬飼料中，給每位大隊幹部秤十斤糧食以暫度饑荒。他們同時商定，等度過了饑荒，再悄悄把糧食還回生產隊。

度過了「三年困難」，接著就到了「四清」，大隊幹部被集中起來上樓「洗澡」，困難時期私分糧食這件事是瞞不過去的。展紅旗的爸爸和其他幹部都作了交代，但展紅旗的爸爸帶頭提議私分糧食，自然要比別人錯誤嚴重，受到的處理也要比別人嚴厲得多。他的爸爸一時無臉見人，就跳井自殺了。這在當時是一種自絕於黨、自絕於人民的行動，這一事件直接影響了展紅旗的進步，他入團的事從此就擱下無人再提了。後來少先隊選舉，他的大隊長的職務也因此被拿掉了。

家庭變故加上自己進步受挫對展紅旗打擊很大，使他一度背上沉重的思想包袱，每天悶悶不樂。宋淑華和他多次促膝談心，盡力幫他解開心中的疙瘩，他的情緒才逐漸穩定下來，並表示一定要正確對待挫折，積極向上，不斷努力，用實際行動證明爸爸是爸爸，自己是自己。爸爸自絕於黨和人民，罪孽深重，但自己是忠於黨、忠於人民的，是能夠和他劃清界限的。

文化大革命風暴驟起，他知道自己不屬紅五類子弟，肯定會更加受到別人的歧視，但他實在不想被歸入「滾他媽的蛋」的不革命的一類，他要加倍表現自己，以求得到別人的認可和同情。他扯起嗓子，領呼口號，並在振臂一呼中引起上千人的回應，這種場面和效果使他的心中充溢著無比的幸福和滿足。

牛鬼蛇神們互相牽扯著，行走得很慢，從學校到縣城中心，足足走了有半個多小時。時近正午，太陽像火龍一樣噴吐著烈焰，學生們大都汗水涔涔，牛鬼蛇神們負重行走，更加狼狽不堪。幾個年紀大些的教師臉色蠟黃，呼吸急促，身體明顯有點支持不住了。語文老師陳其安最先跌倒在地上。他一跌倒，立即引起「多米骨牌效應」，捆在他胳膊上的繩子接連拉倒了好幾個，隊伍一時亂了起來。

「哼，知道你這會兒要裝蒜了。縣城裏到處都有你教過的學生，沒臉見他們，是嗎？早知道這樣，為什麼不少販賣些封資修黑貨！」衛東彪使勁拉起陳其安，教訓他說：「好好走吧，耍賴皮也沒用！」

王闖在隊伍的前後走動著，他看著倒在地上的牛鬼蛇神，說：「真是不經鬥，喊了幾聲打倒，真倒在那兒起不來了。」

李秀娟跟著隊伍向前走著，《毛主席語錄》在她的手裏已捏得濕漉漉的。從來沒有經見過這樣的場面，她的心裏倍感刺激和震撼。看著王闖跑前跑後的身影，李秀娟突然覺得這傢伙倒是有著過人的膽量和魄力，文化革命恰恰給他提供了一個出人頭地的舞臺，給他一個充分表演的機會。

「打倒反革命分子喬嵐！」展紅旗又領著大家高呼口號，她也趕忙舉起拿著語錄的右手，跟著一起喊了起來。聲音剛落，她猛地吃了一驚，喬嵐此時正走在她的身旁，兩人相距僅一步之遙。

「她肯定聽到我的喊聲了。」秀娟想，「聽到了又怎樣，又不是我一個人在喊。」她忍不住瞥了喬嵐一眼，誰知喬嵐也正在看她，兩個人目光相碰，似乎要碰出聲音來。

李秀娟心中一震，她感覺喬嵐的目光中似含有對她的怨恨、惱怒、責怪、不滿。是不是嫌我的大字報揭發了她？可是，即使我不揭發，她也逃不脫這場災難，牆倒眾人推，我李秀娟有什麼辦法？為了避免這種尷尬局面，她緊走幾步，和喬嵐拉開了距離。

大街的兩旁站滿了圍觀的群眾，他們大都是一副好奇的神情，許多人踮著腳，仰著脖子，像在動物園裏觀看困在籠子裏的野獸。階級鬥爭的觀念已深入人心，誰敢同情這些有著可怕頭銜、戴著高帽子的階級敵人？在一些年紀稍大的人們的記憶中，土改中鬥地主老財才這樣戴高帽子遊街，多少年沒有這樣整治過壞人了。學生們真是敢衝敢想敢幹敢鬧啊。只是把老師們整成這樣，讓人看著怪可憐的。

八

牛鬼蛇神們在大街上遊行了一圈，被押到了縣城中心的露天劇場，他們在戲臺上被依次排列開來，許志傑和史文榮還是被排在最前面。陳其安自跌倒後，一直被兩個人架著胳膊，此時硬被拽上了戲臺。賈興中兩手支撐著屎盆，屎盆裏的髒汙、路上的塵土以及臉上的汗水混合在一起，把他的臉搞得像戲臺上的大花臉，那一身騷臭弄得牛鬼蛇神們都不願意靠近他，他一個人與其他人隔著一段距離，顯得不很合群。撐著屎盆的雙手此時早已累得發起抖來，但他不敢扔掉頭上的瓦盆，好像一旦把它摔碎，他的身軀也會隨之粉碎似的。

喬嵐的身體雖然十分纖弱，今天卻表現出極大的耐久力，她微昂著頭，不時朝臺下掃上一眼，紙帽上的兩隻牛角不馴服地向上豎立著，給人一種桀驁不馴的感覺。這個地方她太熟悉了，就在這個戲臺上，她曾經演出過無數次節目，扮演過各種各樣的角色。為慶祝縣城解放，她在這裏扭過秧歌，唱過「解放區的天是晴朗的天」；為配合「三反」、「五反」運動，她在這裏演出過活報劇；再往後，她帶領她的學生們在這裏歡呼三大改造的勝利完成，歌頌過三面紅旗的輝煌成果，聲討過美帝國主義侵略越南和黎巴嫩，支持過多明尼加和古巴人民的反帝鬥爭，慶祝過原子彈爆炸和赫魯雪夫下臺……

今天，西元一九六六年的八月，她卻扮演了這樣一個從未扮演過的角色。心中沒病死不了人，演戲總有終場的時候，到那時再卸妝不遲。

牛鬼蛇神們在戲臺上排列完畢，王闖要他們一一向群眾低頭認罪。打頭的自然是反革命修正主義分子許志傑。許志傑朝臺下掃了一眼，臉上毫無表情地說：「我……被稱為反革命修正主義分子，罪行嘛，我也不清楚，據說是推行了修正主義教育路線，培養了修正主義苗子，為資本主義復辟立下汗馬功勞……」

「停一停，」衛東彪打斷了許志傑的話，說：「到現在你還裝愣賣傻，死不認罪。」說著說著，他帶頭呼起了口號：「打倒反革命修正主義分子許志傑！」

「打倒反革命修正主義分子許志傑！」臺下的學生呼應著。

「敵人不投降就叫他徹底滅亡！」

「敵人不投降就叫他徹底滅亡！」

「頑抗到底，死路一條！」

「頑抗到底，死路一條！」

王闖使了個眼色，只見兩個同學上前扭住許志傑的胳膊，只聽「嘎巴」一聲，許志傑疼得尖聲叫喊起來，兩隻胳膊像噴氣式飛機的機翼伸向側後方，他的腰深深地彎了下來，頭也不由自主地向下低垂著。王闖從背後揪住他的頭髮，把他的頭提了起來，強使他面向群眾，問：「老實交代，你是不是反革命修正主義分子？」

「隨……隨你們怎麼說都……都行。」

「你自己對大家說，說！」

又是一陣沉默。

許志傑是個很硬的漢子，那年他投身革命不久，在一次執行任務時被日本鬼子抓獲，捆在了一棵大樹上，鬼子把黑洞洞的槍口對著他的胸膛，問：「是不是八路？」他從容不迫地回答：「不是。」「說老實話！」鬼子的食指扣住扳機。「既然你們不相信我的話，那我說啥也沒用，要殺要剮，隨你們便。」鬼子被他那鎮定自若的態度震懾住了，他們把他從大樹上解了下來，罰他去做苦工，後來，他打死了監管的鬼子，隻身渡河到了延安……現在，卻非要讓自己承認是反革命黑幫！在那風雨如晦的年代裏他能不顧一切地投身革命，如今革命成功了，自己成了一名黨的高級幹部，為什麼卻要去當反革命呢？真是奇怪的邏輯！可眼前的對手不是荷槍實彈的敵人，而是單純幼稚的學生，他們把你當敵人，你卻不能把他們當敵人；什麼都承認自己的內心通不過，什麼都不承認學生們通不過。革命幾十年，從未遇到過這樣的難題。最後，他只好緘口不語：隨你們折騰去吧，反正就這一百來斤，你們學生們定的罪又算不了數，定錯了到頭來還得糾正。他咬緊牙關，拚命支撐著，不管問什麼，反正我不開口。

第一個人向公眾亮相就碰了這麼個釘子，王闖和衛東彪都有點下不來臺，正在商量對策，史文榮卻一步跨了出來，低頭彎腰，態度虔誠地說：「我是推行修正主義教育路線的祖師爺，我是走資本主義道路的當權派，我是反對毛主席教育路線的急先鋒，我是學校牛鬼蛇神的黑後臺，我是地地道道的大黑幫，我只抓分數，只抓升學率，培養了一大批修正主義的苗子，培養了一大批只專不紅的精神貴族……」反正大字報怎麼揭發，他就怎麼承認。他知道，給自己頭上戴的帽子越大，就越不符合實際，將來就越有可能把它摘掉。他想把一切都承攬下來給別人減輕些罪責，他想給後面的老師們做個榜樣，讓他們別像許志傑那樣，因態度強硬而遭受皮肉之苦。老教師們都疲憊不堪，無法再堅持下去了，這樣僵持下去，還不把大家全都毀了？這些老教師都是教學上的骨幹，有著多年豐富的教學經驗，全靠他們支撐，條山中學才遠近有名，將來萬一有一天再開起課來，沒有他們是萬萬不行的。

史文榮主動亮相認錯，使王闖他們爭回了面子，找回了自信。他們暫把許志傑撇到一邊，讓其他人依次向公眾認罪。幾個老師學著史文榮的樣子順順當當地過了關，輪到喬嵐的時候，卻又一次卡了殼。

也難怪她，承認「執行修正主義教育路線」一類的罪名要比承認「反對毛主席」容易得多。而且，她怎麼敢反對毛主席呢，那是要犯彌天大罪的呀！更何況她對毛主席一貫無比崇拜，衷心愛戴。她不想像許志傑那樣軟磨硬抗，也不想學史文榮那樣大包大攬，她想在這麼多人面前表示一下自己的清白。她說：「我，是反革命……」下面靜靜地聽著她的認罪。「……的死對頭！」聽完，人群開始騷動起來。她不管下面人群的反應，繼續說：「我，反對毛主席……」下面又靜了下來，「……純是無中生有！」

「打倒頑固不化的反革命分子喬嵐！」口號聲像怒潮一樣洶湧而起，這翻捲咆哮的怒潮幾乎要將喬嵐吞沒。

「娟姐，」校文娛宣傳隊的另一個初一女生劉小妹挨近李秀娟，抓住她的一隻胳膊，說：「喬老……」「師」字還沒說出，她趕緊咽了回去，說：「她不認罪就要受罪了。」劉小妹是宣傳隊中年齡最小一個人，剛到宣傳隊時，她處處看著李秀娟的樣子，每個動作、表情都跟李秀娟學，李秀娟也耐心地對她作示範、談要領，兩個人很快就成了非常要好的朋友。劉小妹常常以有李秀娟這樣漂亮且引人注目的大姐姐而驕傲，李秀娟也常常以有劉小妹這樣活潑可愛而又好學的小妹妹而高興。劉小妹到宣傳隊時間不長，但進步很快，她感情非常豐富，能夠適應各種各樣的角色。每次排練，哭時，她能聲淚俱下；笑時，她能笑出淚花。喬嵐眼看李秀娟這批人即將畢業離校，必須儘快培養出一些新人接她們的班，而劉小妹就是她著力培養的人才之一。喬嵐看重劉小妹，劉小妹自然對她心存感激。此時，她暗暗為喬嵐擔憂。

李秀娟面無表情地說：「這又不是演戲，她今天不該這樣。」

劉小妹也看了李秀娟那張揭發喬嵐的大字報，那張大字報所說的事倒沒有什麼出入，而且她也在場親耳聽過，此時，她看著李秀娟的臉，問：「那……她真會反對毛主席嗎？」

是的，她真會反對毛主席嗎？階級鬥爭的弦繃得如此之緊，無產階級專政如此強大有力，除去一些亡命之徒，誰敢在公眾場所公然反對毛主席呢？李秀娟從內心來講也不敢相信。可你把大字報寫出來了貼出去了，你在大字報上上綱上線，說她犯了反對毛主席的罪行。你怎麼回答劉小妹提出的這個問題？喬嵐今天的遭遇無疑都和你有關呀！

「李秀娟，請李秀娟同學上臺來揭發作證。」王闖在臺上大聲叫喊著。

全場的目光都在尋找著她，李秀娟覺得自己像一個剛剛作案的小偷，只想隱藏在一個不被人發現的地方。

「娟姐，叫你哩。」劉小妹提醒她說。

李秀娟仍然一動不動。這麼多人，這樣一個場面，她怎麼能跑到臺上和喬嵐面對面交鋒對質？她揭發喬嵐的大字報是在別人誘導逼迫下寫出來的，上面那些上綱上線的話也是別人授意的，她並沒有從心底認定喬嵐就是反對毛主席的現行反革命，讓她上臺揭發作證，這不是難為她麼？宋淑華知道這個時候把李秀娟推到臺上會給她難堪，會讓她下不來臺，她此時要挺身保護自己的好友，她跨到主席臺上，小聲對著王闖的耳朵，說：「怎麼能在這裏作證呢？那麼惡毒的反動言語，能在這裏重複一遍麼？」

王闖想想也是。惡毒反對毛主席的言論，怎麼能在大庭廣眾面前繼續傳播？他最終沒能堅持自己的意見。

李秀娟的心緒受到了干擾，剛開始時的那點好奇和亢奮已蕩然無存。她只覺得心臟在咚咚地跳，腦子在嗡嗡地響，之後大家是怎樣對付喬嵐的，這場遊鬥怎樣收場，她都恍恍惚惚，記不大清楚了。她只知道劉小妹一直在挽著她的胳膊，在一個小攤販那裏，給她嘴裏塞了幾粒仁丹，她的頭腦才清醒了一些。宋淑華在回學校的路上，摸了摸她的頭，說：「天太熱，大概是中暑了吧。」

九

賈興中摸索著回到了自己臥室兼畫室的家裏。家中亂成一團，他也懶得收拾。肚子早餓過勁了，反而不覺得餓了。身體太疲憊了，他先倒在床上休息。

天漸漸黑了下來，此時他覺得最折磨他的不是餓和累，而是精神上的屈辱。自己一輩子的心血都傾注在繪畫裏，而那些畫許多卻成了毒草，成了現行反革命的鐵證；自己一輩子教書育人，而自己所教的學生現在都變成了自己的敵人。真是想也沒想到的結局啊！

他平時沉默寡言，除了講課，很少開口，誰知很少說出的幾句話卻讓學生們牢牢記住成了反革命的罪證。他和每一個老師的關係都處得很淡，可以說沒有一個知己，甚至沒有一個可以說得來的人。憑著這種孤寡的個性，他在反胡風、反右派的鬥爭中毫髮無損。

他知道自己出身地主家庭，屁股後面有一條又粗又長的尾巴，隨時會被別人揪住不放。他要夾著尾巴做人，他不想涉及什麼政治，他只想認認真真畫自己的畫，把自己沉浸在藝術世界裏以避免惹禍在身。可是，他最終沒有逃過文化大革命。

他知道學生們給他羅列的罪狀是無中生有，是牽強附會，但眾口鑠金，假話不用重複就成了真的，就會有人相信，就會讓你百口莫辯。當一場洪水暴發的時候，究竟要淹到哪裏，誰能事先做出明確判斷？誰能挽住這滔天的巨浪？這回也該著自己了，在劫難逃啊。只是這場洪水來得太急了，沒有任何思想準備，就突然遭受到滅頂之災。這麼小心翼翼都逃不過大禍臨頭，以後還將怎麼活呢？畫是不能再作了，那在這個世界上還有什麼意思呢？

別說以後了，今天，在大庭廣眾之中，自己一臉的屎尿，簡真不如一隻豬狗，無論多少年之後都會成為人們的笑柄，如此丟人敗興，哪還有什麼面目苟活於人世呢？今後，想必還會遭受更大的屈辱和折磨，那些地富反壞右們，誰不是一旦被打入另冊，就永遠沒有出頭之日呢？

想到這裏，他決定一死了之。死對於他來說，無非是一時的痛苦罷了，而活著，對於他來說就太沉重太艱難了。可是，怎麼個死法？拿刀砍？一下砍不死，失血後沒有力氣繼續揮刀，結果弄個半死不活，那後果更為可怕。上吊？屋子裏沒有繩子，再說也不好往屋樑上繫呀。這時他想到了觸電：把屋子裏燈泡擰下來，然後把手指頭伸進去，電流穿身而過，瞬間就可以結束生命。

想到這裏，他突然有了一種快感，一種即將脫離苦海的快感。他掙扎著從床上爬起來，搬來了凳子，放在電燈下面。屋子裏雖然黑呼呼的，但他在這個空間裏生活了這麼多年，憑感覺也知道電燈在什麼位置。他站在凳子上，伸手去擰電燈泡。電燈有些高，他得掂著腳才能夠上。一圈，兩圈，燈泡被摘下來了。他得先把燈泡放下來，然後再把開關拉下來通上電。他像作賊似地躡手躡足，他怕不慎把燈泡掉在地上，「叭」的一聲響，會驚動旁人，從而使他的計畫難以實施。

他爬下凳子，把燈泡放在地上，然後拉了一下燈繩，再爬上凳子，他手往上伸著去抓電線和燈口，這次可沒有剛才摸得那麼準，一下，兩下，沒有摸著。他再掂起腳探著身子往上摸，這一使勁使身體失去平衡，一下子從凳子上摔了下來，先是整個身體壓在畫架上，畫架倒了，又砸在那一堆石膏像上，劈裏啪啦一陣響，他那早就疲憊不堪的身體倒在地上爬不起來了。

響聲早驚動了在外巡邏的學生。這些天階級鬥爭空前尖銳激烈，牛鬼蛇神們受到了嚴厲的打擊，很可能會有一些狗急跳牆之舉。同學們對此保持著高度的警惕，各個班自動組織了巡邏隊四處巡視。賈興中屋子裏的非正常聲響好似拉警報一樣立即把巡邏的學生吸引了過來。他們進來一查，就什麼都明白了。賈興中家裏的人越聚越多，宋淑華拉著李秀娟很快趕到了這裏。因為賈興中是她最先帶人抄的家，賈興中的自殺豈不是向她示威？她顯得非常憤怒，把賈興中押到校中心的花園裏，站在揭批他的大字報前，對著他曾雕塑過的雷鋒像，對他展開了新一輪的批判。

宋淑華指著賈興中的鼻子說：「好啊，你想向革命小將示威啊，你想自絕於人民啊。告訴你，你今天就是死了，也逃脫不了革命群眾對你的批判和懲罰，你死了，也是死有餘辜，必將遺臭萬年，文化大革命的烈火照樣熊熊燃燒，革命的車輪照樣滾滾向前。」

高二（三）班學生馮建國上來扇了賈興中兩個耳光，說：「死去吧，你們這些牛鬼蛇神們都死光了，就沒有人再翻天復辟了，這世界也就安寧了。」

馮建國酷愛畫畫，是校黑板報《向日葵》的美術編輯。校黑板報每週一期，曾經辦得有聲有色，十幾塊黑板一字兒擺在校中心花園四周，是各年級學生顯露才華的一個重要園地。許多學生就是因為這塊園地在全校獲得較高的知名度。近一兩年幾乎每期黑板報都是馮建國插的圖，他那繪畫的天賦因之被全校學生所熟知。別的同學很少到賈興中的家裏去，只有他時不時要去向賈老師請教，要賈老師為他設計一些圖案。賈興中被揪出來之後，為了表示他和這個現行反革命徹底劃清了界限，他不得不用一些非常之舉來證明自己。白天游鬥賈興中的帽子最先就是他設計製作的，當賈興中扔掉帽子後，又是他找來屎盆扣在了賈興中的頭上。

賈興中像一攤泥一樣站立不住，兩個學生不得不站在他的身後提著他的胳膊接受批鬥。李秀娟站在學生們中間，看著這個被自己查抄過的人的拙劣表演。她平時和賈興中接觸不多，對他引不起半點同情，反而覺得他行為怪癖，令人厭惡。她覺得他不是真要死，而是以死來威脅學生。這個老師和全校的每一個老師都不一樣，平時見了誰都是愛搭不理的，顯得陰森莫測。一個地主家庭出身的人，對共產黨不滿，對毛主席充滿仇恨，妄想推翻社會主義制度，惡毒攻擊無產階級專政，是他們的必然邏輯。文化革命就是要蕩滌一切污泥濁水，革命群眾以高度的警惕和雪亮的眼睛，揭去了他的偽裝，剝掉了他的畫皮，他因此尋死覓活，向革命群眾示威，這樣的人，難道還值得寬恕嗎？矯枉必須過正，對他嚴厲一些，兇狠一些，也是應該的啊。

這邊對賈興中的批鬥還沒有完，那邊又有人把校長史文榮又揪來了。史文榮遊鬥回來之後，也是渾身疲累，情緒低落，灰心喪氣，精神萎靡。他喜歡吹簫，以往心中每有煩悶，他就拿起那根長簫，吹起自己熟悉的那幾支古典曲子，他的煩悶就在簫聲中慢慢排遣掉了。這天他在床上躺了一會兒，開了燈，心中直覺堵得難受。自從他成了資產階級教育路線的黑線人物，成了全校學生炮轟、火燒的主要目標後，就不能和任何人交流了。別人不敢和他接近，怕沾染上腥臊脫不了干係；他也不能和別人接近，怕牽連了人家而同受迫害。除了在批鬥會上坦白認罪之外，他幾乎成了啞巴，整天閉著嘴不說一句話。

這時，他的眼睛忽然瞥見了掛在牆上的長簫。這支心愛的長簫在他的手裏被磨得油光發亮，由於很長時間沒吹，如今上面已落了一層灰塵。他把它從牆上摘下來，用袖子拂去灰塵，放在嘴上輕輕吹了一聲，聲音依舊。文化革命使校園發生了天翻地覆的變化，只是這支長簫沒變，它還是那樣的音色，還是那樣油光發亮。他像摟著一位老朋友似的把它緊緊摟在懷裏，眼睛裏不由自主地沁出了淚珠。

許久，他把長簫按在唇上，輕輕地吹起了他熟悉的曲子《蘇武思鄉》。他不敢大聲吹，怕被別人聽見。然而，他的壓得很低的聲音還是被人聽見了，因為這種聲音和文化大革命的氣氛太不相宜了。文化革命戰鼓頻催，而你的調子卻哀婉低回，如泣如訴，這分明是心中不滿的一種宣洩，是遭受冤屈的一種流露。

幾個學生一腳踢開了他緊關的房門，不由分說就把他拉出來進行批鬥。

「好啊，你口口聲聲低頭認罪，接受同學們的批判，原來口是心非，是做樣子給我們看。你是想潛伏爪牙，等這一陣風過去了，然後再反攻報復啊。對你這樣的人，我們必須打翻在地，再踏上一隻腳，叫你永世不得翻身！」

史文榮那張蠟黃的臉在燈光下變得慘白，當年那個以升學率高而自以為傲的風度翩翩的老校長，這會兒只能像做錯了事的小學生一樣接受著大家的批判和斥責。

張永豪看到晚上發生幾件事兒，對宋淑華建議說：「看來，得收拾一間屋子，把幾個問題最嚴重的牛鬼蛇神關在一起，這樣看管起來也容易一些。不然，他們住得分散，一旦注意不到，就可能出問題。」

宋淑華想了想，覺得他說的很有道理。

馮建國提議說，把他們都關到學校菜園那個棚子裏去。那個棚子裏曾經養過牛，原來是打算養頭牛犁地的。後來覺得養牛又要添草又要加料，太麻煩。麥草可以到附近農村買，但買來要找地方堆放，餵牛時要把它鍘碎，難題一個接著一個。學校有的是免費勞動力，菜園子雖然不小，但輪班勞動，在不影響學習的情況下，那些活很快就能幹完。同學們幹點農活，還能增加些勞動技能。經過權衡，那頭牛就被殺掉改善了學生的伙食，學生們則把牛的活兒包攬了下來。現在，棚子裏只有看園子的校工王寶山一個住，他在那裏主要是為了防範搗蛋的學生去偷吃菜園子裏的黃瓜番茄。

馮建國一提，張永豪也覺得那地方不錯，一是王寶山出身好，對工作又極端負責，那些頑皮搗蛋偷吃偷懶的學生很少能逃過他的鷹眼和嚴厲懲罰，把牛鬼蛇神集中到那裏，可以讓他負責監管；二是菜園的四周有圍牆，他們想逃跑也不容易；三是學生們已抽不出時間到菜園裏勞動了，牛鬼蛇神們無課可教，正好讓他們在菜園子裏勞動改造，重新做人。

說幹就幹，當晚，學生們就把十幾個老師集中到了棚子裏。

十

偉大領袖毛主席八月十八日接見首都革命群眾時戴上了紅衛兵袖章，這是對紅衛兵組織的最大肯定和支持。在張永豪的提議和籌畫下，條山中學即刻成立了紅衛兵組織。加入紅衛兵的條件非常嚴格，一必須根正苗紅，家庭出身必須是貧下中農或工人、革命幹部，直系親屬中不能有任何污點，像叔叔姑姑舅舅姨姨中如有地富反壞右者，是一概被拒絕在外的，二是文革以來必須有突出表現，像那些行動遲緩猶疑不決盲目隨從舉止平平者是一概不予考慮的。張永豪、宋淑華、王闖都成了學校第一批紅衛兵且都是這一組織的負責人。衛東彪雖然表現不錯，但由於家庭出身是中農，因之被紅衛兵拒之門外。展紅旗雖然在極力表現自己，無奈由於他爸爸的問題，也和紅衛兵無緣。像李秀娟、劉小妹這些人，雖然家庭出身還可以，只是由於文革以來表現平平，也只能看著別人戴上紅衛兵袖章在校園裏挺胸抬頭，神氣飛揚。

紅衛兵總部召開會議，研究了前一段條山中學的文化大革命形勢。對照黨中央、毛主席的要求，大家一致認為，前一段條山中學文化大革命的大方向是正確的，成績是顯著的，革命群眾揚眉吐氣，牛鬼蛇神聞風喪膽，舊風俗、舊思想、舊文化、舊觀念和舊社會留下來的各種污泥濁水被蕩滌，資產階級、修正主義的教育路線遭受到毀滅性打擊。下一步要緊跟毛主席的偉大戰略部署，擴大戰果，乘勝追擊，取得文化大革命的更大勝利。

會議決定，要把前一段抄家抄來的封、資、修的東西全部燒毀，以防止它留在那裏繼續散發毒氣。

條山中學的大操場上，前一段抄家抄來的書籍、繪畫等堆成了一座小山，大家如同過狂歡節一樣，在這些物品面前圍成一圈，等待著烈焰騰空，灰燼四散。

這裏面史文榮的書籍最多。原來，他家四壁全是書架，書從地上一直頂到了天花板，簡直可稱作學校的第二圖書館。他的書很雜，從文史哲到數理化，幾乎無所不包。歷年來的教材和教輔材料，這裏也一應俱全。現在，他家的書架還在，只是書已全部搬到大操場來了。賈興中保存的內有光屁股的西洋油畫也搬來了，從喬嵐家抄出的書籍前一段放在物理教研室裏接受審查，由於看管不嚴，這會兒丟了不少，《金瓶梅》徹底沒了蹤影，那些外國文學也被人拿走不少。有人看見衛崇儒曾經在內衣裏藏著一本書偷偷躲在操場的角落裏看，究竟是不是從物理教研室拿的，無人知曉。現在都忙著揪鬥牛鬼蛇神，沒有人能顧得上這些雞零狗碎的事。學校圖書館的門窗都用木條釘死了，前一段不知誰把一扇窗戶上的木條拆掉兩根，砸碎玻璃鑽進去了，是進去看書還是偷書，不得而知。張永豪找校工把那扇窗戶又重新釘死。裏面的書大都是封資修的毒草，讓它們流傳出去，只能貽害革命後代，毒化社會風氣。這些東西怎麼處理，先把它們封存起來，以後再作計議。

牛鬼蛇神們都圍著書堆站著，他們的後面是一圈又一圈的學生。焚書之前，王闖站在前面先作了一番講話，他說：「同學們，文化大革命開始以後，我們在戰無不勝的毛澤東思想的指引下，取得了豐碩的成果和輝煌的勝利。我們不僅揪出了一批隱藏很深的階級敵人，而且繳獲了一大批封資修黑貨。對於牛鬼蛇神的肉體，我們無法消滅，可對於他們這些封資修黑貨，我們卻可以銷毀。大家看一看聞一聞，這些書都發黃，發黴，散發著一股酸腐的臭味，不銷毀這些毒草，它還會繼續散發毒素，毒害我們革命群眾。我們知道，史文榮是這些黑貨的最大收藏者，為了達到教育黑幫、改造黑幫以使他們徹底悔過自新的目的，下面，就讓史文榮親自點火燒書。」

王闖對書的態度可謂百味雜陳，他不喜歡書卻又不得不每天硬著頭皮去啃書。書給了他太多的痛苦和煩憂，每次考完試是他最感屈辱的日子。別的同學考了好成績可以喜笑顏開四處張揚，他卻總像霜打的茄子抬不起頭來。他對取消高考真是一千個贊成一萬個贊成，他對銷毀圖書自然顯得異常積極和賣力。

史文榮接過一個蘸滿食油的火把，又接過一盒火柴。他取出一根火柴，想把它劃著，可他的手不由自主地顫抖著，火柴總也劃不到磷面上。張永豪、宋淑華等紅衛兵組織的頭頭們都盯著他，牛鬼蛇神和革命師生們都盯著他。一根、二根、三根……劃到第五根火柴的時候，終於劃著了，當他把火柴對著火把的時候，由於操場風大，火柴又熄滅了。火把沒有點著，王闖心中的火卻燃著了，他大聲問：「這堆書是你的親兒親女？捨不得了？」他又叫出語文老師陳其安，說：「陳其安，你拿火把，他點火。」陳其安接過火把，史文榮兩手捂成一個擋風的空間，火柴很快就劃著了。史文榮把火柴對著火把，火把上的油很快就燃燒起來了。史文榮接過火把，把它伸向書堆，紙張遇到火，火苗很快就竄了起來。

那些疊在一起的書不容易一下子燒盡，王闖指揮牛鬼蛇神們一起動手，從地上揀起書把它撕開，然後扔到火最旺的地方。烈焰很快竄起好幾米高。這時，陳其安看到了自己那套保存完好的線裝本《史記》，他把《史記》抱在懷裏，像抱著自己親生兒子似的哭叫起來：「我的《史記》，我的《史記》，哇，呀呀……」

他的舉止引起了學生們的一陣哄笑。

王闖過來呵斥道：「什麼屎記屎記，又不是你爹你媽，用得著這麼哭嗎？」

昔日課堂上口若懸河滿腹經綸引經據典之乎者也的陳其安，這會兒竟如喪考妣，一把鼻涕一把眼淚的。他的這一副面孔，同學們見所未見，今天可算開了一次眼界。

火還在燃燒著，王闖把牛鬼蛇神們叫到了一起，說：「從明天起，把你們分成三組，一組打掃廁所，一組打掃校區衛生，一組到菜園種菜。」說完，他開始念分組名單。

喬嵐、陳其安被分配去打掃廁所，史文榮和許志傑負責打掃校區衛生，賈興中、李保平去菜地種地。牛鬼蛇神們領了命令，各自散了，操場裏的大火燒了很長時間，才慢慢熄滅。衛崇儒離開得很晚，他原想從火中取出幾本書據為己有，但在眾目睽睽之下，無從下手，何況書都燒得屍身不全，最後他不得不快快離去。

喬嵐沒有住進牛棚。那天學生讓她搬出，她說：「就那麼一個棚子，我總不能和男教師住一起吧。」她知道學生們的用意，就向他們保證說：「請你們放心，我一不會自殺，二不會幹反黨反社會主義反毛主席的事，三不會和同學們作對，四不會干擾文化大革命的進行。我還住在這裏，有什麼事隨叫隨到。」

有了這一番保證，同學們也就沒有太為難她。把她一個女教師安排在那個牛棚裏，也的確不太合適。

喬嵐打掃廁所很是認真負責，人們從她的臉上看不出有多少怨艾，有時人們甚至聽到她一邊打掃廁所還一邊哼著歌兒。是低頭認罪了，還是對學生們給她的定罪不以為然？人們一時猜不明白。反正是一隻死老虎了，也不怕她咬人，暫且勞動改造、以觀後效吧。

最苦的還數賈興中他們種菜的那一撥人。學校的菜園子很大，學校食堂一年四季吃的菜大都是這菜園裏種出來的。學生廁所和菜園一牆之隔，蹲坑在菜園外面，糞池在菜園裏面，這是菜園取之不竭的肥源。原先教師們是不用到菜園裏勞動的，鬆地、施肥、播種、採收等活兒都由學生們幹。那頭牛被學生們吃掉後，學生們也就成了牛，鬆地就要大夥兒拉犁。

掌犁的活兒非王寶山莫屬。王寶山這傢伙長得又黑又高又瘦，整天虎著個臉，兇神惡煞似的。學生們拉犁時，他把犁鏵插得很深。學生們十五六歲的年紀，能有多大力氣？每次拉犁，都要使出吃奶的勁兒才行。拉耙時，學生們就想法作弄他以洩恨，他兩手抓住繩子站在上面，學生們約好起初慢慢地拉，待憋足勁後一齊發力，當耙快速前進時再突然減力，利用他們在課堂上學的慣性知識猝不及防把他摔個狗吃屎。王寶山早窺透了這些孩子們的小伎倆，他緊緊地抓住繩子，兩隻腳像釘在上面似的，任你怎麼使壞，他都直直地站立著。最後，這些學生們不得不沮喪地認輸，該幹多少活兒一點也不能少。

以前輪哪個班到菜園勞動，大家都愁眉苦臉的，好像服苦役一樣千方百計地想躲過去。現在好了，有人和他們換班了，他們要一心一意完成文化大革命的偉大使命，牛鬼蛇神們正好接替他們到這裏進行勞動改造。

王寶山帶領牛鬼蛇神們往菜地裏挑大糞。像賈興中這種人，是肩不能挑手不能提的，哪幹過這種活兒？頭一天幹活，除王寶山外，馮建國還帶著幾個學生在旁監督，他們故意讓賈興中從茅坑中挖了兩桶又幹又稠的屎，然後挑著往前走，賈興中使足了勁才勉強站起身，剛剛邁出一步身子就趔趄起來。

馮建國站在他旁邊，呵斥道：「別裝，使勁！還沒幹活就這個樣子，這糞什麼時候能挑完？」

賈興中只好鼓起全身力氣擔著糞桶往前走，糞桶在他肩上左右搖擺著，他兩手抓住扁擔力求保持平衡。無奈身體虛弱無力，他越是想保持平衡越是平衡不了，糞便從桶中溢出來濺到他的身上。「堅持住，堅持住！不要停，往前走！」馮建國在後面督促著。走了五六步，賈興中實在支持不住了，人和糞桶嘩啦一聲全倒下來，賈興中那瘦小的身軀幾乎被埋在了屎尿裏。

「就這你還想反黨反社會主義哩，真是百無一用！」馮建國鄙夷地說了一聲，又轉向王寶山：「你好好看著他們，每天給他們定死任務，那怕脫皮掉肉也得完成！完不成或完成得不好直接反映了他們對勞動改造的態度。下一步要針對每個人的表現，決定對他們採取更加嚴厲的措施和辦法。」

王寶山當年指使學生們幹這幹那，如今學生們開始指使他了。他雖然出身好歷史上沒有什麼問題，但對學生的囑咐還是連連稱是。

十一

今天，條山中學迎來一樁特大喜事——縣委為他們送來盼望已久的《毛澤東著作選讀》和《毛主席語錄》。送書儀式在大操場進行，同學們把操場作了一番清掃。那天燒書的灰燼都被清除掉了，只是地面上還留下燒焦的黃色或黑色的痕跡，一些紙灰還像黑蝴蝶似的在操場四周飄蕩著，空氣中似乎還彌漫著一股焦糊味兒。

上午九點，同學們在操場上排好整齊的隊伍。張永豪把校鼓樂隊組織起來，排列在操場的入口處，他拿著指揮杆在前面擔當指揮。幸虧破四舊時沒把這些「洋鼓」、「洋號」砸掉，否則，今天的歡樂喜慶氣氛就會大打折扣。鼓樂隊後面是秧歌隊。秧歌隊成員基本上還是喬嵐組織訓練出的一批人，這支隊伍在國慶日等重大節目的激情表演非常引人注目，今天，他們每人腰間繫了條紅綢，準備隨著鼓點扭起歡快的秧歌。大約九點半左右，幾輛繫著紅綢的解放牌大卡車徐徐開了進來。隨著張永豪指揮棒的起落，西洋鼓咚咚啪啪地敲了起來，西洋號嘀滴嗒嗒吹了起來。同學們一起朝大卡車熱烈地持久地鼓著掌，秧歌隊在原地舞著紅綢，踩著十字，一邊跳一邊有節奏地高喊：

「毛主席萬歲！」

「毛主席萬歲！」

「毛主席萬萬歲！」

大卡車稍作停留，然後由縣委書記李國臣領頭，開始繞場一周，進一步營造氣氛。李國臣穿著一身綠軍服，他的右手握著一本《毛主席語錄》，手心向上，把它緊緊貼在腹部，昂首挺胸，精神抖擻地邁著步子走在四百米跑道上，裝著「紅寶書」的大卡車緊緊跟在他的後面，鼓樂隊和秧歌隊則跟在大卡車後面。全校學生的目光此時都聚焦到走在最前面的李國臣身上。以前，學生們很少能有機會見到縣委書記，高三（四）班的同學除了宋淑華去過李秀娟家並見過她的爸爸外，其他人都沒有親眼見到過這位全縣最高領導的本來面目。此時，縣委書記的形象是被放大以後出現在他們面前的。高三（四）班的同學們見到縣委書記之後，又自然而然地把目光投射到李秀娟身上。

李秀娟此時的心情既激動，又興奮。這種心情不只是因為爸爸在同學們面前令人矚目，極具光彩，還因為她即將拿到渴盼已久的毛主席著作。

這些天陸續有北京、西安的學生到學校串聯，他們身著草綠色軍裝，腰間紮著一條武裝帶，頭戴軍帽，軍帽中間別著一枚拇指大的毛主席像章，有的斜挎一塑膠小網兜，裏面裝著紅寶書《毛主席語錄》。這種形象真羡煞了他們。他們極具煽動性地向他們講述文化大革命的最新形勢，講述他們所不知道的中央高層鬥爭的種種內幕。

聽了他們的演講宣傳，他們熱血沸騰，激情澎湃。他們沒想到黨內竟有人反對毛主席，反對毛主席的革命路線，妄圖把中國引向資本主義道路。他們來到這個世界上，自學會叫「爸爸」「媽媽」之後，就學會了喊「毛主席萬歲！」「共產黨萬歲！」他們上學後最先學會的字也是「毛主席萬歲！」「共產黨萬歲！」最先學會的歌就是〈東方紅〉。毛主席的畫像隨處可見，他們從小就認識了這個下巴上長著一顆痦子的人，知道他就是全國人民的大救星毛主席。

起初，他們不知道誰是共產黨，長大了些，才知道共產黨不是一個人，而是一個組織，毛主席就是共產黨裏的最高領袖。對毛主席的宣傳和頌揚無時無刻不向他們腦子裏灌輸著，對毛主席的熱愛和崇敬已經融入了他們的血液中，烙印在他們的腦海裏，鐫刻在他們的骨頭裏。為了保衛毛主席，捍衛毛主席的革命路線，他們赴湯蹈火，在所不辭。

《毛主席著作選讀》和《毛主席語錄》已有個別同學從不同管道搞到了，他們像寶貝一樣不願意輕易借給別人。沒得到「紅寶書」的學生們在夢中都希望能有一套屬於自己的毛選和毛主席語錄了。有了這些東西，就好比孫悟空有了金箍棒，降妖伏魔就有了倚天寶劍，拿著它就會所向披靡，無堅不摧！怎奈全國幾億人民的需求量太大，即使所有的印刷廠都開足馬力，加班加點趕印，也供不上這突如其來的巨大需求。條山縣訂購的書一到，縣委首先把它送到條山中學，送給革命小將。因為，這裏是最最急需的地方。

繞完一周，縣委書記李國臣來到臨時搭建的主席臺上，拉運紅寶書的解放牌大卡車整齊地停在主席臺的兩側。紅衛兵組織負責人宋淑華把李秀娟召到臺上，說：「先營造一下氣氛，帶領大家唱一首〈東方紅〉。」

李秀娟走到臺上，和爸爸李國臣站在了一起。她平時極不願意讓人知道自己是縣委書記的女兒，更不習慣在公眾場所和爸爸站這麼近。但是，千年一遇，事情趕到這兒了，也沒有什麼辦法。她起了個頭，同學們情緒激昂地唱起了他們從小就會唱的〈東方紅〉：「東方紅，太陽升，中國出了個毛澤東，他為人民謀幸福呼兒咳喲，他是人民大救星……」

嘹亮的歌聲在操場上空回蕩著，有的同學唱著唱著，眼中竟噙滿了淚花。唱完，李國臣首先講話，他說：「同學們，今天是我們條山中學極不尋常的日子，毛主席親手發動和領導的文化大革命如火如荼，我們條山中學的文化大革命也捷報頻傳，在這樣一派大好形勢下，我給同學們帶來了兩樣東西，一個是大家渴盼已久的毛主席著作，一個是為咱們學校派來了工作組。」

大家熱烈鼓掌。展紅旗領著大家高呼口號：

「毛主席萬歲！」

「敬祝偉大領袖毛主席萬壽無疆！」

「毛主席的革命路線勝利萬歲！」

「戰無不勝的毛澤東思想萬歲！」

他接著說：「毛主席是我們的偉大導師，偉大領袖，偉大統帥，偉大舵手，毛澤東思想是當代最高最活的馬克思列寧主義。有了毛澤東思想的武裝和指引，我們一定能夠把無產階級文化大革命推向一個新的高潮。」

這些話又贏得一陣熱烈的掌聲。待掌聲停下，他又接著說：「同學們響應毛主席的偉大號召，揭露出一批牛鬼蛇神和資產階級教育黑線的代表人物，目前，學校的領導班子實際上已經癱瘓，為了能使這場史無前例的文化革命健康地、持續地發展下去，需要加強組織領導。從明天起，學校的文化大革命要在校工作組的領導下分階段、有步驟地進行。工作組的成員是縣委精心挑選的作風正、能力強、水準高、歷史清白，對無產階級革命事業忠心耿耿、堅定不移且久經考驗有相當級別的老同志，大家要尊重他們，配合他們，聽他們指揮，受他們領導，有了情況及時向他們反映。工作組也要把學校文化革命的進展情況，及時向縣委反映。縣委要高度關注文化革命的進展情況，及時總結經驗，修正錯誤，使毛主席的革命路線在我們條山縣得到全面的貫徹落實。」

接著，宋淑華作為學生代表講了話，她講話的內容主要是感謝縣委給他們送來了及時雨，他們要在工作組的領導下，繼續搞好學校的文化大革命。

代表教工講話的是學校的敲鐘人高明德。因為教工數來數去，幾乎沒有一個是絕對清白的，不是有這樣的污點，就是有那樣的污點，只有高明德出身貧農，每天除了敲鐘很少說話，誰也抓不住他任何把柄，他代表教工講話也最為適合。高明德從來沒想過他會這樣被抬舉，他也從來沒在大庭廣眾中發表過什麼講話。他雖然準備了一個講話稿，但念起來吭吭哧哧，結結巴巴，可是，由於他出身好，歷史清白，又是學校的工人階級，大家並沒有表示出不滿意和不耐煩，都在心中原諒了他。他講完之後，大家同樣給予了熱烈的掌聲。

工作組長袁慎之也講了話。袁慎之是個老革命，曾經在省教育廳當處長，後來被委派到一個縣當了縣委書記，「四清」工作開始後，他被派到條山縣當四清工作隊隊長，四清工作結束後，他還沒來得及撤走，又轉成條山中學的文革領導小組組長。他出身知識分子，從外表看就和那些大老粗出身的工農幹部不一樣：白皙的臉龐，向後整齊梳理的頭髮，戴一副近視眼鏡，穿一身整潔的中山服。他說：

「同學們，我像你們這樣大的時候，為了反對國民黨的獨裁統治，也參加過學生運動，那時，我們上街遊行，國民黨派軍警來鎮壓我們，用水龍頭來制服我們，我們要冒生命危險和他們進行鬥爭。雖然有流血犧牲，但我們從不畏懼，勇往直前，終於迎來了新中國的誕生。今天，你們響應偉大領袖毛主席的號召，正在投入一場新的革命運動之中，比起我們那個時候，雖然沒有了白色恐怖，沒有了水槍和軍警，但是，這場運動的難度一點也不亞於我們那個時候。為什麼這麼說？因為我們那個時候，敵我營壘分明，我們只管將仇恨的子彈射向敵人就不會錯，而現在，敵人偽裝著混在我們中間，有時候偽裝得比誰都革命，就像睡在史達林身旁的赫魯雪夫一樣，在沒有暴露真面目之前，高呼著革命的口號，打著紅旗反紅旗，這就給我們識別增添了困難，就需要我們每個人都有一副火眼金睛，從這個意義上講，我欽佩你們，稱頌你們。長江後浪推前浪，世上新人換舊人，相信我們前一輩人打下的紅色江山，到你們這一代手裏，一定會代代相傳，永不變色！」

熱烈的掌聲之後又是一陣陣口號聲。完後李國臣和工作組一起，把書一捆捆贈送給各年級的學生代表。贈送完畢，李秀娟又領大家唱起了〈大海航行靠舵手〉：「大海航行靠舵手，萬物升長靠太陽，雨露滋潤禾苗壯，幹革命靠的是毛澤東思想。……」

唱完，意猶未盡，宋淑華說：「今天大家拿到了紅寶書，都非常高興，再唱一首〈敬祝毛主席萬壽無疆〉吧。

李秀娟起了個頭，大家都跟著唱了起來：

「敬愛的毛主席，敬愛的毛主席，您是我們心中的紅太陽，你是我們心中的紅太陽，我們有多少貼心的話兒要對您講，我們有多少熱情的歌兒要對您唱，千萬顆紅心向著北京，千萬張笑臉迎著紅太陽。祝福您老人家萬壽無疆！祝福您老人家萬壽無疆！」

贈書儀式結束，李國臣朝女兒投來充滿柔情和憐愛的目光，說：「這段時間沒見你，變了個模樣。」

李秀娟摸了一把頭髮，說：「頭髮剪了。」

宋淑華此時走過來，說：「李伯伯，是我給她剪的，剪得不好就埋怨我吧。」

李國臣說：「沒有什麼不好，只是咋一見覺得有點不習慣，像換了一個人似的。」

宋淑華說：「再換臉蛋也換不掉的，多會兒都是美人坯子。」秀娟嗔了她一眼，說：「我早想把我這張臉割下來和你換哩。」

宋淑華說：「只怕我同意伯伯可不同意。」

李國臣看她們兩個同學鬥嘴，笑著說：「臉蛋是次要的，關鍵是要有一顆紅心。」

宋淑華馬上來了個立正，向李國臣敬了個軍禮，說：「我向首長保證，我們都是一顆紅心向太陽，誓死保衛毛主席，堅決把文化大革命進行到底！」

李國臣撫摸著宋淑華的頭，說：「你們還小，還要多經風雨見世面。」

袁慎之看他們說得熱鬧，走過來問：「你們認識？」

李國臣笑指李秀娟說：「這是我的女兒。」

袁慎之驚歎道：「呵，你有這麼個漂亮女兒！」

李秀娟不好意思地叫了一聲袁伯伯，然後面向爸爸，說：「我們下去啦。」

李國臣說：「走吧。」隨後又補充了一句：「你媽整天唸叨你，有空回家呀。」

李秀娟知道這其實是爸爸的心聲，她「嗯」了一聲，就消失在了同學們中間。

十二

一九五五年初春，一列向南的火車穿峽出谷，噴煙吐霧，像一條巨龍一樣向前疾馳著。列車的第十號車廂裏，坐著一位三十歲左右的農村婦女，她眉清目秀，兩個眼角刻著幾道淡淡的、不易察覺的皺紋。她那身土布衣服因為做得十分得體，倒也不顯得俗氣，反給人一種勤勞、質樸的感覺。在她的身旁，有一個六七歲的女孩子，那孩子酷似她的模樣，只是兩隻稚氣的眼睛更加有神，兩條細細的、略為發黃的小辮使她顯得格外小巧可愛。此時，她跪在列車的椅子上，兩隻胳膊支著窗框，一張小臉緊緊貼在窗玻璃上，出神地望著窗外飛速掠過的景物。窗外的一切對於這個生長在太行山區的小姑娘來說都具有極大的吸引力：長長的流水伴著鐵路向前延伸，河邊的楊柳吐出了新綠，大塊大塊的麥田在眼前出現，間或有幾塊油菜地開著黃燦燦的花……

第一次看到這廣闊的天地，奇異的景色，她不時用那清脆柔嫩的聲音叫道：「媽媽你看！媽媽你快看！」

婦女有點不耐煩地說：「行啦行啦，吵死人了。」她一把把她摟到懷裏，說：「睡會覺吧，不然，見到你爸爸就睜不開眼了。」

小姑娘在母親的懷裏掙扎著，說：「不！我還要看，我還要看。」母親拗不過女兒，只好把臉也朝向了窗外。

她叫蘭花，家在太行山革命老根據地，在解放戰爭的炮聲中，丈夫李國臣新婚不久就報名參了軍，臨別的前一天晚上，蘭花背對丈夫流下了惜別的淚水，李國臣揩乾妻子的眼淚，說：「為了以後永遠過上好日子，我不能……」蘭花打斷了丈夫的話，說：「去就去吧，用不著給我講大道理，我又沒拉你的後腿……」黑暗中，李國臣看不清妻子的面容，但卻能聽出她那有些發顫的帶有哭腔的聲音，他緊緊地抓住妻子的手，說：「等著吧，將來，我們一定會過上好日子的！」

幾個月後，他們的孩子——李秀娟呱呱墜地了。為了美好的將來，蘭花忍受著種種磨難和艱辛，用她柔弱的肩膀默默地挑起生活的重擔，過度的操勞使她本來就不很強壯的身體更加削瘦單薄起來，但她憑著堅強的信念和毅力終於熬過了漫漫長夜，迎來了新中國的誕生。

解放後，當她第一次收到丈夫從遠方某城寄回的家信時，心裏像揣著只小鹿一樣怦怦跳動，她把信緊緊貼在自己的胸口，大顆大顆的淚珠掉了下來。丈夫沒有在黎明前的黑暗中倒下，新的生活給她的精神以極大的欣慰和歡樂，她的身體也漸漸好了起來，小女兒在陽光雨露下健康成長著。幸福之餘，她常常感到孤單，想走出大山看看遠方的丈夫，但由於他行跡不定，加上抗美援朝戰爭的爆發，使她始終未能如願。後來，丈夫轉到了地方工作，緊張而繁忙的工作使他無暇回家探親，一晃，七八個年頭過去了。前些日子丈夫來信說，他的工作已基本安定下來，並在那裏找好了房子，催她們母女倆搬到那裏去住，接到來信後，她簡單收拾了一下衣物，幾經輾轉，和女兒坐上了這趟南行的火車。

火車駛進了條山車站，蘭花一手拎著包袱，一手牽著女兒，在熙熙攘攘的人群中尋找著丈夫的身影。她從未出過遠門，到這裏如同到了另一個世界，只覺心慌意亂，似乎幹了件從未幹過的冒險事兒。她想像不出丈夫現在的模樣，她不知道和丈夫見面後第一句話該說什麼，她甚至尋思：是先讓女兒喊爸爸呢，還是先把手裏的包袱塞到他的手裏——那裏面有為他精心縫製的衣物和精心挑選的他最愛吃的土特產。

小站上的人流即將散盡，還沒有見到丈夫的影子。是這些年過後不認識了嗎？有可能，結婚後他們在一起僅僅待了一個多月的時間，之後大部分時間都是在別離中度過的；是有了什麼突然變化嗎？有可能，這些年他總是四處奔波，忙忙碌碌，行跡不定；是自己把時間地點搞錯了嗎？也有可能，她從來沒出過這樣的遠門……各種猶疑和猜測在她的腦海裏閃過。猶如大海退潮後被拋到海灘上的小魚，她感到了惶恐、孤獨、陌生、膽怯，她下意識地把手伸到懷裏，掏出了那個已被揉皺了的、發黃的信封。

「大嫂，請問，你在這裏等誰？」一個二十七八歲的小夥子走到她的跟前。

像在曠野峽谷中聽到了人的呼喚，她急忙把手中的信封遞了過去。

小夥子看見信封上的「中共條山縣委員會」，驚喜地問道：「你是蘭花嫂子吧。」

「你是……」如同掉在水裏的人突然抓到了救生物，蘭花心裏一陣激動並有了踏實的感覺。

「我叫黃一清，在縣公安局工作。我和老李是同鄉——我家距你家不到五裏地。」他一邊說，一邊伸手去接蘭花手裏的包袱：「老李今天開會，沒工夫來，特意打發我來接你。可我不認識你，找來找去，讓你等急了。」

在那個年代裏，人與人之間只消幾句話就能溝通感情，建立起真誠的友誼和信任。蘭花假裝平靜地說：「沒什麼，沒什麼。」急匆匆跟著黃一清向出站口走去。

黃一清把他們母女倆引進一所農家小院。院裏的南房騰了出來，臨時作了他們的家。

這間屋子很大，但收拾得很乾淨，一個土炕幾乎占了房間的一半，炕上有兩床半新不舊的棉被，地上放著個紙箱子——裏面裝著李國臣的全部衣物。唯一的傢俱是一張十分破舊的，農村裏常見的桌子，桌子上有兩個粗瓷茶碗和一把水壺。總之，陳設既樸素又簡單。

這家的房東只有兩位老人，老漢叫王德貴，平時話不多，心眼極好，待人也誠懇，只是脾氣很倔；王大娘是個喜歡熱鬧的人，一天不說不笑就覺得寂寞難熬。老倆口有個兒子在外地工作，而且在那兒安了家，平時很少回來，只是隔一段時間寄些錢給他們。兩個人不愁吃，不愁穿，日子過得倒還舒心。由於老兩口身邊沒有孩子，一見到孩子就覺得格外親，蘭花母女倆一來，王大娘就像見到自己的媳婦和孫女似的，高興得臉上堆滿了笑紋。兩個人忙著給端水、掃炕、做飯、掃地……黃一清因為有事，向他們簡單交代了幾句，就告辭了。

「你別著急，」王大娘說，「老李吃中午飯時就能回來，到這裏就像到自個家裏一樣，有啥不方便的，儘管說。」

「真是，有什麼急事離不開？幾年不見面，也不能去車站接一接。真是！」王德貴嘟嘟囔囔地說。

果然，吃午飯時，李國臣回來了，他跨進門，嘿嘿地笑了兩聲，說：「還真來了呢。」蘭花瞥了丈夫一眼，又低下頭，忙著手中的活計，說：「這還能有假嗎。」

「我以為你離不開那個老窩哩。」

「我一輩子不見你不稀罕，孩子總不能一輩子不見爸爸。」蘭花假裝生氣地說。

李國臣好像這時才發現站在地上愣怔怔望著自己的孩子就是自己的寶貝女兒，他彎下腰，一把把她舉過頭頂，說：「呵，這就是我們的小娟，長這麼大了，來，讓爸爸親一親。」說著，他那滿是胡茬的大嘴就在秀娟的臉上使勁親了起來。不知是因為生疏還是因為鬍子紮疼了她的臉蛋，女兒「哇」地一聲大哭了起來，這一哭，弄得他不知如何是好，久別重逢的歡樂氣氛讓這不和諧的聲音攪亂了。

蘭花嗔怪地瞪了丈夫一眼，說：「看，把孩子嚇的！」

房東老兩口聞聲走了進來，王德貴說：「怎麼樣，孩子不認你吧，你沒有一把屎一把尿拉扯，她怎麼知道你是她爹？」王大娘則在李國臣面前讚不絕口地誇獎著這母女倆：「我一看，就知道李同志是個有福人，看看這媳婦，多勤快，多賢慧；這女兒，就像出水的荷花，水靈靈的。李同志這下可要過上團團圓圓好日子了。」

李國臣接過她的話茬，說：「你看我的臉上除了這塊傷疤，哪有什麼福相？」

蘭花此時偷覷著自己的丈夫，她覺得，他長高了，也變黑了，只是臉上多了塊傷疤。不用問，那是打仗時掛的花。但在她的眼裏，卻像一朵花似的掛在那裏，一點也不覺得難看。

王大娘端來了她拿手的臊子麵。這頓飯吃得真香，五個人圍坐在一起，吃著，說著，笑著，王大娘話真多，王德貴一會兒就要提醒她一句：「快吃，你這個婆婆嘴！」李秀娟的眼珠骨碌碌地轉著，不時從這個人的臉上移到那個人的臉上，李國臣則為那些生癖的方言土語為蘭花做著翻譯。

晚上，月光像流水一樣從窗櫺泄了進來，灑在這鄉間大炕上，李秀娟很快就睡著了，李國臣夫妻久別重逢，心情一時都難以平靜。月亮掛上了中天，兩口子還在竊竊私語著。李國臣無限感慨地說：「蘭花，還記得我們分別的那天晚上嗎？」「那怎麼能忘了。」「那時我說，將來，我們會過上好日子的，這一天總算盼到了。」

蘭花沉默不語。她在默默地品味著，咀嚼著，她沉浸在甜蜜和幸福之中，她恍忽如在夢境中一般。

李國臣爬起身來，看著身旁熟睡的女兒，那清秀的面容，那像美玉雕成的小嘴和鼻子，那安靜的神態，均勻的呼吸，使他的心底又一次泛起感情的波瀾。他禁不住又用滿是胡茬的嘴在女兒的臉蛋上親吻起來，女兒此時沒有了掙扎和哭啼，她不知正在作著一個什麼甜蜜的夢，嘴角上堆著一絲甜甜的笑意。李國臣注視著熟睡的女兒，說：「她們這一代，真趕上好時候了。」

使李國臣略感不足的是，一到白天，女兒總像看待外人一樣怯生生地望著他，他所期望已久的那聲甜脆稚嫩的「爸爸」一直沒從她的口裏吐出過。可憐天下父母心，他常常想：你在爸爸心裏是皇冠上的明珠，爸爸在你的心中呢？難道還不如腳下的黃土？

一天，李國臣爬在地上，要女兒上到他的背上當馬騎，女兒怯生生地望著他，不願到他的跟前去，蘭花為了不掃他的興，只好把女兒抱到他的背上，誰知沒走兩步，女兒就從「馬」上滾了下來，頓時摔得嚎啕大哭。李國臣的努力又一次失敗了，女兒對他更懼怕、疏遠起來。

對此，黃一清曾嘰笑他說：「別費那個心思了，天下的子女都和母親親，他們是吃母親的奶長大的，這，你代替得了嗎？」

李國臣不服氣，說：「主要是我和她在一起的時間短。只要時間長，是塊冰也能把它融化，是塊石頭也能把它捂熱，更何況她是我的親生女兒！」於是，他買好東西給女兒吃，買好衣服給女兒穿，為此，蘭花對他不滿意了：「咱這是窮人家的孩子，別寵壞了她！」李國臣反駁說：「咱小時候窮，沒吃少穿，現在日子好過了，也該讓她享點福了。」

一次，女兒嚷嚷著要放風箏，李國臣把妻子納鞋底做衣服的繩、線全搜羅了出來，不夠，急忙中拆起了自己的毛線衣，惹得妻子好把他數落了一頓。即使如此，女兒對爸爸還是有一種陌生感，見到爸爸臉上的那塊傷疤，心中仍然感到害怕，有什麼話，她總是給母親說，和父親，心裏總是有點隔膜。

後來，李國臣被提升為縣委書記，搬進了縣委家屬大院，李秀娟則從小學、初中一直上到高中即將畢業。女大十八變，如今的李秀娟已遠不是當年那個紮著細黃小辮的小姑娘了，她那兩隻嫵媚動人的大眼，微微翹起的鼻子，潔白的像美玉一樣的牙齒，笑起來兩頰淺淺的酒窩都給人一種美感。她那亭亭玉立的身姿，微微隆起的胸部，文雅端莊的舉止，都給人一種日趨成熟的印象。然而，在人生的道路上，她遇到的挫折和磨難太少，文化大革命對她來說將是一道難越的坎兒，她和父親在學校大操場上的那一幕將再難出現了。

十三

條山中學考到北京的學生很多，這些天，不斷有北京的學生回到母校「煽風點火」。他們一到教室，就被這些小弟弟小妹妹們團團圍住，問著北京正在發生著的重大事件，比如劉少奇、鄧小平如何推行資產階級反動路線對抗毛主席；彭、羅、陸、楊如何策劃「二月兵變」企圖推翻我們的無產階級政權；「三家村」、「四家店」如何為資產階級奪取政權製造輿論，各地受壓制、受迫害的學生如何進京尋求支援，中央文革對各地學生如何歡迎和支持；毛主席、林副主席如何在天安門城樓接見來自全國各地紅衛兵……對這些早於他們考到北京的大學生，他們本來就十分崇拜，現在聽他們滔滔不絕縱論天下更是佩服得不得了。他們都受到過毛主席的檢閱，而今要到全國各地進行串聯，要把文化大革命的烈火燒遍全國。

北京傳來的消息讓他們感到震驚，感到好奇。赫魯雪夫就睡在毛主席身邊，看來不搞文化大革命確實不得了！而要把大大小小的赫魯雪夫挖出來，必然要引起他們的頑強反抗。這是一場你死我活的鬥爭，這是一場史無前例的大決戰。「戰鬥正未有窮期」，有偉大領袖毛主席的親自發動和領導，有戰無不勝的毛澤東思想的指引，我們一定能夠取得文化大革命的偉大勝利，一定能夠保證紅色江山永不變色。

那天李秀娟回到家裏，向媽媽要爸爸的舊軍服。媽媽問：「要那幹什麼？是演戲穿嗎？」

李秀娟說：「不是演戲，是自己穿。」

媽媽不解地瞅著女兒，問：「女孩子家，穿那幹什麼？」

李秀娟不知道該怎麼向媽媽解釋。媽媽大門不出，二門不邁，每天只知道圍著鍋臺轉，她哪知道天下都發生了什麼事兒？她撒嬌說：「讓你找你就找麼，問那麼多幹什麼？」

媽媽對女兒的要求一向是有求必應的，她放下手中的活兒，打開一個紅漆櫃子，探進去半個身子，翻了老半天，才從裏面抽出一件洗得發白了的舊軍裝。李秀娟一見，高興得兩眼眯成一條縫兒，她一把扯過來，立即穿在身上試了起來。她對著鏡子前後照了照，衣服大了不少，她想，這沒關係，腰間紮上條皮帶，就顯不出大了。她讓媽媽再給她找一條爸爸的寬皮帶，媽媽把身子又探到櫃子裏，搜尋了半天，總算又抽出了一條寬皮帶，李秀娟像接寶貝一樣接過來，把它紮在腰間，在鏡子前後照了又照，說：「挺好，挺好！」媽媽假裝生氣地說：「好什麼好，女孩子家，好好的衣服不穿，非要成精作怪的！」

李秀娟說：「你懂什麼呀，我這身衣服穿到學校，保證同學們都會羨慕我。」

李秀娟把衣服穿到了學校，果真大家見了眼熱。宋淑華說：「這件衣服穿到你身上顯大，穿到我身上正合適。果然，沒多久，宋淑華就穿上這身衣服進京接受毛主席的檢閱了。

中共中央和國務院發出通知，讓全國各地大學生和部分中學生分期分批到北京進行革命大串聯。

誰將第一批去北京？誰將是條山縣第一個見到毛主席的人？誰不希望這件事能降臨到自己頭上啊？因為它太重大了，無論降臨到誰的頭上，都是這個人一生中最大的榮耀最大的幸福。

去北京的代表必須在學校紅衛兵組織裏推選，紅衛兵都是紅五類子弟，祖宗三代及社會關係沒有任何疑點，本人文化革命中表現突出，對毛主席有深厚的無產階級感情。沒有參加紅衛兵，是一點指望也沒有的，李秀娟雖然心中極其渴望，但對這件事是想也不敢想的。

王闖和宋淑華都是條山中學的第一批紅衛兵，而且都是紅衛兵組織的主要負責人。他們兩個為這件事爭得幾乎打破了頭。王闖認為自己文革以來表現最為突出，這是有目共睹的事兒，誰也不能否認。所以，去北京接受毛主席的檢閱非己莫屬。宋淑華認為自己文革以來的表現也不差，根據一個人的一貫表現來定，哪能輪到你王闖？王闖認為，你是當過團支書，既然能當團支書，自然就受到過班主任和校領導的賞識，現在團組織已全部爛掉，賞識你的班主任和校領導都成了牛鬼蛇神，你這個昔日的團支書根本就沒有去北京的資格。宋淑華反駁：雖然擔任過團支書，但卻抵制了修正主義教育路線，最明顯的例子就是沒有搞智育第一，德智體三方面始終是全面發展。再說，父親是打鐵的，現在在縣農機廠當鍛工，真正是工人階級出身，自然要比王闖那貧農出身的成份優越得多。文化革命以來不但自己表現積極，還幫助別的同學一塊衝殺前進，進北京見毛主席當之無愧。王闖說，文化革命你那點表現算個屁！開始時做做樣子，游鬥牛鬼蛇神時你縮頭縮腦，和烏龜差不了多少。宋淑華貶低王闖：文革前險些被學校開除，文革中雖然極力自我表現，但群眾威信依然不高，讓他代表大家接受這一至高無上的榮譽，顯然是不妥當的。王闖也極力為自己辯護：以前的所作所為，正是對修正主義教育路線的有力抵制，那不但不是恥辱，反而是一段光榮歷史……最後，還是經過紅衛兵組織的反覆討論，並由校工作組拍板，才決定讓宋淑華去。為此，王闖的心裏十分窩火，對工作組極端不滿：「什麼雞巴工作組，進校後光喊要掌握鬥爭大方向，要好好學習毛選，阻止大家上街，阻止大家遊鬥被揪出來的壞人。要我說，工作組和牛鬼蛇神們穿著一條褲子！」

兩人相爭的結果，宋淑華成了人人既羨慕又嫉妒的幸運兒。羨慕也罷，嫉妒也罷，反正宋淑華要到人人嚮往的祖國心臟北京去了，要見到大家只能在夢中和照片上見到的偉大領袖毛主席了。和她一同去北京的，還有高三（二）班的張永豪。這件事一定下來，她首先把這個消息告訴了自己的好友李秀娟。

這幾天王闖看什麼都不順眼。辛辛苦苦造了幾個月反，眼看到手的桃子卻讓別人摘去了。那天從馬路上走過，衛崇儒衝他呲牙一笑，這一笑使他心裏老大地不舒服，他心裏一直捉摸他笑裏的內容：你這是嘲笑，譏笑，奸笑，恥笑，還是冷笑？班裏任何人都可以笑我，唯獨你衛崇儒不能笑。以前，你衛崇儒是尖子生，我王闖是差等生，那時你好神氣喲，整天受到老師們青睞，受到同學們看重，好像北大清華早給你排上了號，好像你有顆聰明腦袋就高人一頭寬人一膀，相比之下，我們這些人只是不可雕琢的朽木。那時，你在我們這些人面前居高臨下，不可一世。可是，突然來了文革，這一切都顛倒過來了，我王闖令人矚目了，你衛崇儒身上的光環不見了。誰是英雄好漢，誰是草包軟蛋，實踐作了最好的證明。現在，你沒有資格笑我了，你以為還是文革前的時候嗎？沒有去北京就值得你恥笑嗎？文化革命還沒有搞完，老子的能耐還沒用盡，咱們走著瞧吧，到時候你甭說笑，哭都來不及了。

文革開始後，你沒有積極參與破四舊行動，沒有揭發過一個牛鬼蛇神，我們從喬嵐家抄出的一大堆書籍，當時讓你們幾個人幫著整理，結果，那套《金瓶梅》就不知到哪裏去了。聽說那本書好看，可老子還沒來得及看，就無影無蹤了。有人猜測，是你衛崇儒趁亂把它偷走了。那天在操場燒書，有人看見你搬書時就想偷偷把幾本書掖在衣服裏，幸虧大家盯得緊，你才沒能得逞。有人還看見你躲在操場的樹陰下看書。你的心不死，還在做著上大學的夢。就憑這些，貼張大字報揭發一下你的惡行也不為過。不過和那些牛鬼蛇神相比，你還不太夠格兒，不值得我大動干戈。但你別惹我，惹我惹火了，我可不是吃素的！

這樣想著走著，王闖就走到了校菜園裏。

牛鬼蛇神們正在這裏勞動。太陽像一個大火球似的掛在天空，許志傑正在和幾個人拉犁。這幾個人一點也配不上套，許志傑身高體瘦，把繩子高高地扯起，史文榮站在他的身後，繩子抓在手裏，根本放不到肩上。陳其安年邁體弱，擺出一副很賣力氣的架式，實際上他的勁兒剛剛把繩子拉直，力氣根本作用不到犁上，賈興中那白皙的手指拿慣了畫筆，粗麻繩握在手裏，好像握著一條蛇，隨時都想把它扔掉逃走……這些臭知識分子，不改造行嗎？王闖在樹蔭下站了片刻，樹上的知了叫得他心煩，幾隻蒼蠅總往他的臉上爬，他順手「啪」地照自己臉上打了一巴掌，蒼蠅沒打住，臉卻被打得生疼。「他媽的！」王闖暗暗罵了一句，朝那夥牛鬼蛇神走了過去。

「停一停，」王闖像莊園主似的訓斥他們說：「看你們那個懶相！哪像個脫胎換骨重新做人的樣子？簡直是給日本鬼子支差！以前你們教學生時什麼話都會說，什麼『熱愛勞動』、『勞動創造了人類』、『不怕苦不怕累』、『鋤禾日當午，汗滴禾下土』，輪到你們頭上，這些詞兒都忘到哪裏去啦？」說著，他從王寶山手裏接過犁杖，左手握著鞭子，「都彎下腰，使勁拉！」他把長鞭在空中一甩，「啪」地一聲，鞭鞘差點抽到許志傑的頭上，「這是勞動改造，不是尋開心鬧著玩來了。駕！」

幾個人肩上的繩子頓時被拉直了。史文榮被換到了前面，他的胸脯幾乎觸到了地面，陳其安大口大口地喘著氣，許志傑像一棵被風刮得傾斜了的樹，賈興中的全身往下淌著汗，如果讓他此時做畫，或許可以畫出比列賓《伏爾加河的縴夫》更偉大的作品出來。犁杖迅速向前移動起來，王闖的右手趕忙往上提了提，犁鏵隨即深深地插進土裏，阻力驟然加大，幾個人吭哧吭哧使著勁，犁鏵像焊在泥土裏似的再也不往前移動了。

「駕！」王闖在他們的頭頂揮舞著鞭子，同時，他的右手往下按了按，幾個人猛一使勁，犁鏵一下子竄出了地面，慣性的力量使他們全都撲倒在地上，犁鏵差一點插到賈興中的腳上。許志傑的個子高，當然摔得最重，他嘴裏大概啃了不少泥土，「呸！呸！」地朝外吐個不停，其他人有閃了腰的，有碰了頭的，一個個洋相百出，狼狽萬狀。王闖像觀看一出滑稽劇似的，忍不住哈哈大笑了起來。

王闖如果不笑，大家還有點害怕，還擔心會招來一頓訓斥。王闖一笑，大家反而不怕了。許志傑扔掉繩子，怒悻悻扭頭就走。王闖止住笑，大聲喝道：「許志傑，回來！」

許志傑站住了腳步，扭回頭問：「幹什麼？」

「繼續接受改造！」

「改造？你還有沒有點人性？怎麼能這樣摧殘和污辱我們？」

王闖完全沒有想到許志傑敢在光天化日之下頂撞自己，他的臉漲得像豬肝：「好哇，不服從改造，還敢當眾散佈資產階級人性論！」說著，他手中的鞭子不由分說朝許志傑抽了過去。許志傑眼疾手快，一把拉過鞭竿，正要一撅兩段，卻被幾個在旁觀看的紅衛兵扭住了胳膊，強行駕走了。

「媽的，去不了北京，牛鬼蛇神也小看咱。」王闖越想越氣，他轉向其餘的牛鬼蛇神，說：「說你們是臭知識分子，哪一點冤枉了你們？你們身上哪有一點勞動人民的氣味？像你們這樣的勞動態度，哪一年能脫胎換骨？搞封資修，你們一個比一個起勁，這會兒卻一個比一個熊！今天，這塊地不犁完，誰都別想吃飯，我豁出來了，陪著你們一塊幹。」

牛鬼蛇神們重新抓起了繩子，王闖的鞭子在他們頭頂又使勁晃動了起來。

十四

袁慎之嚴厲批評了王闖虐待牛鬼蛇神的行為。他說：「我們可以批判他們的思想，但不能摧殘他們的身體。牛鬼蛇神也是人，凡人都有人的尊嚴。世界上人是形形色色的，要求每一個人思想行為都高度一致，是不可能的。不能因為一些人有過錯，有歷史問題，甚至有反黨反社會主義言行，就想從肉體上把他們滅絕，不要以為這樣天下就永遠安寧了，無產階級政權就永遠穩固了。相反，這樣做的結果恰恰會造成難以想像的嚴重後果，甚至最終會毀掉我們的無產階級政權。前些天我們對牛鬼蛇神的一些做法已經過火了，現在要把它糾正過來。你們青年學生熱情高漲，敢想敢幹，這是很可貴的，但你們青年學生缺乏社會經驗，思想容易衝動，做事情容易過火，這是要警惕和防止的。你作為最早參加紅衛兵的一員，應該嚴格要求自己，給大家做出一個好的榜樣，千萬不能由著性子胡闖蠻幹。我們學校的文化大革命要健康有序地發展，不能追求驚天動地、駭人聽聞，不能走極端。下次如果誰再發生這樣的事情，一定要在全校師生大會上點名批評，當事人一定要當眾向被虐待的人認錯道歉……」

袁慎之喋喋不休地講著，王闖眼睛看著窗外，臉上是一幅不屑的表情。袁慎之如同對牛彈琴，他講完後，王闖沒做任何表態，甚至看也沒看他一眼，就一腳跨出了他的辦公室。

王闖心裏越想越不對勁兒，這袁慎之到學校是幹什麼來了，他分明是牛鬼蛇神的保護傘！他幹的是消防隊的活兒，要把條山中學已經熊熊燃起的文化大革命烈火徹底撲滅！聽北京傳來的消息，向學校派工作組是劉少奇的主張，是與毛主席革命路線相對抗的資產階級反動路線，北京的學生在中央文革的支持下，紛紛把工作組趕了出去，掙脫束縛自己鬧革命。我們這小縣城離北京太遠了，消息太閉塞形勢太落後了！你袁慎之這樣居高臨下頤指氣使地批評我，訓斥我，擱在北京，我早聯絡革命造反派和你理論了，或者，我跑到中央文革小組尋求支援了。文化大革命以來，我敢衝敢闖引人注目威風八面風光無限，怎麼你偏偏和我過不去？都向你說的那樣，這也不能幹，那也怕出格，文化革命還怎麼搞？鬱悶，實在鬱悶！看來你袁慎之絕對不是什麼好東西。什麼老革命，什麼作風正能力強水準高歷史清白，說不定你和劉少奇是一條線上的人物！

他把自己未能去北京的怨氣都凝聚在袁慎之身上，他越想越覺得這個人可惡、可氣。我們好不容易打倒了閻王許志傑、史文榮，又來了惡鬼袁慎之，我們頭上總壓著一塊又一塊大石頭！不行，要把這塊石頭搬掉，要把這個惡鬼搞走，不然，我們將永遠沒有出頭之日。

思來想去，王闖終於下定了決心：要向袁慎之開炮！你背後有李國臣撐腰也沒什麼可怕，我可以把你和李國臣一塊兒轟！知道這會兒你在學校有至高無上的權威，可你的權威還能大過國家主席劉少奇？劉少奇被炮轟，被火燒，也沒有聽說有人因此而被治罪，你袁慎之的老虎屁股難道摸不得？「世界上的道理千頭萬緒，歸根結底就是一句話：『造反有理』！」「打倒閻王，解放小鬼！」有毛主席撐腰，我怕什麼！

王闖的大字報很快就寫成了，大字報的題目是〈袁慎之算什麼東西？〉大字報說：「在縣委為我們送《毛主席著作選讀》的大會上，縣委書記李國臣稱為我們『帶來了兩樣好東西』，一個是毛主席著作，一個是工作組長袁慎之。這是一個惡毒至極的講話，是公然對毛澤東思想的攻擊和污蔑。請問，全國人民無比渴求無比熱愛的毛主席著作，能被稱之為『東西』嗎？這不只是對毛主席著作極大的不尊重，而且是一種肆意貶低和惡毒咒罵。可悲的是，我們當時只顧了高興，只顧了歡呼，而沒有品出他話中的意味。再說，李國臣將毛主席著作和工作組長袁慎之相提並論，更是荒謬之極可笑之極。如果說毛主席著作是取之不盡光芒四射的寶藏，你袁慎之還不如一堆臭狗屎！全中國人民和全世界人民都喜愛毛主席著作，都如饑似渴地學習毛主席著作，你袁慎之這個東西怎值得一提？」

大字報列舉了袁慎之來到條山中學後的所做所為：

「站在牛鬼蛇神的立場，為他們說話並提供保護；壓制革命群眾熱情，束縛革命群眾手腳，強調『大字報不要上街』、『內外有別』、『要少遊行示威』等，試圖撲滅熊熊燃燒的文化大革命烈火；拋出資產階級人性論，把牛鬼蛇神和革命群眾等同看待；是非不分，優劣不分，憑一己喜惡選送一些受資產階級教育路線毒害很深的人去北京接受偉大領袖毛主席檢閱……大字報最後呼籲：讓我們集中火力，向袁慎之及其工作組猛烈開火，徹底砸碎這塊壓在我們頭上的石頭，把條山縣的文化大革命繼續推向前進……」

王闖的大字報一貼出來，立即在校園裏引起了轟動，大字報前裏三層外三層圍滿了人看。人們的第一印象是：這王闖也太膽大了，誰都敢炮轟。有人認為，他簡直成了一條瘋狗，逮誰咬誰。他貼喬嵐大字報時，喬嵐只能默默承受；他貼袁慎之大字報，他能那樣承受麼？說不定這次要碰到釘子上。袁慎之一旦發了怒，就有他好看了。果然，袁慎之見這裏圍這麼多人看大字報，就抄著手兒來了。他的臉繃得很緊，眼鏡片後面，是一雙詢問的警覺的目光。人們見袁慎之過來，紛紛給他讓開了道兒，袁慎之走到大字報跟前，一看大字報的題目，臉就驟然變了顏色。待他把大字報看完，臉上幾乎成了豬肝色。他一句話也沒說，依然抄著手兒，在學生們的注視下緩緩離開了。

沒想到火能燒到自己頭上，沒想到王闖能有這樣的舉動。在四清工作中，誰敢對工作組說個「不」字？像這樣罵工作組，還不給他扣上反黨反社會主義的帽子？還不讓民兵把他逮起來實行專政？可那是在農村，這是在學校；那是四清，這是文革，不一樣啊！但是，再不一樣，也不能允許個別人這樣對待工作組，如果放任他們這樣攻擊誣衊，工作組還有什麼威信？將來說話還有誰聽？還怎麼實施領導責任？不行，要煞一煞這股邪氣，要對這些亂衝亂闖的牛戴上籠頭，勒緊轡繩，要敲山震虎，要殺雞儆猴，要樹立工作組的絕對權威。袁慎之一邊走，一邊想著下一步將要採取的方法和步驟。

正巧在路上遇見了張永豪，他說：「把各年級紅衛兵組織負責人都召集起來開個會。現在就召集，就到高三（四）班教室吧。」張永豪找到宋淑華，讓她幫著分頭通知。

很快，各年級紅衛兵組織的負責人都來了。袁慎之朝大家掃了一眼，說：「王闖同學的大字報大家都看到了吧。」

沒有一個人回應他的話。

他接著說：「我不是說不能貼我的大字報，也不是害怕別人貼我的大字報。大鳴大放大字報大辯論，這是你們的權力，誰也不能無理剝奪。但是，貼任何人的大字報，都要擺事實，講道理，不能歪曲事實，不能無中生有，不能無限上綱上線，更不能污辱漫罵，進行人身攻擊。可是，王闖同學的大字報都寫了些什麼？」

他用犀利的眼光盯著坐在最後一排的王闖，加重了語氣，說：「簡直是一派胡言！如果允許他這樣信口開河，胡言亂語，那我們學校的文化大革命還怎麼健康發展？鬥、批、改的任務還怎麼完成？」

袁慎之停頓了一下，屋子裏很靜，靜得掉下根針都能聽見聲音。袁慎之覺得自己的情緒沒有完全控制好，過於惱怒，有點失態，他調整了一下自己的情緒，放緩了語氣，說：「不是因為王闖貼了我的大字報，我才這樣發火，無論對誰，都不能罵人家是臭狗屎！從年齡上講，我可以做王闖的長輩，那麼我問你，你在家能罵你的父親母親叔叔伯伯姨姨嬸嬸是臭狗屎嗎？你們受過十幾年教育，哪個老師教你們這樣罵人啦？」

袁慎之把目光轉向張永豪和宋淑華，說：「希望大家圍繞王闖同學的大字報展開大討論，在擺事實講道理的基礎上明辨是非，統一思想認識。我相信你們都具有判斷是非的能力。如果說工作組到學校後盡幹壞事，像臭狗屎一樣，那還要他幹什麼？如果這樣一個最基本的事實搞不清楚，下一步文化大革命還怎麼搞？在進行大鳴大放之前，我建議將王闖同學開除出紅衛兵組織。」

話說到這裏，王闖霍地從座位上站了起來，怒氣衝衝地走出了教室。

散會以後，校紅衛兵總部立即做出了開除王闖的決定，各班級紛紛就王闖的大字報發表聲明和看法。絕大多數都對他表示了義憤和批判。宋淑華的大字報指出他完全曲解了縣委書記李國臣的講話，並一針見血地指出，他這是因為未能去北京而向工作組發洩不滿。張永豪大字報的題目是〈王闖算什麼東西？〉以和王闖的大字報針鋒相對，他列舉了王闖以往的種種劣行，指出，我們鬥爭的大方向是走資本主義道路的當權派，是黨內赫魯雪夫式的人物，而不是縣委派到學校的工作組。學校黨委已經癱瘓，工作組代表縣委在學校領導文化大革命，反對工作組實際上就是反黨，就是干擾和破壞文化大革命。馮建國則用漫畫的形式諷刺王闖是流氓無產階級，是無政府主義者，是流寇式的人物，是想拉下皇帝做皇帝，他的所做所為只能給文化大革命帶來極大破壞。

看到學校的形勢經過掌控，完全朝著自己設想的方向發展，袁慎之到縣委向李國臣彙報了條山中學發生的情況。李國臣聽後，說：

「你做得很對，我完全支持你。毛主席早就說過，政策和策略是黨的生命。對個別學生的出格行動就是要堅決制止，絕不能由他們肆意而為。既然大多數學生是支持你的，那說明你的引導和決策是正確的。是正確的東西就要堅持，不要有顧慮和畏難情緒。出了什麼婁子有縣委為你兜著。條山中學不同於一般的學校，它是全縣的重點中學，那裏的一舉一動對全縣的文化革命都會產生很大影響。北京高校中工作組和部分學生思想認識發生對立，因而遭到學生的反對乃至驅逐，但我們這裏不是北京，條山中學也不同於高校，我們和北京發生的一切沒有可比性。只要我們嚴格按照《十六條》辦事，隨時準備聽取不同意見和聲音，隨時準備修正可能發生的錯誤，就能把文化大革命穩步推向前進。我們都沒有搞過文化大革命，如同我們過去都沒有搞過新民主主義革命一樣，只要按照毛主席的戰略部署，在游泳中學習游泳，在鬥爭中學習鬥爭，相信能把這場革命搞好，能給毛主席、給中央文革交出一份滿意的答卷。」

有了縣委書記的鼓勵和支持，袁慎之心裏踏實了許多，平靜鎮定了許多。

晚上將近十點，袁慎之正在寫著日記，有人呼呼敲門，袁慎之頭也沒抬，應道：「進來。」進來的是喬嵐。這是袁慎之始料未及的。他立馬嚴肅起來，問：「這麼晚了，你來幹什麼？」

喬嵐有點局促地說：「我想和你說說我的事兒。」

袁慎之說：「有什麼事兒不能白天說，非要這麼晚來？」他邊說邊提高了聲音，並隨手打開大門。這麼晚了，工作組組長與一位女牛鬼蛇神在一起，最容易引起人們的誤會並作出各種各樣的猜測。

喬嵐好像做錯了事一樣有些惶恐不安，她說：「我說幾句話就走，說幾句就走。」看到袁慎之沒有堅決要趕她走的意思，她說：「王闖貼你的大字報，是歪曲事實，無中生有，無限上綱，污辱謾罵，是對你進行人身攻擊。王闖貼我的大字報，把我打成牛鬼蛇神，也是這樣啊。你可以組織人反駁他，可我不行啊。既然他已被開除出紅衛兵組織，請求工作組為我平反啊。」

袁慎之聽完喬嵐的陳述，大聲呵斥她說：「不要以為我組織群眾批了王闖，你們就蠢蠢欲動，渾水摸魚，就想把前一段揭發出來的東西統統一風吹。王闖揭發我的一大罪狀，就是包庇保護牛鬼蛇神，你是不是嫌他炮轟得不夠，再給他送去些炮彈？你的問題是工作組來之前揭發出來的，將來如何定性，怎麼也得等到運動後期。你現在趕快離開這兒。」

說著，他擺出一副逐客的架勢，喬嵐似乎還想再爭辯幾句，但袁慎之的語氣和架勢已不容她再說了，她臉上發訕，只好無奈且頗不情願地離開了這裏。

十五

宋淑華明天就要啟程了。今天，她把李秀娟的那身舊軍服穿在身上，在地上轉了幾圈，問：「怎麼樣？」

「挺好，正合身。」

「颯爽英姿！」

「很像來我們學校串聯的首都紅衛兵。」

宋淑華高興地笑了。

起初，她還為去北京穿什麼樣的衣服發愁。去北京見毛主席，多麼神聖和光榮的事兒！到現在她還覺得如同在夢裏一般。北京是祖國的心臟，是世界革命的中心，是全國人民和全世界人民嚮往的地方。到那裏可不能像平時走親戚串門兒，隨隨便便穿件衣服就行了。作為學校的運動健將，運動服她倒是有幾件，但像樣的能穿到北京的衣服她覺得一件都拿不出來。還是報上刊登的毛主席接見紅衛兵的照片和電影新聞紀錄片使她領悟到最新服裝流行趨勢：對，就像他們那樣，穿上一身舊軍裝，紮上條武裝帶，梳兩把鍋刷辮，拿上本紅語錄，這是最時興最革命的裝束！她沒有舊軍裝，就向好朋友李秀娟借。李秀娟非常樂意借給她，一是她們倆關係不尋常；二是她覺得自己去不了北京，自己的衣服去了北京，到了毛主席面前，也是一種榮耀，一種幸福；三是她不難再搞到一套舊軍服。爸爸的那套舊軍服穿到她的身上稍大一些，宋淑華的塊兒大，穿在她身上卻很合適。看到宋淑華高興的樣子，李秀娟此時也覺得很高興，很開心。

晚上，她們的女生宿舍裏圍滿了人，大家的眼光都集中到宋淑華身上，聽她說著，看她笑著，向她提著各種各樣的希望和要求。有人讓她把北京城裏的大字報多抄幾份回來，看看人家的大字報都寫了些啥新鮮內容；有人提議她一定要看看北大那張全國第一張馬列主義大字報；有人讓她注意收集中央文革的最新指示精神，注意領會文化革命的最新鬥爭動向；有人讓她證實從北京傳來的那些聳人聽聞的消息的真實可靠性……劉小妹提出了一個要求，讓她帶回一包北京的土回來。為此，幾個人把她好生取笑了一頓：金碧輝煌的北京城，哪像我們這兒一樣到處都是黃土？假如每個人都從北京挖包土回來，幾百萬紅衛兵，還不把北京城挖塌了？有人建議，要帶，倒不如把金水橋下的水帶回來一瓶。劉小妹也覺得自己的話太幼稚，覺得人家提的意見比她合理，她馬上附和著說：「一旦水帶回來，每個人都抿上一口，嚐嚐北京的水究竟是什麼滋味。這可是從毛主席身邊帶回來的聖水呀！」宋淑華向大家保證：絕不辜負大家對她的信任和重托，一旦見到毛主席，保證睜大雙眼，不眨一下，要把他老人家看個仔細看個夠，要把這個美好印象深深刻到腦子裏，永生永世絕不淡忘。因為這不僅僅是她個人的最大榮譽，也是全校廣大革命師生的最大榮譽。宋淑華的面龐通紅神采飛揚，好像她已置身於雄偉壯麗的天安門廣場，已經見到了英明偉大的領袖毛主席。

李秀娟坐在屋子的一角始終一言未發。她既為自己的好友去北京而感到高興，又為自己在文革中的表現極為不滿。作為縣委書記的女兒，她一直被排除在紅衛兵的大門之外。按說她也根紅苗壯，也極力表現著自己，也幹了許多以前想也不敢想的事兒。但別人還是不認可她，覺得她不夠勇敢，不夠潑辣，不像一個革命闖將，沒有那種捨得一身剮，敢把皇帝拉下馬的大無畏精神。她不知道怎樣才能達到這樣的要求，才能戴上讓人倍感榮耀的紅衛兵袖章。當年入團時就頗費了一番周折，團支書宋淑華一心想讓她的好朋友早日戴上團徽，然而她的入團申請書一連三次也沒有被通過，支部大會上，大家反映她突出政治不夠，學習毛主席著作不積極，沒有突出感人的模範事蹟。她曾把自己的苦惱向爸爸談過，爸爸告訴她，學生只要把功課學好就行了，其他的不必太在意。她埋怨爸爸不理解自己的苦衷，不關心自己的成長進步。生長在這樣一個時代裏，政治是第一位的，政治是一個人的靈魂和生命，不關心政治必然會走白專路線，最終必然會成為資產階級的接班人。這是多麼可怕的後果！她不理解縣委書記怎麼能這樣教導自己的女兒。後來，在宋淑華的鼓勵和幫助下，費了九牛二虎之力，她總算入了團，戴上了夢寐以求金光閃閃的團徽。誰知剛戴上團徽沒幾天，文化革命就開始了。毛主席戴上紅衛兵袖章在天安門城樓向革命群眾招手致意，紅衛兵運動席捲全國，勢不可擋，團組織這會兒不吃香了，她又必須向紅衛兵的門檻艱難邁進。如果說，以前還有上大學的嚮往使她覺得爸爸的話還有幾分道理，現在大學不招生了，爸爸那些不突出政治的話再也不能聽了，以後只能沿著毛主席指引的革命道路義無反顧地向前走了。可她什麼時候才能像宋淑華那樣呢？她覺得宋淑華就好像一座高山一樣，她是無論無何也攀爬不到那樣一個高度去的。

熄燈就寢之後，宋淑華興奮激動的心情稍稍平息了一些，她朝睡在身旁的李秀娟跟前移了移，嘴靠近她的耳朵，問：「秀娟，晚上你怎麼不說話？」

「我……」吞吐了半天，她才說：「我太羡慕你了，我太恨我自己了。」

宋淑華說：「這是什麼話？每個人都有值得驕傲之處。比如你是縣委書記的女兒，比如你長得漂亮，比如你有文藝演出天賦，這些，我都羨慕得要死！只是現在不看誰漂亮不漂亮，不看誰是不是能歌善舞，這樣，你的一些長處就顯不出來了。可是，革命不是一朝一夕的事，它隨時都在鍛煉我們考驗我們，隨時都有人衝到前面又有人落到後面，只要你努力，你也會比我強！」

李秀娟歎了口氣，說：「以我的性格，一輩子也趕不上你。」

宋淑華說：「那不一定，革命鬥爭最能改變和鍛造一個人的性格。戰爭年代，許多柔弱女性經過戰火硝煙的洗禮，不都成了堅強勇敢的革命戰士？想想你自己，文化革命開始以後有了多大的進步！過去不敢幹的你幹了，過去不敢說的你說了，相比之下，只不過不夠突出、不夠大膽罷了。只要再加一把勁，再努一把力，你一定會有更出色的表現，到那時，紅衛兵組織一定會吸收你的。文化大革命一時半會也結束不了，或許下一次去北京，就該輪到你了。」

李秀娟說：「那只能是做夢吧。但願我今天晚上就能在夢中見到毛主席。」說完後，兩人無語，李秀娟迷迷糊糊地沉入了夢鄉。

衛東彪這些天非常鬱悶，甚至有點沮喪。身為班長，過去在班裏是有頭有臉的人物，文化革命中的表現也可圈可點，可是，紅衛兵卻不讓他加入。入不了紅衛兵，去北京只能是癡心妄想。這對他心理上的打擊是很大的，一種挫折感壓得他有點抬不起頭來。不就是因為家庭出身中農麼！中農怎麼了，中農也是團結的對象呀。中農在舊社會既沒剝削過人，也沒受過剝削，他們本本分分地自食其力，自給自足，怎麼到現在卻被另眼看待？自從那句「老子英雄兒好漢，老子反動而混蛋」的口號流傳到全國，那些出身地主富農的子女在學校就抬不起頭來，自己雖然不至於這麼悲慘，但也好不了多少。過去，自己與宋淑華同為學生幹部，一個班長，一個團支書，互相之間沒什麼高下，怎麼突然間就有了這麼大的距離？越想心裏越窩火，越想越不服氣，越想越不知該把氣撒在何處。有時候他甚至埋怨自己的父母：你們當初辛辛苦苦買那些房子置那些地幹什麼？你們哪怕抽些大煙，把家抽窮了也好，這會兒我就成了貧下中農子弟，就成了依靠的對象，就能處處站到人的前面。你們弄了個不高不低的中農，弄得我一個堂堂班長，這會兒加入不了紅衛兵。文化革命如火如荼，在這場史無前例的大革命中我是繼續往前衝呢，還是站在旁邊當觀眾？可我在政治上從來都是不甘人後的呀！

衛東彪和王闖的關係一下子被拉近了。王闖加入紅衛兵的時候，衛東彪還不以為然，覺得我哪一點比不過他？他不過全憑出身好罷了。王闖被開除出紅衛兵組織，兩個人惺惺相惜，有了很多的共同語言。

王闖在全校受到聲討和批判的時候，衛東彪破例對他表示同情和聲援，他說：「這麼大個運動，讓人不說一句過頭話，不幹一件過頭事，行嗎？這樣只能把每個人的手捆住，嘴封住。」

「我們不能破了舊的權威又臣服新的權威，工作組難道是老虎的屁股，摸不得了？」

衛東彪的理解和支持使王闖頗為感動，處在危難之時力排眾議仗義執言的人可以引為知己。

衛東彪向王闖建議說：「既然去不了北京，咱們徒步到延安去；既然見不到毛主席，咱們看看毛主席的故居也行呀。」

這些天報上登了不少紅衛兵步行串聯的消息，有去井岡山的，有去遵義的，有去韶山的，這些消息給了衛東彪啟發，使他心中萌發了徒步串聯的衝動。

王闖沒有回應他的建議，他說：「我就要待在學校裏，看袁慎之能把我怎麼樣。」

衛東彪的建議被同班同學莫俊才聽到了，他說：「要不，我和你一塊徒步串聯去。」

莫俊才的父親原來在西安的一所高校教書，五七年反右時被打成了右派，後被遣反回老家條山。這樣，一家人都從西安搬回了老家。莫俊才初中畢業，考到了條山中學。其時已經摘掉了「右派」帽子的父親不願意一個人再回西安，就在本縣一所中學當了教員。

莫俊才的學習成績不是特別好，但他的動手能力很強，搞個什麼試驗和小發明、提出什麼方案和建議，他都比一般人略勝一籌。作為摘帽右派的兒子，文化大革命沒有他表現的機會。與其在學校裏看別人折騰熱鬧，倒不如走出學校，跋山涉水，尋找一份快樂。

衛東彪巴不得有個人和他作伴兒，何況他們倆平時還比較要好，於是就爽快答應了：「行呀，光咱們倆不行，咱們貼上個聲明，再多邀幾個夥伴兒。」

他們的聲明貼了出去，果真有十幾個人前來報名。衛東彪對莫俊才說：「咱們也要定個標準，挑選挑選，把不合意的排除在外。」

那天兩個人去廁所大便，廁所黑乎乎的，沒有燈光。他倆並排蹲在一起，一邊拉屎一邊商量徒步串聯的事兒。

衛東彪問：「那十幾個你都認真挑了一遍？」

莫俊才答：「女的多了些，帶她們是累贅，我卡掉了幾個。」

衛東彪：「不要光卡女的，那些出身不好的，家庭有問題的，該卡的也要卡掉。」

莫俊才：「可咱本身就不過硬啊。」

衛東彪：「正因為咱本身不硬，才不能再要這樣的人參加，不然，旁人該如何看咱們這支長征隊？」

莫俊才：「別的人都沒什麼大問題，就是那個展紅旗，你看能不能要？」

衛東彪：「堅決不能要！他爸爸犯了盜竊罪，四清中畏罪自殺，全校學生都知道。這次開除王闖，他急忙貼出大字報，表示『堅決信任工作組，完全依賴工作組，永遠支持工作組』。看他表現得多積極！」

莫俊才：「他爸爸死在四清工作隊手裏，他不擁護文革工作組，不這樣表現自己，行嗎？」

衛東彪：「可惡的是，他這個人就愛領呼口號。在那麼嚴肅的群眾場合，他喊了，別人不能不跟著喊。可他就不尿泡尿照一照，自己是啥出身！真想砍了他的胳膊縫了他的嘴！」

莫俊才：「正因為他家庭有問題，他才要加倍表現。」

衛東彪：「要表現你到別的地方表現，咱們長征隊不要這樣的人。咱們也用不著每天呼口號。」

兩個不知道，離他們不遠的地方還蹲著一個人，那就是展紅旗。聽到這番話，展紅旗的自尊心受到極大的打擊。他心裏罵道，你衛東彪簡直是滿口噴糞！你為啥不尿泡尿照照自己？有本事你也加入紅衛兵去？要不是自知年齡小身單力薄打不過高年級學生，他真想把衛東彪摁到茅坑中灌他一肚子大糞。

待兩個人提著褲子走了，展紅旗才揩了屁股慢慢站了起來，他邊繫褲子邊想，既然這樣兩個人組織的長征隊都不想要你，既然你的表現這麼受人非議，那麼，以後在文革中該怎樣表現呢？

他一時找不出個正確答案。

衛東彪的長征隊最後確定了八個人，他們製作了一面大旗，上面印著「毛澤東思想紅色長征隊」幾個大字。幾個人買了灰布做成裹腿，把小腿纏成紅軍的樣子。他們在校園裏搞了個簡單的出征儀式，幾個人握著拳頭，在紅旗下發出誓言，要繼承紅軍的光榮傳統，沿著毛主席開創的革命道路，披荊斬棘，勇往直前。要在長征中堅定信念，磨練意志，沿途燃燒文化大革命的烈火，讓毛澤東思想的紅旗插遍祖國的每一寸土地。

十六

比較起來，喬嵐的待遇在牛鬼蛇神中算比較好的。她沒有被驅趕到農場去拉犁挑糞，而是去清掃女廁所。紅衛兵對她訓斥道：「不要以為大糞臭，你的內心世界、你的思想比大糞更臭！你不要學茅坑裏的石頭，又臭又硬。」後來，覺得讓她打掃女廁所的活兒太輕，又讓她打掃完廁所，再去清掃校園中心花池旁的馬路。紅衛兵又對她訓斥道：「清掃馬路，同時也要時時清掃自己頭腦中的骯髒東西，如果你不認真清掃，我們會拿革命的鐵掃帚幫你清掃。」

剛開始清掃廁所時還不習慣，時間一長，也就無所謂了。反正牛鬼蛇神一大片，出乖露醜的也不是自己一個人，大家都這樣，也就沒有什麼難為情了。那次遊街不但沒使喬嵐驚慌膽怯，尋死覓活，反而使她的心腸變硬了，臉皮變厚了。她想，該出的醜都出了，該受的羞辱都受了，還能到哪裏去呢？大不了坐幾年監獄。喬嵐是經過革命戰爭洗禮的，是見過流血犧牲的，不像賈興中那樣經不起驚嚇。再說，她心裏有底，她清楚自己不會反黨，不會反毛主席，不會反社會主義制度，即使自己工作上有錯誤，說過錯話辦過錯事，但還沒有到坐牢殺頭的地步。人生免不了受些挫折和磨難，忍一忍，也就過去了。

儘管喬嵐的心比較硬，承受能力比較強，但不難看出，她一下子還是老了許多。好比受了一場病痛的折磨，儘管你很樂觀，知道它要不了你的命，忍一忍就過去了，但你的精神狀況怎麼也無法和健康人相比。如今的喬嵐，頭髮蓬亂，兩眼深陷，面色蒼白，行走無力，臉上的皺紋十分清晰地顯現了出來。以前，每天清晨是她用手風琴拉著條山中學校歌把大家從夢中喚醒，現在，手風琴換成了手中的掃把。同學們再也不用出早操上早自習了，當大家還在睡夢中的時候，她那纖弱的身軀就在校園的馬路上來回晃動起來了，「刷——刷——」那機械的動作好像一個機器人似的，在她走過十多年的校園馬路上，如今又留下了她新的密密麻麻的足跡。

時間一長，喬嵐的形象在李秀娟的眼裏起了變化。這位昔日和藹可親的老師變得有些猙獰可怖了，這位值得尊敬和親近的老師變得讓人感到可憎和不得不疏遠了。這種感覺是怎樣形成的，連她自己也說不清楚。也許，自己原來階級鬥爭觀念淡薄，不會運用毛澤東思想這個望遠鏡和顯微鏡，因而，識不破這個隱藏很深的偽裝了的反革命分子。現實的階級鬥爭教育了她，改造了她，使她很快懂事了，成熟了。那天，她看到了這樣一條列寧語錄：「人民群眾在任何時候都不能夠像在革命時期這樣以新社會秩序的積極創造者的身分出現。在這樣的時期，人民能夠做出以市儈的漸進主義的狹小尺度看來是不可思議的奇跡。」她覺得是文化大革命使自己的思想感情發生了巨變，由當初同情和憐憫喬嵐變成憎惡和仇視喬嵐，這對她來說就是一個「不可思議的奇跡」。不過這種奇跡發生的還是晚了些，如果發生得早一些，一開始就對她展開無情的揭發和鬥爭，這會兒說不定也加入紅衛兵了。她覺得自己的思想總也跟不上形勢，這既有性格方面的原因，也是資產階級教育路線培養的結果。以前的教育路線總教人當一個聽話的好學生，這樣下去，人人都變成了溫順的小綿羊，變成了兩耳不聞窗外事的書呆子，長此以往，帝國主義和平演變的陰謀就會得逞，修正主義自然而然就會上臺，我們的國家就會改變顏色。這是多麼可怕的結果啊。結合自身實際這麼一想，她對資產階級教育路線有了一個比較清醒的認識。

今天喬嵐因為發燒，起得比往常晚了些。起來後頭暈腦脹，渾身乏力，骨節酸疼，有點不想動彈。那天鼓足勇氣去找工作組，她對袁慎之的態度很不滿意。她覺得他不應該那樣訓斥她，也不應該像躲瘟疫一樣要躲開她。她本來是抱著希望去的，結果得到的卻是無盡的失望。心情沉鬱壓抑，回來很快就病倒了。

洗漱完後，簡單吃了些東西，她就拿上笤帚先去清掃女廁所。剛開始清掃女廁所時，大便和手紙都快把茅坑堵滿了，走進廁所，臭氣薰天，蛆蛹滿地，使人禁不住想吐。廁所原先是由學生們清掃的，文化大革命開始後，學生們忙於造反，就沒有人顧得上掃廁所了，這個任務就交給了牛鬼蛇神。她找來了一根棍子，費了很大的勁才把大便和手紙捅到了糞池裏，然後，再把地上的蛆蛹清掃乾淨。現在，由於每天堅持清掃，廁所比以前乾淨、清爽多了，沒花多大功夫，她就把廁所清掃完了。

清掃完廁所，她又換了大掃帚清掃校園中心花池旁的馬路。花池的周圍是大字報圍席。席子上的大字報幾乎每天都有新的內容，舊的大字報有的被風吹雨淋掉落地上，有的被貼大字報的人撕下扔在地上，加上這裏人來人往，產生的垃圾就多，清掃任務也大一些。

一個大字報席子前又圍滿了人，李秀娟急步走上前去，一條醒目的標題映入眼簾：〈喬嵐之夫畏罪自殺〉。大字報的開頭寫道：最近，我們截獲了反革命分子喬嵐兒子的一封來信，從信上看，喬嵐及其丈夫是一對仇視黨、仇視社會主義、仇視毛澤東思想的反革命分子，喬嵐的丈夫畏罪自殺，自絕於人民，罪該萬死，死有餘辜。喬嵐本人眾叛親離，其親生兒子要與她斷絕關係，這一結果充分顯示出無產階級文化大革命的巨大威力。讓我們高舉毛澤東思想的偉大旗幟，「要掃除一切害人蟲，全無敵！」

下面，我們把她兒子的信公佈如下，以讓革命師生進一步認清這一對反革命分子：

媽媽（我暫時還這樣稱呼你）：

自文化大革命開始以來，我無日不在擔驚受怕中過日子。爸爸一開始就被當作敵特頑偽人員揪了出來，接著被多次抄家遊鬥，家裏早被洗劫一空。他們把二十多斤重的牌子掛在爸爸的脖子上，讓他在臺上一站就是幾個小時；專案組日夜對他進行攻心戰，要他如實交代自己的反動罪行；他們給他剃了陰陽頭，讓他敲鑼打鼓在大街上悔罪……面對這樣的打擊，沒有人為他申訴喊冤，平時膽小怕事的爸爸知道你是瞭解他的，他慶幸你當初勇敢地衝出樊籠投身革命，他期待著你將來能為他辯白，使他得到開脫，萬沒想到你也被打成反革命分子。聽到這個消息，好比五雷轟頂，他的精神支柱一下子完全倒塌了。一連串的肉體折磨和心靈上的打擊使他再也難以支撐下去了，在一個月黑風高的夜晚，他終於跳樓自盡了。

……

我在學校被視為黑五類而受到歧視，我真懊悔，當初為什麼沒投胎在工人或農民的家中？如果你們沒有知識，沒有文化，一輩子清清白白、規規矩矩，那有多好！然而，這一切都是無可挽回的了。我的人生道路還很漫長，現在的遭遇才僅僅是開始，為了減少自身的痛苦，我們還是從此脫離母子關係吧。從此之後，你權當沒有我這個兒子，我也權當沒有你這個母親……

也許，我的這個決定會給你帶來痛苦，但除此之外，還能有什麼兩全的辦法？好在我不是在你身邊長大的，我們母子之間的感情還不怎麼難以割離……

兒　衛東（我已把舊名「繼祖」當四舊破掉了）

×月×日

喬嵐掃馬路掃到這裏，用眼睛掃了一下大字報的題目，立即感到心慌意亂，頭暈目眩。她不敢站在那裏細細地讀大字報，她一邊揮動手裏的掃帚，一邊朝大字報斜視著。她已大略知道了大字報的內容，知道更加沉重的打擊已落到了自己的頭上。她兩眼發黑，幾乎要暈倒在地，幸虧手中的掃帚幫了她的忙，她咬緊牙關，努力用它支撐著自己纖弱的身軀。她極力克制著自己的情感，不讓眼淚溢出眼眶。她多麼想放聲慟哭一場，但這裏不是慟哭的場所，如果她在這裏涕淚橫流，一方面會被視為軟弱；另一方面會被認為是為反革命分子招魂。她微閉上雙眼，丈夫的影子清晰地出現在她的眼前。雖然她與丈夫在思想認識上有很大的差距，雖然他們這些年來一直分居，雖然她把心中的愛大都傾注到身邊學生們身上，但對自己的丈夫並非沒有深深的思念和脈脈的溫情，特別是在中秋月圓之際，在新春佳節之際，當他們未能團聚的時候，這種思念和溫情總是痛苦地煎熬著她。她知道，他是一個正直善良的人，他熱愛我們的黨和社會主義制度，熱愛自己所從事的教育事業，他出身不好，社會關係複雜一些，平時膽小怕事，對各種政治活動沒有那麼高的熱情，但絕不是什麼敵特頑偽人員。她心中暗暗呼喚著他的名字，埋怨著他：你不該這麼輕生，解放以後，多少次運動你都挺過來了，這一次為什麼就扛不下去了呢？你飽讀詩書，有那麼一肚子學問，你這一死，那些學問不都被糟蹋了嗎？你這個老夫子，真糊塗呀！

至於兒子，她理解他的處境和做法。誰願意背著黑鍋度過自己的一生呢？可是，文化革命難道非要搞得人家破人亡、六親不認嗎？斷絕了關係，他就不是娘身上掉下來的肉嗎？他的身體裏就沒有親娘老子的血液了嗎？他從此就甩掉了家庭這個包袱而不會再受歧視嗎？一個個巨大的問號像一把把鐵鉤一樣撕扯著她的心，使她的心破碎而鮮血橫流。為了不使學生們看出自己紛亂繁雜的思緒，為了不讓他們覺察到自己內心的悲傷和痛苦，她強打著精神揮動著手中的掃把。此時的掃把好像突然增加了分量，她那雙纖弱的手臂揮動起來那麼吃力，眼前有五顏六色在晃動著。

「我這是怎麼啦？」她問自己，「我必須駕馭住自己，不能在這裏失態！」她告誡著自己。然而，她覺得雙手不那麼聽從自己的指揮，那雙撫弄琴弦和鍵盤的十分靈巧的手此時變得十分麻木。當她覺得手中的掃帚碰觸到什麼東西時，這才猛然一驚，霎時清醒了過來。原來，她的掃帚觸到了一個人的腳上，這個人就是她喜歡的學生——李秀娟。

李秀娟的目光從大字報移到了喬嵐的臉上。喬嵐那蓬亂的頭髮，多皺的面頰，破舊的衣服以及身上散發出的臭味使她心裏產生了一種厭惡的感覺。

「這是什麼意思？」她警覺地思考著，「這難道是無意的嗎？」李秀娟心中階級鬥爭的弦開始繃緊了。

「是不是因為我揭發了她的反革命罪行，所以她懷恨在心，才當著這麼多人的面，把我當垃圾一樣清掃？」

「這是對革命群眾的一種報復行為！」她瞪大了雙眼，惡恨恨地逼視著喬嵐，一股熱血在心中升騰著。

「你要幹什麼？」她終於朝喬嵐怒吼了起來。她雖然鼓足了全身的力氣，但仍覺得自己的語氣缺少一種威嚴和逼人的氣勢。

看大字報的人猛一驚，紛紛把頭轉了過來。在眾多驚奇詫異目光的注視下，李秀娟的內心不由得有了一絲慌亂和無措。但她很快就鎮定了下來。眾目睽睽之下，怎麼能軟弱退卻呢？都說我膽小，柔弱，不夠勇敢和剛強，都說我和喬嵐關係親密，深受她的寵愛，今天，正是表現自己並給大家一個澄清的好時機。她覺得心中有一團火在燃燒，全身的血直沖腦門，她伸出右手，用盡全身力氣，朝喬嵐的臉頰狠狠地扇去。喬嵐的身體終於支持不住，搖晃了幾下，跌坐在了潮濕的馬路上。很快，一縷殷紅的鮮血從她的嘴角流了下來。

李秀娟的手覺得有些麻木，好像幹了一件十分繁重的體力勞動似的，渾身也覺得有些癱軟。喬嵐嘴角的鮮血竟使她害怕起來。「我怎麼能這樣冷酷無情？這分明是給她的傷口上撒鹽。」這個念頭在她心頭一閃，就立即被她堅決驅趕出去。「怎麼能憐惜蛇一樣的惡人？沒有超乎常人的表現，怎麼能破繭成蝶，取得大家的信任？牆倒眾人推，連她的兒子都和她劃清了界限，我為什麼要對她心慈手軟？」

想到這裏，她的心又釋然了，文化大革命以來的猶豫、彷徨、苦悶、失落彷彿都隨著這一巴掌煙消雲散了，好像完成了一件歷史性的偉大壯舉偉大嬗變，她輕輕地舒了一口氣，叉著腰威風凜凜地站立在馬路的中央。

喬嵐從地上爬起來，用手揩了一下嘴角的血跡，好像不認識似地看了她心愛的學生一眼，雙手又握緊了掃把。李秀娟當著圍觀的學生，對她訓斥道：「從今以後，如果再對文化大革命發洩不滿情緒，小心你的狗頭！」

話說出後，連她自己都覺得奇怪：這是從自己嗓子裏發出的聲音嗎？

十七

王闖聯絡了幾個學生偷偷去了北京。工作組組長袁慎之得知這個消息後，派人到車站要把他們堵回來，但到那裏連他們的影子也沒見著。袁慎之非常生氣，召開了全校師生大會，通報了這件事情。他說：

「毛主席教導我們：『加強紀律性，革命無不勝』。這幾個學生太無組織無紀律了。現在，學校的一切行動都要聽從工作組的安排和部署，怎麼能不向我們打個招呼就領著人去北京了呢？全國的中學生如果都擁到北京，毛主席還能安心在那裏辦公麼？這不是革命行動，而是擾亂革命的行動。我告訴同學們，即使他們坐上了火車，也進不了北京城！北京城是毛主席居住的地方，有嚴密的警衛措施，有嚴格的進出手續，哪能隨隨便便誰想去就能進去？真要這樣，壞人不都跑北京去了？同學們還小，有時想得太天真，太天真是要碰釘子的。所以，我勸大家安下心來，在工作組的領導下，好好待在學校開展文化大革命，真要有了到北京接受毛主席檢閱的名額，我們會及時通知大家，然後把最優秀的學生送到毛主席身邊……」

學樣該揭發的揭發了，該批鬥的批鬥了，下一步文化大革命該怎麼搞，大家都想實地瞭解一下北京的情況。北京是風向標，大家的興奮點全集中在去北京，集中在接受毛主席檢閱這件事上。

王闖之所以敢帶著人去北京，是受了回母校串聯的北京學生的鼓動。

有一次他們圍住了一名校友，問：「你們坐火車到處跑，難道就不要錢麼？」

他們說：「不要。」

「那怎麼上火車呢？」

那位同學指了指自己的紅衛兵袖章，說：「憑這個就上火車了。」

這些鄉下的孩子從來也沒出過遠門，聽了後似信非信。

「那我們要去的話在哪裏吃，在哪裏住？」

校友告訴他們：「這些就不用你們操心了，既然是毛主席請來的客人，那自然會安排得很周到的。」

聽了這些話，同學們你看看我，我看看你，還是沒有外出的勇氣。王闖畢竟膽子大，他悄悄攛掇幾個人準備秘密出走。去北京見毛主席，這有多大的誘惑力！本來就該著他去，結果好事讓宋淑華搶走了，工作組不僅不寬慰他反而雪上加霜，弄得他越發沒指望了。不能坐在這兒硬等，豁出去闖一闖或許還能達到目的，這事趕早不趕晚，等哪一天毛主席不檢閱了，就後悔莫及了。為了防止工作組的阻撓，他們的行動非常詭秘，一切準備工作都是悄悄進行的，待工作組發覺之後，他們已經快到北京城了。

幾天後，張永豪和宋淑華從北京回來了。宋淑華風塵僕僕，但精神狀態極好。她一進教室，大家就把她團團圍住，像召開記者招待會似的，回答著同學們提出的各種各樣的問題。

「見到毛主席了嗎？」

「見到了。」

「你的眼睛真的一眨沒眨嗎？」

「哪能呢，我一見毛主席出現在天安門城樓，眼淚就止不住往外流，我急得趕快就擦，可是，這討厭的眼淚越擦越多。周圍的人都蹦著，跳著，揮動著語錄和紅旗，我眼睛模模糊糊什麼都看不清了，這時，我急得哭出聲來了。我嘴裏一直喊著『毛主席萬歲！毛主席萬歲！毛主席萬萬歲！』我努力蹦得比他們更高一些，我恨不能長出一雙千里眼，更恨不能時間就此停住。但這只是一種美好願望，檢閱很快就在我的淚眼模糊中結束了。回到住處，我後悔極了，就這麼一個機會，我還沒把他老人家看清楚，當時我心想，我是代表全班和全校革命師生來的，回去怎麼給他們交代？」

許多人都為她感到惋惜，也對她表示理解。平日裏大大咧咧的宋淑華見到毛主席尚能這樣，我們豈不更難以自持？

「天安門廣場有多大，站在中間看不到邊吧？」

「沒有那麼大，但比我們條山縣城要大得多。」

「毛主席真和照片上一個樣嗎？」

「差不多。報紙上不是說了嗎？紅光滿面，容光煥發，步履矯健，神采奕奕。只是我離得太遠，沒大看清楚。」

「到北京你都去了哪些地方？」

「除接受毛主席檢閱，大部分時間都在幾個大學裏轉。傳單我撿了一大包，大字報我抄了兩大本。」說著，她拿出撿回的傳單讓大家看。

「北京有人炮轟劉少奇？」

「大字報多得很。文化革命就是要敢於懷疑一切，打倒一切，他推行了資產階級反動路線，自然要炮轟！」

劉少奇是國家主席，在他們的記憶中，教室黑板的上方總是並排張貼著毛主席和劉主席的畫像，兩位慈祥老人的面容從小就烙印在了每一個人的心髓。然而，現在北京卻到處都在炮轟劉少奇，有的把劉少奇寫成劉小狗，有的漫畫特意突出他那顆大鼻子，把他畫得很醜很醜，有的還要火燒他，油炸他。北京是首都，是毛主席和中央文革辦公的地方，如果沒有靈敏的政治嗅覺，如果沒有人默許和支持，誰敢這樣做呢？既然劉少奇都能炮轟，都要打倒，全中國除了毛主席之外，還有誰不能懷疑、不敢打倒呢？從上面傳來的消息說，他多年來極力推行一條和毛主席無產階級革命路線相對立的修正主義路線，他是睡在毛主席身邊的赫魯雪夫。如果讓他的陰謀得逞，全國人民就要吃二遍苦，受二茬罪。既然如此，那個長著一頭白髮的大鼻子國家主席，面目不再和藹可親了。文化革命真是太及時了，沒有這樣一場大規模的群眾運動，劉少奇這個埋在毛主席身邊的定時炸彈能夠及時發現和排除嗎？

「給我們多講講北京的形勢。」

宋淑華給大家講北京正在炮轟誰，打倒誰；哪些文化名人都有哪些個醜行，在文化大革命中怎樣聲名狼藉，醜態百出；紅衛兵怎麼把北京鬧了個天翻地覆。她感慨地對大家說：「和北京比起來，我們差得太遠了。北京的學生天不怕地不怕，敢想敢幹，充滿激情，而我們這裏卻顯得太保守太平靜了。從現在的形勢分析，文化革命的大幕才剛剛拉開，號角才剛剛吹起，更艱苦更激烈的鬥爭還在後面呢！」

有人問：「那我們下一步的文化大革命該如何搞呢？」

「劉少奇不可能一個人反對毛主席，好比一棵大樹一樣，地底下紮著很深很深的根須。下一步，我們要走出學校，殺向社會，吹響衝鋒號，徹底清除修正主義黑線人物。」她的話讓大家情緒高漲起來。看著大家向她投來的期望的目光，她又接著說：「我們去北大串聯時見到咱們學校考到那裏的于世民，我們向他介紹了條山縣文化革命的形勢，他說，他要回來和我們一塊揭開條山縣階級鬥爭的蓋子，一塊吹響條山縣文化大革命的衝鋒號。」

從不同管道傳來消息，于世民在北大很活躍。北大又是毛主席稱讚的全國第一張馬列主義大字報產生的地方，各地學生紛紛到那裏學習取經。有于世民回來，條山的文化大革命一定會掀起新的高潮，走向新的階段。

有人問：「外地中學紅衛兵去北京的多嗎？」

「多得很！哪個紅衛兵不嚮往北京？不渴望見到毛主席？可是，各地的走資本主義道路當權派害怕文化大革命烈火燒到他們自己頭上，極力封鎖消息，壓制群眾運動，有的甚至發動群眾鬥群眾。毛主席他老人家採取革命大串聯的辦法，讓北京的學生到外地煽風點火，讓外地學生到北京見世面，這樣，就會很快衝垮走資派設置的重重障礙，把人民群眾最大限度地發動起來，徹底打破那種死氣沉沉的局面，讓文化大革命的熊熊烈火迅速燃遍全國。這是史無前例的偉大壯舉，是人類歷史上從來沒有出現過的憾人場面。沒有無產階級革命家的偉大氣魄和膽略，是不會採取這樣的步驟，做出這樣的舉動的。現在，各地的紅衛兵一批批擁到了北京，毛主席和黨中央指示鐵路部門為他們大開綠燈，要求北京為他們提供一切方便。」

「這麼說，我們也能夠到北京去了？」

「咱們一批一批來，一下子都擁到北京，北京也受不了。」

又過了幾天，王闖他們幾個人回來了。王闖一回來就大喊大叫：「你們都還在這裏傻等什麼呀！趕快串聯去呀！再晚些，見不上毛主席啦。」

同學們還記得他們走後工作組的訓話，他們還以為這幾個人未經允許根本進不了北京，誰知他們不僅去了北京，而且同樣接受了毛主席的檢閱。於是有人將信將疑地問：「不經批准能隨便去嗎？」「沒加入紅衛兵有條件去嗎？」「出去之後吃住怎麼辦？」

王闖以自己的親身經歷告訴大家：「誰批准我們啦？我不是被開除出紅衛兵了嗎？告訴你們，只要是中學生，揣上學生證，走到哪，吃到哪，睡到哪。我們是大鬧天宮的孫悟空，是毛主席撒下的天兵天將，誰敢得罪呀！」

「工作組要阻撓怎麼辦？」

「工作組？工作組是劉少奇一夥派來壓制群眾運動的工具，是一夥撲滅文化大革命烈火的消防隊員，北京早把工作組攆跑啦！我們也要叫他們趕快捲起鋪蓋滾蛋！」

這麼一說，同學們都坐不住了，他們三個一群五個一夥地結合起來，紛紛準備告別家人，到北京去見偉大領袖毛主席。

展紅旗慶幸沒跟衛東彪去徒步長征，他很快組織了幾個同學，連夜擠上了去北京的火車。上了火車，他摸了摸口袋，口袋裏一共只裝了八角錢。他心一橫：「管他呢，走到哪算哪！王闖能去了北京，難道我們就比他孬？」

十八

袁慎之把學生們的舉動立即反映到縣委，李國臣得知情況，對他交代：要立即做學生們的工作，不要讓他們都擁到北京。要去北京，可以有組織有步驟有限制有選擇地去，如果所有學生都往北京擁，將會造成鐵路運輸的混亂，也給北京的正常生活和工作秩序造成很大壓力。他吩咐公安局長黃一清，要派公安人員到車站查堵學生，儘量把他們勸回學校。一切安排停當，李國臣仍弄不明白，中央明明說要部分中學生代表去北京，怎麼一下子像開閘的水一樣，都往北京擁呢？全國有多少中學生！這些中學生如果都擁到北京，那將是一種什麼狀況？不到北京就不能搞文化大革命了？想不明白歸想不明白，但他對毛主席和黨中央的決策是不會有任何懷疑的，他深信毛主席和黨中央的安排和部署都是得當的，都是有充分的道理的，都是十分英明偉大的，他們會掌控大局、會使這場運動朝著健康的方向發展的。只是各地在執行過程一旦控制不嚴就會出現一些偏差。我們條山縣要盡量避免出現偏差，我們要不折不扣地按照毛主席、黨中央的要求辦事。這麼多年跟著毛主席、黨中央走過來，他能懷疑毛主席、黨中央嗎？他想起了林副主席的那句話：理解的要執行，不理解的也要執行。他要在執行過程中加深理解。

黃一清派公安局的人到車站圍堵學生，那怎麼能夠圍堵得住？你不讓他們在這裏上車，他們可以到別的車站上車，你能派出多少人員沿途堵截？再說，公安人員也不認識條山中學的學生，要把學生和其他乘客區分開來也有困難。那天，有十幾個學生前來乘車，他們全不買票，一看就知道是一幫學生，公安人員迅速把他們圍了起來，而且派人把住車門，嚴防他們強行上車。學生們似乎早有準備，他們扯出一條「我們要見毛主席」的標語，全都坐在鐵軌上，任公安人員如何勸說，就是不離開，火車因此而無法動彈。列車裏面大都是去北京串聯的學生，他們見火車總待在這個小站不動，一個個心急如焚，待弄清了事情的原委，便紛紛下了火車，與公安人員在月臺上扭鬥廝打起來。公安人員和乘客相比，畢竟是少數。外地學生和本地學生混雜在了一起，公安人員失去了圍堵的目標，這樣，條山中學的十幾個學生全部擠上了火車。鐵軌上沒有了坐臥的學生，火車才長鳴一聲，呼哧呼哧從條山縣開了出去。

黃一清把情況反映給李國臣，說，到車站圍堵學生，這不是個有效辦法。關鍵要從源頭著手，也就是在學校做好學生們的工作，讓他們不要一窩蜂都往北京去，更不能再搞什麼臥軌行動，影響鐵路的正常運營。如果再發生類似事情，工作組要負主要責任。

李國臣覺得黃一清的話很有道理，就把這些話講給了袁慎之。袁慎之自知工作組身單力薄，很難阻止這股排山倒海的洪流。他召集張永豪、宋淑華商量具體辦法，希望他們幫助其阻撓學生。兩個人一致表態：對此無能為力。

張永豪說：「不能因為我們去了北京，見了毛主席，就極力阻止別人也去。讓別人失去這個千載難逢的好機會，必然會招來眾人的唾罵，我們也會於心不忍。再說，我們也沒有充分的理由和足夠的能力阻止同學們去北京。」

宋淑華說：「說到底都是王闖開了個壞頭，他沒有經過批准就順順當當去了北京，見了毛主席，這個號召力太大了，別人誰不想步他的後塵？」

聽了他們兩個的話，袁慎之心中不悅。是他批准他們兩個去了北京，可現在他們卻以種種理由不願意配合自己的工作，眼睜睜看著自己像鑽進風箱裏的老鼠一樣兩頭受氣。面對學校出現的這種局面，袁慎之一籌莫展，以往的工作經驗這會兒全都不靈了。工作了幾十年，且在省教育廳待過若干年，沒想到這群中學生卻讓他束手無策，無計可施。

張永豪和宋淑華對袁慎之採取這樣一種疏離和不配合態度，還在於于世民回到母校，和他們進行過多次座談。

于世民說：「沒想到母校的文化大革命搞成了這個樣子；沒想到工作組還在這裏濫施淫威，對你們嚴加鉗制；沒想到你們這批學生如此缺乏革命造反精神。咱們學校在全縣所處的地位，相當於北大在全國所處的地位。可北大在全國萬眾矚目而咱們這兒卻冷冷清清，大家像一群小綿羊一樣被圈在學校任由工作組肆意擺佈。這種情況與咱們學校的名氣和地位太不相符了，也太令人失望了。本來還想到別的大城市煽風點火，看來得留在這裏發揮點作用了，不然對不起母校對我的培養。不破不立，大破大立，文化大革命就是要大破，然後達到大立。要破得徹底，就要敢想，敢幹，敢於懷疑一切打倒一切，敢於向一切掌權者發起攻擊。縣委和工作組把學校控制得這樣嚴密，其背後必然隱藏著巨大陰謀和不可告人的目的。我已經掌握了一些線索，最近要就這些線索作進一步挖掘，希望以此作為突破口，揭開條山縣階級鬥爭的蓋子，你們到時候要大力配合。學校的紅衛兵幾乎成了袁慎之的御用組織，隨著鬥爭的深入，隨著形勢的動盪，這個組織必然會急劇分裂。你們要充分利用自己的影響，把志同道合者聚攏在一起，成立新的革命造反組織，徹底擺脫工作組的控制，準備迎接下一步的革命行動。學生們最不缺的就是革命激情，我們要充分調動大家的革命激情，發揚大無畏的革命精神，把條山縣鬧他個天翻地覆。你們最早去北京接受了毛主席的檢閱，理應高擎條山縣革命造反的大旗，在文化大革命中有所作為。毛主席對我們寄於厚望，有毛主席他老人家為我們撐腰，有什麼可怕的？你們這些在同學中有影響的人物絕不能當觀潮派，更不能當保皇派。現在最忌諱、最讓人難以接受的就是戴上一頂「保皇派」的帽子。無論是多大的權威和當權派，向他們開火都不會錯。但要力保某一個人，那就難免要犯歷史性錯誤……」

有于世民的煽風點火，張永豪和宋淑華自然不會再聽任袁慎之的擺佈。他們十分信服于世民，覺得他的話句句入耳，像戰鼓一樣催人奮起。畢竟人家是北大的學生，是從毛主席身邊回來的人呀。

最令袁慎之頭疼的還是王闖。王闖從北京回來就成立了一個「反到底」戰鬥隊，把鬥爭的矛頭直接指向工作組，指向袁慎之。在他的鼓動下，原先的紅衛兵組織中也有人參加了他的「反到底」戰鬥隊。戰鬥隊連篇累牘給工作組貼大字報，稱派工作組是劉少奇一夥為了對抗文化大革命而實施的一個大陰謀，是劉少奇為了推行資產階級反動路線而進行的組織部署，其目的就是要包庇當權派、壓制學生運動，把毛主席親手點燃的文化大革命烈火徹底撲滅。他們稱袁慎之是地地道道的滅火隊員，是鎮壓學生運動的劊子手。他們歷數工作組進校後採取的各種違背毛主席革命路線的決策和行為，如束縛群眾手腳，限制群眾行動，迫害革命左派，打擊群眾的革命造反熱情等等。其中王闖被點名批判是袁慎之的主要罪狀之一。他們強烈要求工作組早日滾蛋。「從來就沒有什麼救世主，也不靠神仙皇帝，要取得最後勝利，全靠我們自己。」他們呼籲同學們認清形勢，砸碎袁慎之制定的各種清規戒律，積極行動起來，把條山縣文化大革命推向新的高潮。

王闖這次可謂來勢洶洶，咄咄逼人。他有了充足的底氣，不再身單力薄，孤掌難鳴。他是一個容易記仇發狠的人物，他心裏想的是：你越是壓制我，批判我，我越是要做出強烈反彈，要吐出心中的惡氣。由於王闖的死纏爛打，工作組的權威得到完全瓦解，他們的話已經沒有了任何號召力。

袁慎之將學校的最新情況彙報給了李國臣，並流露出撤出學校的意思，他說：「對文化革命，感到有很多難以理解之處。自己都難以理解，怎麼領導別人？弄不好，就會犯錯誤，受衝擊。而且，在學校說話已經沒有人聽，於其作為聾子的耳朵擺在那裏，還不如早日撤出為好。」

李國臣本來還期望他好好做學生工作，扭轉學校的混亂狀態，恢復學校的正常秩序，沒想到他卻要臨陣逃脫。對這樣一個有相當級別和工作經驗的老幹部，他不知道該用什麼樣的方式說服他，勸阻他。沉默了片刻，他說：「學生貼了幾張大字報讓你滾蛋，你就捲起鋪蓋走人，這不完全聽命於他們了？我問你，是不是全體學生都要趕你走？」

袁慎之說：「那倒不至於，只是部分學生。」

李國臣說：「這不對了，學生們的意見也不一致，既然只是部分學生要趕你走，為什麼要聽從這一部分人的意見呢？」

袁慎之說：「解放之後我們經歷過不少運動，可我總覺得這次運動和以往的運動有些不同。以往的運動誰敢動不動就打倒這個打倒那個打倒一大片？誰衝擊黨的組織機構或辱罵黨的負責人還不把他抓起來呀？可這次運動卻不是這樣，今天炮轟這個，明天火燒那個，這些被炮轟被火燒的是不是階級敵人？有什麼充分的事實和理由？需不需要用這樣的方法去對待？他們全然不顧。學生們沒有嚴格的政策觀念，常常頭腦衝動，感情用事，很難保證他們不做出出格離譜的事。可最高領導層和中央文革卻極力支持和鼓勵學生們這樣幹，這樣一打一大片，由此產生的偏差和過火將來怎樣收拾？老李，我不是對最高領導層和中央文革表示懷疑，我這是杞人憂天啊！土改和四清都是派了工作組的，即使有工作組嚴格掌握政策，還發生有這樣那樣的過火行為，現在北京大、中學校都在驅趕工作組，批判工作組，甚至污辱和漫罵工作組，而當工作組一旦撤離，可想而知將會造成什麼樣的後果！說心裏話，我是從心底折服他老人家的氣魄和膽略的，他老人家的胸才大略歷史上是無人能比的，可我這一次卻有點跟不上他老人家的思想了，我怕萬一偏離了他老人家的革命軌道，不自覺地犯了方向路線性錯誤，這一輩子可就再難翻身了。解放以後發生過這麼多次運動，從歷次運動中不難悟出一個道理：無論任何時候都得站在毛主席他老人家一邊，無論何時何地都不能絲毫撼動他的權威和意志，可謂順之者昌，逆之者亡。這次運動是歷次運動中最大的一次，而且運動勢頭很猛，發展太快，直覺上感到，過去的一些方法和措施如今都不靈驗了，過去的一些經驗和判斷也不管用了。如同坐在一輛快速前進的列車上，只覺得眼花繚亂，頭暈目眩，不知道這車該在什麼時候加速該在什麼時候拐彎，它的終點站又該停在哪裏。我擔心自己在還沒弄明白的時候，就被快速前進的列車甩下來。」

李國臣說：「不愧是知識分子，怕我聽不懂，還來這麼一番比喻。說一千道一萬，我還是相信他老人家說過的那句話：真正的唯物主義者是無所畏懼的。我們還是相信群眾相信黨吧。」

李國臣一直關注著條山中學的文化大革命，袁慎之的頻頻訴苦，促使他不得不放下手中的其他工作，親自去條山中學走走看看，直接瞭解一下那裏文化大革命進展情況。到學校後，看到大字報的內容果然都是針對工作組的，有些措詞非常激烈，把工作組和縣委聯繫在一起進行批判，說工作組和縣委都執行了劉少奇的資產階級反動路線，要求工作組屎殼郎搬家——立即滾蛋。

看完了大字報，他對圍觀的學生說：

「工作組是縣委派來的，他們的去留問題也只能由縣委來決定，怎麼你們想讓他們滾蛋就滾蛋？」

「條山縣的文化大革命是嚴格按照中央下發的十六條進行的，怎麼就推行了資產階級反動路線？」

「北京、天津、上海、西安、武漢發生的事情都有各自的不同背景，他們的情況和解決問題的方式怎麼能照搬到條山？」

他的話在學校即刻引起反響，「反到底」戰鬥隊把他團團圍住，七嘴八舌與他進行辯論。有人言詞尖刻，說他和袁慎之是一丘之貉，是一對擋在革命前進道路上的絆腳石，要按照他們的辦法搞下去，條山縣的文化革命非中途夭折不可；有人說他和袁慎之在表演「雙簧」，一個在後面授意，一個在前面動作，而劉少奇是他們的總導演，他們的目的就是要緊緊捂住條山縣階級鬥爭的蓋子，包庇條山縣走資本主義道路的當權派；還有人指著李國臣，說他實際上是劉少奇在條山縣的代理人。等等。

李秀娟聽說爸爸和「反到底」的學生正在校園辯論，她躲在教室裏不肯出來，他怕見到爸爸時會顯得尷尬且無所適從。等外面的辯論平息了，爸爸離開了，她才走出教室。這時，她看見牆上有一幅剛剛貼出的醒目大標語：炮轟縣委書記李國臣！似乎炮彈打到了她的心裏，只覺心中有一種說不出的疼痛的感覺。

雖然李國臣沒有同意袁慎之立即撤出條山中學，但袁慎之還是以身體不適為由，自作主張回了家，不再理會條山中學的事了。

王闖拉滿了弓弦，卻不見了射箭的靶子，自然格外惱火，他心裏罵道：「這個老狐狸，跑得倒快！」他要像貓捉住老鼠一樣，明知他逃不脫了，成了自己嘴邊的肉，但還不急於一口吃掉他，還要戲耍他一陣再把他吞噬。

他帶著一撥人去了袁慎之原先工作過的×縣，要把他揪回條山中學進行批鬥。縣委辦公室主任不敢怠慢這些殺氣騰騰的造反派，把他們安排在縣委招待所住了下來。住了幾天，始終沒見到袁慎之的影子，他們怒火中燒，便向縣委辦主任要人。

縣委辦主任始終對他們十分客氣，他強堆笑臉，攤開雙手，說：「袁書記已經好幾年不在縣裏工作了，先是在四清工作隊，後來又去了你們那兒，你們說他回來了，可我們始終沒見著。你們向我要人，可我也不知他這會兒在哪裏呀。」

王闖帶人找到袁慎之家，家人告訴他們，他在家只待過一天，就不知又去哪裏了。

王闖對他的家人說：「跑得了和尚跑不了廟，我們總有一天要抓住他的。他在我們那兒犯了方向路線性錯誤，我們一定要他回去肅清流毒，絕不能讓他就這樣輕鬆逃避懲罰。」

王闖他們去了×縣中學，×縣中學成立了一個「揭老底」戰鬥隊，他們已經揭出了袁慎之的一系列問題，說他出身官僚家庭，混入革命隊伍，在省教育廳工作期間，同情學校的右派分子，後來又反對三面紅旗，由於思想一貫右傾，才被下放到縣裏擔任了地方職務。

王闖如獲至寶，把這些大字報一字不漏地抄錄下來，準備回校後再把它張貼在條山中學。他們把袁慎之在條山中學的種種劣行也提供給「揭老底」戰鬥隊，兩個戰鬥隊互通情況，互有所獲，皆大歡喜。

王闖還把揪住袁慎之的任務委託給了「揭老底」戰鬥隊，讓他們一旦發現袁慎之的蹤跡，就把他抓在手裏，然後迅速通知他們，他們再把他揪回條山狠狠批鬥。

在×縣待了幾天，王闖帶著他的人馬又殺回了條山。

十九

李秀娟還沒有走，因為爸爸極力阻止學生一起擁向北京，她怎麼好違反爸爸的指令？黃一清派人到車站查堵學生，別的學生黃一清不認識，李秀娟他可是最最熟悉不過。假如李秀娟去了車站，馬上就會被公安人員發現。這無疑會給她的黃叔叔出道難題：把她堵回去吧，違背她的意願；不堵回去吧，違反她爸爸的旨意。而且李秀娟不可能一個人去車站，放走了李秀娟，其他學生放不放？所以，李秀娟一直不敢有去北京的念頭。但是，看到同學們都走得差不多了，她怎麼能安下心來？而且，剩下來的學生大都是出身不好的，文化大革命中表現不積極的，平時膽小怕事或因這樣那樣的毛病被人瞧不起的，將來，即便要走，還能和誰結伴？

劉小妹寬慰她說：「娟姐，我等著你，那怕等到最後一個，我和你一塊去。」

她望著小妹那張稚氣的臉，對她的話充滿感激之情。只是小妹太小了，出那麼遠的門，她希望能有一個像宋淑華那樣風風火火的人和她同行。她自知個性柔弱，缺少闖蕩精神，有一個強有力的人關照呵護，她會像吃了定心丸一樣感到踏實。宋淑華已去過北京，現正忙著和于世民在一起研究籌畫，不可能跟她出去。在這種情況下，她心中充滿焦慮。她恨自己遇事猶柔寡斷，關鍵時刻總是顧慮重重。

又一批去北京串聯的同學回來了。他們一個個興高采烈，談論著受毛主席檢閱的幸福情景；談論著外地學生如何敢想敢幹，「捨得一身剮，敢把皇帝拉下馬」，又接二連三揪出一批新的大黑幫和走資派；談論著一些黑幫和走資派為了保全自己如何瘋狂鎮壓學生運動，有的甚至把首都去煽風點火的學生關進了監獄；談論著中央文革怎樣表態支持各地學生的造反行動，學生們如何在驚濤駭浪中經受考驗，如何無所畏懼地與走資派進行著殊死的搏鬥……

越說，李秀娟越待不住了，那天她找到劉小妹，和她商量：「咱們得趕快找個夥伴到北京去，再晚了，見不到毛主席了，那可是後悔一輩子的事。」

小妹告訴她：「學校的學生走得差不多了，公安人員也不去車站圍堵了，他們現在完全採取了一種放任自流的態度。」

李秀娟舒了口氣，覺得這是個好時機，不能再有絲毫遲疑了。於是她們分頭行動，做著出發前的準備工作。

衛崇儒也是遲遲沒有行動。文化大革命開始之後，上中農出身的家庭背景註定了他是個不受歡迎的人物。舊社會家庭有過剝削記錄，儘管不像地主富農子弟那樣受人歧視，但無論怎樣表現也成不了革命左派，也不會受到別人的器重和推崇。以前驕人的學生成績曾受到過老師和同學們的青睞，這會兒再無人把它放在眼裏。相反，過去的榮耀現在卻黯淡成了資產階級教育路線的黑苗子、白專道路的典型而更加遭人鄙視。既然這樣，他索性對文化大革命採取了消極應付的態度，學校有什麼大的活動，他隨大流地跟著走一走，喊幾句口號，完後，他就躲到操場的一個角落裏去看書。

過去為了考個好大學，數理化占了他大量的時間。現在數理化不學了，他有了充足的時間看一些閒書。他偷走了喬嵐的那套《金瓶梅》，一有機會就偷偷地看幾頁，那些有關性描寫的片斷他不知看過多少遍，看得他生殖器一次又一次勃起，以致無法控制自己，常常不由自主地就射了精。他覺得自己的思想太骯髒了，《青春之歌》、《紅旗譜》、《紅日》都查禁了，《林海雪原》中少劍波和小白鴿那點事都被視為不健康，樣板戲裏沒有一丁點愛情，可自己竟敢在文化大革命中看這麼黃色下流的書，這實在有點膽大包天大逆不道。他時常告誡自己：不能再看了，再看就學壞了，就無可救藥了。可他還是禁不住想多看幾行。

有時他覺得文化革命也很有意思，沒有文化革命，他怎麼能有這麼多時間看閒書？又怎麼能看到《金瓶梅》這樣的書？只是想到自己的未來，他心中每每有一種說不出的隱憂。那天見到王闖，想到他每天站立潮頭，大出風頭，洋洋自得，不可一世，覺得有些讓人不可理喻。過去那麼差勁那麼沒人待見的人現在就炙手可熱成這樣，真是時也勢也。

想著想著就覺得造化弄人，有點好笑，他這一笑，引起王闖老大的不悅和警惕。可是，王闖的風頭越出越大，大到袁慎之對他無可奈何，大到去了北京見了毛主席，他又開始羨慕起人家了。不行，他也要去北京開開眼界，他也要去見毛主席。開始他為自己在文革中表現深感自卑，沒有勇氣去北京，後來見同樣落後甚至地主富農的子弟都走了，他的膽子才大了起來。聽說李秀娟正在尋找去北京的夥伴，就對她說：「我和你一起去吧。」

李秀娟不願意跟衛崇儒一塊走，這不只是因為他的家庭出身和在文革中的表現不好，還因為他曾經給她寫過紙條，私下裏追過她，為此惹得人們風言風語。男歡女愛在文化革命中是十分犯忌的事。如果這次和他結伴串聯，人們將會怎樣看待她，議論她？所以，對衛崇儒的要求，她堅決地予以回絕：「你去找別人吧，我們不願意和你一塊走。」

衛崇儒心裏早就看上李秀娟了。李秀娟長得漂亮，又是縣委書記的女兒，還是校文藝活動的骨幹，好比一個驕傲的公主，有幾個男同學見她不動心？只是大部分學生自知癩蛤蟆吃不上天鵝肉，也就不敢有什麼非分之想。衛崇儒自恃學習優秀，經常得到老師們的讚揚和誇獎，將來能上清華北大，於是心高膽大起來，覺得自己還配得上李秀娟，就有心思嚐一嚐這隻天鵝肉。

李秀娟點燃了衛崇儒心中愛情的火苗，使他從此有了初戀。宋淑華向他示愛，他不是沒有一點感覺，只是覺得宋淑華長得五大三粗，臉上佈滿雀斑，一點也不漂亮，所以，對宋淑華向他發來的愛的電波，他像絕緣體一樣不予接收和通過。他每每會把眼睛自覺不自覺地投向李秀娟，李秀娟的一顰一笑都讓他心旌搖動，都讓他回味無窮。心裏裝上了李秀娟，常常魂牽夢縈，有時甚至到了食不甘味的地步。他看李秀娟穿什麼衣服都那麼合身、那麼好看，他關注著李秀娟的一舉一動，他尋找一切機會想和李秀娟接近。他寫了張紙條，想向她明確表達心中的愛意，但總沒有機會遞給她。

那天出早操，男生衛崇儒來的最早，女生李秀娟來的最早，當時天還不亮，黑黢黢的，馬路上就站著他們兩個，衛崇儒覺得這是個難得的機會，他從口袋裏掏出那張紙條，遞給李秀娟，說：「上面有幾句話，你看一看。」

他有些緊張，感覺自己的聲音有些異樣，臉也有點紅，幸虧黑暗掩蓋了他渾身的不自然。他怕李秀娟拒絕他的紙條，但李秀娟接了過去，什麼話也沒有說，順手就裝到口袋裏去了。她不看也能猜出條子上是什麼內容，只是她不想給他難堪。出操的同學陸陸續續來了，他們兩個好像什麼事也沒有發生過似的，和大家一起集合，跑步。

之後幾天，李秀娟那邊一點動靜也沒有，衛崇儒表面上看不出什麼，其實心裏像熱鍋上的螞蟻。他想，不管什麼意思，你總得表示一下呀？那怕你罵我幾句也行呀。可李秀娟那邊依然風平浪靜，好比一塊石頭扔進了枯井，一點也見不到激起的浪花。

過了大約一個星期，班主任陳其安叫他去談話，問：「你給李秀娟寫什麼條子了？」

衛崇儒紅著臉，默認了。陳其安拿出一封信，讓他看。信紙的頭上，有「北京大學」的字樣，信是上一屆學生、考進北大的于世民寫給李秀娟的，他在信中向李秀娟表達了濃濃的愛慕之情，他說進了大學之後，她的倩影總在他的腦子裏晃動，無論無何也揮之不去，他讚美她的明眸像一泓秋水，她的眉毛如一彎新月，她的鼻子似用象牙雕成，他那紅潤的雙唇露出每一絲笑意都能追魂攝魄。他要她好好學習，他在北京等著她的到來……

全校學生沒有一個人不知道于世民，自他考上北大之後，學校就把他的照片貼在宣傳欄內做了大量的宣傳，稱他是學校的驕傲，是學子的榜樣，號召全校學生都要向他學習，爭取考上一個好的學校，為學校爭光。第一年放寒假前夕，學校把于世民請來，為在校學生做了一個報告，介紹了他的學習經驗和大學生活片斷，當時現場反響相當熱烈，同學們伸長脖子瞪大雙眼盯著他，把他的神情、舉動以其言談舉止中所透露出的狂傲和自信悉數攝入眼中。

那時，衛崇儒就坐在第一排，他暗暗把于世民當作自己的楷模，心想再過一年，掛在校宣傳欄裏的照片就該是自己了，在這裏介紹經驗的也是自己了。誰知文化大革命使他的大學夢徹底破碎了，更令他沒想到的是，于世民也戀著李秀娟。顯然，他比自己更有資格追到她。

陳其安等他看完了信，說：「李秀娟是你追的嗎？趕快死了這份心吧！」

衛崇儒立在那裏，像做錯事的孩子，接受老師的教誨。

「酒色財氣，這四把軟刀子，足能毀掉一個人的美好前程。你是要安心學習準備考上個好大學呢，還是要在這種單相思中沉淪呢？你好好想一想。我們都對你抱有極大的希望，你千萬不能讓人失望喲。」

衛崇儒囁嚅道：「老師，我知道了。」說完，就轉身要走。

「等等。」陳其安說，「李秀娟對我說了，上學期間，她根本不會考慮這方面的事，不論對誰的表示，都會一概拒絕。我交給你一個任務：以李秀娟的名義給于世民寫封回信，讓他也打消這個念頭。」

「這……」衛崇儒有些為難，「要寫，該她自己寫才對。」

「對什麼對？」陳其安逼視著衛崇儒，說：「如果每個寫了紙條的都讓李秀娟回覆，那還不嚴重耽誤和影響了她的學習？這對一個無辜的女孩子來說，難道不是一種傷害？誰讓你給她寫紙條了，讓你寫回信，一是讓你明白些道理，二也算對你的一種懲罰！」

衛崇儒極不情願地接受了這個任務。過了兩天，他替李秀娟給于世民寫了封回絕信，內容大致是：我現在年齡還小，正是學知識的時候，為了不影響學習，暫時不考慮這方面的事情。我們這一代肩負著人民的重托和祖國的期望，讓我們珍惜大好時光，勤奮學習，增長知識，努力成為祖國的棟樑……

陳其安看了看，說：「道理你都懂麼。回頭我讓李秀娟看看，她如果同意，就給于世民寄去。」這封信最後寄沒寄出去，衛崇儒就懶得關心過問了。然而衛崇儒追李秀娟這件事還是被同學們隱隱約約知道了，大家就在背後指指戳戳地議論他們。宋淑華心裏既有點醋意又有點幸災樂禍：我給你表達意思你假裝糊塗，你追人家李秀娟卻碰一鼻子灰，活該！李秀娟不止收到過一個人的紙條，她對類似的紙條都採取同一個辦法：交給班主任處理。因為她實在沒有處理這個問題的經驗。對同學們的議論，她心裏一直很坦然，因為她對誰都是這樣，自己並沒有做錯什麼。為了表明自己與衛崇儒沒有任何關係，她常常故意拉開和他的距離，很少與他說話。有時遇到數理化難題，明知衛崇儒能為她解答，她也會捨近求遠，去問別的同學。

有著這樣的一段背景，她能與他一起去串聯嗎？

二十

于世民在母校看大字報，無意間碰見了走在校園裏的李秀娟。

「秀娟，你好！」于世民主動地和她打招呼。

「于……」李秀娟這些天有意躲避著于世民，今天不期而遇，一時不知道該怎麼稱呼他好，她索性省略了稱呼，回答：「你好，從北京回來了？」

「嗯，你沒去北京串聯？」

「沒有。」

「為什麼不去呀？」

李秀娟有些苦澀地笑了笑，說：「正準備走呢。」

于世民說：「抓緊時間啊，可惜我回來了，不然，我在北京等著你們，好好招待你們。起碼，可以給你們當個嚮導吧。」

李秀娟道了一聲謝，就匆匆離開了。

于世民剛上北大時，李秀娟的倩影總在他的腦子裏浮現，一度讓他心神不寧，寢食難安。在一種內心衝動的驅使下，他才給她寫了那封求愛信。後來收到了她的回絕信，失望沮喪中不得不壓抑自己的情感，強制自己漸漸將她淡忘。對她的著迷和傾心除了她的漂亮，還因為她爸爸是縣委書記，是家鄉的最高領導，如能娶到她，在親朋好友面前會有一種榮耀感自豪感。到北京後，縣委書記在他的眼裏算不得什麼了不起的官兒了，他們班就有幾個部長的女兒。而且城市裏的女孩子打扮得更時髦、更洋氣，漸漸地，他的心裏又裝上了別的聰明俏麗的女孩，李秀娟在他的心裏就沒有什麼位置了。不過，畢竟她曾經讓自己神魂顛倒過，今天又一次見到她，還是勾起了昔日對她的美好印象。望著秀娟漸漸遠去的背影，他心裏還是有一點惆悵和失落，他為李秀娟感到可惜：原來想著她會考到北京和他在那裏相會的，現在看來是不可能了；原來她是學校裏驕傲的公主，現在看來她要為這個縣委書記的爸爸反受其累了。

李秀娟回到家裏，把她要去北京串聯的事悄悄告訴給了媽媽。媽媽驚奇地瞪大眼睛，說：「沒有老師領著，出那麼遠的門，萬一跑丟了咋辦？」

李秀娟笑著說：「有同學相跟著，又不是我一個，怎麼能跑丟？」

「那也得給你爸爸打個招呼，看他同意不同意你走。」

明明知道爸爸反對同學們一窩蜂似的都擁到北京，她怎麼能給爸爸說？秀娟向媽媽撒起嬌來：「這事是千萬不能讓爸爸知道的，他知道了准不同意我去。求求你，在我走之前絕不能把這事兒告訴爸爸。」

蘭花既不想拂了女兒的心意，又對她出遠門不放心。她知道擋是擋不住的，就為她出遠門做起了準備。該帶些什麼東西呢？天要慢慢轉涼，要不要帶上冬天的衣服？兩雙鞋子夠不夠穿？還有衛生紙、雪花膏、換洗的衣褲，常用的藥品……十幾年沒離開過娘的身邊，這一走，還不把娘的心也帶走了？

她和劉小妹來到車站，看到衛崇儒也在那裏等車。是他們湊巧碰在了一起，還是他故意在這裏等她？不理他，他走他的，咱走咱的。李秀娟拉著劉小妹快步走到月臺。火車駛進月臺，只見裏面黑鴉鴉擠滿了人。車沒停穩，人們就亂哄哄往車門擠。車門打開，不管有沒有人下車，下面的人一個個死命往上擠。沒有人排隊，沒有人維持秩序，這時候誰有力氣誰就最有發言權。

費了好大勁擠上了車，車廂裏根本沒有座位。她們都站在過道裏，像沙丁魚罐頭似的一個挨著一個，簡直有點喘不出氣來。衛崇儒和李秀娟緊緊挨在了一起，這使她渾身覺得不自在，她想距他遠些，但周圍擠得密密匝匝，她無論怎麼努力也無濟於事。起初由於心中的激動和嚮往，她還覺得高興、刺激，漸漸地，就覺得有點頭暈、噁心，內衣濕淋淋地貼在身上。更要命的是她想解手，可座位底下、椅背上、行李架上、廁所裏都擠滿了人，她到哪裏去解？她的脖子後面總感到有個人在粗粗地呼著氣，吹得她的脖頸奇癢難耐。她想，是不是衛崇儒乘機搗亂？但她不能回過身去面對他，萬一回過身去，他們兩個面對面緊挨在一起，那豈不更難堪？這時她才覺得，媽媽對她的擔心不是沒有道理。

不管怎麼說，她們行進在去北京的路途中，想到此，一切艱難困苦都不在話下。列車在一個大站停了下來，李秀娟小聲對劉小妹說：「小妹，我實在憋不住了。」這話讓身邊的衛崇儒聽得一清二楚，他對她說：「快下車解決，我在車上給你們占地方。」需要下車解手的人很多，男乘客們不管周圍有沒有人，對著鐵軌就撒起尿來，女的則幾個人圍成一圈，輪流在圈內解手。解完手後，人們又潮水似地往車廂裏擁。女的本來解決問題就慢，待她們解手完畢，從車門根本擠不進來了。

衛崇儒趁亂佔據了靠窗的一個座位，他打開窗玻璃，朝車下大聲喊：「李秀娟，從這裏上！」李秀娟正著急地想哭，聽到喊聲，顧不上平素的矜持和對衛崇儒的成見，拉著劉小妹趕快跑了過來，衛崇儒拉住她的手，劉小妹推著李秀娟的屁股，才把她弄到車裏，接著，她們又一起把劉小妹拉上了車。上車之後，還有人要從窗子外面往裏爬，他們一邊把別人的頭往下摁，一邊使勁往下放車窗，外面的人爬不進來，就揀起石頭往車窗上砸。

經過一番苦鬥，他們終於有了一個座位，衛崇儒讓李秀娟坐在座位上，他則坐在了椅背上，他把劉小妹推上了行李架，讓她享受臥鋪待遇。李秀娟早已累得兩腿發酸，她也沒有半點客氣，迫不及待地享受衛崇儒為她爭搶到的優厚待遇。她這時才覺得當初不該那麼生硬地拒絕與他同行，路途上有一個男性相伴是多麼的必要，她從心底裏對衛崇儒表示由衷的感謝。她想，這一路千萬不能和衛崇儒走散了，別人以後怎麼議論和看待她是顧不上管不著了。有劉小妹在身邊跟著，他們之間也不會發生什麼大不了的事，她也不會感到有多少尷尬和難為情。

李秀娟坐到了座位上，感覺舒服極了，她打開自己的提包，取出臨出發前媽媽為她準備的的食品，遞給衛崇儒一個雞蛋。衛崇儒也不客氣，他把雞蛋在椅背上磕了磕，剝掉皮，一口就吞到了嘴裏。

火車又啟動了，車廂裏，有幾個剛結識的紅衛兵在閒聊：「喂，你們出去都走了哪些地方？」

「北到哈爾濱，南到廣州。」

「呵，走了不少地方。」

「我們是快速移動機械化小分隊，只沿著鐵路線走。我們有的同學徒步從北京往井岡山走，這會兒恐怕還沒到目的地哩。可我們卻把南京、上海、蘇州、杭州全跑遍了。」

李秀娟想到了衛東彪，不知道這傢伙現在走到了哪兒。

這個人又反問對方：「你們都去了哪些地方？」

那個人「嗨」了一聲，說：「別提了。開始，我們設想的路線是韶山、井岡山、遵義、延安，最後回到北京，誰知剛到武漢，因為煽風點火被當權派抓去坐了監獄。媽的，沒想到這輩子還能嚐嚐鐵窗的滋味！坐了沒多久，同學們就把我們解救出來了。出來後哪兒也不想去了，索性橫下一條心，和這些鎮壓群眾運動的劊子手們鬥爭到底！這不，回去再搬些援兵，不把這幫傢伙鬥垮誓不甘休。」

車廂裏，好多人的眼睛都集中到這個人的臉上，李秀娟也驚奇地注視著他。好像他是歌樂山渣滓洞裏出來的英雄似的。看來，文化大革命還真是阻力重重，黨內走資派為了保護他們免遭滅頂之災，總要施展種種陰謀設置重重障礙鎮壓群眾運動，沒有捨得一身剮的大無畏的英雄氣概，還真揭不開蓋子打不開局面哩。大串聯等於把火苗撒遍全國，使得文化大革命的烈火迅速在全國燃燒蔓延。

那個人又接著說：「其實，坐牢一點也不可怕，我知道有毛主席和中央文革的支持，他們根本奈何不了我們。我對他們說：『你們可以抓我，只怕你們好抓不好放。』果然，他們最後很難下這個臺階。現在的公檢法，全他媽是走資派的御用工具！」

李秀娟想起了黃一清，覺得這個人的言辭多少有點過分，剛才對他產生的好感和崇敬心情因之被沖淡了許多。

列車哐嘡哐嘡向前奔馳著，車廂裏的空氣污濁不堪，衛生狀況也差到了極點，但這會兒誰能顧得了這些？坐了十多個小時的車，李秀娟實在累得不行。衛崇儒坐在椅背上，用手抓著行李架，承受著一部分體重，雖然難受，但比站在地上的境況總要好一些，更何況，他給李秀娟占了個座位，能讓她舒舒服服地坐著，心裏感到特別熨帖，特別有成就感。他的一條腿緊挨著李秀娟的身子。李秀娟對他此時沒有了警惕和反感，只剩下歉疚和感激，她把頭歪在衛崇儒的大腿上，漸漸地就睡著了。衛崇儒腦子裏忽然閃現出《金瓶梅》裏的一些情節，但很快就把它驅除了。如今像聖徒一樣進京朝拜，怎麼能想到那些烏七八糟的東西！他罵自己：你可真夠卑鄙下流的！看著李秀娟純真聖潔的臉龐，他脫下自己的外衣，輕輕蓋在她的身上。

也不知道坐了多少個小時，突然，喇叭裏響起雄壯的〈東方紅〉歌曲，播音員以興奮激越的聲調向大家報告：「革命同志們，紅衛兵戰友們，我們偉大祖國的首都——北京，就要到了！」車廂裏開始騷動起來，人們紛紛從車窗往外看。播音員繼續向大家廣播：「北京，是祖國的心臟，是紅太陽升起的地方，是全國各族人民日夜嚮往的地方。偉大領袖毛主席在這裏發動了震撼世界的史無前例的無產階級文化大革命，全國人民和世界各國人民都把目光集中在這裏。你們為了奪取這場革命的偉大勝利，為了摧毀資產階級反動路線的瘋狂反撲，風塵僕僕來到了首都北京。首都人民熱烈歡迎來自全國各地的紅衛兵小將，熱烈歡迎毛主席請來的遠方的客人……

啊，北京！

李秀娟的眼睛濕潤了，她覺得有兩條小蟲在臉上蠕動，用手一摸，是淚水從眼眶溢了出來。她抬頭看了看小妹，小妹也激動得熱淚盈眶。她想從行禮架上跳下來兩個人抱在一起盡情的歡呼跳躍，可此時車廂內顯得更加擁擠紛亂，她被束縛在行李架上根本動彈不得。

二十一

北京，成了人的海洋。穿綠軍裝、挎語錄袋、戴紅袖章、紮武裝帶的來自全國各地的紅衛兵在這裏彙集，寬闊的長安街也顯得擁擠起來。大道兩旁有用葦席圍成的臨時廁所，黃色的尿液從葦席下面流了出來，葦席上又不時被刷上新的標語口號。宣傳車上的大喇叭在大街上起勁叫喊著，一把把傳單像雪片似地從車上拋灑下來。「特大號外！」「緊急呼籲！」「血淚控訴！」「嚴正聲明！」「武漢告急！」「長沙求援！」「中央首長最新講話」「階級鬥爭的最新動向」等隨處可見。如果說全國像一口沸騰的大鍋，那麼，北京是浪花翻滾最厲害的地方。

李秀娟他們上了一輛大巴，待人坐滿之後，大巴就在北京轉了起來，不知道轉了幾道彎，也不知道走過多少街道，他們被安排到一個小學校裏。學校早停了課，教室裏的地板上鋪了稻草，變成了臨時的宿舍。這是一個紅衛兵接待站，接待人員全由解放軍擔任，每個宿舍都有一名解放軍戰士負責。學校搭起了臨時的伙房，炊事員也是臨時抽調的解放軍戰士，紅衛兵在這裏吃住完全是免費的。怪不得王闖他們來北京沒遇到什麼阻力和難題，原來這裏早做好了充分的準備。一個四百多萬人口的城市，每天承擔著外地一百多萬紅衛兵的食宿，僅這一點，你就不得不佩服毛主席他老人家的氣魄和膽略及共產黨的組織發動能力。

這天天氣很好，初冬的北京沒有一絲兒風，湛藍的天空飄著幾絲淡淡的雲，和煦的陽光照在人身上暖洋洋的。李秀娟他們結伴去天安門廣場，路上人們摩肩接踵，十分擁擠，他們被人流衝來撞去，隨時都有失散的可能。李秀娟剛來到這麼一個大城市，只覺得眼花繚亂，生怕被擠丟了，只好緊緊抓住衛崇儒的後衣襟，就像小時候玩老鷹抓小雞似的。衛崇儒的腦子好用，儘管拐了不少彎，穿過不少胡同，但走過的街巷他都能夠記住，這時候就充當了她們兩個的保護神。「快看，這是什麼車？頭頂還有兩根辮子。」劉小妹驚奇地向他們指劃著。

「電車，沒見過？」衛崇儒回答。

劉小妹被輕視，心裏不高興，噘著嘴問：「你見過？你們家院子裏跑過電車？」

「沒見過還沒聽說過？你這麼喊叫，不怕別人笑話？」

「誰愛笑笑去唄，沒見過電車有什麼丟人的？」

「那好，咱們就坐一回電車，嚐嚐是什麼滋味。」

衛崇儒帶著她們上了電車。紅衛兵坐車不花錢，想坐哪兒就坐到哪兒。他們先坐電車，再倒汽車，最後在天安門站下了車，金碧輝煌的天安門城樓矗立在他們面前。他們久久凝望著天安門城樓，激動的心情難以抑制。毛主席在這裏宣告了中華人民共和國的成立，毛主席在這裏一次又一次檢閱遊行隊伍，這裏是祖國的心臟，是世界革命的燈塔。

「我愛北京天安門，天安門上太陽升……」這首兒歌最熟悉不過了。李秀娟清楚地記得，她上小學時畫的第一張畫就是北京的天安門，那時候老師告訴她：全國人民的大救星毛主席就住在北京的天安門上。從此，天安門深深鐫刻在她幼小的心靈裏，引起了她無限的嚮往。夏日的晚上，她和小夥伴們常常踮起腳跟朝北望，希望能看到天安門城樓放出的光芒。然而除了那一年看到遠處大煉鋼鐵冒出的火光外，天安門城樓上領袖放出的光芒她一次也沒看到過。後來，她只有在睡夢中尋找天安門了。今天，這該不是夢吧。

站在雄偉壯麗的天安門城樓下面，望著高懸在正中的毛主席巨幅畫像，她心中升騰起一種說不出來的自豪感、幸福感。沒有毛主席發動的無產階級文化大革命，我們今天能來到這個地方嗎？此時她在心中暗暗發誓：一定不辜負毛主席他老人家的期望，緊跟他老人家幹革命，堅決把無產階級文化大革命進行到底！即使前面有千難萬險，也要披荊斬棘，勇往直前！

在衛崇儒看來，天安門沒有畫片上那麼好看。城牆不知是用一種什麼染料塗上去的，有的地方已經斑駁脫落，一點兒也不像心中想像的那麼鮮亮。這地方與他似乎早有約定，他是遲早要來的。如果不是文化大革命，或許他已考到北京，在這裏上學了。然而現在，他只能望著城樓興歎。

幾個人來到了天安門廣場，這裏有好幾處照相服務部，每一處都排著長龍一樣的隊伍。在天安門前照個相，留個影，這是每個第一次來北京的人的首要選擇。他們填好信封排在長長隊伍後面耐心等待著。隊伍行進的速度很快，因為大家都是一樣的姿勢：右手握著《毛主席語錄》，將其貼在武裝帶上，雙腳併攏，挺胸收腹，微昂著頭，緊閉著嘴，兩眼直視正前方，做出一副隨時準備英勇就義的樣子。攝影師站在一個不太高的平臺上，以保證每張照片中的人均處於城樓上毛主席像下方的位置。李秀娟他們平時很少照相，面向照相機鏡頭還有些緊張。攝影師管不了這麼多，只顧「咔嚓」、「咔嚓」按著快門。快門響過，後面的人已站在他們所站的位置，這時，他們臉上的肌肉才放鬆了一些。

照完相，他們去故宮博物院參觀泥塑《收租院》。參觀的人排成長長的隊伍，他們幾乎是不由自主地被擁進去的。看著那一個個真人般大小的泥塑，聽著講解員那飽含情感的講解，想到大地主劉文彩對勞動人民的殘酷壓迫和剝削，他們深切感受到舊社會的暗無天日和新社會的無比幸福。劉小妹的滿腔怒火在燃燒，這時，有人帶頭喊起了口號：「不忘階級苦，牢記血淚仇！」「緊跟毛主席，永遠幹革命！」劉小妹舉起了拳頭，跟著高喊了起來，大廳裏震響著來自祖國四面八方的青年學生的呼喊聲。

從展廳出來，看著劉小妹和李秀娟那憤怒的表情，衛崇儒心想，來到北京，應該高高興興才對，剛來就填上一腔怒火，不好。他說：「藝術作品，都免不了有誇張的成份，用不著如此義憤填膺。」

李秀娟說：「真是家庭出身決定著一個人的立場和愛憎。你家是上中農成分，以前也剝削過別人，你的感受自然和我們不一樣。」

衛崇儒說：「這話也太絕對了，國家領導人有幾個是貧下中農出身？家庭出身不好，並不等於他就不能站在無產階級立場觀察和分析事物。」

李秀娟說：「你真不知天高地厚，竟敢和國家領導人相提並論。這次文化大革命，為什麼有些國家領導人被打倒了？說到底，還是他們的階級立場沒有徹底轉變過來，儘管當初一時衝動參加了革命，最終還是經受不了革命的考驗，站到了革命群眾的對立面。」

「好了好了，別爭這些了，你們革命，我不革命，你們代表無產階級，我代表地主資產階級，行了吧。」衛崇儒為了這個小團體的團結，只好偃旗息鼓。

距毛主席的檢閱還有幾天時間，他們趁這個空隙就到各個大學去看大字報。他們最先去的是北京大學，看到學校的牌匾，衛崇儒心裏翻騰著一股說不出的滋味兒。這裏曾是他日思夜想的地方，為了能夠順利跨入這個大門，他曾經付出過多少心血和汗水！他甚至做過這樣的設想：上學報到的第一天，就在校門口照張相，然後寄回學校，學校將會把他的照片貼在宣傳欄裏，向低年級學生進行激勵教育。他還要把照片寄給父母親朋，父母親朋將會拿著他的照片向別人炫耀，熟悉的不熟悉的人只要一看到他身後的「北京大學」的校牌，一定會發出一連串的嘖嘖聲。現在，這些都成了不切實際的妄想了。好在他還趕上了革命大串聯，否則，這輩子北京大學的門朝哪開他也不知道。站在北京大學的校門前，看著那四個大字久久不語，他極力抑制自己的情緒，不讓它撞起令人心痛的浪花。

「愣在這裏幹什麼？快進去看大字報吧。」劉小妹催促衛崇儒說。

「看來你的野心還沒有死吧。」李秀娟看出了衛崇儒的心思。

衛崇儒讓人猜到了心思，有點不好意思地說：「咱有什麼野心？毛主席讓好好學習，咱就好好學習，毛主席讓停課鬧革命，咱就停課鬧革命，都是毛澤東思想哺育下的革命青年，永遠跟毛主席走就行了。」

李秀娟撇了一下嘴，譏諷地說：「那你為什麼以前學習那麼上勁，現在搞文化革命卻總是落在別人後面？」

衛崇儒說：「這不能怨我，咱不是紅五類，想表現人家也不允許。」

李秀娟說：「其實上不了大學也不是什麼壞事，你想想看，知識分子總是清高、孤傲、自以為是、脫離工農大眾，他們身上充滿了資產階級的酸腐氣味，被人們稱之為臭老九，多會兒都是批判和改造的對象，哪一次運動來了都免不了要挨整。與其如此，真不如做一個工人農民那樣的普通勞動者！」

衛崇儒說：「話是這麼說，可我們誰心裏沒有過大學夢呢？誰願意祖祖輩輩當農民呢？咳，不說了，我現在最大的志向就是當一個農民。」

李秀娟說：「別說志向不志向了，文化革命結束了，你不想當農民也由不得你。」

幾個人相跟著走進了校園。

校園裏到處是用葦席搭成的大字報長廊，大字報的題目都聳人聽聞。看到「毛主席的最新指示」「毛主席未發表過的詩詞」「江青同志的重要講話」，李秀娟就趕快拿出筆記本抄寫。衛崇儒則積極收集著各種紅衛兵小報，他對李秀娟說：「這些內容紅衛兵小報上都有，而且內容天天都會更新，你要抄的話，即使住在這裏每天什麼也不幹也抄不過來。」

李秀娟說：「我只撿重要的抄。我們來一趟北京，回去總得帶點東西呀。」

衛崇儒晃了晃手中的小報，說：「把這些帶回去不是一樣嗎？」

劉小妹說：「如果于世民還待在學校，我們就找見他，讓他給我們聊一聊北京和全國的形勢，這恐怕比我們看大字報更有收穫。」

聽了這話，衛崇儒和李秀娟對視了一眼，兩個人都沒有說話。沉默了片刻，李秀娟岔開這個話題，說：「咱們找一找全國第一張馬列主義大字報。」

他們在北大校園裏尋覓聶元梓等人所寫的被毛主席稱許為全國第一張馬列主義大字報。聽說那張大字報被重點保護起來，供全國各地的紅衛兵參觀，學習。只是北大校園太大了，他們在迷宮一樣的大字報長廊裏穿來穿去，最終也沒有看到那張大字報，三個人心裏都有些遺憾。但這一天收穫還是很大的，他們抄了不少大字報，也撿了不少傳單和小報，每個人腦子裏都裝了不少新鮮東西。特別是衛崇儒來到了他心中憧憬的北大，雖然此時的北大和他想像中的不完全一樣，但他還是對這裏的每一棟樓宇、每一棵樹木和這美麗誘人的未名湖產生了一種不舍之情。

時間已經不早了，人這麼多，車不好擠，他們必須立即趕回住地去。

二十二

最激動人心的一天終於到來了。晚上，各個房間都接到了解放軍的通知：明天，毛主席將又一次檢閱來京的百萬革命小將。聽到這個消息，來自全國各地的學生們情不自禁的歡呼雀躍起來。解放軍詳細向大家交代檢閱時的各種注意事項：明天一大早必須按時起床，然後在食堂領取一份乾糧，帶上乾糧列隊到指定地點等待；出發前解完大小便，一旦上了路，想方便可就不方便了；每個人必須嚴格遵守紀律，聽從指揮，不得擅自行動；鞋子必須穿好，最好繫上鞋帶。因為人多，難免發生擁擠。假如被人踩掉了鞋子，千萬不要彎腰去撿，因為一旦彎腰，後面的人流就會像潮水一樣從你的身上淌過去，到那時，沒見到毛主席就要先見馬克思了；見到毛主席絕對不能不管不顧衝到前面擾亂秩序，該在什麼位置還在什麼位置，口號要在指定人員的帶領下統一呼喊；為保證中央首長的絕對安全，小刀之類的東西不准帶在身上，臨出發前都必須放在宿舍……交代完畢，解放軍要求大家早些休息，不要影響了明天的檢閱。

晚上，李秀娟興奮得怎麼也睡不著覺，她翻身對劉小妹說：「我爸爸革命了幾十年，還當著縣委書記，也沒見過毛主席。我們還不到二十歲，就見到了全中國全世界人民都十分景仰的革命偉人，我們可比他強多了。」

劉小妹說：「我爺爺都快九十了，連個縣官也沒見過。舊社會皇帝是真龍天子，一般老百姓哪能見得著呢。毛主席是咱人民的領袖，永遠和人民群眾心連心，他最瞭解我們的心願，知道我們最想見到他老人家一面，所以才一次又一次地檢閱和接見，給我們以最大的滿足和支持。」

「全國八億人民，能見到毛主席的才有多少呢？可咱們就是這少數人中的一員。這對咱們來說可是天大的榮譽，無比的幸福。這一輩子我們將永遠銘記這一天。」

「以後每年的這一天我們都要回憶和慶祝。這一天比我們的生日重要百倍。」

睡在旁邊的是個長沙姑娘，聽著她們兩個沒完沒了的議論，就催促說：「快睡吧。沒見毛主席的，都盼著早些見到他老人家；受了毛主席的檢閱，就必須趕快離開北京，因為你不離開，後面的人就進不來。所以說，毛主席的檢閱也意味著咱們待在北京的時間不多了。」

這真是件很矛盾的事，既想早些受到偉大領袖毛主席的檢閱，又想在偉大祖國的首都多待些時日，可兩者不可兼得呀。如果兩者必選其一呢？秀娟想，不管待在北京的時間多不多，只要能見一眼日思夜想的偉大領袖毛主席，這輩子死也值了。

第二天一大早，解放軍把他們集合起來點了名，然後排成整齊的隊伍朝長安街進發。北京主要街道的公共汽車全部停開，紅衛兵從四面八方朝天安門廣場彙集，寬闊的長安街變成了一條人的河流。這些從天南地北而來的孩子們好奇地四面張望著，每個人臉上都掛著笑容，每個人心中都充滿著興奮和期待。

解放軍把學生隊伍夾在中間，他們在兩邊全力維持著秩序，不時向他們高喊：「跟上！」「注意隊形！」

劉小妹覺得這些解放軍比自己也大不了幾歲，可這會兒卻一個個神氣得像指揮千軍萬馬的將軍。更讓人羨慕和嫉妒的是，毛主席檢閱幾次，他們就能參加幾次，他們比我們不知道要幸福多少倍！衛崇儒邊走邊想：我們的位置最好能離天安門城樓近些，再近些。可這由不得自己，解放軍把你帶到哪裏就是哪裏。

天安門廣場已經變成一片紅色的海洋，到處是紅旗招展，到處是臂戴紅袖章的紅衛兵，紅衛兵的手中都舉著紅色封皮的毛主席語錄。這些紅旗要用去多少綢緞布匹，誰也說不清楚。李秀娟他們走過了天安門城樓，在東長安街一側坐了下來。這次毛主席檢閱不在天安門城樓，而是站在敞篷汽車上沿街行駛，這樣檢閱的學生會更多，大家和領袖的距離也更近，即使不在天安門廣場也能清楚看到毛主席；美中不足的是看見毛主席的時間太短，汽車一眨眼就過去了，一旦這一刻不留神，損失就無法彌補了。

李秀娟他們被解放軍安排坐在了長安街的外側，距馬路中心稍遠一些，這使她很不滿意但也無可奈何。她想站起來往前移動一下，立即就被解放軍制止了：「坐下！」「坐下！」「誰都不准站起來！」他們坐在馬路上，把脖子伸得長長的，恨不得立即變成個長頸鹿。此時，偌大的北京城裏，上百萬人都在等待著一個神聖時刻的到來。

上午十點鐘，隨著雄壯的〈東方紅〉樂曲的響起，大街上的人群像大海的波浪一樣湧動起來，解放軍全力維持著秩序，要求大家坐在原來的位置不准亂動。毛主席乘坐的敞篷汽車在樂曲聲中緩緩駛上了長安街，李秀娟聚精會神地注意著前面的動靜，全神貫注車隊經過的一剎那。

車隊過來了，李秀娟的眼睛緊盯著最前面的一輛車，沒想到最前面的那輛可能是新聞記者或警衛人員的車輛，上面並沒有毛主席。她趕快把眼光往後移，剛看清毛主席那高大的身影，前面的人紛紛舉起了手中的《毛主席語錄》，有節奏地高喊著：「毛主席萬歲！」「毛主席萬歲！」「毛主席萬萬歲！」她想再多看一眼毛主席和其他中央領導人，前面的人又情不自禁地站了起來，一下子遮住了她的視線，她不管解放軍如何叫喊，急得趕快也站了起來，前面的人還是擋著她的視線，她使勁地跳著腳，想擺脫地球的引力，從上往下俯視，可轉眼間，敞篷車已經走過去了，領袖的背影漸漸遠她而去。

周圍是一片山呼海嘯般的萬歲聲，不少人在跳著、蹦著，紅旗和紅色語錄本在不停地舞動著；不少人在流著淚哭泣著，也不知是因為見到毛主席喜極而泣，還是因為沒看清或沒看夠而流下惋惜的眼淚。

小妹抹著眼淚，說：「我只看清了毛主席和周總理，其他人還沒分辨出是誰，車隊就過去了。」

衛崇儒說：「我看毛主席不像畫片上那麼紅光滿面。」

李秀娟直埋怨離馬路中心遠了點，讓前面的人擋住了視線。不管怎麼說，幾個人都看到了心中無比崇敬無比熱愛的偉大領袖，都近距離地感受到了紅太陽的溫暖，心中都充溢著一種巨大的幸福感、滿足感。那怕只有幾秒鐘，畢竟相距那麼近，他們高喊萬歲的歡呼聲或許毛主席也聽到了。

李秀娟在呼喊時那麼忘情，那麼投入，這時候才感到嗓子已經喊啞了，即使如此，她仍覺得自己對毛主席無比熱愛的深厚情感沒能完全宣洩出來。他們這一代從小是看著毛主席的像長大的，他們聽到的總是毛主席如何英明，如何偉大，他們歌唱的總是毛主席是大救星，是紅太陽，毛主席的話兒句句是真理，爹親娘親不如毛主席親。他們對毛主席的崇拜和敬仰已經溶入了血液，深入了骨髓，滲入到每一個細胞。親眼看到了毛主席，在這一巨大幸福的撞擊下，除了高呼萬歲，還有什麼語言能表達心中的千言萬語呢？

檢閱結束後，隊伍又像潮水一樣向四面八方退去，此時的秩序不像來時那樣井然有序，人流四處穿插顯得有點混亂，路上陸續能看到被擠掉的鞋子。看到別人遺失的鞋子，李秀娟小心翼翼地邁著步，提防自己腳上的鞋子。快走到自己所住的那個胡同時，她才感到兩腿發木，發沉，今天走了不少路，的確累了；今天起得那麼早，又那麼興奮過度，此時精神也有點疲憊了。

回到她們住的小學教室，長沙姑娘趕快給家裏拍了封電報，把這個喜訊以最快的速度告訴給家人。李秀娟趕快寫起了日記，她要把這最難忘的一天詳細地記錄下來，她要把心中的感受全部流泄到紙上，銘刻在腦海裏，一生一世都不要忘記。不僅自己不能忘記，即使將來有了孩子，也要告訴他們，我們是見到過毛主席的，我們曾經是天底下最幸福的人。

日記還沒有寫完，解放軍就來動員他們明天一律離開北京。那位長沙姑娘勸說她們隨她去長沙，她說：「長沙是偉大領袖毛主席青年時代讀書的地方，那裏有嶽麓山，有愛晚亭，有桔子洲頭，有清水塘，到那裏你就會知道毛主席青年時代怎麼立志要改造中國；去了長沙接著再去韶山，到那裏你就會知道紅太陽是怎樣從那個地方升起來的。如果有時間，再去井岡山，去南昌，去遵義，去上海……總之你們跟我一道走吧，我們一路走，一路接受革命傳統教育，在思想感情上會更加熱愛毛主席，會更自覺聽從他老人家的教導，緊跟他老人家將文化大革命進行到底。」

經過長沙姑娘的勸說，李秀娟和劉小妹都心動了，她們從來沒去過南方，心中非常迫切趁此機會領略一下南方的秀麗景色。她們把這個想法對衛崇儒說了，衛崇儒也同意先去長沙。只是他們心中對北京都有一種難舍之情。在北京的大部分時間都去高校看大字報了，許多地方都沒來得及去，這一走，什麼時候還能再來呢？明天走之前，一定要再看一眼天安門，再向天安門城樓上的毛主席巨幅畫像行個注目禮。

第二天晚上，北京車站人山人海，候車大廳裏橫七豎八到處坐著人，躺著人，車站前的冬青樹叢幾乎成了臨時的廁所，男的、女的毫無顧忌地在裏面撒尿。車站前的廣場上，排著一列列長龍一樣的隊伍。長沙女孩帶著他們找去長沙的隊伍。為了不被擠丟，李秀娟依然抓著衛崇儒的衣後襟，劉小妹再抓著李秀娟的後衣襟。夜色朦朧，人聲嘈雜，他們幾個在人海中艱難地穿插著。前面不知道發生了什麼情況，人群「嘩」地一齊朝一邊擁了過去，李秀娟被擠在了人叢中，雙腳幾乎離開了地面。忽然，好像大浪遇到了岩石，人群又「嘩」地朝另一邊擁了過去，衛崇儒緊緊抓住李秀娟的手，生怕她被大浪捲走。費了九牛二虎之力，他們終於找到了去長沙的隊伍，站在那裏排隊候車。

火車在蒼茫的夜色中緩緩離開了北京，它載著這些學生們像潮水一樣退出北京，而新的人潮又從四面八方向北京擁來。

二十三

中央下發了停止串聯的通知，衛東彪的徒步長征隊回來了。他們每個人臉色曬得黝黑，身上沾著不少從陝西那邊帶回的塵土。最引人注目的是他們每個人軍帽上都別著幾枚毛主席像章。這些像章的材質有的是鋁的，有的是陶瓷的，有的是塑膠的；工藝有的是上釉的，有的是沒上釉的；圖案有的是毛主席的頭像，有的是半身像，還有的是全身像。高三（四）班的同學圍著衛東彪和莫俊才，聽他們講長征中的各種趣聞軼事。

要說這次長征，最艱苦的還是第一天。第一天他們走了不到六十裏路，就怎麼也走不動了，大部分人腳上都打了泡，有的泡磨破後，腳一挨地針紮似地疼。兩個女同學後悔了，想往回返。衛東彪讓身體好些的男同學扶著她們，一點一點往前移。咬著牙走到L縣城，在紅衛兵接待站住了下來。衛東彪先把大家召集在一起學習毛主席語錄：

「下定決心，不怕犧牲，排除萬難，去爭取勝利。」

「我們的同志在困難的時候，要看到成績，要看到光明，要提高我們的勇氣。」

「革命鬥爭的某些時候，困難條件超過順利條件，在這種時候，困難是矛盾的主要方面，順利是其次要方面。然而由於革命黨人的努力，能夠逐步地克服困難，開展順利的局面，困難的局面讓位於順利的局面。」

「成千成萬的先烈，為著人民的利益，在我們的前頭英勇地犧牲了，讓我們高舉起他們的旗幟，踏著他們的血跡前進吧！」

學完了毛主席語錄，衛東彪說：「我們這支長征隊，臨出發時是向毛主席宣過誓的，我們要追隨革命先輩的足跡，繼承他們的光榮傳統，在與各種困難的鬥爭中改造思想，磨練意志，把自己逐步鍛煉成一個合格的無產階級革命事業的接班人。第一天上路，遇到些困難，我們絕對不能打退堂鼓。想一想紅軍當年長征是怎麼走過來的？他們爬雪山，過草地，吃樹皮草根，每天天上有飛機偵察轟炸，地面有敵軍圍追堵截，邊打仗，邊行軍，說不定什麼時候就在途中倒下了，長眠了，永遠起不來了。這種情形比我們要艱苦一千倍，一萬倍！如果我們這麼點困難也克服不了，將來怎麼迎接艱難困苦的考驗？怎麼去接革命事業的班？我們從小在和平安逸的環境中長大，沒有經過長途跋涉，沒有經過艱難困苦的磨練，正由於如此，我們才要下定決心，堅持下去。我們是新時代的革命青年，不是弱不禁風的懦夫，只要我們咬著牙一步步朝前走，困難就會被我們甩在身後，光明和勝利就會出現在我們面前！……」

作了一番宣傳鼓動，大家的情緒穩定了，信心重新樹立起來了。吃完飯，每個人都用熱水燙了腳，再用針挑破腳上的水泡，然後上炕休息。

睡了一晚好覺，第二天大家又精神抖擻起來。雖然走起路來腳腿還有點疼痛，但超過昨天走了七十裏，卻沒有昨天那麼狼狽和疲憊，兩個女同學不讓人扶也能跟上。參加這支長征隊的多因家庭出身不好等原因不被人重視，在學校心情不怎麼舒暢，精神多少都有點壓抑。走出學校，行進在遼闊的大地上，心中的不快得到釋放，好比掙脫韁繩走出廄中的馬駒，可以奔跑嘶鳴，仰天長嘯。

他們一邊走，一邊議論著沿途的風土人情，一邊打鬥說笑，身體的疲累因之被消解了不少。出門在外，大家互相幫助，團結友愛，八個人的心緊密地貼在了一起。看到大家都比較開心，衛東彪的心也寬慰舒暢了不少，覺得由他發起組織的徒步長征是一個正確的選擇，起碼，它可以增長見識，增加自己的人生經歷。如果繼續待在學校，這會兒也不會有什麼大的作為。毛主席說過，長征是宣傳隊，是宣言書，是播種機。如何使自己的長征隊也變成宣傳隊、宣言書、播種機，他一邊走，一邊琢磨著。

清晨跨越黃河。一座由兩條鋼繩牽扯、上面鋪著木板的窄橋橫跨河面，踏上去顫顫悠悠，有點兒像紅軍長征中的瀘定橋。河面上，風淒厲地刮著。莫俊才打著長征隊的旗子走在最前面，紅旗在晨風中獵獵作響。站在橋上往下一望，只見黃水滾滾滔滔，一泄而下，令人心驚目眩。兩個女同學走上橋面，覺得好像踩在浪尖上，腿有些發軟。她們的眼睛不敢往下瞅，手緊緊抓住橋邊的欄杆，步子只能一寸一寸往前移。衛東彪讓兩個男同學扶著她們，然後起了個頭，帶領大家唱起了毛主席的〈長征〉：「紅軍不怕遠征難，萬水千山只等閒。……」有的男同學邊唱邊使勁踏著腳下的木板，橋因之顫悠得更為厲害，嚇得女同學停止了唱歌，只顧高聲尖叫著。衛東彪一邊制止著這些人的惡作劇，一邊領著大家繼續唱：「金沙水拍雲崖暖，大渡橋橫鐵索寒。……」長征隊跨過黃河，走進陝北，距離革命聖地越來越近了。

陝北的山川風物讓人神往。遠看是波濤一般的群山，可走到頂上，卻是平展展的黃土地，那一圈又一圈的梯田繞著山坡，在落日下顯得那樣蒼莽壯闊，他們每天就穿行在這高原上和深谷裏。高原上大都光禿禿的，但有時卻會突兀看到一棵或幾棵粗大的樹木像壯士一樣挺立在這莽莽旱原上，顯得十分高大英武。有時會遇到一片茂密的樹林，穿梭在樹林裏，聽著鳥兒的鳴啼，他們感到是那樣的快樂和愜意。深谷裏時不時有澗水相伴，水不大，但那清澈的流水總能帶給他們以極大的興致。他們喜歡踩著水中的石塊跳跳蹦蹦地往前走，嘩嘩的溪水在腳下流淌，他們時而揀起塊石頭，往水中一扔，「嗵」的一聲，水濺在同伴的身上，大家互相笑罵著，追趕著，旅途的疲勞瞬間被完全驅除。

走累了，他們就停下來，用水洗一洗滿臉的征塵，或者在路旁的崖壁上刻上一條毛主席語錄，或者扯起嗓子大唱革命歌曲：「我們走在大路上，意氣風發鬥志昂揚……」。

晚上住到村裏，遇到鬥爭牛鬼蛇神，他們也參加進去，看他們是怎樣對付這些階級敵人。村民們若對牛鬼蛇神不夠兇狠，在語言和行動上缺少殺傷力，衛東彪會主動參與進去，為他們提建議，出高招。

衛東彪覺得通過這一系列實際行動已起到宣傳隊、宣言書、播種機的作用。宣傳隊：沿途書寫毛主席語錄，高唱毛主席語錄歌曲，利用一切機會和條件宣傳毛澤東思想；宣言書：以排除萬難的實際行動向世界宣告，我們這一代矢志跟隨毛主席幹革命，決心沿著革命先輩的足跡，世世代代走毛主席所開創的無產階級革命道路；播種機：向沿途的每一個村鎮撒播無產階級文化大革命的火種，和他們一起開展階級鬥爭和路線鬥爭，堅持無產階級專政條件下的繼續革命。

沿途串聯的學生隊伍越來越多，陝北的鄉間小路上，一隊隊紅衛兵擠擠挨挨，前後穿插。雖然到處都有紅衛兵接待站，但畢竟是鄉間，接待能力有限，食、宿都面臨著嚴重的困難。那天他們走到一個山村接待站，等了老半天也吃不上飯。不是因為沒有米，而是因為沒有水。小小山村，水要從很遠的山澗去取，取水工具僅是一頭又瘦又小的毛驢，要等很長時間才能取回來一馱。學生們源源不斷擁來，取回的水很快就被用光，村民們眼看鍋底燒得通紅，卻無法使小米下鍋。無奈，只好把燒紅的鐵鍋從爐子上拔下來，焦急等待那頭小毛驢的到來。小毛驢從來沒像現在這樣身負革命重任，成了這麼多人的希望和期盼。

一大群學生圍著那口燒紅的大鐵鍋直咽口水。也許是走路消耗了太多體力，看著先來的人正在往嘴裏填著的小米飯，他們一個個對陝北那黃澄澄香噴噴的小米飯垂涎欲滴，恨不得喉嚨裏伸出只手來，把別人碗中的小米填到自己嘴裏。好不容易吃了飯，晚上他們被安排在村民的窯洞裏住宿。山村的窯洞，一個個相隔得比較遠。那兩個女生被安排在一個比較偏僻的地方，看著那破舊的柴門，那被油燈薰得烏黑的窯壁，那放在窯洞一角的一口棺材，她們嚇得不敢睡覺。後來，摸黑尋到衛東彪他們的窯洞，和他們擠睡在一條炕上。四個青年睡在一起，不用擔心會有什麼故事發生。

他們革命造反膽子很大，但在這方面卻都規規矩矩。男女作風問題，在那個年代是個十分嚴重的問題，在階級鬥爭天天講的形勢下，誰敢輕易犯那種令人不齒的、一輩子也抬不起頭來錯誤呢？一個長征隊伍中同舟共濟的戰友，怎麼能乘人之難，隨意占人家便宜呢？假如出了這樣的醜事，他們的長征還怎麼能繼續下去？只是有過這麼一番經歷，衛東彪萬不得已，儘量不在小山村留宿。哪怕再累再餓，也要趕到一個大些的村子裏吃飯住宿。

經過長途跋涉，他們終於一步步走到了延安。遠遠望見矗立在山上的那座寶塔，他們都激動地跳了起來。這座寶塔他們在圖片上、電影上、書本上以及各種宣傳材料上見過無數次，這不是一座普通的佛塔，而是一座指引中國革命前進的燈塔。「幾回回夢裏回延安，雙手摟定寶塔山……」這座寶塔是老一輩心中的情結，是青年人心中的嚮往。安頓好住宿，他們迫不及待地爬上了山。來到了塔的跟前，他們手牽著手一齊摟著寶塔，激動的心情無以表達。

他們一一朝拜毛主席生活和戰鬥過的地方，講解員一遍又一遍給他們講述著毛主席當年在這裏運籌帷幄所建立的蓋世奇功。劉少奇成了黨內最大的走資派，成了睡在毛主席身邊的赫魯雪夫，他的窯洞和毛主席的窯洞挨得很近，但卻鎖著門，貼著封條。誰能想到，兩孔相差無幾的窯洞若干年後卻會形成這樣的冰火兩重天呢？

接待站給每個人發了一枚黃燦燦的毛主席像章，這使他們如獲至寶。後經打聽，知道凡住過一個接待站，都會得到一枚毛主席像章。莫俊才出主意說：既然如此，我們何不想辦法多住幾個接待站，這樣不就可以多得到幾枚毛主席像章？衛東彪心想，也是。雖然這種做法有點狡猾取巧，但出於對毛主席的無限熱愛和崇拜，也就無可指責。那麼長的路都走過了，在延安城再多走些路又算得了什麼。他們頻繁的搬動，每個人都得到了好幾枚寶貴的毛主席像章。

延安有集中的交換像章的地方，他們就拿著自己的像章到那裏交換。來自全國各地的像章在這裏彙集，這讓他們大長見識，對收集各種像章有了濃厚的興趣。有的像章實在喜歡，他們就狠狠心，用自己不多的錢把它搞到自己手裏。手中的像章多了，為了便於保存，每個人都買了條新手絹，把它一一別了上去。每當向別人展示的時候，就小心翼翼把手絹放在掌心，然後再慢慢展開。他們只讓人看而不允許人亂摸，他們怕人玷污了心中這至高無上的寶貝。

回程繞道西安。西安的接待站也為串聯學生發放毛主席像章。為了多得到幾枚，他們如法炮製，多次更換住處。西安可比延安大得多，這使他們走了不少的路。有的接待站之間相距太遠，為得到一枚毛主席像章，他們要輾轉找尋，常常會折騰大半天。即使如此，他們也樂此不疲。手中有了幾枚各式各樣的毛主席像章，就有了炫耀的資本，和別人交換起來也會引來對方羨慕的眼神。這種招人羨慕的眼神使他們心中很是受用。

高三（四）班的同學摘下他們兩人的帽子，欣賞上面別著的像章。看到同學們羨慕的眼神，衛東彪和莫俊才從兜中掏出他們的手絹，然後放在課桌上慢慢展開。

「啊，這麼多呀……」同學們都圍上來一飽眼福。

衛東彪向大家一一進行講解：「這一枚，毛主席頭像加『為人民服務』條章，是周總理常戴的式樣；這一枚，五角星中毛主席頭像加『為人民服務』條章，是解放軍發放給全軍佩戴的式樣；這一枚是空軍特別製作的，這後面有字，據說是用製造戰鬥機的鋁壓鑄的，品質不同一般；這一枚瓷質像章，是江西景德鎮燒制的，當然稱得上是最好的瓷了；這一枚，紅底不加邊框，被稱作『光焰無際』，是當前最流行的一種式樣，……」

大家讚歎著，品評著。

衛東彪說：「我們失去了去北京見毛主席的機會，但我們得到了這些像章，每天看著他，和見到毛主席也差不多。」

過了幾天，衛東彪以他們長征隊為基礎，成立了一個叫「獨立大隊」的造反組織，寫大字報批判工作組執行的資產階級反動路線。

王闖看了他們的大字報說：「你們走了不短時間，拉下不少功課。」

衛東彪說：「磨刀不誤砍柴功，我們不會落在別人後面的。」

王闖說：「現在搞工作組已沒多大意思了，北京在搞劉少奇、鄧小平，在搞彭、羅、陸、楊，省城在搞省委書記和省長，我們不能只在學校裏打轉轉，不能只搞些小蝦小蟹，我們得想辦法抓幾條大魚出來。」

衛東彪立即明白了王闖的意思。毛主席一再號召，「捨得一身剮，敢把皇帝拉下馬」，作為條山縣的一名學生，你不可能到北京去揪鬥劉少奇，不可能到省城去揪鬥省委書記、省長，北京和省城有的是紅衛兵，這些事用不著你去插手而且你也插不上手，你的使命就是揪出條山縣最大的走資派，說白了這個「皇帝」就是縣委書記李國臣。手頭沒掌握什麼材料不要緊，先鎖定這個目標再說。他李國臣不會百分之百執行毛主席的革命路線，在尖銳複雜的階級鬥爭和兩條路線鬥爭中，他的思想和行為必然會產生或左或右的偏離。這個估計是不會錯的。有毛主席和中央文革的撐腰支持，無論揪鬥什麼樣的大人物我們都氣壯如牛；無論這些大人物掌握怎樣的權力，面對紅衛兵都會恐懼發怵。搞大人物不僅不會給自己帶來什麼危險，而且越搞大人物越能獲得大的名氣，越能引起眾人的矚目。

衛東彪說：「你說得很對，我們正想大幹一場。以後，咱們互相呼應，互相配合，要搞就搞他個天翻地覆。我們這些人經過了徒步長征，不缺勇氣和毅力。」

二十四

北大學生于世民找到了揭開條山縣階級鬥爭蓋子的突破口，他打算從黃一清入手，拔出羅蔔帶出泥，最終把李國臣拉下馬。

他經過一番調查和思考，決定從曾經轟動條山的兩個「反革命」大案進行突破。

一九五八年，大躍進熱浪沖天而起，到處都在放衛星，到處都在喊超英趕美，有人甚至提出要一步跨入共產主義。夏收之後，黎明公社召集各生產大隊上報產量，迫於地、縣的壓力，為了放一顆糧食衛星，公社要求，各大隊所報產量不得低於畝產五百斤。趙官莊大隊最高畝產僅一百八十五斤，最低還不到一百斤，支部書記兼大隊長謝立功為此直犯愁：報少了吧，肯定過不了關；報多了吧，完不成徵購任務。怎麼辦？可是，標杆已經定死，少於五百斤你休想從這屋子裏走出去，且必然要沒完沒了地接受批評、教育和「幫助」。看到別的生產隊信口開河，報了畝產六百斤、七百斤、八百斤，最後，他咬了咬牙，只報了畝產五百五十斤。雖然他這個數字算不上放衛星，但總算過了關。公社的糧食產量匯總後超過了縣裏制定的指標，公社幹部們興高彩烈，敲鑼打鼓到縣裏報了喜，縣領導為他們戴了紅花，披了彩綢，樹為「小麥生產紅旗單位」，大會小會進行表揚，廣播報紙連篇累牘進行宣傳報導。

糧食徵購開始了。既然各大隊都報了那麼高的產量，徵購任務自然也定得高。公社召開徵購會議，號召要加強領導，政治掛帥，「公」字當頭，大辯論開路，竭盡全力完成徵購任務，對那些遲疑、畏縮、瞞產、耍滑的行為，要殘酷鬥爭，無情打擊。謝立功這次更是犯了愁：完成徵購任務，種子糧和口糧就沒有了，全隊的社員都得餓肚子；不完成徵購任務，公社領導這一關就過不去，自己就得挨整。反覆權衡之後，他決定把社員們的口糧和種子糧埋藏在生產隊飼養室的牛草垛裏，把剩餘的糧食悉數交了徵購，有多少算多少。

公社完不成徵購任務，召開了反瞞產動員大會。謝立功和會計參加了會議。開會前，謝立功囑咐會計：飼養室那點糧食關係到全隊社員的死活，無論無何不能說出去。生產隊會計連連點頭。到了會上，謝立功和會計分別被安排在兩間屋子裏，公社幹部對他們一一過堂審問。生產隊會計初中畢業不久，哪見過這樣的陣勢？公安特派員腰間別著把手槍，右手往手槍上一拍，兩眼凶光往他臉上一掃，他立即腿軟了，上牙打下牙，屎幾乎要拉到褲子裏。他老老實實交代了藏在生產隊飼養室牛草垛裏的糧食，免除了皮肉之苦。

這邊，謝立功還在充著硬漢，發誓就那些糧食，該交的都交了，完不成任務實在沒有辦法。對謝立功的「幫助」進行到半夜，他反來覆去還是那幾句話。公社的一名副主任對他失去了耐心，他手一召，一群民兵走了進來，一頓拳打腳踢，他還是不改口。副主任盯著倒在地上、鼻青臉腫的謝立功，說：「你可以不開口，可我們已派人到飼養室取走了糧食。」謝立功一聽，知道會計已經「叛變」，說出了藏糧的秘密，他「哇」地吐了口鮮血，接著就「嗚——嗚——」地放聲大哭起來。公社副主任鄙視地看著他說：「你們這些傢伙就是能和我們捉迷藏，要我們好看！除了飼養室，還在什麼地方藏著糧食？」

謝立功說：「你們找吧，再在別的地方找出糧食，你殺了我算啦。社會主義總不能餓死人吧。這麼整下去，可有人要造反啦。」謝立功的死硬態度作為反面典型在會議上多次進行了批判，其他生產隊不敢頑抗，都乖乖交出了所藏的糧食。

幾個月後的一天，有個算卦先生來趙官莊算卦，起初，人們不知道他算得靈不靈，他的卦攤好長時間沒有開張。這時，有個人試探他，問：「你先算算毛主席能活多大年紀？」算卦先生知道村裏人在試探他，就沒有推辭，他掐著手指，閉目念念有詞。良久，才向周圍的人說出結果：「這個『毛』字，可拆為『一』『十』『七』三個字，這就是說，毛主席只能給老百姓十七年還算平穩日子。十七年後，必然會有一番大亂，到那時，災禍橫生，他老人家費心勞神，必然折壽，這樣看來，他活到九十歲怕很難。」

在趙官莊算完卦，這位先生就游走到別的村裏去了。幾天後過組織生活會，各位黨員反省自己的階級鬥爭觀念，謝立功講了這件事，說自己喪失了一個共產黨員應有的革命警惕，聽了這些反動言論沒有反駁、質問，也沒有報告、追查，最後竟輕易放走了這個算卦先生，犯了嚴重的自由主義錯誤，階級鬥爭觀念實在太薄弱了。謝立功的檢查是誠懇的，認真的。正在村裏蹲點的公安特派員聽了這個檢查，覺得事情不可能這麼簡單，這位算卦先生的話太惡毒，他很可能是反革命組織的聯絡員，以算卦為名到處進行反革命宣傳。作為村裏的黨支部書記，對他的反革命宣傳不制止，實際上就是默認和支持。聯想到他瞞產抗糧的事，聯想到他所說的「社會主義總不能餓死人吧」。這麼整下去，可有人要造反啦」的話，他們之間很可能有某種秘密聯繫。公安特派員把這一階級鬥爭新動向報告給縣公安局，要求縣公安局幫助徹查，挖出這個倡狂的反革命團夥。

那時，黃一清剛被提拔為縣公安局長，他年輕有為，達觀開朗，耿直誠實，渾身有使不完的勁兒，一心想為共產主義早日到來出力流汗、添磚加瓦。接到公安特派員報告，他不敢遲疑，立即帶了幾個人去那裏偵查破案。

經過調查，事情並沒有公安特派員說得那麼嚴重，謝立功根本不認識這位算卦先生，算卦和抗糧瞞產也沒有任何聯繫，公安特派員僅僅是一種臆測，所說完全沒有事實根據。黃一清否定了公安特派員的意見，不但沒有難為謝立功，而且表揚了他勇於自我批評的精神。

事情本來到此就可以告一段落，但不知道這件事後來怎麼捅到了專區和省裏，專區和省裏都引起了高度重視，相繼派人專門瞭解此事。黃一清向他們彙報了事情的經過，並講明了自己對這件事情的看法，認為這件事已經有了明確結論，算卦人和黨支部書記沒任何關係，黨支部書記勇於進行自我批評，是黨的優良作風在他身上的體現。省裏和專區的人急於要放一顆公安衛星，非要對這件事重新進行調查，黃一清勸他們不過，只好對這件事採取消極和敷衍的態度。省、專區組成的專案組和那位公安特派員進村後，採取種種威逼引誘的手段，最後，終於挖出了一個有綱領，有路線，有目的，有組織的反革命政黨「愛民黨」。

這顆衛星發射之後，全縣為之震驚。黃一清據理反駁，卻被認為是喪失了階級立場，為反革命分子鳴冤叫屈。恰在這時，彭德懷事件出現，全黨向右傾機會主義發起了猛烈的進攻。倘若他再堅持自己的意見，就有可能被打成右傾機會主義分子。當事情危及到自身安全的時候，他妥協了，認輸了，後退了。專案組要他查思想，查立場，查動機，查方法，要他深刻檢查自己的屁股究竟坐在了哪一邊。

彭德懷事件使得元帥、將軍未能逃脫滅頂之災，他一個小小的縣公安局長，隨時都有可能成為階級鬥爭的犧牲品。經過反覆的思考和權衡，他做了深刻的檢討，狠挖了思想根源，決心徹底改正錯誤，以實際行動當好無產階級專政的柱石。當時，經時任縣委副書記李國臣的多方努力，他才沒被調離公安機關，僅僅給了個黨內警告處分，仍然保留了原來的職務。

從此之後，他心中階級鬥爭這根弦越繃越緊。凡事甯左勿右，只要上面有什麼指示和意見，他都堅決擁護，堅決照辦。沒過多久，這個縣虹光村又發生了一件反革命大案。

那是在一九六二年春節前夕，家家戶戶都要貼對聯，村裏有個叫楊榆生的毛筆字寫得好，每年村裏的對聯幾乎由他一人包辦。他家成份高——富農。按說這樣出身的子弟每天只能幹擔茅糞的活兒，只是由於他字寫得好，平素對大家謙恭有禮，村裏人沒太歧視他，儘量發揮他的一技之長，凡抄抄寫寫的活兒都交給他去辦。這年他索性把桌子支在大巷裏，各家只要把紙拿來，他就隨來隨寫。寫到快中午了，桌子上的紙都寫完了，對聯在地上擺了紅紅一大片。此時他坐著無聊，就隨手拿出幾片紙，在上面胡亂寫著字兒，手由大腦支配，他寫的自然是對聯中使用頻率最高的字。他在紙上不經意地寫了「中國」「人民」「幸福」「黨」幾個字，寫完這幾個字，他看到旁邊有人正拿著刀子殺豬，忽然想起了一句詩，順手又在另一張紙上寫下「磨刀霍霍向豬羊」幾個字。剛寫完這幾個字，恰巧民兵連長從這裏路過，他扭頭看了看桌子上的字，順手就把它拿走了。

楊榆生並沒有意識到會發生什麼事情，他只是向民兵連長喊了一句：「唉，那不是一副對聯，拿它幹什麼？」

民兵連長頭也沒有回，只顧拿著字走了。

第二天，縣公安局來了幾個人，把楊榆生帶走了。

他們把那些字擺在楊榆生面前，問：「這是你寫的嗎？」

楊榆生說：「是。」

一場審問開始了：「請交代『人民幸福黨』的綱領和組織狀況。」

楊榆生一頭霧水，說：「哪有什麼『人民幸福黨』，我隨便在紙上寫的，你們看，那幾個字大小都不一樣，也沒有寫在一張紙上。」

「狡辯！」審問人員一拍桌子，向他瞪大了眼睛。「什麼出身？」這一下子就捅到了他的軟肋。

楊榆生囁嚅著說：「富農。」

「這不對了。你們被無產階級專政了，不幸福了，要尋找過去的幸福，這才成立了這個『人民幸福黨』。是不是這麼回事？」

楊榆生頭上直冒汗，連連否認：「沒有，沒有，絕對沒有，感謝毛主席，感謝共產黨，我們現在就很幸福。」

「撒謊！難道你不知道無產階級專政的厲害？」

「知道。」

「知道為什麼還不老實交代？」

「我確實沒有什麼可交代的。」

「看來你是屬核桃的，不打不開口。」

上來幾個彪形大漢，朝他劈裏啪啦一陣猛揍。楊榆生極力忍受著，還是不開口。

審訊白天黑夜連軸轉，打手們一撥一撥輪番換，對他的刑罰也在逐步升級，由拳頭變成棍棒，由棍棒變成皮鞭。楊榆生實在困得不行了，受不了了。由於出身不好，他平時在村裏唯唯諾諾，見人就堆上一副笑臉，螞蟻都不敢踩死一隻，他哪能經受起這樣的折磨和驚嚇？兩天以後，他實在堅持不下去了，為了活命，他開口交代了。他的交代完全是在瞎編，前言不搭後語，邏輯相當混亂。審訊人員就提醒他，幫他把句子理順，幫他找出事情的發展脈絡及前因後果，他按照審訊人員的提示，不斷修改著口供。

「人民幸福黨」的組織情況越來越清晰了：最先由誰發起的？第一次會議是在哪裏召開的？會議都決定了哪些事項？組織內部的分工如何？黨綱和黨章是什麼樣子……至於組織成員，那就把全村的地富反壞全編排進去，這樣他們會覺得可信。因為物以類聚，人以群分，這些人糾集在一起反黨反社會主義最合乎常理。可村子裏僅有那幾個地富反壞，無論無何也撐不起一個反動組織來，而且，地富反壞解放後都在眾人的監視下戰戰兢兢過日子，除非吃了豹子膽，誰敢組織起來和共產黨對抗？這樣瞎編，不是把他們往火坑裏推麼？不行，要編就編得荒誕一些，讓他們將信將疑，為有朝一日翻供留下後手。於是他就把村黨支部書記、大隊長都編了進去：第一次會議就是在黨支書家召開的，參加會議的除了支部書記、大隊長，還有民兵連長、生產隊會計，當時他做會議記錄，村支書第一個發言，他說，三年自然災害餓死不少人，如今的集體經濟還是讓人吃不飽，為了讓子孫後代過上幸福生活，必須想辦法徹底改變這種現狀，這就是成立人民幸福黨的動因。會上做了分工，支部書記擔任黨的主席，大隊長擔任黨的副主席並負責黨的發展工作，民兵連長負責保衛保密工作，生產隊會計負責籌集黨費，他負責黨的宣傳工作……

萬事開頭難，既然故事開了頭，往下續起來也就容易多了。楊榆生畢竟有點文化，他一邊編，一邊為自己的豐富想像力感到吃驚。這樣前前後後編了半個月，故事總算編完了，審訊人員覺得從他身上挖掘得差不多了，就把他暫時放在一邊，開始審訊他所揭發出的其他成員。

其他成員根本不知道是怎麼回事，最懵懂的還是那個民兵連長，這事本來是他最先發現並揭發上報的，怎麼自己也成了其中的一員？哪有自己揭發自己的道理？但人家不那麼看，人家說：「你這是知道雞蛋碰不過石頭，事情遲早要敗露，懾於無產階級專政的巨大威力，才不得不自我揭發以減輕罪行。」幾個人被分頭審訊，每個人都被逼出了口供，承認了是人民幸福黨的成員，但幾個人的口供都不一樣。為了使他們的口供能一致起來，公安人員一邊對他們施刑，一邊為他們遞供。

對村支部書記，他們提醒說：「你想想，第一次會議是不是在你家召開的？你在會上是不是說了三年自然災害餓死了不少人，如今的集體經濟還是讓人吃不飽，為了讓了孫後代過上幸福生活，必須想辦法改變這種現狀，成立人民幸福黨？」

支部書記點點頭，這就算承認了。

「你是不是擔任了黨的主席？」

支部書記又點點頭，也算承認了。

經過了數不盡的折磨和一次又一次的遞供，所有人員的口供漸趨一致，審訊人員終於露出勝利的笑容。挖出了一個反動組織，這是無產階級專政的豐碩戰果，是保障社會主義社會長治久安的一場勝仗。只是那些人在嚴刑逼供下，交代的人像滾雪球似的越來越多，最後雪球甚至滾到了他們審訊人員的身上，說他們中的某某也被發展為人民幸福黨的黨員。審訊人員一邊嚴厲斥責他們「胡說」，一邊趕快拉下這場鬧劇的大幕。

公安局長黃一清對這件事情的原委和發展一清二楚，鑒於上一次「愛民黨」的教訓，他對下面人員的行為不但不制止，反而給予鼓勵和支持，他多次向分管政法的縣委副書記李國臣彙報案子的進展情況，李國臣深怕自己階級鬥爭觀念淡化而犯方向路線性錯誤，他反覆囑咐黃一清對這個案子千萬不可掉以輕心，必須認真對待，對反黨反社會主義的反動分子，必須嚴厲打擊，絕不手軟。

一個村子裏的頭面人物就這樣被一一關進了大牢。開始，懾於無產階級專政的巨大威力，他們的家屬親朋只能默默承受這種既成事實，隨著文化大革命風暴驟起，他們開始「蠢蠢欲動」起來。既然共產黨內有壞人，這肯定就是那些壞人所做的壞事，不趁這個時候翻案，再等到何時？他們輾轉找到了從北京回來的于世民，詳細向他訴說了事情的前前後後，問他這案子能不能翻過來，怎麼去翻。

于世民又調查了本縣發生的愛民黨案件，認定：愛民黨案件是一起反革命案件，而黃一清包庇愛民黨，李國臣包庇解脫黃一清，他們兩個人穿著一條褲子，走著同一條反黨反社會主義的道路；而人民幸福黨則純粹是一起冤案，他們在這個案件中又穿著一條褲子，對廣大群眾和貧下中農實行殘酷鬥爭無情打擊肆意迫害。在北京只說有一條從上到下的反動黑線，到老家總算見到一個活的標本。

張永豪從北京回來，以高三（二）班為基礎，成立了一個「全無敵」戰鬥隊，宋淑華則以高三（四）班為基礎，成立了一個「井岡山」戰鬥隊。

于世民讓他們把這兩個戰鬥隊的人員召集在一起，向小師弟小師妹們講述那個「人民幸福黨」的產生經過，說：

「這個所謂的反革命政黨共涉及到一百零八人，其中貧下中農九十五人，中農八人，上中農四人，富農一人，你們看看，這究竟是誰專了誰的政！從這個事例不難看出，自上而下有一條和毛主席革命路線相對立的資產階級反動黑線，這個黑線的代表人物就是劉少奇。劉少奇已被揪出來了，但下面的那些個根須還紮得很深很深！拔草要除根，根不除掉，一有合適氣候，它還會再長出來。一旦這些草長瘋了，我們這個黨、這個國家還不改變顏色？我們還能不吃二遍苦，受二茬罪？這些根靠誰挖呢，就靠我們全國各地的紅衛兵。毛主席發動了這場史無前例的文化大革命，對我們紅衛兵寄於厚望，讓我們紅衛兵衝鋒陷陣，我們千萬不能辜負了他老人家的期望啊！」

聽他這樣一講，那些小師弟小師妹們個個義憤填膺，怒不可遏，恨不能立即揪出黃一清遊街批鬥。

于世民對他們說：「鬥爭要講策略，咱們要先造輿論，在輿論的強大攻勢下，待廣大群眾覺醒之後，再採取行動，這樣就會一戰而勝。公安局這把火一燒，自然就會蔓延到縣委，蔓延到李國臣，把李國臣揪出來，打倒在地，再踩上一隻腳，條山縣階級鬥爭的蓋子就算徹底揭開了。」

宋淑華正為條山縣文化大革命的發展而焦慮，聽了于世民的話，她眼前豁然一亮，忽然明確了前進的方向和鬥爭的目標。只是把鬥爭的矛頭對準李國臣，她還是有點猶豫。這可是自己好友李秀娟的爸爸呀，這是自己熟悉的李伯伯呀，自己去北京見毛主席穿著他的衣服，兩人等於穿過一條褲子呀。

于世民怕別人誤以為沒追到李秀娟而拿她的爸爸開刀，這可太有損於他的動機和形象了，他說：「大家都知道李國臣是李秀娟同學的爸爸。我們揪出李國臣，不是和李秀娟同學有什麼過不去，這是階級鬥爭在條山發展的一種必然。階級鬥爭是殘酷無情的，是不以人的意志為轉移的，即使我們不揪他，別人也會把他揪出來。與其讓別人當革命造反派，不如咱們自己當革命造反派。保皇派的名聲可是不好聽喲。」

聽了這些話，宋淑華心中的猶豫也就慢慢散盡了。

這些天，王闖和衛東彪已開始把鬥爭的矛頭指向了縣委縣政府，他們聲稱自己是真正的革命造反派，斥責宋淑華和張永豪一夥曾和工作組沆瀣一氣，是不折不扣的保皇派。

在文化革命中當保皇派可是最大的恥辱！宋淑華決心用實際行動戳穿王闖之流的胡言濫語，決心自始至終充當響噹噹的無產階級革命左派！她向于世民要來了有關「人民幸福黨」的材料，然後組織人把它抄成大字報，張貼到縣城最醒目的位置。題目是「人民幸福黨說明了什麼？」矛頭直指公檢法，並且明確無誤地指向縣委縣政府。

二十五

條山中學的學生組織像雨後春筍般發展起來，各個班級的學生紛紛成立了名目繁多的戰鬥隊。戰鬥隊太多、太小反而沒有多大戰鬥力。隨著時間的推移，不同觀點的學生組織發生了分化和重新組合，以王闖為首的「反到底」和以衛東彪為首的「獨立大隊」聯合其他一些學生組織，成立了一個「紅色造反總司令部」，簡稱「紅總司」。王闖任司令，衛東彪任副司令。以宋淑華為首的「井岡山」和以張永豪為首的「全無敵」聯合了一些學生組織，成立了一個「紅色革命聯合司令部」，簡稱「紅革司」。宋淑華任司令，張永豪任副司令。

展紅旗從北京串聯回來，與馮建國一起成立了一個「紅旗」兵團，並且創辦了一份油印小報〈條山風雷〉。他們的組織發展很快，人數眾多，影響也很大。本來可以獨立作戰，與「紅總司」「紅革司」形成「鼎立之勢」，可是，他還是率領他的隊伍無條件加入了「紅革司」。

這一方面是宋淑華曾經擔任過他的少先隊輔導員，過去對他相當信賴和看重，一心想發展他入團，雖然最終沒能入成，但他忘不了這個知遇之恩。再則，宋淑華、張永豪的組織能力和號召力都比王闖和衛東彪強，何況他們的背後還有北大學生于世民的支持，他相信他們這一派一定會越來越發展壯大，最終必然會左右條山縣文化大革命的形勢。還有一點也非常重要，就是衛東彪組織長征隊時蹲在廁所裏的那番話對他刺激太大了，他一輩子都不會忘記這個人對自己的輕藐和歧視。他率隊加入紅革司，也是想讓衛東彪嚐一嚐對他的歧視將付出怎樣的慘重代價。

有了「紅旗」兵團的加入，「紅革司」人數比起「紅總司」來占了壓倒多數。可以說，全校三分之二的學生都集中到了「紅革司」的麾下。

自從宋淑華他們的大字報貼到縣城之後，「人民幸福黨」一時成了條山縣街談巷議的重要話題。幾天之後，在于世民的策劃下，張永豪、宋淑華帶領「紅革司」隊員到縣公安局揪鬥局長黃一清。縣公安局聞訊，立即緊關了大門。同學們在大門口向裏喊話，可喊了半天，裏面一點動靜也沒有。同學們用力推門，厚厚的門板冷冰冰把他們擋在了外面。

這種冰冷的拒絕和同學們高漲的熱情形成了巨大的反差。是可忍，孰不可忍！情急之中，有人發現旁邊巷子裏一屋簷下放著一根蓋房的大檁條，十幾個人把它抬了過來，像炮口一樣對準縣公安局大門，幾十隻手抱起這根又粗又長的大檁條，張永豪像指揮歌詠比賽似的站在一旁做著手勢，喊著口令：「一、二、三」，「一、二、三」……

檁條朝著公安局的大門狠狠地撞擊過去。第一下，門樓輕微有點晃動，泥土從上面掉了些下來；第二下，門樓的晃動厲害了一些，有小瓦片從上面掉了下來；第三下，門樓晃動得更厲害了，有磚塊從上面掉了下來；第四下，兩扇門轟然大開，同學們扔下檁條，像洪水一樣擁了進去，進去後見辦公室就進，就搜。

學生們熱情空前高漲，像巴黎群眾攻開了巴士底獄，像開足馬力又沒剎車的汽車，有的不管不顧地一個勁兒往後面衝。後面是關押罪犯的地方，高高的崗樓上有人持槍站崗，他們把槍栓拉得嘩嘩響，喊：「不要往前衝，再往前衝，就要開槍了。」好漢不吃眼前虧。學生們如同海潮遇到了岸邊的岩石，從崗樓前紛紛退了回來，繼續在院子裏挨門挨戶搜尋著他們想要搜尋的東西。每個房間都被搜得一片狼藉，紙張書本扔得遍地都是。

想當初他們圍堵去北京串聯的學生時是多麼氣壯，多麼蠻橫。如今面對的還是這些學生，他們卻像耗子一樣不知躲藏到什麼地方去了。

黃一清沒有抓著。這麼大的動靜，他能束手就擒而不加防備？崗樓後面隨處都可以藏身。但跑了和尚跑不了廟，紅革司一直注意著他的行蹤，準備一旦逮住他，就從他這裏順藤摸瓜，刨根問底，打開缺口，揪出李國臣示眾。

于世民去了一趟省城，從省城又去了北京，在北京稍事停留就又回到了條山。到條山后他對紅革司的頭頭們說：

「現在北京在打倒劉、鄧、陶，省城在打倒魏、吳、王，我們條山不能讓黃一清絆住手腳邁不開步，我們要明確喊出口號，就是要打倒李、劉、姚。這個李，就是李國臣，他無疑是條山縣最大的走資派。他和黃一清既是戰友又是同鄉，關係絕非一般，愛民黨和人民幸福黨的案子和他絕對脫不了干係；這個劉，就是縣長劉俊卿，他出身地主，雖說早年參加革命，可當他的地主父親去世後，他大搞祭奠活動，為他樹碑立傳。受到批評後，他竟向黨組織叫板，說什麼『沒有這個地主老子，哪有他這個革命的兒子？老爺子一輩子省吃儉用，辛辛苦苦，當兒子的為什麼不能祭奠一下？』大煉鋼鐵時，群眾要砍他老子墳上的樹煉鋼，他攔著不讓，說：『要砍，先把我的頭砍下再說。』他還對煉鋼的群眾說：『依我看，大煉鋼鐵是勞民傷財，得不償失，煉出的鋼不能用，還不如用浪費掉的錢到國外買些鋼回來。』『糧食爛在地裏，青壯年都跑到山上煉鋼。來年沒糧食，你們就吃這些鋼充饑？』他還說：『公社化後社員的勞動積極性不高，幹活磨洋工，還不如舊社會給地主扛長工。』他多次鼓吹搞包產到戶的試驗。反瞞產動員會後，他下去瞭解群眾生活，到處呼籲：『不能再逼著大家報瞞產了，我主張開倉放糧，不然餓死人要被記入歷史，黨的形象要大受損失。』一九五九年九月分，省委召開貫徹廬山會議精神擴大會議，他的這些言論被編發給與會代表，他作為右傾機會主義的典型在會上受到了批判。所幸會上有十幾個縣級領導聯名保護他，說他有些話並非全無道理，加上省委一位副書記和他有些親戚關係，他的烏紗帽才沒被摘掉，最後只是受到黨紀政紀處分。他無疑是全縣第二大走資派；這個姚，就是縣委副書記姚得官，李國臣的一個得力幹將。這個人你們和他打過交道，應該比較熟悉。」

張永豪和宋淑華對這個姚得官還知道一些。那還是剛開始大破四舊、橫掃一切牛鬼蛇神的時候，他們把學校裏的四舊和牛鬼蛇神們掃得差不多了，就想起縣裏有個副書記叫姚得官，姚得官的諧音就是「要得官」，這和毛主席所說的「我們共產黨人不是要做官，而是要革命」背道而馳。當時他們糾集了一夥人找到他的辦公室，鬧轟轟要求他立即改掉這個名字。

姚得官說：「這名字是爹媽起的，而且叫了幾十年，全縣都知道，如果改了，人們一下子把人和名字對不上號，還以為縣裏又來了一個新領導，這將會直接影響到工作。」

姚得官的家庭出身不算高，也就是個中農成份。舊社會農民經常受到官吏惡霸們欺負，父母生下他後，就給他起了這麼個名字，意思是將來咱也當個官，這就沒人敢欺負咱們了。解放後，姚得官還真當上了官。爹媽或許認為，正是這名字給他帶來了吉利。同事們有時和他開玩笑，說就憑這個名字，他將來還能當大官。姚得官常對人說：「名字，只不過是一個人的符號，和前途命運沒有任何聯繫。」他沒想到，這個名字和四舊緊密聯繫在一起，給他帶來了這樣的麻煩。

學生們不答應，說他的名字封建殘餘太濃，充滿腐朽氣味，要求他必須當面改掉。姚得官為難地說：「我的名字不像你們小娃娃，說改就改，起碼應該征得縣委和縣政府的同意才行，你們能不能先回去，待我和縣委領導商量後再說。」

紅衛兵反駁說：「你別拿官來嚇唬我們，你的官還大得過劉少奇？北京紅衛兵把劉少奇的名字改成『劉小狗』，也沒見影響了什麼工作。你為什麼不能把你的名字改成『姚革命』或者『姚造反』？」

姚得官聽了紅衛兵們的七嘴八舌，哭笑不得。最後他還是以強硬的語氣說：「你們說它封建也好，腐朽也好，反正這個名字今天不能改。」

學生們掃四舊以來，所到之處都是摧枯拉朽，凱歌高奏，沒想到今天卻在這裏碰了釘子。姚得官是縣裏的高官，他們一時無計可施，只能當著他的面高呼口號：「徹底剷除封建殘餘！」「要當官別當共產黨！」「誰對抗文化大革命絕沒有好下場！」

就憑姚得官的這一番表現，把他列為全縣走資本主義道路當權派的第三號人物，一點也不冤枉。

于世民說：「我們是毛主席信賴和支持的無產階級革命闖將，我們肩負著別人無法承擔的重要歷史使命，條山縣文化革命的歷史要由我們來譜寫。條山縣只有揪出這三個人物，才能說明文化革命取得了偉大勝利，進入了一個新的階段，我們這一派才能在條山縣站在潮頭，立於不敗之地。在我們揪鬥李、劉、姚之際如有什麼組織和人員阻礙、反對，我們就把他們當作保皇派一塊批倒批臭！」

宋淑華早想把保皇派的帽子扣在王闖和衛東彪的頭上。她和于世民、張永豪商量下一步該如何揭發批鬥李、劉、姚，展紅旗向他們報告說，王闖和衛東彪帶人搜查了縣委機要室，搞到了大批檔資料。張永豪聽到這個消息，說：「這些傢伙要抄近道，跑到咱們前面去。」

宋淑華說：「咱們明天就在大街上刷『打倒李、劉、姚』的大標語，標語後面『紅革司』幾個字也寫得大大的，讓全縣人民都知道是咱們最先喊出這個口號，最先爬上摩天嶺。」

于世民說：「不光要刷標語，還要籌畫一個大型批鬥會，把三個人一齊押到會上批鬥，只有這樣，才能把聲勢造大，把局面徹底打開。」

張永豪說：「堡壘最容易從內部攻破，咱們要發動縣委內部的革命群眾奮起造反，鼓勵他們揭發出有價值的足以致這幾人於死地的材料。有了這些材料，就好比有了重磅炸彈，一下子就會把這個最難攻的堡壘徹底摧毀。」

于世民說：「我剛才講的有關劉俊卿的一些情況就是縣委內部人告訴我的。」

宋淑華和張永豪等人都處於一種激戰前的亢奮狀態之中。

二十六

李國臣召集縣委常委們開會，研究條山縣如何執行毛主席「抓革命，促生產」的最高指示，既搞好條山縣的文化大革命，又保證各項生產任務的順利完成。會議正開到一半，一群學生闖了進來，帶頭的就是紅總司頭頭王闖。

李國臣雖然不認識這些學生，但學生們卻都認識他，因為他給學生們送過《毛澤東著作選讀本》，在全校學生面前講過話。

王闖他們一進會議室，就說：「李書記，我們有一個重要情況要向你報告。」

李國臣說：「我們正在開會，有什麼事開完會再說。」

王闖說：「不行，這件事非常緊急。」

李國臣問：「什麼事？」

王闖說：「學校發現了反動標語，非常惡毒。」

李國臣說：「知道了，我讓公安局派人偵破。」

王闖等人對李國臣的態度極為不滿，說：「公檢法全爛了，指望他們能破什麼案？何況是辱罵偉大領袖毛主席的反動標語，你怎麼能這樣麻木不仁！怎麼能這樣無動於衷！虧你還是堂堂的縣委書記！今天你去也得去，不去也得去，而且必須現在就去！」

一大群學生圍著李國臣，會是開不下去了，李國臣想了想，說：「那好，我去看看。」他又轉向已被擠到會議室一角的縣委常委們說：「會議暫時開到這兒，完後咱們找個時間接著開。」

一群學生簇擁著他走了出去。他本來想叫司機衛五牛開吉普車把他送到條山中學，這麼多學生圍著他，使他無法單獨行動，只能被學生們一路簇擁著往前走。

走到學校，莫俊才對他說：「標語是用粉筆寫在男廁所牆上的，為了怕它繼續擴散，已經把它擦掉了。」

李國臣不知道這是學生們巧設計謀把他騙到學校進行批鬥的，他聽後很生氣，說：「案發後要保護現場，怎麼能把它擦掉呢？擦掉了怎麼破案？」

莫俊才接著說：「我們縣的公檢法都爛掉了，找誰破？擦掉了還能早點消除影響。」

李國臣在縣委會議室裏就聽到了公檢法全爛掉了的話，當時他很生氣，但沒有立即回擊。這會兒又聽到這樣的話，他就忍不住了，他看了莫俊才一眼，說：「誰說公檢法都爛掉了？我們的公檢法永遠是無產階級專政的工具，我們縣的廣大黨員幹部都是毛主席革命路線的忠實執行者。」

王闖見李國臣在學生面前威風不倒，頤指氣使，又是訓斥又是責問，心裏非常不滿，他問：「難道說我們條山縣就沒有走資派了嗎？」

李國臣說：「作為縣委一班人的班長，我敢負責地說，我們縣委是忠實執行毛主席的革命路線的，是忠實執行黨的路線方針政策的。我們沒有走資本主義道路，沒有搞修正主義。對毛主席的號召和黨的正確路線、方針、政策，我們只有執行不力的問題，絕沒有反對抵制的問題。」

聽了這話，學生們立即反唇相譏：「這麼說，文化大革命在我們縣就沒有必要搞了嗎？」

「有沒有走資派，不是你說了能算數的。」

「你想捂蓋子，定調子，枉費心機！」

李國臣這會兒意識到學生們今天要故意圍攻自己，他說：「既然標語擦掉了，案子也破不了了，那我就走了。」

王闖見他扭身要走，揪住他的胳膊大聲說道：「我們有充足的證據證明，你就是條山縣最大的走資派，你就是一切地富反壞的總後臺。」

李國臣心裏本來就憋著氣，一聽這話，更是火冒三丈，衝王闖怒斥道：「放屁！老子提著腦袋幹革命時你們都還沒有出生，你們有什麼資格給我亂扣帽子。」

王闖當眾受到辱罵，也是怒火中燒，想，現在誰敢這樣辱罵革命小將？辱罵革命小將就是對抗文化大革命！聯想到他文革之初就向條山中學派來了工作組，工作組處處阻撓他們的革命造反行動，阻撓他去北京進行革命大串聯，聯想到他派公安人員在車站圍堵去北京串聯的學生。

王闖說：「你別拿縣委書記來壓我們，我們根本不怕這個。你說我們給你亂扣帽子，我說剛才給你扣的帽子還顯得小了，究竟多大的帽子適合你，還要看以後的揭發批判。既然今天你已經來了，那就不要走了，先老老實實待在這裏交代問題吧。」

莫俊才領著大家高聲喊著口號：

「坦白從寬，抗拒從嚴，頑抗到底，死路一條！」

「揪出條山縣最大的走資派！」

「打倒條山縣牛鬼蛇神的總後臺！」

幾個學生過來扭著李國臣的胳膊，拖拖拽拽地就把他帶走了。

王闖與幾個頭頭們研究如何對他進行處置。

有人說：「在縣城召開一個萬人批鬥大會，對他進行一次大規模的批鬥，煞一煞他的威風。」

有人說：「馬上批鬥條件還不太成熟，我們必須先組織人編寫批判材料，沒有過硬的批判材料，怕他不會服氣。」

有人說：「還是先造輿論，在大街上刷大標語，讓大家都知道李國臣是全縣最大的走資派，爭取得到廣大群眾的回應和支持。」

有人想起了李秀娟，說：「能不能在李秀娟這兒打開個缺口，然後擴大戰果，乘勝追擊，一舉把他徹底打倒。」

有人馬上否定：「李秀娟串聯還沒有回來，即使她回來了，要她揭發老子，恐怕不現實。」

有人反駁：「那說不定，當初李秀娟和喬嵐是什麼關係，她不照樣揭發了？而且還扇了她的耳光。」

「喬嵐畢竟是喬嵐，如果喬嵐是她媽，她會扇她耳光嗎？」幾個頭頭們在一起熱烈地爭論著。

王闖聽著他們的爭論，心裏琢磨著下一步的對策。不管怎麼說，今天能把李國臣抓到手上，他心中還是充滿了興奮和快意。從中央到省，從省到地區，那些身居要職的一、二把手紛紛被揪、被鬥，打倒李國臣只是遲早的事。縣委書記打倒了，那些打倒他的人豈不因此獲得了比縣委書記更大的權勢和威力？紅革司咄咄逼人，正想借打倒李國臣挽回他們因保工作組而受損的聲譽。為此，他們必須「先下手為強」，走在紅革司的前面，當條山縣響噹噹的造反派。再說了，李秀娟過去在學校被千嬌百寵，還不是因為她有個當縣委書記的爸爸？她的被嬌被寵給他的心理造成極大的不平衡，把李國臣打倒了，你李秀娟就沒有什麼可驕傲的資本了，我王闖就完全可以傲視你甚至鄙視你了。

想到這裏，他心中獲得了極大的滿足，說：「既然李國臣已經落到咱們手上，那就要當面逼迫他交代反黨反社會主義的種種罪行。待拿到足夠證據，就召開揭批李國臣萬人大會。一定要把他在條山縣批倒批臭！」

紅總司把李國臣關在學校操場邊的一間堆放體育器材的房子裏，衛東彪帶著幾個學生逼迫他交代反革命修正主義罪行，他問：「老實交代，你是怎樣執行赫魯雪夫修正主義路線的？」

李國臣看了一眼周圍的學生，儘管一個個橫眉立目，殺氣騰騰，義正嚴詞，聲色俱厲，但從嘴上那毛茸茸軟綿綿的鬍鬚看，他們都顯得生澀幼稚，好比樹上沒成熟的果子和地裏長著纖細白毛的生瓜，他並沒有把他們放在心上。面對他們的提問，他有點漫不經心地回答：「赫魯雪夫又沒領導過我，更沒給我發過什麼指示，我怎麼能執行他的修正主義路線？」

「狡辯！」一個學生大聲吼道：「劉少奇是中國的赫魯雪夫，你執行劉少奇的修正主義路線，就是執行赫魯雪夫的修正主義路線！」

李國臣說：「劉少奇是黨和國家領導人，作為一個基層的領導，我當然要執行由他參與制定的各項方針政策。」

學生反駁道：「劉少奇一貫反對毛主席，一貫反對毛主席的無產階級革命路線，你追隨劉少奇的反革命修正主義路線，必然背離毛主席的無產階級革命路線，這難道還有什麼疑問嗎？」

李國臣說：「劉少奇第一個提出『毛澤東思想』，並要求全黨高舉毛澤東思想的偉大旗幟，怎麼能一貫反對毛主席呢？」

學生們又一次反駁：「赫魯雪夫還稱史達林是他的再生父母呢，結果呢？搞修正主義，搞陰謀詭計的，哪個不是嘴上一套，心裏一套？劉少奇推行資產階級反動路線的罪行已昭然若揭，現在正全黨共誅之，全國共討之，你還在為他唱讚歌，可見你的思想是多麼反動，你真不愧為劉少奇的孝子賢孫。」

李國臣說：「劉少奇是不是一貫反對毛主席，是不是該徹底打倒，你們說了不算數，我要以中央的正式文件為準，如果中央正式文件對這些都作了定論，那我會堅決擁護並和他劃清界限的。」

學生們已經感覺到李國臣是一塊難啃的骨頭，比起當初鬥喬嵐、賈興中、陳其安、史文榮來，他要難對付得多，甚至比起許志傑來，他也有過之而無不及。但是，李國臣這塊骨頭如果啃不下，紅總司的威風怎麼能高揚起來？他們又怎麼能被稱為無堅不摧所向披靡響噹噹硬梆梆的革命造反派？怎麼能蓋過紅革司在條山縣處於強勢地位？

王闖走進了體育器材房。幾個人向他彙報：「這是塊茅坑裏的石頭，又臭又硬。」

沒等王闖開口，李國臣問：「你們哪位學生是造反派頭頭？」

王闖問：「什麼事？」

李國臣說：「我向你們提出強烈抗議。學校出了反動標語，你們置反動標語於不顧，卻把我拘押在這裏，這是什麼道理？」

王闖說：「反動標語要追查，你也要追查，因為你們同樣反動，就是這麼個道理。」

李國臣怒斥道：「誰給你們權力，讓你們隨便拘押人？」

王闖理直氣壯地說：「毛主席教導我們說，革命無罪，造反有理。沒有毛主席撐腰，我們也不敢把你堂堂縣委書記拘押在這裏。你先不要著急上火，我們不但要把你拘押在這裏，我們還要給你戴上高帽子遊街示眾，還要開萬人大會揭發你，批鬥你。現在我送你兩句話：坦白從寬，抗拒從嚴。你要認清形勢，一切與學生作對的人都沒有好下場。」

李國臣如一頭被激怒了的野獸狂吼起來：「你們要為你們的行為負責，我告訴你們，你們總有後悔的一天的。」

有學生接過話茬，說：「別嚇唬我們了，這麼頑抗下去，後悔的只能是你自己。」

王闖向大家揮揮手，說：「他當官當慣了，還不習慣這一套，把筆和紙給他準備好，讓他先自我反省。」

學生們陸續走出了體育器材室，然後用一把大鎖把器材室鎖了起來。體育器材室的外面就是學校的大操場，為了防止器材丟失，器材室的窗戶都被嚴嚴實實釘了起來，門也上了拇指粗的鐵條，要想從器材室出去，難上加難。

學生們走了之後，李國臣一人置身於陰暗的器材室，覺得無比的寂寞和冷落。如同置身於荒漠，如同掉進了枯井，使他感到特別無助、孤單。

文革開始的時候，他就一直關注條山中學的動向，當時，他就搞不通，怎麼學生想鬥誰就鬥誰，想給誰戴高帽就給誰戴高帽，想牽誰遊街就牽誰遊街，這不成了無法無天了嗎？這會不會有人挾私報復？會不會傷害無辜？他為條山中學派工作組的時候，就對袁慎之特別交代了這個問題。沒想到，這種情況會愈演愈烈，最後，竟然自己也在劫難逃。是自己思想落伍了，不理解文化大革命，還是文化大革命本身就有問題？

這個想法剛在腦子裏閃現，就被他徹底否定了：不會，文化大革命是毛主席親自發動和領導的，幾十年革命鬥爭的實踐證明，毛主席是無比偉大，無比英明，無比正確的，毛主席是絕對不能懷疑的，凡是毛主席做出的決策，都是要不折不扣地執行的。革命戰爭年代，有的人不理解毛主席的戰略思想，甚至對毛主席的決策和指揮產生過抵觸情緒，結果，毛主席讓事實證明了自己的正確，以奪取全國的勝利讓全黨折服。林副主席說：「過去的工作搞得好的時候，正是毛主席思想不受干擾的時候。凡是毛主席的思想不受尊重，受到干擾時，就會出毛病。幾十年的歷史，就是這個歷史。因此，在困難的時候，黨更需要團結，越要跟著毛主席走。只有這樣，黨才能從勝利走向勝利，國家才能更好起來。」也許，長期的執政地位使自己的確產生了麻痹思想，產生了做官當老爺的官僚作風，產生了只圖安逸不思進取的懶惰習氣。蘇聯變修之後，國際共產主義大旗由我們黨來扛，這種大環境要求我們必須徹底清除一下這種不良思想和作風，清除各種產生修正主義的土壤和苗頭。學生們思想單純，沒有負擔，沒有顧慮，有股子天不怕地不怕的衝勁和闖勁，讓他們打衝鋒，像孫悟空一樣大鬧天宮，才能使我們驚醒起來，永遠高舉馬克思主義旗幟，保證我們國家永不變色……

想著想著，他似乎又想通了許多，覺得今天這樣的處境也是在所難免，心中的不平和怒火漸漸平息了一些。

隨著時間的流逝，他心中狂怒的火焰在一點點消釋著。也許自己是老革命遇到了新問題，思想跟不上形勢，不理解當前的文化大革命。既然如此，那就在實踐中加深理解吧。他舒了一口氣，如同一個鼓滿氣的皮球，漸漸地變癟了，變軟了。他拿起了筆和紙，想在上面寫些東西。但寫什麼，他腦子裏如同一團亂麻一樣沒有理清楚。寫〈我對修正主義危險缺乏足夠警惕〉？或者〈我對毛澤東思想學習不夠〉？或者〈我對文化大革命缺乏認識〉？這些題目不痛不癢，不僅交代不了這些個學生，反而會落得個蒙混過關之名，寫了不如不寫。可要他承認是執行了反革命修正主義路線，承認反對毛澤東思想，承認反對走社會主義道路，那他打死也是不會接受的。

縣委機關前些天就有人醞釀要寫大字報，要和學生們的革命造反行動相呼應，他發覺後嚴厲將他們制止住了。他在全體幹部大會上說：

「學生是學生，我們機關幹部和學生們不一樣。學生沒有飯碗，他們不怕砸了飯碗。你們要為自己的每一項行動、每一句話負責。因為自己的莽撞行為而砸了飯碗，到時候可別怨我事先沒給大家打過招呼。」

看來，這些話有壓制群眾運動之嫌了。說不定，那些人很快就會和學生們聯合在一起，揭發批判自己了。在一個大的洪峰到來之際，憑一己力量是難以抵擋的，那就由他們批判吧，把自己的靈魂做一次徹底地清理並使之昇華，讓自己的一切思想和行動更加接近毛澤東思想，這未必是一件壞事。

他擔心的是妻子蘭花。他以前每去一個地方，都要給蘭花打招呼的，這次什麼招呼也沒打，就被關在了這裏。社會上正鬧著文化大革命，這次運動正是要整頭頭腦腦的，丈夫不知去向，她能不著急嗎？她的身體不好，一急起來，病情加重，誰來關照她。女兒串聯去了，還不知道哪天能回來，如果她還在學校，就能知道我被拘押了，就會給母親報個信兒，偏偏她又不在。當初不讓她出去，她硬背著自己走了，現在一家三口人待在三個地方，誰也顧不上誰。這時他想到了王德貴。如果機關的人不敢出面公開保護他，能夠照顧蘭花的也只有他了。

天完全黑了下來。器材室本來就沒有光線，這時候就更黑暗了。這裏只是白天上體育課時搬一搬器材，晚上又沒有人進來，原本就沒有裝燈。

門「嘩」地一聲打開了，王闖領著一幫人走了進來，他看了一眼正坐在體操墊子上的李國臣，惡聲問：「交代了沒有？」

李國臣說：「我倒是想了些事，但還沒想清楚。」

旁邊有學生吟出一句毛主席的詩詞：「一萬年太久，只爭朝夕。」這時，有人點起一支蠟燭，燭光照著李國臣的臉，十幾個學生的目光都聚焦到了他的臉上。

王闖教訓他說：「不要心存幻想，縣委機關已經有人給你貼了大字報，現在這種形勢，不會有人敢站出來當你的保皇派，你的一切問題很快就會水落石出。你如果腦子還沒理出個頭緒，我現在就給你出幾個題目，今天你先交代：你是如何阻撓、壓制條山縣的文化大革命的？你是如何敵視條山中學的革命造反行動的？你是如何企圖為牛鬼蛇神開脫的？你是如何賣力執行劉少奇的資產階級反動路線的？」

李國臣口氣堅定地回答：「這些問題，對於我都不存在。你要這樣強迫，我只能拒絕回答。」

「好啊，你是王八吃秤砣，鐵了心啦；沙鍋裏煮鴨子，嘴硬啊！」莫俊才厲聲喝道：「站起來，站起來！」

黑暗中幾個學生過去架著他的胳膊把他拉了起來。

「讓他站到跳馬箱子上去。」有人高聲叫喊。

幾個人把他架到了高高的跳馬箱子上。

「不行，太低！」

又有人拿來隻凳子，放到跳馬箱上，學生們又把他架到了凳子上面。

跳馬箱的面是軟的，凳子放在上面很不穩當，李國臣站在上面，兩腿顫抖著，身子搖晃著，像個雜技隊員在做著驚險動作。

「怎麼樣？還不交代？還不交代就再升高一點？」王闖問李國臣。

李國臣反問：「你們這是搞文化大革命，還是搞變相體罰？你們這是糟蹋毛主席發動的文化大革命！」

「你竟敢誣衊辱罵革命造反派？你竟敢否定毛主席親手發動的文化大革命？」

「拒不認罪，死路一條！」

「殺殺他的威風。」

那支蠟燭突然熄滅了。不知誰在黑暗中推了一下跳馬箱上的凳子，只聽「嗵」的一聲，李國臣被重重地摔了下來。學生們知道今天也審不出什麼結果，黑暗中也不想看看他究竟摔成啥樣，他們一窩蜂似地走了出去，最後，不忘用那把大鎖把門又緊緊地鎖上。

二十七

紅總司拘押了李國臣，這一招又出乎紅革司的意料。看來，紅總司步步都要走在紅革司的前面，他們力圖在聲勢和影響上壓過紅革司。

于世民說：「沒關係。他們只揪出一個李國臣，我們一下子就揪出了三個，數量上先壓過了他們。我們趁他們還沒有下一步行動的時候，搶先召開批鬥李、劉、姚群眾大會。把批鬥會開在他們前面，輿論上、氣勢上又壓過了他們。批鬥會時我們把李國臣搶過來，如果他們不給，就說他們假借批鬥在藏匿、保護李國臣，是地地道道保皇派。」

大家都贊成于世民的意見。宋淑華說：「說幹就幹，最遲三天之內要把批鬥會開起來。」於是他們就分頭準備了。

學校中紅革司這一派占大多數，而且當年的學生幹部和優秀學生大都在紅革司，他們的工作能量、工作效率比較高，很快就把標語、口號、旗幟、批判材料等準備就緒了。沒等到第三天，他們就搶在紅總司前面召開了批鬥大會。

天還沒有大亮，他們砸開體育器材室的門搶出了李國臣。李國臣那天被人從跳馬箱上推下去後，幸虧跌在了體操墊子上，才沒有摔成頭破血流。只是他的腿摔傷了，走起路來一瘸一拐的。

幾個人把李國臣押到了紅革司總部，宋淑華見了，一時不知道該和他說什麼話。那年，她第一次在李秀娟家見到她的爸爸李國臣，感到非常局促、拘謹，她一個工人的孩子，見到全縣最大的官兒，哪能不緊張？倒是李國臣十分和藹可親，讓她坐下來，問她的家庭和學習情況，鼓勵她好好學習，將來考上一個好學校。回到學校，宋淑華一連幾天都為認識了縣委書記而感到興奮和驕傲。李國臣給全校學生送毛選的時候，她為能在同學們面前與李國臣像拉家常一樣說說笑笑而倍感驕傲。

現在，李國臣又一次站在了她的面前，她卻完全是一種異樣的感覺。她板著臉，不去看他，只問押解他的人：「他的腿問題大嗎？」

那人回答：「不是很大，否則就走不成了。」

宋淑華說：「要站幾個小時呢，不能倒在臺上。」

這話讓李國臣聽到了，他知道今天是要批鬥他。他能叫出宋淑華的名字，知道她是李秀娟的好朋友，但他不想和她進行任何語言和眼神的交流，他怕自尊心受辱，也怕對她造成某種傷害。他只能無為而為之，任由事情向前發展。

劉俊卿和姚得官都被押來了，他們三個人隨即都被戴上了高帽子，掛上了大牌子。

李國臣的高帽子上寫的是「反革命修正主義分子」，牌子上寫的是「全縣最大走資派李國臣」，「李國臣」三個字被打著紅×。

劉俊卿的帽子上寫的是「地主階級的孝子賢孫」，牌子上寫的是「老右傾劉俊卿」，「劉俊卿」

也被打著紅×。

姚得官的高帽子上寫的是「跳樑小丑官癮大王」，牌子上寫的「封建餘孽姚得官」，「姚得官」三個字被反著寫，上面還畫著一個古時帶翅兒的官帽。幾個人打扮好了，就由人引著向縣城的露天劇場走去。

這幾個人都是條山縣的頭面人物，平日裏風光得很，開會總坐在主席臺上，講出的話總被當成重要指示，有的還要印成文件下發，層層傳達，認真貫徹。他們見到的人總是笑臉逢迎，唯唯諾諾，說著奉承話兒，臉上堆滿謙卑和尊敬的神色。這會兒他們不僅失去了坐在主席臺上的資格，失去了講話的自由，而且出乖露醜，顏面掃地，像豬狗一般被驅趕，被訓斥。他們見到的人一個個金剛怒目，兇神惡煞。他們由萬人仰慕的縣官忽然間變成了遭人唾罵的敵人。這變化實在太快了，這反差實在太大了。

會場四周紅旗獵獵，中間的會標是「條山縣批鬥走資派群眾大會」。紅革司的人打著毛主席畫像，浩浩蕩蕩地往裏走，看熱鬧的群眾也跟著往裏走。不多時，會場裏已是黑壓壓一片。三個戴高帽子的牛鬼蛇神一出現，人們紛紛圍觀起來，後面的人看不清楚，就踮起腳尖往裏看。普通老百姓平日裏也見不到縣裏的最高領導，即使能見到他們也不認識。今天聽說要批鬥縣委書記和縣長，人們的興致都很高漲。老一點的人見過土改時鬥爭地主富農，但從沒見過鬥爭縣委書記和縣長。前不久見過給學校的老師戴高帽遊街，但那哪有給書記縣長戴高帽遊街好看！這真是特大奇聞，太稀罕了，他們哪能錯過這個看稀罕的機會？

戴紅袖箍的紅革司戰士分開人群，牽著三個人往裏走。幾個高帽子一出現在露天劇場，立即響起震天口號聲：「打倒李、劉、姚！」「揪出條山縣走資本主義道路的當權派！」「誓死保衛毛主席！」「誓將文化大革命進行到底！」……一隻隻拳頭伸向空中，一聲聲雄壯的口號像排天巨浪在會場上空回蕩。

李國臣瘸著腿走在前面。上戲臺時，他的瘸腿太吃力，幾個紅革司戰士幾乎是把他抬上去的。上去後，三個人站在戲臺的左側，背對主席臺，面向臺下群眾。三個人腰彎得不夠，幾個紅革司戰士上前摁住他們的頭，要他們彎成差不多九十度樣子。腰彎得太低，頭上的帽子太高，劉俊卿的紙帽子掉到了地上。紅革司戰士揀起帽子重新給他戴好戴牢，並讓他把頭稍抬一抬，以便讓群眾能看清他的嘴臉。

三個人的手像噴氣式飛機的機翼一樣直伸向後面，俗稱「坐噴氣式」。這樣的姿勢太累，姚得官個子矮，也胖，顯得不太吃力，李國臣和劉俊卿個子稍高一些，兩個人臉上都顯出痛苦的表情。幾個人擺好了姿勢，宋淑華走上主席臺，宣佈批鬥會開始。

于世民首先上臺講了愛民黨和人民幸福黨這兩個案子。于世民的口才不錯，講話極有煽動性，他像講故事一樣滔滔不絕地講述，底下近萬群眾在津津有味地傾聽。聽到那麼多貧下中農在李國臣的授意下，在黃一清的指揮下，經嚴刑拷打和逼供遞供後被關進大牢，實施專政，底下群情激憤，議論紛紛。

展紅旗不失時機地領著大家高呼口號：

「打倒李國臣！」

「打倒條山縣最大的走資派！」

「堅決執行毛主席的無產階級革命路線！」

「把無產階級文化大革命進行到底！」

在排山倒海的「打倒」聲浪中，李國臣因腿傷無法支撐下去，「嗵」的一聲真就倒在了地上。兩個紅革司戰士上去把他拉起來，吼道：「裝什麼裝！」兩人剛放開手，李國臣的腿哆嗦著，又一次倒在了地上。兩個紅革司戰士乾脆一邊一個，架著他的胳膊，依然讓他坐著噴氣式。臺上的三個牛鬼蛇神不知是嚇的，還是累的，頭上黃豆大的汗珠子直往下掉。

縣委辦副主任胡念文上臺發言，揭發李國臣的反革命修正主義罪行。胡念文是縣委機關第一個站出來造反的，他多次向于世民透露縣委機關及李國臣的種種不為人知的內部情況。他在發言中說：「李國臣任人唯親，搞小圈子，對那些犯過錯誤的百般呵護，肆意包庇，並借對方的感恩之心與其結為死黨，企圖實現不可告人的目的。對黃一清是這樣，對劉俊卿也是這樣。在劉俊卿作為右傾典型被批判後，他說：『這個人愛講實話，我就喜歡和這樣的人共事。』他的很多言論和劉俊卿如出一轍，他多次在公開場合宣傳彭德懷的功勞，說他為保衛毛主席立過大功，弦外之音是毛主席沒能正確對待他。他還稱讚過劉少奇的三自一包，說不妨在咱們縣做個試驗，行就行，不行再改過來也沒啥了不起……」

這邊正批得熱鬧，忽然後面一陣騷動，一支隊伍打著紅旗標語喊著口號從外面衝了進來，紅旗上是大大的「紅總司」三字。會場下的人群紛紛回頭朝後看，場面一時有些混亂。

紅總司發現李國臣被搶走，立即意識到他們要召開批鬥大會。李國臣最先是紅總司揪出來的，怎麼能讓紅革司搶走風頭？於是他們緊急商量，要攪亂紅革司的批鬥會場，要把人們的注意力吸引到紅總司這邊。沒有了李國臣，他們可以弄一個人來扮演他。沒有現成的發言稿，他們可以用活報劇的形式。他們進了會場，立即在會場後面清出了一片場地，場地四周用標語牌和毛主席畫像圍好，就在裏面演起了活報劇。

戴著古代官帽、畫著奸臣臉譜、胸前寫著「李國臣」的人出場了，他指著胸前寫著「袁慎之」的人說：「聽說條山中學的文化革命鬧騰得挺厲害？」

「袁慎之」說：「是呀，我也聽說了。」

「李國臣」說：「這幫子學生，不知天高地厚，不認爹娘老子，我派你到那裏收拾收拾，如何？」

「袁慎之」說：「領命！別的幹不了，鎮壓這些小毛孩子，那還是易如反掌。」

「李國臣」說：「年輕人心高氣傲，目空一切，靠你一個人力量收拾不了他們，最好利用他們內部矛盾，扶持一夥人打壓另一夥人，只要他們內部鬥起來了，你就可以高枕無憂了。」

「袁慎之」說：「高，實在是高！書記不愧是領兵打仗出身，精於謀略，講求戰術。」

「李國臣」說：「不，這是劉少奇祖師爺給我的密令。」

兩個人你來我往，動作滑稽，語言俏皮，很快就吸引了大批觀眾。那邊的批判還在進行，這邊的活報劇漸入佳境，紅總司和紅革司分明唱起了對臺戲。而活報劇顯然比發言念稿子更能吸引群眾，紅總司這邊的人越來越多，紅革司的頭頭們在主席臺上有點坐不住了。

這邊，「李國臣」又問「袁慎之」：「你覺得學生中哪個人可以利用呢？」

「袁慎之」說：「男的張永豪女的宋淑華最可利用。」

「李國臣」說：「好。」

「袁慎之」接著指了指對面的主席臺，說：「你看，他們兩個現在就在主席臺上。」

人們紛紛扭回頭朝主席臺上看，看完了又聽下面劇情的發展。

「李國臣」問：「可他們為什麼要在那裏批鬥我？」

「袁慎之」回答：「說是批判你，實際上是做做樣子，給別人看的。我和他們早有密謀，要私下裏好好保護你。」

「李國臣」說：「這麼說，他們的戲比咱們演得好呀。」

紅總司這邊呼起了口號：「打倒保皇派！」「保皇派必將自取滅亡！」接著，他們把人員分成兩撥，一撥喊「紅革司」，另一撥緊接著喊「保皇派」。一聲接著一聲，一聲高於一聲。紅革司不堪羞辱，索性不念發言稿了，也把人分成兩撥，一撥喊「紅總司」，一撥喊「保皇派」。

兩邊打起了口水戰，互相比誰的嗓門高，誰的聲音大。喊著喊著，兩派就互相擁擠、推搡起來。整個露天劇場開始混亂，看熱鬧的群眾看到這種局面，紛紛走出了會場，那些好奇心重的還想看看事情如何向前發展。

畢竟紅革司的人多一些，聲勢上漸漸壓倒了紅總司，紅總司知道這樣僵持下去占不了太大便宜，就一邊喊著，一邊往出撤退著。

看著紅總司往外走，紅革司大聲拍手稱快。不知誰起了個頭，他們唱起了：「反動派，被打倒，帝國主義夾著尾巴逃跑了。……」

二十八

夜間下了火車，天氣陰沉沉的，西北風嗖嗖地刮著，像刀子似的割著他們的臉。樹上的葉子早讓寒霜打了個精光，蕭疏的枝條在寒風中發出一聲又一聲淒厲的呼嘯。剛離開熱騰騰的車廂，突然讓冷風一吹，幾個人都禁不住打了個寒噤。

離家的時候，這裏還是深秋，幾天之前，置身於江南的秀美風光之中，他們還沒有感受到冬天的寒意，火車日夜兼程把他們從溫暖如春的江南拉到了寒風刺骨的北國，首先迎接他們的就是從西伯利亞吹來的寒流。

劉小妹裹了裹衣服，呵了口氣，說：「真冷！」

衛崇儒問李秀娟：「要不要送你回去？」

李秀娟說：「不用。」

出站之後，衛崇儒和劉小妹向學校走去，李秀娟一個人提著旅行包回家了。

到達長沙不久，那位長沙姑娘就和他們分手了。他們幾個人從長沙又去了韶山，一路上幾個人互相幫助，彼此建立了信任和友誼。

李秀娟原來覺得衛崇儒清高孤傲，盛氣凌人，身上沾有說不出來的酸腐之氣，心中懷有不著邊際的種種幻想。也許是文化革命徹底摧垮了他的優勢和自信，此時他顯得很謙恭，很客氣，很實際且樂於助人；只是他的上中農成份無法改變，總讓人覺得心裏不太舒服，無法與他形成某種默契和認同。儘管這一路他對自己照顧得不錯，如果沒有他，自己一路會很艱難，但要讓她心靈上和他再接近一步，那還難以做到。不管怎麼說，這次串聯還是改變了她對他的一些看法，增進她對他的瞭解和好感。

從韶山出來，衛崇儒提出要到上海去，因為上海是全國第一大城市，又是工人階級最集中的地方，黨的「一大」在那裏召開，文化革命的烈火最初也在那裏點燃，不去上海總覺得有點遺憾。

「反正出來得晚了，索性就晚些回吧。」可李秀娟想家了。她從來沒離開媽媽這麼長時間，媽媽在家不知道該怎麼對她牽腸掛肚呢。她不能說想家，這樣顯得太小資產階級了，也太矯情、太懦弱了，太不符合革命造反派的形象了。她說：「我們不能總在外面搞串聯啊，我們得回去搞條山縣的文化革命啊。」

衛崇儒說：「條山縣的文化革命也不缺咱們這幾個，咱們串聯好了，回去可以更好地搞文化革命啊。而且，這樣的機會恐怕這一輩子再也不會遇到了。」

劉小妹既有些想家，又想多轉幾個地方，對去不去上海也就模棱兩可。最後，在衛崇儒的堅持下，他們幾個人還是到了上海。到上海後，他們參觀了「一大」會址，又一次受到毛主席光輝革命歷程的教育。他們看到了上海的工人階級已經捲入了文化革命的大潮之中，感受到文化革命正以破竹之勢向前推進，這場革命絕不僅僅是學生們充當主力的文化和意識形態方面的一場革命，而是關係到紅色政權是否變色的你死我活聲勢浩大的階級鬥爭。

這場鬥爭下一步將向何處發展，他們誰也說不清楚。他們也用不著搞清楚，有偉大領袖毛主席掌舵，他們想那麼多幹什麼呢。毛主席揮手我前進就是了。

在上海待了幾天，衛崇儒還想去「上有天堂，下有蘇杭」的杭州，這時傳來了停止串聯的通知。衛崇儒直感懊悔，說出來晚了，再早一個星期就好了。李秀娟倒鬆了口氣，覺得終於可以回家了。劉小妹則想著回家時給家裏帶點什麼禮物。他們出來時誰都沒有帶多少錢，反正走到哪裏吃到哪裏住到哪裏，哪裏都有紅衛兵接待站。衛崇儒差不多是兩手空空出來的，其間他向接待站借過幾次錢。說是借錢，但他從來沒想過要還。有人還向接待站借衣服，借了衣服就穿走了，更不可能還了。李秀娟和劉小妹膽小，又沒出過遠門，什麼都不敢借，她們手裏始終捏著十塊二十塊錢沒花出去。用這些錢回去買些南方的水果還是可以的。兩個人各買了一小簍桔子。北方人一般吃不到南方的水果，她們想，回去帶著這些水果，足以讓家裏人滿意了。

火車駛出上海的時候，衛崇儒希望從車窗能看一眼大海，聽人說看一眼大海能使人心胸開闊，他的內心對大海十分嚮往，遺憾的是，上海離海還有一段距離，他連海的影子也沒見到。

幾天來，坐在哐哐噹噹的火車上，人們像沙丁魚罐頭似地緊緊挨擠在一起，李秀娟一直口乾舌燥，頭暈目眩，腰酸腿困，疲乏無力，也不知吃了什麼東西惹得胃難受起來，她有點想吐的感覺，但極力抑制著。因為四周都是人，萬一胃裏的東西從喉嚨噴射而出，後果將十分嚴重。謝天謝地，胃裏的東西總算沒有給自己難堪。下了火車，雙腳踏在堅實的土地上，她有一種說不出來的舒坦，兩腿陡然有了勁兒。啊，繞了半個中國，我沒有迷路沒有丟，終於平安回來啦。坐火車所吃的那點苦受的那點罪早讓她拋到九霄雲外去啦。她急切地想見到爸爸媽媽，想向他們訴說這些天來的所見所聞，想讓他們分享女兒這一趟所得到的收穫與喜悅。

她急步走向縣委家屬院。拐過這個彎，再走二百米，再拐過一個彎就可以看到家屬院那個月亮形大門。街上漆黑而冷清，李秀娟的腳步踩在地上，發出很響的聲音。她對這裏太熟悉了，即使閉著眼睛也能摸到家。也許回家的心情太急切了，她一點也沒感到害怕；她的心中熱血奔流，胸腔像燃起了火，外界的寒冷對她來說已經沒有了什麼感覺。

她朦朧看到街道兩旁貼滿了大字報和大標語。她走的時候大字報都貼在學校裏，沒想到這會兒貼到縣城大街上來了。她也不想急於知道大字報的內容，反正這些天在外面沒少看大字報，既然回到了家，這兒的大字報明天再看也不遲。

她這會兒心裏想的是見了爸爸媽媽該說些什麼，肯定要先說見到毛主席的事兒，然後再講講去長沙、韶山和上海的所見所聞。至於坐行李架、睡地板、喝不上水、解不成手的種種難堪事兒，那是不能講給他們聽的。事情都過去了，何必讓他們再為自己擔憂？

她一面想，一面不由自主地加快了腳步。走進月亮形大門，李秀娟一眼就望見了自己的家門。家裏的窗戶一片漆黑，見不到一絲亮光，想必他們都睡覺了？

她放輕了腳步，躡手躡腳地朝前走，心卻禁不住跳快了。母親熟悉她的敲門聲，她只要輕敲兩下，母親就會知道是女兒回來了。母親打開門，她要撲到她的懷裏深情地叫一聲「媽！」然後再捧出帶回來的江南蜜桔，然後再……此時，她的腳步已經跨上了門前的臺階，頭也幾乎快碰著門了，她正要伸手敲門，抬起的手卻像施了魔法一樣被定在了空中。

大門上貼著兩條長長的封條，形成了一個可怕的「×」，封條上草草寫著年月日等字樣，窗子也被大字報糊得嚴嚴實實，上面寫著醒目的大字：「李國臣不投降就叫他滅亡！」門前的牆壁上到處塗寫著標語口號：「打倒全縣最大的走資派李國臣！」「李國臣對抗文化大革命罪該萬死！」「李國臣是全縣牛鬼蛇神的總後臺！」……

李秀娟的頭只覺得「嗡」的一聲，像被棍棒猛擊了一下，隨後頹然坐在了門前的臺階上。寒風嗖嗖，夜幕沉沉，月亮從雲層裏探出個頭，似乎在窺視著這塊變幻莫測的大地，窺視著這個無家可歸的學生。許久，李秀娟的腦子才清醒過來，她抬頭仰望茫茫的天際，北斗星不知隱沒在哪裏去了，月亮似乎也不忍心看這個可憐的孩子，躲到厚厚的雲層裏去了。李秀娟那孤獨的身影完全被夜幕吞噬了。西北風捲起地上的落葉和塵土向她襲來，她爬在旅行包上忍不住放聲慟哭起來。

李秀娟的哭聲驚動了原縣委會看大門的吳伯，吳伯告訴他，爸爸已被機關裏的造反派看管起來了，家已被抄過了三次，後來，造反派乾脆把媽媽趕出了縣委家屬院，現在，她又住在了原先的房東王德貴家裏。他勸李秀娟不要在這裏哭，因為縣委會裏住上了造反派，把他們引出來又會引來一些麻煩。說完，他提起了李秀娟的旅行包，拉著他走出了縣委家屬院。

到了王大伯家，李秀娟看到母親面容悽楚，眼睛發紅，比先前瘦了許多，原本就不很結實的身體此時顯得更加虛弱了。她對女兒的歸來並不感到格外高興。看到這種狀況，李秀娟強忍著沒有使自己的眼淚流落下來，原先編排的見到母親時的種種情景早拋到了腦後。她木然地站在這間十多年前來條山時第一次落腳、而今顯得昏暗而狹小的屋子裏，一時不知道該說什麼該做什麼。

媽媽一邊擦著眼淚一邊向她訴說：「也不知道哪輩子遭了孽，讓大難落在了咱的頭上，今天抓，明天抄，弄得雞狗不寧。說你爸爸反對這個，反對那個，莫非他瘋了？一家人過得好好的，他反對那些幹啥？」

李秀娟此時才想到要寬慰媽媽幾句，她說：「沒啥，我們在北京看到那麼多大幹部大名人都被貼了大字報，爸爸受點衝擊也沒什麼了不起。肚子裏沒病死不了人，別人不瞭解，你還不瞭解爸爸？過不了幾天他就沒事了。」

「過不了幾天？可現在過一天覺得比一年都長。前些天召開了一個批鬥大會，聽說把他折騰得夠嗆，是死是活也沒個音訊。你們學校是怎麼折騰老師的你不知道？折騰你爸只會比老師們更凶。想想都讓人害怕。」

李秀娟說：「明天我就去學校，是什麼情況問一下也就清楚了。」

聽了女兒的話，蘭花心裏得到了很大安慰。

王德貴王大娘都過來看李秀娟，王德貴見了李秀娟不說別的，先破口大罵起來：「這是什麼世道？幾個學生娃娃貼幾張大字報就把縣委書記貼倒了？舊社會誰敢這樣對待縣官大老爺？新社會當官的不能欺壓老百姓，可老百姓也不能隨便這樣整治當官的呀？」

王大娘嗔了王大伯一眼，說：「深更半夜的，你嚷嚷什麼？文化革命也不是學生娃娃們搞起來的，毛主席讓這樣搞，總有人家的道理。你兒子不也被揪出來批鬥了？你能止得住嗎？」

王德貴不服氣地說：「我就不信，毛主席讓他們砸寺廟打老師啦？毛主席讓他們給老李戴高帽子啦？毛主席讓他們把縣委書記的家屬從家裏趕出來啦？毛主席……」王德貴的話比以前多了，舌頭也比以前靈活了。

王大娘打斷他的話，說：「行啦行啦，究竟讓沒讓，咱一個窮老百姓知道個啥？娟子剛從外面回來，知道得比你多，你就別在這兒瞎嚷嚷啦。」

王德貴這才想起他們是來安慰李秀娟和她娘的，他把眼光移到李秀娟身上，說：「你早餓了吧，趕快吃點睡覺吧，我去那邊給你拿個饃來。」說完，扭身出了房門。

王大娘又一次勸蘭花說：「想開點吧，娟子她媽，人一輩子說不定會遇到什麼災呀難呀的。命裏註定的東西，躲是躲不過去的。我年輕的時候，跑鬼子，躲國民黨，蟲災水災旱災蝗災，吃糠咽菜，外出討飯，什麼罪沒受過。苦受盡了，好日子也就來了。舊社會皇帝老子也少不了三災六難的，千萬別為這點事愁壞了身子，娟子回來了，有她在你身邊，你也不用那麼擔驚受怕了。」

蘭花一邊聽一邊頻頻點頭。李秀娟吃了些東西，就在炕上躺下了。幾天來，她多麼想美美地睡一覺啊！她曾經發誓，一旦躺下，就索性睡它三天三夜不起來，把這些天缺的覺全補回來。可是，她這會兒怎麼能睡得著呢？她的心靈從來沒有承受過這麼大的打擊，她也從來沒有經歷過這樣突如其來的巨大變化，她的頭腦也沒有應付這樣一種局面的思想準備。面對這種情況，她該怎麼辦呢？李秀娟啊李秀娟，你去過北京，見過毛主席，跑了那麼多地方，經過那麼多場面，面對條山縣的文化大革命，面對父親的揪鬥和抄家，你該怎麼辦呢？

這還真是一道難題。

李秀娟迷迷糊糊地進入了夢鄉。

二十九

第二天，李秀娟急不可耐地到學校去了。她是條山中學的學生，怎麼能不掛念學校呢？學校給過她那麼多歡樂、希望、追求和幻想，她在那裏度過了從初中到高中的六年時光。這是生機勃勃、青春似火的六年，這是由稚嫩走向成熟的六年，這是貪婪吸收知識瓊漿的六年，這也是塑造個性人格的六年。那裏有著她的同學和朋友，只有到那裏，心裏才覺得踏實，才可以瞭解到全縣文化大革命的最新形勢。在去學校的路上，她深切感受到自己如同一隻遠飛的倦鳥，學校才是她要歸的巢。縣委家屬院那個家已回不去了，現在母親所待的家，只不過是她臨時歇息的地方。

跨進校門，發現學校同她串聯前已大不相同了。校園中心的大字報席棚東倒西歪地站在那裏，失卻了往日的紅火與熱鬧，上面的大字報被風撕扯得破破爛爛，寒風中，那些殘留的紙條像經幡一樣在飄來擺去；磚牆上，當時刷的大標語已黯然失色，雨水把墨汁順牆沖了下來，像一道道擦不乾的淚跡。大多數同學搬到縣委和縣政府去住了，校園裏顯得清靜冷落，顯得了無生氣。

由於大家都把注意力集中在縣裏的當權派身上，文革初期被揪出的學校裏的牛鬼蛇神們此時卻顯得悠閒而懶散。他們有的悄悄躲在自己的屋子裏不知道幹些什麼，有的在忙著自己的一日三餐。他們像一夥被遺忘了的人，活得疑慮重重又小心翼翼。

李秀娟遠遠地看見了喬嵐，她用一條絳色的方圍巾對角疊起包在頭上，前面露出了一縷花白的頭髮，她的身上穿著和農村婦女一樣的棉衣棉褲，從背影看和一個農村的老大娘沒什麼兩樣。她的手裏拿著幾根蔥，大概開始準備自己的午飯。

喬嵐的神情輕鬆而愉快，臉上增添了不少紅暈，比挨鬥那時候好看多了；剪掉的頭髮也長長了，她用髮夾把它別在耳後，顯得很有精神。李秀娟本來想躲過她，誰知喬嵐一眼瞥見了她，老遠就和她打起了招呼：「秀娟，好長時間不見了，你都到哪裏去了？」

看神情，聽口氣，她完全忘記了李秀娟的大字報，忘記了李秀娟那狠狠地一巴掌。李秀娟被喬嵐那滿臉的笑容弄得渾身不自在，不知她在奸笑冷笑還是譏笑嘲笑。既然躲不過去，她只好冷冰冰地答道：「串聯去了。」

「跑了不少地方吧？」喬嵐接著又問。

「嗯。」李秀娟從鼻子裏輕輕哼了一聲。

「爸爸媽媽還好嗎？」喬嵐自從被打成牛鬼蛇神後，和外面極少來往，她不知道學生們每天都在忙些什麼，也不知道李秀娟的爸爸正在打倒之列。

李秀娟的心像被刀子刺了一下，她警惕地看了一眼喬嵐，想：這是什麼意思？這分明是在譏諷我，挖苦我。意思是：當初你貼我大字報，扇我耳光子，可你極力表現，也變成了黑幫子女，下場比我好不到哪裏去。你等於自己扇了自己的耳光子。

李秀娟的心裏本來就憂愁煩躁，此時更躥起憤怒的火苗，心想：好你個牛鬼蛇神！你有什麼資格嘲笑我？我好歹是新中國哺育成長起來的年輕一代，是毛主席接見過的革命小將，你呢？資產階級的臭小姐，舊社會遺留下來的封建餘孽，現行反革命分子。想到這裏，她毫不客氣地回答：「好不好管你什麼事？」

「隨便問問，隨便問問。」喬嵐像做錯了事的孩子似的慌忙解釋說。接著她又問：「今天到學校有什麼事？」

「有事還要告訴你嗎？」

喬嵐這一段太孤單太寂寞了，總想找人說說話。即使李秀娟這樣噎她，她還不識趣，就在李秀娟扭身就要走開的時候，她又說了一句：「沒事，到我的屋裏坐坐。」

李秀娟站住了，她扭回頭，兩眼像錐子似地直刺在喬嵐的臉上，似乎要看透她的五臟六腑：你拉什麼近乎？你把我當成什麼人了，我的處境再差，還不至於和你是同一類吧。你這個陰險狡猾的傢伙，你想瓦解革命隊伍壯大反革命陣營，呸！你算瞎了狗眼！她昂起頭，挺起胸，以一副居高臨下的氣勢說：「你看錯人了！」說完，她毅然扭過頭，像個打了勝仗的將軍，踏著有力的步子蹬蹬蹬地走開了。喬嵐像一截木頭似的栽在那裏，目送著這個原本是苗條多姿、秀美婀娜的身影。

李秀娟走到自己的教室裏看了看，只見教室裏的桌椅都堆放在了後面的一個牆角裏，窗上的玻璃大都被打碎了，不知誰的《高考物理複習題解》、《代數百題多解法》、《自學化學的鑰匙》等參考書凌亂地扔在了地上，並被踩得亂七八糟。教室的黑板上畫了個神氣活現的孫大聖，正提著金箍棒，騰雲駕霧，追尋那些妖魔鬼怪。旁邊寫著毛主席的兩句詩：「金猴奮起千鈞棒，玉宇澄清萬里埃。」看到這種情況，她突然想到了這樣一句話：「華北之大，放不下一張平靜的書桌。」現在是中國之大，放不下一張平靜的書桌了。

劉小妹正要去縣城，卻在宿舍門口撞見了李秀娟。她也沒有睡夠，眼圈有點發黑，眼球上布著不少血絲。昨天晚上，她在宿舍裏對全縣的文化大革命已做了個大概的瞭解：工作組被攆走了，紅衛兵組織解散了，學生分成了兩大派，各派都爭先恐後把鬥爭的矛頭指向縣裏的當權派。其中，以宋淑華、張永豪為首的紅革司一派住進了縣政府，以王闖、衛東彪為首的紅總司一派住進縣委會。兩派都自稱是響噹噹的造反派，都視對方為保皇派，他們互相攻訐，不共戴天，把條山縣攪了個天昏地暗。劉小妹問李秀娟：「我們遲回來幾天，形勢就發生了這麼大的變化。下一步咱們該怎麼辦？」

李秀娟說：「我也不知道，還是先瞭解一下情況再說。」

說話間，她們看見許志傑攙老伴從她們面前走過。許志傑戴著個鴨舌帽，穿了件中式棉衣，臉上還是一副睥睨一切的神情。學校在鬥許志傑的時候，他從來沒有低頭認過罪，自始至終都是一副桀傲不馴的樣子。他的老伴比他小十幾歲，那時她雖然沒有挨鬥但卻怕得要死，曾經提出要和許志傑離婚。這會兒，雖然對許志傑的罪行還沒做出最後結論，但風暴眼已不在他身上，兩個人也不談離婚的事兒了。沒人顧及他們了，他們都從菜園子的牛棚裏回了家。而今菜園子裏也沒什麼活可幹，他們就可以悠然地在學校散步了。李秀娟見他們悠閒自得的樣子，竟生出了些許的羨慕之情。

「咱們一塊到縣政府找宋淑華吧。」劉小妹的提議正合李秀娟的心思。此時，除了找她的好朋友宋淑華，她還能再找誰呢。

到了縣政府大院裏，兩個人還沒進門，宋淑華先從窗玻璃裏面發現了她們，她飛也似地跑出來，一支胳膊摟住一個人的脖子，雙腳在地上蹦了幾下，說：「你們幾個走得最晚，回得也最晚，我還以為你們跑丟了呢。都跑了哪些地方？」

劉小妹告訴了她，她說：「我們先出去的倒沒有你們跑的地方多。怎麼樣，回來加入我們組織吧。王闖他們的紅總司都是些什麼人！」

李秀娟說：「我們剛回來，還是先休息幾天吧。」

宋淑華說：「也好，先休息幾天。我這些天早盼你們回來呢。我們準備組織一個文藝宣傳隊，你們可是必不可少的成員。咱們好好彩排幾個節目，在縣城演，到鄉下演，把咱們這一派的聲勢打出去，把他們那一派的氣焰壓下去！」

李秀娟還沒表態，宋淑華儼然就把她當成了自己組織中的一員。

前次召開批判李、劉、姚大會，紅總司就憑那麼個不成樣子的活報劇，竟吸引了那麼多人的視線。這給了他們一個很大的啟發：組織自己的文藝宣傳隊，排練比他們好得多的節目，在輿論上形成強勢，搶佔上風。

劉小妹說：「這沒問題，這沒問題。」

宋淑華領她們兩個到了司令部辦公室。這裏原來是縣政府的一個會議室，中間有幾張大桌子拼在一起，上面鋪著暗紅色的塑膠布，桌子的周圍放著一圈椅子，靠牆處擺放著幾張沙發。張永豪、馮建國、展紅旗，還有校宣傳隊拉二胡的孫大個等一干人都在那兒忙碌著。孫大個朝她倆點點頭，說：「總算把你們等回來了。」馮建國在忙著他的〈條山風雷〉。馮建國畫畫得好，字也寫得漂亮，他刻鋼板油印出的小報可以和鉛印的報紙媲美。當初他和展紅旗成立「紅旗兵團」，就是憑著這份小報凝聚了不少人氣。現在，這份小報成了紅革司的重要宣傳工具和喉舌。只是農民們不習慣看小報看傳單，相比之下，他們更喜歡看聲情並茂的文娛節目。

看到大家都在忙碌，李秀娟感覺自己如同學校牛鬼蛇神一樣的閒人。這個聯想使她心生酸楚。以前，因為她的出身，她的長相，她在校宣傳隊的名氣，她在各方面的良好表現，使她在很多時候自視甚高，自我感覺良好。現在，看著同學們興奮的表情、昂揚的士氣、匆匆的腳步、熱烈的談吐，她遽然產生出一種強烈的自卑。這種心理變化多半是因為她的爸爸。過去，他是她的驕傲，現在卻成了她沉重的精神負擔。她不敢提她的爸爸，也生怕別人提他。但是，既然你身在條山，又處在文化大革命中，怎麼能繞得過李國臣這個名字呢？

她和劉小妹剛從辦公室出來，就聽見張永豪叫住宋淑華，問：「你是不是想拉李秀娟參加我們的組織？」

宋淑華說：「是的。我們要組織文藝宣傳隊，少了她是不行的。」

張永豪說：「本來，紅總司就罵我們是保皇派，她參加了我們的組織，這不更給了他們個把柄？」

宋淑華說：「李秀娟是我的朋友，我瞭解她，她的加入是不會讓我們這個組織聲譽受損的。當初喬嵐對她好不好？她不照樣積極揭發喬嵐，而且摑了她一巴掌？革命不革命要看實際行動，管他紅總司說什麼！」

張永豪說：「我還是希望你慎重考慮一下，不要讓她一個人連累了我們。」

宋淑華說：「哪有那麼嚴重？即使她爸是走資派，還不讓她革命了？那句『老子英雄兒好漢，老子反動兒混蛋』的口號，不是改成『老子英雄兒接班，老子反動兒造反』了嗎？」

張永豪不言語了。紅革司是宋淑華與他一塊兒搞起來的，他不能不尊重宋淑華的意見。想當初他成立「全無敵」的時候，王闖和衛東彪就不斷攻擊他，說他當初是學生會主席，是學校走資派的紅人，是修正主義的黑苗子，鬥爭學校牛鬼蛇神時他一點也不積極。如今搖身一變，卻要當革命造反派。這樣的人，只是投機革命而已。既然自己這個當頭頭的都被人非議，為什麼要那麼在意李秀娟加入帶來的影響？現在的造反組織不像當初的紅衛兵，把門檻設那麼高，把很多學生拒之門外。各派都在起勁地拉隊伍，擴充兵馬，哪有關門拒人的造反司令？只是李秀娟太特殊了，她不同於一般的人啊！

李秀娟此時非常敏感，她知道裏面的談話內容是針對自己的，於是就站在門外聽。聽了兩個人的對話，她拉著劉小妹的手，匆匆離開了這裏。

「秀娟，你回來！」宋淑華看著即將遠去的李秀娟，朝她高聲喊叫。

李秀娟權當沒有聽見，只顧往外走。她覺得，淚水就要從自己的眼眶裏流出來了。自上學之後，她一直都在追求進步，一心都在嚮往革命，她時刻都在聽黨的話，她對毛主席無限崇拜，無限熱愛。

難道忠心耿耿，竭力表現，到頭來卻投靠無門以至於到了像垃圾一樣被拋棄的地步？難道一個充滿革命激情的人卻要被無情剔除到革命隊伍之外？這對她來說是無論無何也想不通的。過去，那麼多人仰視著自己，而現在，卻有人嫌棄自己鄙視自己，這叫她怎麼能夠接受呢？到北京見到了毛主席，她受了那麼大鼓舞，決心回來按照他老人家的教誨，和大夥兒一起，好好幹出點令人矚目、受人稱讚的革命壯舉，可誰知而今有沒有參加文化革命的份兒都成了問題。

宋淑華攙上了她，拉著她的胳膊，說：「秀娟，不管別人說什麼，我們這個組織是永遠對你敞開大門的，你先休息兩天，然後就到我們這裏一塊幹吧。有我在，別人是不敢小瞧你的！」

李秀娟點了點頭，回家去了。

三十

李秀娟回到家裏，只見媽媽彎著腰，捂著胸口，正在艱難地向一個罐頭瓶裏吐著什麼。她一聲接一聲地咳著，每咳一聲都要使出全身的力氣。李秀娟忙走過去給媽媽輕輕捶著背，媽媽也顧不上看她一眼，只顧一個勁地咳著。她俯身朝瓶子裏看了一眼，只見媽媽吐出的痰液裏帶著不少血絲，她吃驚地問：「媽媽，你咳血了？」

蘭花直起腰，用手背抹了抹嘴唇，無力地說：「不礙事，這一段總是這樣，咳了就好受了。」說著，又彎下腰咳了起來。

又吐了幾口痰，蘭花倚在被垛上輕輕喘著氣，過了好一會兒，她才吃力地對李秀娟說：「娟子，以後，你就別去學校了。你看我這身體……咳……咳……」

李秀娟又忙著給媽媽捶著背，說：「好，你放心，以後我就陪著你。」

蘭花頭枕在被垛上閉著眼休息，李秀娟剝了只桔子遞了過去，她睜眼看了看，搖了搖頭。李秀娟又倒了杯水放在媽媽的身旁。

李秀娟捅開爐子準備做中午飯。淡藍色的火苗舔著鍋底，鍋裏的水絲絲響了起來。李秀娟坐在爐前，望著跳躍的火苗沉思默想：我從此就待在家裏與鍋灶為伍？這好比一個正在百米賽跑的人突然被絆了一下，重重地摔倒在地上，一下子很難爬得起來。即使爬起來再跑，能跑到別人的前面？爸爸成了走資派，自己老老實實當個狗崽子，從今以後，兩耳不聞窗外事，見人低眉順目，諂笑討好？這樣的前景令人不寒而慄，是自己不敢想像不願見到的。

鍋裏的水開了，她想給媽媽荷包兩個雞蛋。可家裏空蕩蕩的，什麼也沒有，她只好求助於王大娘。王大娘給她拿來了雞蛋，並幫她做好了午飯。

吃完飯，蘭花又對她說：「你不要老在家裏陪我，先看看你爸爸究竟怎麼啦。」

從媽媽前後自相矛盾的話語中，李秀娟悟出，媽媽的病根其實在這裏，她時刻牽掛著丈夫的災禍與安危。她決定到大街上看一看大字報，再找幾個要好的同學問一問，看爸爸究竟犯了多大的罪，他會不會被徹底打倒，現在的處境究竟是個什麼樣子。她想盡可能多瞭解些情況，然後把這些情況及時告訴媽媽。假如爸爸的處境不那麼險惡，母親就能得到些安慰，身體和精神也會好一些。

第二天她到街上看了看大字報，大字報的題目都很嚇人。有的是打倒李國臣，有的是炮轟李國臣，有的要油炸李國臣，有的要把李國臣打倒在地，再踩上一隻腳，叫他永世不得翻身。

大字報既有紅總司的，也有紅革司的。看大字報的內容，有說李國臣對抗文化大革命，派工作組壓制學生運動；有說他阻止革命大串聯，阻止革命小將去北京見偉大領袖毛主席；有說他過去是彭德懷的部下，廬山會議後同情彭德懷，為彭德懷喊冤叫屈，是彭德懷反黨集團的一個馬前卒；有說他贊成劉少奇的「三自一包」，在條山縣賣力推行劉少奇的反革命修正主義路線；有說他是「人民幸福黨」的炮製者，和公安局長黃一清一起向貧下中農實行專政……

縣委機關成立了一個以胡念文為首的「千鈞棒」造反組織，他們翻出李國臣在各種會議上的講話，尋章摘句，逐條逐段進行批判，以無可辯駁的事實，證明他是劉少奇在條山縣的忠實走狗。

李秀娟越看心裏越有一種恐懼感，她沒想到，整天忙忙碌碌很少和她進行思想交流的爸爸竟然背負這麼多罪名，那些「倒行逆施」，稍稍上綱上線，就會把他置之死地。處在文化大革命的漩渦中，滔天大浪排山倒海，一旦把你吞噬就很難全著身子掙扎出來。牆倒眾人推，眼下造反派要打倒誰，誰就只能束手就擒。辯解、抗爭不僅無濟於事，且只能加重罪責，倒得更為徹底。爸爸要被徹底打倒，看來已成為無可挽回的既成事實，現在只能接受這種事實，適應這種事實，在這種事實下保全她們母女二人，不能讓巨浪把一家人都捲走吞噬。自己才十九歲，生命的航船才剛剛啟程，以後的路還很長很長，在接下來的漫長歲月中，不能總在人們歧視的眼光下，背著「狗崽子」的名聲，苟活在這個世界上。

文革開始後她一直想證明自己，想表現自己，雖然最終也沒能證明自己是多麼傑出多麼革命，但總不能讓自己以前的所有努力化為烏有，總不能給同學們留下這樣一個印象：李秀娟以前的表現都是假的，她揭發喬嵐、抽喬嵐的嘴巴都是給別人看的，一旦革命革到她老子頭上，她就成了縮頭烏龜。

李秀娟正在街上看大字報，忽聽背後有人叫她，扭頭一看，原來是衛崇儒。

李秀娟問：「串聯回來你跑哪裏去了？」

衛崇儒說：「回家待了兩天。」

看著李秀娟滿臉沮喪的神色，他問：「怎麼樣，打擊不小吧。」

李秀娟沒有回答。

衛崇儒又問：「你相信這些大字報的內容嗎？」

李秀娟還是沒有回答。

衛崇儒說：「咱們找個人少的地方說幾句話。」

要在以前，李秀娟是絕對不會聽從衛崇儒這樣擺佈的，這會兒她卻不由自主地跟著衛崇儒走到一個僻靜的角落。

衛崇儒說：「這次出去串聯，倒使我想了好多問題。國家主席要打倒，老帥們大多要打倒，各省、各地區、各縣的一把手要打倒，甚至學校、廠礦、生產隊掌權的頭頭們都要打倒。這就使我疑惑了。我們的國家畢竟沒有變色，毛主席的革命路線始終占主導地位，如果這麼多人都執行了資產階級反動路線，都反對毛主席，這可能嗎？按我的想法，打倒的人越多，這裏面的問題就越大，越說明這些被打倒的人不可能都倒，包括你爸爸在內。你不要看那些標語口號挺嚇人，光扣大帽子沒有事實是不能說明問題的。不信，咱們走著瞧。」

李秀娟覺得衛崇儒的話有些道理。可這些話是絕對不能拿到桌面上去的，這是對文化大革命的一種懷疑和否定，是有嚴重問題的反動言論。這些話絕對不能讓別人聽到，否則，將會引來災禍。李秀娟往左右看了看，跟前沒有人聽他們說活，她說：「可是，當大家眾口一詞要打倒某一個人的時候，誰敢逆潮流而動，站在大多數人的對立面？有本事你跳出來喊一聲：反對打倒劉少奇！想想那將會是個什麼樣的後果？」

衛崇儒說：「真理往往在少數人手裏。我雖然沒有膽量站在多數人的對立面，形勢也不容許我陳述自己的觀點，起碼我可以保持沉默。等這個勢頭過去，容許人表達不同意見的時候，我會設法把自己的一些想法說出來。」

李秀娟問：「你知道這個勢頭什麼時候會過去？如果始終沒有表達的機會呢？」

這個問題把衛崇儒也問住了。他一時答不上來。過一了會兒，衛崇儒說：「反正我有好多問題想不明白，好比做數學題一樣，既然想不明白，那就不能隨便得出一個答案。能參加大串聯，對我來說，已經是最高的賞賜，按說，回來後我要以十二分的狂熱跟著造反派喊口號，可是，我心裏清楚，沒有哪一派會真誠歡迎我。何況我心裏好多事想不明白，我的行動不能悖逆自己的內心，這樣，只好作逍遙派了。」

李秀娟說：「你可以採取這種態度，可是，我行嗎？」

衛崇儒說：「沒有人強迫你非得怎麼樣呀。」

李秀娟說：「是沒人強迫。我如果像你那樣逍遙，那就要永遠忍受別人鄙視的目光，永遠成為一個打入另冊的下等公民，我的處境會比你慘得多！」

衛崇儒看得出，李秀娟思想上的包袱要比自己重得多。看著她略顯憔悴的面龐，看著她那可憐兮兮的神情，衛崇儒內心對她深表同情。他甚至產生了一種很壞的想法：多虧了文化大革命。如果不是文化大革命，他能和她結伴串聯嗎？他能和她站在這兒推心置腹說心裏話嗎？她曾經是一個驕傲的公主，一隻飛在高空的白天鵝，自己心裏一直追她念她想她，可她實在是太高不可攀了，他們之間的出身和地位太不平等了。現在，她的爸爸成了黑幫，她心中的優越感頃刻化為烏有。他們之間可以平等地對話了。

這個時候，他覺得他的內心還是一直喜歡著李秀娟的，只是，在這樣的環境、這樣的形勢之下，這種喜歡是不能表達也不允許表達的。假如再冒冒失失向她表達出來，會把她嚇得又一次遠離自己。他覺得他們現在這種同學關係和心理距離就很好。他抑制住自己心中湧出的那一絲愛憐，把它藏在內心很深很深的一個角落。

三十一

吃晚飯的時候，劉小妹找到了李秀娟家裏，對她說：「淑華姐讓我叫你哩。」

李秀娟說：「我媽這幾天身體不好，跟前也沒人照顧，暫時還離不開。」

劉小妹看著躺在被垛上的蘭花，問：「阿姨，你的身體好些了沒有？」

蘭花有氣無力地說：「好些了。」剛說完，就開始咳了起來，李秀娟趕快把罐頭瓶遞過去，讓媽媽把痰吐在裏面。吐完痰，李秀娟告訴小妹：「昨晚可嚇人呢，媽的臉色煞白，一時上不來氣兒，我趕快把房東大伯大娘叫過來，他們又是掐人中，又是揉胸口，折騰了好大一陣子，媽媽才緩過氣來。」

劉小妹問：「為什麼不送醫院呢？」

李秀娟說：「這還用問？『全縣最大走資派的臭婆娘』，醫院拒絕接收她。再說，爸爸的工資也停發了，治病也沒有錢啊。」

李秀娟說那「臭婆娘」三個字時，對著劉小妹的耳朵，且竭力壓低聲音，不讓媽媽聽到，怕她心裏受刺激。

劉小妹跟著李秀娟長歎了一聲。她說：「咱們串聯時還高高興興的，誰知回來卻變成了這樣！」看李秀娟確實離不開，就悄悄對她說：「我回去告訴一下淑華，就說你暫時還離不開，等你媽病好些了再去。」

李秀娟看了媽媽一眼，然後點了點頭。

李秀娟送劉小妹出門時，小妹壓低聲音對她說：「我已經打聽出來了，縣委的造反派把你爸關在一個庫房裏，現在他的腿傷好多了，但他們不放他出去，說是怕發生什麼意外。」

李秀娟上街為母親買藥，看到王闖正領著一夥人在張貼揭發李國臣的大字報，大字報的題目是〈十揭李國臣的反革命修正主義罪行〉。大字報有幾十張，把一條街快貼滿了，一家商店的櫥窗也被糊得嚴嚴實實，「李國臣」三個字被倒寫著，上面用紅筆劃著重重的×，王闖的手上粘著糨糊，臉上沾著墨汁，正在緊張忙碌地指揮著，張羅著。

李秀娟瞥了一眼大字報的標題就不敢再往下看了，她怕那些「鐵證如山」、「不容抵賴」、「罪責難逃」、「死有餘辜」的字眼，她還怕別人認出她就是李國臣的女兒。特別是王闖一旦發現了她，她不知道該怎麼和他面對。

學生們最先貼出打倒李國臣的標語時，縣裏的幹部們幾乎沒有一個人回應，經過一段時間的觀望和彷徨，幹部隊伍終於發生了動盪和分化。有人出於各種目的，貼出嚴正聲明，表示要堅決和舊縣委及李國臣劃清界限，支持革命小將的造反行動。其中有的傾向於紅革司，有的傾向於紅總司。有的雖然沒有公開貼出這樣那樣的聲明，但卻躲在幕後出謀獻策，為造反派提供打倒李國臣的炮彈。王闖他們的大字報大都是在這些人的參與下炮製的。

街上看大字報的人很多，她隱在人群中間，誰也沒有注意到她。她看到王闖張著嘴在不停吆喝著，顯示著造反派「司令」的威儀和尊嚴。她能想像出王闖此時心中的得意與躊躇滿志，他們今天又發射出一枚重型炸彈，他對這顆炸彈的殺傷力充滿著自信。

李秀娟悄悄離開了人群，在街上尋找藥店。

縣城的北邊有一家國營藥店，李秀娟曾經在這裏買過藥。她走進去，首先看到一面牆全是裝中藥的小抽屜，一個人正爬在櫃檯上，眼睛看著窗外。李秀娟覺得，文化大革命，到處鬧哄哄的，這裏倒顯得清靜。她上前問有沒有治咳嗽的藥，那人站起身，問她是什麼引起的咳嗽。李秀娟也說不出個所以然，只能把症狀向他細說了一遍。

那人想了想，說：「可能是肺病，光吃止咳藥解決不了根本問題，最好還是住院治療一下。」

李秀娟不敢說出媽媽的身分背景，只說：「解決不了根本問題，能臨時起點作用也行。」

那人想了想，就給她開了一些藥片，李秀娟交過錢，拿了藥，就又來到了大街上。

李秀娟循原路往回返，快到〈十揭李國臣的反革命修正主義罪行〉那張大字報時，她本來是想繞過去的，看到那裏鬧哄哄的，又是叫，又是喊，不由得就站在不遠處觀看。

原來，紅總司貼出那張大字報不久，紅革司的一班人馬就抱著一捆大字報出來了，他們大字報的題目是〈徹底清算劉俊卿的反革命罪行〉，他們在大街上尋找張貼的醒目位置，尋來尋去，就尋到紅總司剛張貼出的大字報前。他們的大字報太長，空餘的地方貼不下，看著紅總司的人馬都已離去，就把一部分大字報覆蓋在紅總司那張大字報上面。

紅總司的人馬剛撤離不久，聽說自己剛貼出的大字報被覆蓋了，王闖立馬叫了一幫人來興師問罪。兩派一接觸，免不了就有一場爭吵斥罵。

兩派之間的分歧和裂痕越來越深。宋淑華和王闖本來就不是一類學生，當初為去北京串聯，兩個人就互相爭鬥，心存忌恨。之後圍繞工作組他們又意見相左，針鋒相對，都想掐死或貶低對方而彰顯自己。待到他們各自扯起旗子，拉起隊伍，更像兩隻鬥架的公雞一樣時不時地要猛掐一陣。

文化革命給每個人提供了充分表演的機會，誰肯輕易認輸？紅革司把這一段的主攻方向放在劉俊卿身上，因為劉俊卿出身地主家庭，他的父親在土改中曾遭到鎮壓，解放後，他給父親修墳並隆重祭奠，為此受到過嚴厲處分。他也參與過「人民幸福黨」的立案和偵破，這個案件充分顯示了地主階級對貧下中農的反攻倒算和瘋狂報復。

紅總司對劉俊卿視而不見，從來沒有做過任何揭發和批判，紅革司據此攻擊他們包庇和保護劉俊卿，是不折不扣的保皇派。而紅總司這一段把主攻方向放在李國臣身上，他們認為，李國臣是縣裏的一把手，縣裏發生的一切違背毛主席革命路線的錯誤都應該歸到他的賬上，把矛頭對準劉俊卿，分明是轉移鬥爭大方向，是要為李國臣開脫，所以，他們認定紅革司是保皇派，和紅革司勢不兩立。

他們互相抓對方的小辮子，互相罵對方是保皇派，都自稱是最忠於毛主席的革命造反派，是最堅強的捍衛毛澤東思想的革命闖將。本來就水火難容，今天又遇到這樣的事兒，雙方豈肯善罷甘休？

王闖領一撥人馬來到大街，看到自己剛貼的大字報還沒有被完全被覆蓋，只是覆蓋了前面的幾張。王闖也不說話，徑直走上前去，「嘶啦」一聲，就把紅革司的大字報撕了下去。

紅革司大字報的結尾，覆蓋了紅總司大字報的開頭。紅總司的大字報沒有了開頭，後面就看不大明白了，人們會以為那全是紅革司的大字報。

紅革司看到王闖這麼蠻橫，他們也不示弱，一把揪住王闖的衣領問他要幹什麼？

王闖氣咻咻地說：「幹什麼？你們長眼睛沒有，看沒看到你們的大字報貼在哪裏？」

這時，宋淑華站了出來，叉著腰，說：「貼在哪裏？總沒有貼在你家的牆上吧？」

宋淑華說完，指揮紅革司的人，說：「撕！他敢撕咱的大字報，咱也把他的大字報全部撕掉！」

紅革司的人不由分說，就把紅總司的大字報全都撕了下來。

那張〈十揭李國臣的反革命修正主義罪行〉的大字報貼出不到一個小時就粉身碎骨了，王闖苦心炮製的這枚重型炸彈根本沒有發揮出應有的殺傷力。

王闖氣極，上去抓住一個撕大字報的人就給了一拳。紅革司的人多，他們手裏還拿著墨汁瓶、糨糊桶和笤帚，只見一個人將墨汁瓶朝王闖的臉上澆了過去，王闖用袖子一抹，臉面頓時成了黑臉李逵。

街上圍觀的人越來越多，許多人看著王闖的怪模樣笑了起來。堂堂的紅總司司令，哪受得了這樣的污辱，他像一隻被激怒的蠻牛，那張黑臉直沖宋淑華的衣服蹭了過來，宋淑華急忙躲閃，身上也被蹭上了墨汁。

趁王闖站立不穩，紅革司那個手提糨糊桶的眼疾手快，將糨糊桶扣在了王闖的頭上。王闖眼睛被糨糊糊住，看不清楚，只是張開大嘴喊道：「紅總司的都給我上！揍死這些保皇派！」

紅總司和紅革司的人全都上了手，大街上頓時亂成一片，只見笤帚亂舞，磚塊土塊亂飛，行人都躲離在很遠的地方。戰鬥進行了半個多小時，雙方都筋疲力竭，開始且戰且退。

兩隊人一隊朝南走，喊著：「保皇派紅革司絕沒有好下場！」一隊朝北走，喊著：「紅總司破壞文化大革命必將自取滅亡！」喊完，雙方都唱著毛主席語錄歌「下定決心，不怕犧牲，排除萬難，去爭取勝利。」離開戰場。

李秀娟一直站在不遠處看著這場戰鬥的進行。她雖然沒有參與進來，但從內心講，她是同情宋淑華的。為什麼同情？她也說不清楚，也許她們本來就是好朋友，也許她從心底裏厭惡王闖，也許是因為王闖在揭發她父親而宋淑華撕掉了這張大字報，也許……不管怎麼說，如果讓她選擇參加他們其中的一派，她肯定是會選擇紅革司。

宋淑華來到李秀娟家裏。她不開口，李秀娟就知道她此行的目的。李秀娟把她引到院子裏，兩個人站在一棵高大的梧桐樹下，宋淑華迫不及待地開始了她的說服動員。她說：

「我們這一派在學生中占大多數，這說明人心的向背。他們那一派不僅人少，而且成份也烏七八糟。他們哪是搞文化大革命，純粹是為了個人目的興風作浪，投機革命。文化革命已經完全從學校走向社會，我們現在的目標是爭取群眾，壯大隊伍，壓垮紅總司，取得更多更大的發言權。怎麼爭取群眾？現在急需組織一個文藝宣傳隊，用歌舞和其他文藝形式宣傳我們的觀點，揭露走資派的種種罪行和保皇派的拙劣表演。文藝演出老百姓喜聞樂見，這比寫大字報、撒傳單有用得多！我們排一臺好節目，既可在縣城演，也可到各公社去演，這樣，很快就把廣大群眾爭取過來了。我們紅革司的聲勢壯大起來了，就能左右條山縣文化大革命的發展方向，保證毛主席的無產階級革命路線的貫徹執行。而排節目，你是少不了的重要角色。所以，你不要再待在家裏了，還是趕快出來吧。」

李秀娟說：「在北京受到毛主席的檢閱，我是下定決心要永遠緊跟他老人家，哪怕遇到再大困難，也要誓死將文化大革命進行到底。可一回到家，我爸爸就……我怕加入了你們的組織，給你們造成拖累和麻煩。」

宋淑華手一揮，說：「那有什麼，『老子革命兒接班，老子反動兒造反』，當初喬嵐對你那麼好，你還不照樣造了她的反，和她劃清了界限？對你爸爸，我相信你也能做到這一點。」

李秀娟說：「你不嫌棄我，這讓我非常感激。上次小妹來叫我的時候，我就對她說，媽媽身體不好，暫時離不開，今天你也見到了，這絕對不是托詞，不是不領你的一番好意。」

宋淑華說：「加入我們組織，又不是讓你離家出走，流血犧牲，即使兩派打架也不會讓你上手的。你的任務只是幫咱們排練些精彩的節目，這並不影響你回家照顧媽媽。」

李秀娟想了想，說：「那再等幾天吧，等媽媽身體稍好一點，我就去找你。」

宋淑華說：「咱們說定了，我等你！」

送走了宋淑華，李秀娟覺得有一種按捺不住的戰鬥激情像烈火一樣在心中熊熊燃燒。她發覺，這團烈火原本就不曾熄滅，只是遇到一瓢冷水澆得沒有往昔那麼熾熱旺盛，可風一吹，火苗立即又竄起來了。

文化大革命如火如荼，同學們正在譜寫著條山縣的歷史，面對這樣的滾滾洪流，她怎麼能像烏龜一樣蜷縮在家裏與幾個老人相伴呢？不管別人怎麼看，她可以剖開胸膛證明自己這顆心是紅的，是熱的，是永遠忠於毛主席的，是竭誠要在文化大革命中經歷風雨接受鍛煉的。

經過天南地北的大串聯，她覺得家庭這個天地實在太小了，太叫人憋悶了，她甚至有一種被囚禁的感覺。爸爸被囚禁是因為有罪，自己被囚禁又是為什麼呢？沒有人要囚禁自己，是自己把自己囚禁起來了呀。如同一頭活蹦亂跳的小鹿鑽進了獸籠，與其在這籠子裏悶死，倒不如痛痛快快在外面奔跑、撒歡，即使有一天撞死或被毒蛇猛獸咬死，也比這樣悶死強呀。

一種責任感、使命感在李秀娟的胸中升騰、奔湧，儘管遇到些挫折和打擊，但她心裏最為惦念的還是國家大事，還是文化大革命的最新發展。生逢其時地趕上了文化大革命，最最崇拜、熱愛和敬仰的毛主席對青年一代寄予厚望，她要經得起各種嚴峻考驗，要像一隻海燕一樣去搏擊風浪。

文化大革命必將永遠載入史冊，李秀娟在這個偉大史冊裏不能只留一片空白啊。

三十二

蘭花的病這幾天好了許多，她不但可以下床走動，還可以摸摸索索地下地幹些活了。這天，她蒸了一鍋白蘿卜餡兒的素包子，算是一次不小的改善生活。

下屜之後，她問李秀娟：「也不知道你爸爸現在關在哪裏，人家讓不讓他吃飽，能不能給他送幾個包子去？」

李秀娟噘著嘴說：「我整天又出不了門，我怎麼知道他關在哪裏？」

蘭花悽楚地笑了笑，說：「腿在你身上長著，我又沒有把它綁起來，我這些天身體好些了，你有空出去打聽打聽，看他餓著了沒有，凍著了沒有，還需要什麼東西。打倒不打倒都是淡事，反正咱們是從山溝裏出來的，大不了再回去當農民，只要身體少受些折磨就行。」

李秀娟說：「那我以後出去你不擔心了？」

蘭花說：「想出去就出去吧，把你圈在家裏也不是事兒，只是出去不要打呀罵呀的，女孩子家，身上也沒有多少力氣，見到那些場所你離得遠一些兒。」

李秀娟說：「你見我打過誰罵過誰嗎？」

蘭花說：「多囑咐幾句沒什麼壞處。」

李秀娟早在家裏待膩了，聽了媽媽的話，如同遇到大赦似的，心情格外輕鬆舒暢。她對媽媽說：「那我現在就出去啦。」蘭花點了點頭。李秀娟出了門，身不由己地就向紅革司總部走去。

宋淑華一見李秀娟，一把拉住她的手，說：「可把你盼來啦。怎麼樣，你媽媽身體好些了吧？」

李秀娟嗯了一聲。

宋淑華說：「他們正在排練節目哩，到那裏看看去吧。」

這裏原來是縣政府的一個小禮堂，現在被紅革司佔據，成了開會和排練節目的地方。李秀娟到了那裏，發現大部分都是原來校文娛宣傳隊的人：拉二胡的孫大個、敲鑼打鼓的龐世龍，跳舞的劉小妹，能說單口相聲的小胖子……大家見了她都很熱情，絲毫沒有把她當「狗崽子」看待，這讓她心裏湧起了一股熱流，有了一種強烈參與的渴望。宋淑華說：「怎麼樣，今天就和他們一塊排練吧？」

李秀娟說：「我先看一看。」

宋淑華說：「行，先看一看。」拉二胡的孫大個是宣傳隊的隊長，她向孫大個交待說：「今天李秀娟就算正式參加咱們組織了，也是咱們『毛澤東思想文藝宣傳隊』的一員了，你們以後要尊重她的意見，發揮她的特長，把節目排好，春節期間在全縣上演。」說完，她就回總部去了，留下李秀娟在這裏繼續看他們排演。

正在排演的是一個小合唱，她不知是誰編的詞兒：「文化革命掀高潮，條山揪出了李劉姚，革命群眾齊稱快，保皇派們氣得跳。毛主席革命路線放光芒，螳臂豈能把車擋，乘勝痛打落水狗，紅色江山萬年長……」

李秀娟靜靜地坐在那裏聽著，看著。此時，「李劉姚」似乎是一個完全與己無關的符號，從她臉上看不出任何不快與反感的情緒。

唱完後，孫大個對她說：「我只會拉二胡，對演出的動作設計不在行，秀娟，你給指導指導。」

李秀娟雖然覺得歌詞編得有些生硬，但她不便貿然修改歌詞，只是就動作給大家做了幾個造型。大家都覺得這幾個造型好，有氣勢，有力度，有表現力和感染力。

孫大個說：「看來還是要行家指導，不然我們瞎排半天，到時候站到臺上丟人現眼。」李秀娟受到了表揚，更加有了自信心，她也就毫無保留地參與到節目的排練當中。

李秀娟回到家裏，媽媽見她滿臉的興奮，以為見到了爸爸，問：「見到你爸爸了？」

李秀娟根本就沒有找爸爸。在這個時候，她避還避不及，怎麼能去主動找他呢？怎麼好意思向別人打聽爸爸的處境呢？別人如果問她：你找爸爸幹什麼？她將如何回答？看到媽媽期待的目光，她只好撒謊說：「問了幾個同學，他們啥也不知道。」

蘭花有點失望，說：「就這麼大個地方，能把一個大活人藏到哪裏？」

李秀娟安慰她說：「這個時候，凡是當官的，你就難逃走資派的命運；凡是走資派，你就要被打倒。我想，也就是喊一喊打倒唄，他們還能把人怎麼樣。」

蘭花說：「說得輕巧，那天鬥爭你爸的時候，你王大伯去看了，又是扭胳膊又是彎腰，頭上還戴著高帽子，一站幾個小時，年輕人都受不了，你爸那樣的年紀……」蘭花說著說著就擦起了眼睛。

李秀娟又安慰她說：「你放心，只要不把我悶在家裏，他的情況不用打聽也會知道得清清楚楚。」

前後有半個月時間，所有節目都排練完畢。節目的內容豐富多彩，有舞蹈、獨唱、快板、雙簧、單口相聲、小合唱等等。李秀娟在整個節目中擔任著領舞、領唱的重要角色。那天，紅革司的頭頭們看了他們的演出，一個個高興得合不攏嘴。宋淑華說：「咱們的節目一演出，肯定能引起轟動，這可比寫一千張大字報都管用。」他們安排了演出時間和路線，並派人到附近的農村張貼了文藝演出的海報。

紅革司宣傳隊在縣城演出那天，露天劇場裏人山人海。文化革命把才子佳人、帝王將相趕下了舞臺，僅有的幾個京劇樣板戲，這裏的百姓又不喜歡，人們沒有了文化娛樂活動，整日生活在文化饑渴中，學生們要演出節目，老百姓一百個歡迎。至於節目的內容是什麼，他們才不管那麼多。

舞臺上方懸掛著一條大大的橫幅：「紅革司毛澤東思想文藝宣傳隊演出晚會。」兩旁有兩幅大標語：「堅決打倒李劉姚，條山山河換新貌。」舞臺上有馮建國畫的各種佈景。

印有「紅革司」的紅旗插在劇場四周，紅革司戰士臂戴袖章，手擎毛主席畫像，像辦什麼喜事似的一個個神色喜悅，士氣高昂。劇場裏的氣氛顯得十分熱烈。

大幕拉開，司儀大聲宣佈：「紅革司毛澤東思想文藝宣傳隊演出開始。」臺下響起一片掌聲歡呼聲。

第一個節目是舞蹈，領舞的就是李秀娟。舞蹈的內容是歡呼文化大革命在條山取得偉大勝利。男女演員穿著綠軍裝，紮著武裝帶，一個個雄糾糾，氣昂昂，動作剛勁有力，灑脫整齊。大家做著不同的造型，顯示出革命小將敢想敢幹、無所畏俱、勇往直前、堅不可摧的英武之氣。結尾，由幾個男生把李秀娟高高托起，李秀娟右手握毛主席語錄平舉在胸，左手握拳向後，身體前傾，做出一個雕塑一樣的造型。這一造型在舞臺上靜止了大約五分鐘，隨著一陣熱烈的掌聲，演員們逐一退往後臺。

接著是初中女同學小胖子表演的單口相聲，內容是揪出李劉姚之後，保皇派們兔死狐悲、氣急敗壞的種種表現，這無疑是諷刺紅總司的。說到傷心處，演員的眼淚像兩股噴泉一樣噴射而出。小胖子事先準備了一個皮囊，在裏面裝滿了水，然後用兩根管子接到兩耳後面，經擠壓而產生出強烈的喜劇效果。小胖子很有些表演天賦，臺下立即像開了鍋一樣沸騰起來，有些小孩子們則爬上舞臺，想看看演員噴射眼淚的機關究竟在什麼地方。演出結束，又是一陣熱烈的掌聲。

接下來是聯唱，是將毛主席的一些語錄譜了曲，然後由一男一女聲情並茂地進行演唱：「馬克思主義的道理千條萬緒，歸根結底就是一句話：造反有理。」「凡是反動的東西，你不打，他就不倒，這也和掃地一樣，掃帚不到，灰塵照例不會自己跑掉。」「革命不是請客吃飯，不是作文章，不是繪畫繡花，革命是暴動，是一個階級推翻一個階級的暴烈行動。」「下定決心，不怕犧牲，排除萬難，去爭取勝利。」……學生演員的嗓音還有些稚嫩，但那種捨我其誰的自信，那種敢做敢為、改天換地的氣勢卻表現得淋漓盡致。

後面的節目一個接著一個，有個雙簧，是表現李國臣和公安局長黃一清如何沆瀣一氣，狼狽為奸，製造了驚天的「人民幸福黨」冤案，向貧下中農實行專政，妄圖實現反革命復辟，使條山縣重新回到萬惡的舊社會。

這個節目李秀娟沒有參與指導，一則她對這種滑稽性的節目不擅長，再則她對節目所表現的內容也不認同。爸爸難道就那麼壞麼？他和黃叔叔難道就那樣心狠手辣慘害眾生麼？他們的目的和動機是什麼？爸爸和黃叔叔都是貧苦出身，他們置身家性命於不顧，投身革命，轉戰南北，出生入死，終於在中國共產黨的領導下推翻了舊社會，建設了社會主義新中國，他們為什麼要復辟呢，為什麼要重新回到萬惡的舊社會呢？根本不可信也不可能嘛。但她無法、也不能阻止這個節目的排練。這樣的節目無論是排練還是演出，對她的心靈都是一種折磨。但她已學會了淡然面對，她平心靜氣地看著他們排練，看著他們演出，臉上看不出有什麼反感和不快，她努力把節目看成是在說一個與己無關的人和事。這是一種靈魂的修煉過程，她必須要過這一關。她不能像一隻孤雁躲在一隅發出一陣陣哀鳴。那沒有任何用處，也不會引起任何人的憐憫和同情。正是這種平靜，這種淡然，這種內心逐漸結出的老繭，使她贏得了同伴的信任，使她融入了這個集體，使大家排練時，不會因為她的在場而感到些許為難。

紅革司的演出大獲成功，紅革司因此而名聲大震。縣城附近的老百姓，人人爭說紅革司。宋淑華和張永豪等幾個頭頭們都有點得意忘形。紅總司感受到了自身影響的削弱，感受到了天平向對立派的傾斜，他們要想方設法制止紅革司影響的擴大，要狠下決心，儘快組織自己的毛澤東思想文藝宣傳隊。

三十三

紅總司的毛澤東思想文藝宣傳隊組建得有些艱難。學校文藝宣傳隊的骨幹大都被紅革司挖走了，加入紅總司的沒有幾個。搞文藝演出，不像寫幾張大字報那麼容易。要搞一臺觀眾叫好的節目，首先要有好的編創人才，編出節目後要有具有一定藝術素養的人進行排練，排練演出時要有樂器的配合，還要有像樣的舞美設計……王闖想到了縣劇團。

文化大革命開始後，縣劇團因演古裝戲被衝擊、解散，演職人員這會兒都不知流落到什麼地方去了。王闖讓莫俊才設法去找找這些人，找到後動員他們參加紅總司，讓他們配合革命形勢，搞好毛澤東思想的文藝宣傳。如果他們拒不配合，就以思想反動、拒絕改造為由，狠狠收拾整治他們。

宋淑華被演出的巨大成功所鼓舞，她急於擴大影響，要求宣傳隊不要滿足這些個節目，要跟據形勢的發展變化，不斷排練新的更為精彩的節目以吸引群眾；不但要在縣城演，還要深入到邊遠的公社、大隊去演。

各個公社、大隊陸續成立了五花八門的造反組織，互相對立的造反組織紛紛和縣裏的兩大組織建立聯繫，你若聲稱是紅革司派，他則必然聲稱是紅總司派。紅革司派的急於壯大聲勢，擴大隊伍，就派人和宋淑華他們聯繫，要宣傳隊到他們那裏演出一次。

這一段宣傳隊可真忙，今天這個公社，明天那個公社，令宋淑華有點應接不暇。有時一天內幾個公社、大隊的拖拉機、膠輪車來到縣城，要接宣傳隊去他們那裏演出。

李秀娟他們每天坐上拖拉機或膠輪車四處輾轉，看到舞臺下人們的鼓掌、歡呼、叫喊，她內心的落寞和憂傷暫時被淡忘到了一邊，有時甚至感到既興奮，又充實。

這天，許家屯請他們去演出，拖拉機就停在外面，宋淑華叫他們趕快召集人上車。宣傳隊長孫大個拿著他的二胡四處喊人。李秀娟最聽話，沒有演出的時候，她大部分時間都待在排練室裏。她把演出服疊好放到一個箱子裏，走到拖拉機前面。

宋淑華說：「把咱們的旗打上。」

李秀娟把紅革司的大旗取出來，在竹杆上繫牢，再綁在拖拉機的拖斗上。這時人也到齊了，他們都坐進了拖斗裏，拖拉機突突突一開，紅革司的大旗嘩啦啦地招展著，頗有一些張揚和炫耀的意味。

村子裏已搭好了戲臺，拖拉機開到戲臺跟前，演員們上了臺子，就趕緊化起妝來。只是臺下的觀眾不像往常演出時那麼多。李秀娟想，等他們化好妝，鑼鼓一響，臺下的人自然就多了。

鑼鼓響了起來，臺下的人果然多了一些。報幕員報完幕，李秀娟她們第一個舞蹈節目就踩著鼓點跳了起來。這時，見有一大群人向臺前擁，而且每個人手裏都拿著磚頭。村子裏露天演出，農民們往往搬著塊磚頭當板凳，他們也沒有在意。誰知這些人走到戲臺跟前，手裏的磚頭脫手而出，紛紛朝戲臺上砸來。

李秀娟她們一下子懵了，手腳僵在那裏不知所措。音樂聲嘎然而止，稍愣片刻，他們趕快用手護住腦袋，扭頭往臺後跑。一塊半截磚照直朝李秀娟飛了過來，劉小妹眼疾手快，趕緊把李秀娟往前一推，磚頭正巧砸在劉小妹的頭上，鮮血頓時就把她的衣服染紅了。龐世龍拿起一隻銅鑼當盾牌，跑上來保護李秀娟和劉小妹。磚頭、瓦片像冰雹似的往臺上落。宣傳隊員們紛紛跳下舞臺，朝後面的莊稼地裏面鑽。臺上沒有了演員，臺下的農民則互相廝打了起來，可能有人打破了腦袋，咳呀咳呀地叫喊著。

原來，這個村子也分成了勢不兩立的兩派，叫他們演出的是以民兵連長為首的紅革司派，他們在村子裏並不占多數。以下臺村支書為首的紅總司派是村裏的多數派。紅革司派把宣傳隊叫到村裏演出，鼓噪紅革司觀點，提升紅革司士氣，無疑使他們心裏不爽，當然要極力抵制。雖說村民們大都想在家門口看一場文娛演出，但觀點不同，再好的節目不對胃口他們也會反感。這就發生了剛才那樣的驚魂一幕。

臺下的戰鬥持續了大約有半個多小時，雙方偃旗息鼓，漸漸離去。李秀娟他們躲到莊稼地裏的一條壕溝裏，爬在那裏也不敢動彈。天黑得伸手不見五指，他們也分不清東西南北，不知道回去的路該怎麼走。農民們誰是哪一派他們更分不清，不敢輕舉妄動隨便找人，只能在暗夜裏硬等。

劉小妹頭上剛砸那一磚時只覺得有些麻，這會兒疼痛加劇，忍不住唉喲唉喲壓低聲音呻吟著。李秀娟把演出服撕開一條為她包紮了傷口。大夥兒圍攏過來不住地安慰著她，說等回到縣城，往傷口敷上藥，重新包紮一下，就會慢慢好了。

聽著劉小妹痛苦的呻吟，李秀娟疼在心裏。使她倍感愧疚的是，這一磚本來是該砸到自己頭上的，劉小妹卻代她承受了，這叫她如何感激回報？幸虧只是砸到了後腦，假如砸到了臉上，破了相，這將影響到小妹的一生。

李秀娟越想越覺得劉小妹心靈純潔高尚，越想越覺得戰友間情深誼長。殘酷的鬥爭現實更加激發了他們的鬥志，共同的理想和信念使他們更加緊密地抱成一團，他們互相幫助，互相體貼，互相鼓勵，互相關懷，像兄弟姐妹一樣同甘苦，共患難。在這樣一個集體之中，李秀娟愈覺靈魂有了歸依，內心充滿了暖意。她的戰鬥意志比以往更加堅定，對紅總司一派仇視比以往更加強烈。

過了一會兒，民兵連長找到了他們，在漆黑的夜幕裏對他們說：「沒事，我們叫來了鄰村的紅革司派，把他們狠狠地收拾了一頓，他們不敢再鬧騰了。你們是不是接著住下演？」

李秀娟他們驚魂未定，劉小妹還受著傷，還有幾個人身上挨了磚頭，這會兒還疼痛著，哪能再上去蹦跳。

孫大個說：「要不改天吧。下一次演出的時候，四面要做好警戒，不是咱們這一派的，就不要讓他們進來。」

民兵連長說：「這都怨我，原來想著他們不敢那樣搗亂的，他們之所以今天敢這樣大打出手，一定是受到縣裏紅總司的指使。」

李秀娟他們想想也是，紅革司毛澤東思想文藝宣傳隊在縣城演出大獲成功，紅總司對他們恨之入骨，尋機會打擊報復他們一下也在情理之中。

民兵連長叫來了拖拉機，把宣傳隊往縣城送。李秀娟一邊走一邊想，兩派矛盾越來越尖銳激烈，以後的磨擦會越來越多，再演出時可要小心點了。今天晚上的事，無論無何不能對媽媽說，假如她知道了，就再也不會放自己出來了。

就在紅革司宣傳隊挨揍的當天晚上，紅總司的毛澤東思想文藝宣傳隊在縣城舉行了盛大演出。紅總司宣傳隊大都是原來縣劇團的人，這些人原先就是專業演員，有的知名度還相當高，像「十三香」、「十六紅」這樣的名角，在當地大人小孩中都耳熟能詳。老百姓以前聽慣了他們的唱腔，這次聽說他們又要登臺演出，一個個爭先恐後前來觀看。

這些人背負封、資、修的惡名銷聲匿跡了一段時間，好比一股激流被閘住一樣，積蓄了不少的能量。紅總司請他們重回舞臺，把他們從牛鬼蛇神的隊伍中拉到革命陣營，他們一個個欣然領命，排練和演出都十分賣力。原來的老唱段是不能再唱了，除要配合條山縣的階級鬥爭形勢編演新節目外，王闖和衛東彪還讓他們用地方戲的腔調演唱革命樣板戲。

當地老百姓聽到他們所熟悉的地方戲唱腔，又是以前的名角演唱，自然是大呼過癮，掌聲不斷。王闖從群眾的反映中感受到演出的成功，他長長地出了一口惡氣，覺得在與紅革司的較量中從劣勢中走了出來。

紅總司演出成功，紅革司演出被打，這兩件事使宋淑華怒火中燒，破口大罵。她和張永豪研究後一致認為，這兩件事絕不是孤立的，而是有著緊密聯繫的。毆打紅革司宣傳隊完全是王闖在背後指使，因為打擊別人，抬高自己是王闖一貫使用的伎倆。對紅總司的卑劣手段，必須給予堅決的回擊。

第二天。紅革司針對這兩起事件的大標語鋪天蓋地貼上了縣城的大街：

「牛鬼蛇神又在群魔亂舞！」

「絕不允許死灰復燃！」

「掃掉的垃圾必須徹底焚毀！」

「紅總司毆打我毛澤東思想文藝宣傳隊罪責難逃！」

「紅總司倒行逆施必將自取滅亡！」

王闖領著一幫人上街看了這些大標語，說：「真是恬不知恥，你們宣傳隊裏有全縣最大走資派的女兒領舞，那不是群魔亂舞？你們氣急敗壞，說明我們這一仗打得漂亮，打到了他們的痛處。人民大眾高興之日，就是保皇派們惱怒之時。讓他們叫囂去吧，咱們乘勝追擊，擴大戰果，氣死那些跳樑小丑。」

三十四

紅總司很快就貼出了反擊的大字報：「究竟哪裏群魔亂舞？」這大字報與其是針對紅革司的，不如說是針對李秀娟的。大字報說，李國臣通過其女兒操縱紅革司，把紅革司變成了他的反革命別動隊，變成了他的「御用組織」。大字報反問，走資派的女兒在舞臺上如此張狂，是誰給了她膽子？她在舞臺上跳的打倒李劉姚的舞蹈，誰相信她是出於真心？經過文化大革命的洗禮，廣大人民群眾的眼睛是雪亮的，任何人虛假的醜惡的表演都會被識破。大字報呼籲：廣大革命群眾聯合起來，徹底斬斷李國臣伸向群眾組織的黑手……

李秀娟演出時別人朝她頭上扔磚頭，這會兒磚塊更像雹子一樣朝她心裏砸了過來。看著這些大字報，她又氣又恨，不知道找誰辯駁，不知道怎樣證明自己的清白。找不到出氣的閥門，憋悶得她滿臉漲紅，胸腔難受。自大串聯回來，她還沒有見過爸爸的面，怎麼就接受了他的旨意，又怎麼能通過她的手操縱紅革司？劉小妹看見她氣咻咻的樣子，安慰她說：「紅總司全是一些造謠大王，離了造謠他們一天也活不下去，別理睬他們。」劉小妹的傷口回來後重新進行了包紮，為防止感染，她戴了頂解放帽，從背面看和個男孩子差不多。她看完大字報，一把把它撕了下來。李秀娟驚恐地朝四下看了看，生怕紅總司的人借機鬧事。幸虧周圍沒有紅總司的人揪住她們興師問罪，李秀娟拉著劉小妹的胳膊趕快離開了這裏，走出好遠，她的心還在噗噗亂跳。

以前遇到這種無中生有的事，李秀娟會被氣哭的，現在不會了，她畢竟經過了大風大浪，見過了不少世面，能夠承受起這樣的誣衊和誹謗。劉小妹說：「看來王闖這輩子總和你過不去，照我說，他越是踩住咱的腳後跟，咱就越活出個樣兒來讓他看。」

李秀娟說：「我倒沒什麼，他也不能把我怎麼樣。我所擔心的，只是怕因我一人對咱們組織造成損害。」

劉小妹說：「沒關係，天塌下來有大個兒撐著，壓不著咱們。」她們一邊走一邊說，不覺就到了紅革司總部。

見到了宋淑華，劉小妹把紅總司誣衊紅革司和李秀娟的大字報向宋淑華說了說。宋淑華說：「知道了，早料到他們會這樣做。」宋淑華氣鼓鼓地，正在思考著報復紅總司的辦法。如果于世民在，相信他會輕易拿出對策。自開完批鬥李劉姚大會後，他就回了北京，現在只能靠她和張永豪拿主意了。張永豪情緒容易衝動，他信奉和王闖那樣的人無理可講，只有「武力」才能解決問題：「趁他們紅總司演出的時候，用磚頭狠狠砸他們一次，看他們還敢再那樣倡狂！」宋淑華說：「和他們鬥爭要遵循毛主席『有理、有利、有節』的原則。你沒有抓住王闖幕後指揮的證據，群眾又喜歡聽地方戲，那樣做豈不失去人心，把把柄正好送到人家手裏？」

宋淑華拿出一份剛剛油印出的〈條山風雷〉，遞給她倆一人一份。

這一期小報上登載著W市的最新動態和中央文革首長接見W市上京請願團的重要講話。W市文化革命的烈火熊熊燃燒起來之後，市委書記看到大火即將燒到自己的頭上，就調動公、檢、法對學生進行了無情鎮壓，許多學生領袖被關進了監獄。市委書記的女兒站在父親的對立面和他展開了針鋒相對的鬥爭，她也被父親囚禁在了家裏。她從家裏逃出後組織了赴京請願團，並在北京工人體育場召開了數萬人的控訴大會。會上，她憤怒揭發父親對抗文化大革命的滔天罪行，誓與父親劃清界限，表示，為了搞好W市的文化大革命，即使赴湯蹈火在在所不惜。這位市委書記的女兒受到首都革命群眾的追捧，中央文革首長接見了請願團的全體成員，並對這位市委書記的女兒進行了熱情的讚揚，稱她是毛澤東思想哺育出來的一代新人，是無產階級文化大革命的一員闖將，是和一小撮走資派殊死抗爭的英勇戰士。小報編排得非常漂亮，套紅標題，加上別致的題圖尾花，比他們在北京串聯時收集的首都大專院校的紅衛兵戰報毫不遜色。馮建國有這樣的能耐，他能對賈興中扣屎盆子、摑耳光子，也能把小報辦得賞心悅目，使其具有很大的號召力和煽動力。

李秀娟看完小報，宋淑華問：「怎麼樣，有什麼感想？」

李秀娟說：「了不起。」

宋淑華頓了頓，說：「紅總司這一段總在造謠，說我們受你爸的指使，把我們組織說成是你爸的別動隊，簡直惡毒極了。他們最大的理由，無非是我們組織裏有你，你是我們宣傳隊的骨幹。小報上的消息給了我啟發，我想，咱們也不必學市委書記的女兒到北京去，只要你能寫一些揭發你爸爸的大字報，或者貼到大街上，或者登在咱們的小報上，就說明你和你爸爸劃清了界限，就用事實反駁了他們的無恥謠言。而且，知父莫如女，只有你最瞭解你爸爸，也最能揭發出一些內幕的有分量的東西。你說呢？」

劉小妹說：「這倒是個好點子，娟姐的大字報一出來，就會給紅總司狠狠的一巴掌。」

李秀娟有點為難地說：「這個……」

宋淑華看著李秀娟的表情，說：「這個也不為難你，你回去再好好想一想，能寫就寫，一時沒想好，咱們再用其他辦法和紅總司鬥。前兩天剛受了驚嚇，這兩天休整休整，給你點時間，你好好考慮一下這個事兒。」

李秀娟記不得是怎樣走回家的。她答應宋淑華了嗎？似乎是默認了，又似乎並沒有答應。應該說，宋淑華的要求並不過分，甚至是合乎情理的。她絲毫沒有逼迫和威脅自己的意思，她完全是為紅革司和自己的前途著想，是從條山縣文化革命的形勢發展而提出來的。可是，自己能揭發出一些什麼有分量的東西來呢？從老家搬到條山，她始終對爸爸有一種陌生感，他們之間並沒有一種親密無間的父女之情，也很少有深層次的思想交流。爸爸也從來不和她說工作上的事兒。如果大字報只寫一些無關痛癢的家庭瑣事，這反而會弄巧成拙，紅總司會說她避重就輕，明揭暗保，欺騙群眾，欲蓋彌彰。本來，李秀娟在普通老百姓心目中還不怎麼引人注目，這樣一鬧，必然盡人皆知，其結果對紅革司更為不利。

渾身疲乏。她爬在炕上半天也沒動一動。蘭花用手摸了摸她的額頭，沒有發熱，她關切地問：「娟，你怎麼啦？哪裏不舒服？」

李秀娟有氣無力地說：「沒什麼，我有點累。」

蘭花拉了床被子給她蓋上：「你好好歇會兒，我去做飯。」

李秀娟靜靜地躺在床上，但她的心裏一刻也沒沉靜下來。她從心底不能接受兩派組織加給父親的種種罪名，她並不認為父親是反革命修正主義分子，是劉少奇安插在條山的爪牙，是黨內走資本主義道路的當權派，但她又不敢斷然否定這些個罪名。

文化大革命波濤洶湧，始料未及的事層出不窮，誰知道最後的結論會是怎樣的呢？只是有一點她想不明白：兩派組織勢不兩立，鬥得你死我活，可在網羅父親的這些罪名時卻又高度默契，頗為一致。難道說他們都錯了？可他們都受過偉大領袖毛主席的檢閱，都用毛主席的話語證明自己的行動絕對正確，都自稱是真正的無產階級革命造反派。即使他們都搞錯了，可全縣二十多萬人都是聾子瞎子和啞巴？那些和爸爸一起參軍、打仗、工作過的人這會兒都躲藏到哪裏去了？就沒有一個人站出來替爸爸說句公道話？只有王德貴在背地裏罵「這世道！」「瞎胡鬧！」可他是個大字不識的農民，對這場史無前例的文化大革命能理解多少？

報紙上一直講文化大革命的大方向始終是正確的，形勢一片大好。偉大領袖毛主席親自發動和領導的震驚世界的史無前例的必將載入史冊的億萬人參加的一場大革命，難道還會錯嗎？當初喬嵐剛被揪出來的時候，自己也不相信她是壞人，那時也是宋淑華攛掇自己寫大字報揭發，聽了她的話，硬著頭皮寫了大字報，結果沒給自己造成什麼負面影響，反而贏得了大家的信任。

事情都是發展變化著的，經過揭發批鬥，喬嵐在自己的心目中越變越醜了，甚至變得猙獰可怕了。如果那時自己拒絕宋淑華的勸說，對喬嵐溫情一些，自己在同學們眼裏將會是一種什麼形象？階級鬥爭是殘酷無情的，是不以人的意志為轉移的，是不能感情用事的，是容不得半點憐憫之心的。越是自己的親人，越容易被溫情所左右，那是革命道路上最危險的敵人哪！

當初能貼喬嵐的大字報，為什麼現在就不能貼父親的大字報？當初能扇喬嵐的耳光子，為什麼現在就不能在被打倒的父親身上再踏上一腳呢？俗話說，死豬不怕開水燙，父親已被打倒在地並被踏上那麼多隻腳，多自己這一腳或少自己這一腳其實都是無所謂的。

再說，爸爸搞資本主義，搞反革命復辟，搞修正主義能告訴自己嗎？能明目張膽地去幹嗎？或許他不是真心實意地要那樣去搞，而是無意中上了劉少奇的賊船，執行了劉少奇的反革命修正主義路線，那也是不可饒恕也是要被打倒的呀。如果他真犯了那麼多罪行而自己又無動於衷，甚至於同情他憐憫他，那最後自己豈不成了他的陪葬品？自己揭發不揭發對於他來說都是無所謂的，而對自己和自己的組織卻是至關緊要的。對自己的組織來說，可以擺脫對方的誣陷；對自己來說，可以贏得戰友們的信任，甚至還可以像W市那位姑娘那樣，成為受人讚譽的革命闖將，成為大義滅親的新時代的英雄人物。想到這裏，她心中的一團亂麻似乎理出了些頭緒，眼前彷彿展現出一條金光大道，就像在波濤洶湧的大海上突然抓到了一塊木板，她要緊緊抓住它，她要靠它渡過危難，到達勝利的彼岸。

可是，揭發什麼呢？你知道爸爸的什麼罪行呢？爸爸給學校派了工作組，爸爸不准紅衛兵串聯，爸爸對學生游鬥老師提出批評，這些，同學們都在大字報中進行過多次揭發批判，再把這些東西重複一遍，別人會說這是做樣子，走形式，假揭發，真保皇，這樣的揭發不但沒有分量，最終只能是出力不討好，甚至會受到對立派的訕笑；如果像別人那樣盡情發揮，無中生有，肆意上綱上線，無限誇大事實，自己良心上又過不去。最讓她心生顧慮的是：不管揭發什麼，也不管怎樣揭發，一旦自己的大字報貼上大街，媽媽受傷的心口豈不等於撒上了一把鹽？王德貴、王大娘以及爸爸的好友和同情者能不私下裏議論自己，嘲笑自己？有朝一日爸爸的問題澄清了，不是壞人了，自己有何面目與他面對？作為爸爸唯一的女兒，怎麼能在他最困難的時候落井下石呢？

唉，真是愁腸百結，進退兩難，瞻前顧後，猶豫不決。革命本來是一件使人快意的事情，怎麼到自己這兒就難成了這個樣子了呢？

三十五

吃過晚飯，李秀娟在夜色朦朧中來到了大街上。以前她極不願看也不敢看那些揭發父親的大字報，今天，她是特意要瞭解一下最新的大字報內容，想比較全面地瞭解一下他們到底都揭發了些啥，又是怎樣上綱上線的。她想熟悉一下他們的語言和口徑，想為自己寫揭發批判材料找到一些借鑒和參考。傍晚的光線比較暗，她用圍巾包住腦袋圍住嘴，她不想讓別人發現她是李國臣的女兒。

轉了兩條街，李秀娟腦子裏有了個大概的輪廓。她想，明天先寫出個草稿，然後再找人看一看。如果行，就貼出去；不行，再說。聽說張永豪為此事和宋淑華產生了激烈的爭論，張永豪說，我原先不同意李秀娟加入，你非要讓她加入，這下好了吧，讓人抓住把柄了吧。宋淑華說，他要抓你把柄，即使李秀娟不加入他們也能亂抓。那幫無賴，什麼壞事做不出來！李秀娟不想讓宋淑華因自己受過，她要盡心盡力完成淑華交給的任務，這樣心裏會少些歉疚，會覺得輕鬆一些，舒坦一些。她也會因此而不至於受到其他紅革司戰友的埋怨和責怪。

第二天，當她拿起筆來的時候，覺得筆管是那樣的重，搜索枯腸，不知該從何處下筆。她想起毛澤東思想是望遠鏡和顯微鏡這句話，想起看待任何事物要用階級鬥爭的眼光，想起了透過現象看本質。當初揭發喬嵐，自己不也愁得要死？正是宋淑華像擠牙膏那樣使勁一擠，她終於擺脫困境，揭出了有價值的東西。那麼，今天就如法炮製吧。思想的閘門忽然打開了，許多遙遠的記憶被拉到了眼前，許多模糊的東西變清晰了，許多紛亂的往事也變得有條理了。大腦真是一架奇妙的機器，這許許多多的東西經過加工整理，一張大字報底稿在她的筆下逐漸形成了：

〈憤怒揭發我父親李國臣的反革命修正主義罪行〉

偉大領袖毛主席教導我們說：「凡是反動的東西，你不打，他就不倒，這也和掃地一樣，掃帚不到，灰塵照例不會自己跑掉。」

我的父親李國臣早年混入革命隊伍，由於未能徹底改造世界觀，革命勝利後，他的思想很快就起了變化，鼓吹個人奮鬥，追求功名利祿，一步步走上修正主義道路，站到貧下中農和廣大革命群眾的對立面。十多年前，他把我從老家接到條山縣。為讓我丟掉貧下中農本色，他一味用資產階級優裕的物質生活腐蝕我，讓我吃最好的，穿最好的，意欲讓我丟掉艱苦樸素的光榮傳統，逐漸變成一名缺乏鬥志和吃苦耐勞精神的資產階級的貴族小姐。他常給我灌輸「學好數理化，走遍天下都不怕」的思想，鼓勵我走白專道路，他說過：「我們李家祖祖輩輩沒出過一個大學生，將來就看你的了。」為讓我順利考上大學，他反對我刻苦鑽研毛主席著作，反對我參加政治活動，他讓我把主要精力和時間都用在文化課的學習上，要我無論如何要考上大學，光宗耀祖，成名成家。文化大革命開始後，眼見這個願望無法實現，他對大學停止招生很有意見，多次在我面前流露出不滿情緒。他說：「我們是因為戰爭不能上學，如今是和平時代，你們為什麼不能繼續深造呢？哪個國家能把大學停了呢？為什麼早不停晚不停，偏偏在你就要邁進大學門檻時就停了呢？這一停，無論對個人、對國家，損失可就大了。」從這些話中可以看出他對毛主席偉大戰略部署的不滿和仇恨。

解放以後，他的思想和行為越來越偏離偉大的毛澤東思想，偏離毛主席的無產階級革命路線，他自覺不自覺地滑到劉少奇及其走狗的反革命修正主義路線一邊。他信奉劉少奇的「三自一包」，為反黨分子彭德懷鳴不平，替右傾分子劉俊卿開脫，和黃一清等人勾結在一起殘酷迫害貧下中農。文化大革命一開始，他自知在劫難逃，整天惶惶不可終日，和黃一清多次在家中密謀，妄圖撲滅條山縣文化大革命的熊熊烈火。對條山中學橫掃牛鬼蛇神的革命行動，他橫加指責，誣衊學生是胡鬧，是無法無天；他擅自決定向學校派出了滅火工作組，多次指使黃一清動用無產階級專政工具對付革命學生；他極力阻撓學生到北京串聯。他千方百計想捂住條山縣文化大革命的蓋子，企圖保住大大小小的走資派和形形色色的牛鬼蛇神。事實證明，他是劉少奇在條山縣的親信和代理人，是毛主席無產階級革命路線的死對頭。

……

蘭花把飯放在桌子上，說：「吃飯吧，寫什麼呢？」

李秀娟「嗯」了一聲，看也沒看那正冒著熱氣的飯碗，只是用那潔白的像美玉一樣的牙齒咬著筆帽，兩眼直直地盯著面前的白紙在凝神沉思。

「再不吃可就涼了。」

她艱難地開了頭，下筆正覺流暢起來，媽媽的催促卻打斷了她的思緒。她不情願地擰上筆帽，把桌上的白紙折疊起來，端起碗急促地往嘴裏扒拉著。

李秀娟寫好了大字報，想叫人幫她看一看。她知道，大字報一旦貼出，兩派組織都會有一番反應，各種各樣的議論都可能產生。有支持的，肯定就會有詆毀的。找人看一看，提些意見，可以將負面影響減到最低。

她想到了衛崇儒。衛崇儒是個逍遙派，哪個組織都沒參加。讓他過過目，不會有派性因素摻雜其中，他提的意見可能中肯和公正一些。串聯中他幫了自己不少忙，相信這一次他也會幫自己一把。

衛崇儒這會兒的確逍遙自在。他大部分時間是一個人藏在某個角落裏看書，看累了，就在宿舍裏吱吱扭扭拉二胡。他看的書大都是從校圖書館偷來的。校圖書館設在一排平房裏，雖說不大，裏面的書卻不少。文革之前，由一名退休老教師管理圖書。文革開始後，大部分書成了毒草，圖書館也就鎖門了。後來，為防止學生偷書，學校木工師傅把所有的窗戶上都釘上了木條。

對那些一心搞革命的同學來說，釘不釘木條沒有任何意義，他們無暇看書也不屑於看那些封資修的圖書；可對逍遙派來說，他們無所事事，總要找些事情幹，有人就把眼睛盯上了圖書館。

最早把一扇窗戶上木條拆掉玻璃打碎鑽進去偷書的人絕對不是衛崇儒，他沒有這個膽量。長這麼大，他從來沒有偷過東西也不敢進行這樣的嘗試。但他發現這個秘密後，心裏總惦記著那扇拆掉木條打碎玻璃的窗戶，兩隻腳不由自主地就走到那扇窗戶的外面。他心中的邪念在一點一點累積著：既然別人能鑽進去，我為什麼就不能？鑽進去偷兩本書有什麼大不了的？過去，他多次到這裏借過書，那是為了高考的需要，他借的大都是數理化方面的參考書，文學類、哲學類的書讀得不多。現在，大學上不成了，有了大把大把的時間，他就想涉獵一些文學和哲學方面的書。剛掃四舊的時候，他不敢看這樣的書，怕人家發現後說他思想落後，逆潮流而動，甘願中毒，不可救藥。這會兒，破四舊的風潮已經過去，同學們的注意力大都集中到了縣城，都在一門心思鬥走資派，他偷看這方面的書也就沒有了太大的風險。

他第一次從那窗洞裏鑽進去的時候還十分膽怯，心禁不住「嗵嗵」地狂逃，他胡亂從裏面拿了兩本小說，把它塞進貼身的衣服裏面，就趕緊鑽了出來。鑽出來後看四下沒人，他的心才慢慢平靜下來。他把那些拆掉扔在地上的木條撿起來，用一塊石頭把它重新釘到窗戶上。接著，又找了些硬紙，把那個窗戶洞掩蓋了。他不想讓更多的人看到這個秘密。如果人人都知道了這個秘密，都到裏面拿書，過不了多久，他將無書可看。他要慢慢地獨享這屋子裏的食物。

他每一次不多拿，也就是一兩本。書少，放在內衣裏別人一般發現不了。他拿到書後就找一個犄角旮旯去看，萬一有人發現了，他會從容不迫地回答：撿的。不知誰當初借了圖書館的書沒有還，到處亂扔。我閒著沒事，就撿來瞎翻。學校的牛鬼蛇神都無暇顧及了，誰還有心思放在一個思想落後、不求上進的學生身上？這個人一貫走白專道路，現在這條路已被堵死了，走不通了，由他去吧。

也不是沒有人發現他的偷書行為，那天剛從窗洞裏爬出來，老校長史文榮正巧走到那裏，看到他的衣服裏鼓鼓的，史文榮不用猜就知道是怎麼回事。要在以前，他會抓個反面典型在全校通報。可這會兒史文榮卻像沒看見似的，低著頭，從他面前匆匆走開了。起初衛崇儒還有點緊張，看著史文榮急急走開的背影，他想：現在他們都變成老鼠了，哪還敢管貓界的事？他即刻恢復了常態，大搖大擺地找地方慢慢地去咀嚼手中的食物了。

李秀娟找到衛崇儒的時候，他正坐在宿舍裏拉二胡。衛崇儒以前從來沒接觸過樂器，這會兒卻不知從哪裏找來把破二胡，吱吱呀呀學著拉。沒有人手把手地教，斷定拉不出什麼名堂。其實，衛崇儒也沒想在音樂上有什麼長進，只不過看書看得時間長了，想藉一種別的方法轉換一下注意力，換換腦子而已。

李秀娟走進衛崇儒的宿舍，聽到那殺雞一樣的聲音，趕快捂住耳朵，說：「快別拉了，難聽死了。」

衛崇儒笑著說：「我也沒請你聽呀。這會兒不鬧你的革命，跑到我這兒幹什麼來了？」

李秀娟說：「好歹你也出去串聯了一趟，我記得你也曾激動地表示過回來後要好好幹革命的，怎麼這會兒像根朽木似的，不管外面多麼熱鬧，一門心思當你的逍遙派。」

衛崇儒說：「我早已想好了，文革結束，我就回家種地。反正咱祖祖輩輩都是農民，種地也不丟人。過去講三十畝地一頭牛，老婆孩子熱炕頭，現在牲畜土地都在人民公社，咱就圖個老婆孩子熱炕頭算了。」

李秀娟說：「那你現在就可以回去種地呀。」

衛崇儒說：「寒窗苦讀這麼多年，一張畢業證也沒有，就這麼回去也不是個事。再說，這茬子學生怎麼打發，上面總該有個說法的。什麼時候有了最高指示，咱立馬捲起鋪蓋就走，一天也不多留。反正一輩子就是個農民了，也不在乎早走晚走幾天。趁你們都在忙活的時候，先逍遙兩天再說。」

李秀娟說：「你就知道最高指示要咱們回家種地？」

衛崇儒說：「哪讓咱們幹什麼？大學不招生了，上大學徹底沒戲了；走資派打倒了，也不會誰鬧騰得歡就讓誰補缺呀。別看兩派鬧騰得那麼厲害，到時候鷸蚌相爭，還不知讓誰得利呢。反正我對前途看得比較黯淡，不像你那樣積極上進。」

李秀娟說：「你呀，革命戰爭年代，肯定是個逃兵。人家說你是白專典型，是修正主義教育路線的黑苗子，一點也沒冤枉你。現在，村裏的農民都動起來了，都積極參加了革命造反組織，積極與我們一起捍衛毛主席的革命路線，就你躲在這兒逍遙自在。還想老婆孩子熱炕頭呢，將來你的孩子長大了，問你在文化大革命中都幹了些啥，你怎麼回答他們？」

衛崇儒說：「這有什麼不好回答的，我就說咱一缺乏造反精神，二因為出身不好，別人不歡迎我革命。」

「誰不歡迎你革命了？如果說一開始加入紅衛兵還強調『紅五類』的話，現在兩派都敞開大門，沒有人拒絕你參加呀。你的出身是不太好，但起碼還不是『狗崽子』吧。別找藉口了，你壓根就是想走成名成家的白專道路，對革命、對政治沒有多大的興趣。像你這樣的人，只會被革命潮流所淘汰，成為人所不齒的可憐蟲。」

「謝謝你的訓導，李秀娟同學。說到成名成家，我看有些造反派頭頭就是不惜一切站到風口浪尖，一夜暴得大名。這是人家的自由，咱沒能力干涉別人，我也希望別人不要干涉我的自由。」

李秀娟改用婉轉的口氣對他說：「我可不是干涉你的自由來了。一個過河的泥菩薩，還能干涉得了別人？我是來請你幫忙來了。」

「有什麼事用得著我幫忙？」

李秀娟從衣兜裏掏出自己的大字報底稿，遞給他，說：「宋淑華讓我寫這麼一份大字報，我打了個草稿，不知行不行，你給看看。」

衛崇儒接過她的大字報草稿，看著看著，眉頭就皺成個疙瘩。好端端天仙一樣的姑娘，怎麼內心就這樣的邪惡？怎麼就肯拿自己的老子開刀？如果說當初揭發喬嵐是一時衝動所為，這會兒簡直就是失去了理智！衛崇儒不想破壞李秀娟的情緒，不想讓她難堪，他珍惜李秀娟對自己的這份信任，腦子一轉，突然滿臉堆笑，說：「好，好，太好了。大義滅親，義正辭嚴。這大字報往街上一貼，你就和走資派爸爸徹底劃清了界限，就成了條山縣無人不知的風雲人物。你將被街談巷議，聲名遠播，永遠載入條山縣文化革命史冊，以致成為千古佳話，萬世留芳。」

李秀娟疑惑地看著他，說：「這都是些什麼話，又諷刺又挖苦的。」

衛崇儒說：「別的話不便說，我只能說這些話。」

「有什麼不便說的，你怕我把你出賣了？」

「這誰說得準呢，你敢揭發批判喬嵐，敢揭發批判你親爹。如果我說了什麼不適當的言論，誰能保證下一個揭發批判的不是我呢？」

「別把你說得那麼值錢，讓我揭發批判，你還不夠格呢！」

衛崇儒不看李秀娟，像是自言自語：「這些天我一直思考著這個事兒：是什麼原因，能把美女變成惡魔，能把綿羊變成瘋狗。對不起，恕我說得難聽，我不是單指你而言。」

「不單指我，其中包括我，對嗎？」

「我思考的不是某一具體的人或事，而是一種普遍現象。難道你沒發現，文化革命開始以後，許多人都變成了和原先完全不一樣的另一個人？」

「按照唯物辯證法，人和事物每時每刻都在發展變化當中，哪有一成不變的東西？變化是正常的，不變倒成反常的了。」

「問題是你朝哪個方向去變。每一個人身上都有善的東西，都有惡的東西。如果好的東西受到抑制，惡的東西無限放大，那就非常可怕了。」

「你是說，文化革命……」

沒等李秀娟再往下說，衛崇儒把食指豎在嘴上，「噓」了一聲，說：「不要再說下去了，說下去就成反動言論了，這我們誰都擔待不起。」

李秀娟從衛崇儒手中拿過大字報底稿，說：「本來是想請你幫忙，可你東拉西扯都說了些啥！」

衛崇儒說：「我的思想這麼落後，你偏偏要請我幫忙，這不是緣木求魚嗎？」

李秀娟失望地說：「你真是沒得救了。」

衛崇儒說：「你說得對。我看你還大有作為。」

也不知道這是諷刺，還是揶揄。

三十六

紅革司的頭頭們剛開完會，正紛紛往外走。李秀娟找到宋淑華，把她的大字報底稿拿給她看。宋淑華看後說：「這樣寫肯定不行，沒有多少實質性東西，沒有能引起轟動的內容。帽子可以不戴或少戴，但最能說明問題的實例卻不能沒有。不能光喊標語口號，不能像溫吞水一樣不疼不癢。像這樣的大字報貼出去不但起不到應有的作用，反而會引來更多口水。」

一聽這話，李秀娟把眉頭蹙緊了，費了那麼大勁兒，這要是不行，哪該咋辦？看到她愁眉不展的樣子，宋淑華把她拉到一間沒人的屋子裏，悄悄對她說：

「形勢變化太快。上海革命造反派奪了走資派的權，掀起了『一月風暴』，這一舉動得到了偉大領袖毛主席的支持和肯定。緊接著，省城的革命造反派奪了省委省政府的權，上個月，地區的革命造反派也奪了地委行署的權。這股風暴波及全國，下一步，輪到我們奪縣委縣政府的權了。剛才我們開會，就是研究商討這個問題。第一，我們要搶在紅總司的前面動手，不能讓他們搶了先。全縣造反組織五花八門，但只有我們最有資格奪權掌權，條山縣的一切權力無可爭議地應歸屬於我們；第二，我們要舉辦一個隆重的奪權儀式，請幾個走資派當場予以確認，讓社會各方面都親眼見證我們奪權的全過程，承認我們的奪權具有無可爭議的正當性；第三，我們要聯合全縣一切可以聯合的造反組織一起奪權，並儘量得到省、地區和周邊縣造反組織的支援和呼應，加大輿論攻勢，形成一股強大的無堅不摧的力量，徹底粉碎紅總司伺機奪權、製造混亂的圖謀。剛才我們已經做出了全面的部署和分工，給你的任務就是和張永豪他們一起，做好你爸爸的工作，讓他認清形勢，配合我們的奪權行動，把權順順當當地交給我們。要告訴他，在當前這種形勢下，一切對抗和阻撓都是無濟於事的。同時還要告訴他，權力只能歸於以紅革司為首的革命造反派，其他一切組織都沒有資格接受這個權力。」

宋淑華滔滔不絕，越說越興奮，似乎權力已經握在了她的手中。聽到這裏，李秀娟緊蹙的眉頭稍稍放鬆了一些，她暫時不用再為那張大字報絞盡腦汁了，衛崇儒也不用再嘲笑挖苦她了。山重水復疑無路，柳暗花明又一村。文化革命又走到一個新的階段，以往的事就讓它過去吧，我李秀娟在這個新的階段要有一番新的表現了。

李秀娟被宋淑華的情緒的所感染，問：「什麼時候開始行動？」

宋淑華說：「事不宜遲，今天就開始行動。完後你趕快和張永豪取得聯繫。」

李秀娟轉身要走，宋淑華又叫住她，說：「張永豪對你加入紅革司一直有看法，這次你和他在一起，要好好表現一下，徹底打消他的疑慮，扭轉他的偏見，讓他心悅誠服，無話可說。」

李秀娟用上牙咬住下嘴唇，堅定地點了點頭。

見到張永豪，張永豪對她說：「我們成立了幾個攻堅小組，分別做李、劉、姚幾個的工作，以便各個擊破。你歸我這個組，專門做你爸爸的攻堅工作。到時候我們對他曉之以情，動之以理。曉之以情，這個主要靠你；動之以理，這個主要靠我們。我們最好動口不動手，只要能達到目的就行。」

李秀娟感受到肩上擔子的沉重。已經在宋淑華那裏領受了任務，她不能在張永豪面前表露出半點畏縮和退讓，她說：「我會盡最大努力完成任務，不辜負大家對我的信任和期望，以實際行動為條山縣的文化大革命中做出應有的貢獻。」

李秀娟隨張永豪等幾個人走進縣委會，七拐八拐，在一個角落裏有一間倉庫，李國臣就被臨時關押在這裏。看管李國臣的任務由縣委會的造反派來承擔，其頭頭是原縣委辦公室副主任胡念文。

起初，胡念文在縣小報工作，李國臣念其有才，把他調到了縣委辦，再後來他就當上了縣委辦的副主任。胡念文一直覬覦縣委辦主任這個職位，但五六年過去，總也未能如願。平日裏胡念文對李國臣畢恭畢敬，不叫書記不開口，開口不乏歌功頌德之詞，凡李國臣交代他的任務他總是連連點頭稱是，從來沒有說過一個「不」字，也從來沒有過半點猶豫和含糊。但這個人最大的缺點是作風虛浮，好高騖遠，有時人前一套人後一套，縣委辦的人私下裏不叫他胡念文，而叫他「胡念官」。

自造反派大鬧縣委縣政府，喊出打倒李國臣的口號後，他也跟著造了反，成立了「千鈞棒」戰鬥隊，並且表示支持紅革司一派，還積極參加了紅革司批鬥李國臣大會。過了一段時間，他看到紅革司沒有重用自己的跡象，感到受到冷落，搖身一變，又和紅總司糾合在一起，為他們提供了大量有關李國臣的材料，並組織人員把李國臣牢牢地看管了起來。

張永豪他們今天沒有向「千鈞棒」戰鬥隊打招呼，他們突然來訪，說是要和李國臣核對一些材料。正巧胡念文不在，縣委的人大都認識李秀娟，看見李秀娟隨他們一起到來，也就沒有強行阻攔。

張永豪率人進了這間倉庫，李國臣在眾多的眼睛裏突然發現了一雙他最熟悉的眼睛。就像在暗夜裏發現了一顆眩目耀眼的星星，儘管李秀娟躲在了別人的後面，他還是貪婪地把她攝入了眼底。啊，這是自己的獨生女兒，是自己日夜思念著的親生骨肉！在這孤寂無助、四面楚歌的艱難時日裏，能看到自己的親人，該是多麼的歡欣和快慰。他第一眼看到女兒，心裏徒然湧起一股父愛，感到一股暖意，如果沒有別的人在場，他會拉著女兒的手，迫不及待地向她打問媽媽的情況。他對妻子的健康狀況很是擔憂，時時在心中掛念著。但在一群造反派面前，他不能和女兒有絲毫親密的表示，他知道自己倒楣之後，女兒肯定要受到牽連，如果這個時候顯露出兒女私情，女兒可能會因此受到更大的傷害。畢竟男人的心都比較硬，他又是經過槍林彈雨的人，完全控制得住自己。他只掃了女兒一眼，很快就把眼光移開，從此再也不去看她，權當女兒不在他的旁邊。

李秀娟幾個月來第一次見到爸爸。她看到了爸爸眼睛裏湧動的熱流，但她極力回避著，佯裝冷漠和平靜。她是身負使命來的，她和爸爸處在對立的地位，她這會兒不能喊爸爸，不能表現出絲毫的兒女情長。她只是儘量躲在張永豪的身後，讓他們和爸爸對話，適當時候，她再出面做爸爸的工作。

張永豪繃著臉，說：「李國臣，我們是革命造反組織紅革司的代表，有件事情要和你交涉。」

李秀娟聽他們在爸爸面前直呼「李國臣」的名字，感覺有點生硬，心裏有點不舒服，但她這會兒只能繃著臉，看著爸爸的一舉一動。爸爸穿一身半舊中山裝，顯得落魄而困頓，他比過去瘦了，頭上的白髮多了，臉上的皺紋刻得深了。她對他驀然產生出一種憐憫之情。隨即她又在心裏罵自己沒有階級立場，把這份憐憫之情迅速拋掉了。她不能讓同伴們說自己同情走資派，更不能讓他們說她假革命，假造反，心裏並沒有和走資派父親劃清界限。這個時候這個場合最能顯示自己立場、觀點和態度。她要極力表現自己，得到組織對自己的信任，消除張永豪對自己的疑慮和看法。她的臉色像石雕泥塑似的，看不出有什麼異樣的變化。

李國臣則揣摩著這些人的來意，思謀著應對的辦法。令他感到異樣的是，以前造反派找他，都是怒罵和訓斥，都是要他老實交代，不容抵賴，都是說他罪該萬死，死有餘辜，都是高喊要把他徹底打倒，再踏上一隻腳。他們從來不給他辯白和表達意見的權利。而今天這些人卻說要和他交涉事情，這使他大惑不解。而且，他們這一撥人裏還有自己的女兒，這就更讓他摸不著頭腦。

張永豪接著說：「上海的革命造反派奪了上海舊市委市政府的權，得到了毛主席的肯定和高度讚揚。省城的革命造反派奪了當權派的權，也得到了中央文革的肯定和支持。我們今天就是為奪權而來的。明天我們將有一個隆重的奪權儀式，到時你要去現場，在奪權聲明上簽字。」

李國臣不解地問：「我是縣委書記，只有黨員才能擔當這個角色，把權交到你們學生娃娃手裏，不合適吧？」

張永豪說：「這你就甭管了。這次奪權不光是我們學生，我們還要聯合全縣的工人農民和其他革命造反組織。我們今天不是來央求你的，而是事先向你打個招呼，以便你能把權力順利交到我們手中。大勢所趨，你交也得交，不交也得交，在這上面沒有任何商量的餘地。如果交得順利，你可免吃苦頭，如果負隅頑抗，後果你可要自負。」

李國臣坐在牆角落裏，半天也不說話。幾個造反派急了，一起催促他說：「快給一個答覆，別敬酒不吃吃罰酒啊。」

李國臣抬起頭，說：「這個權力不是我自己的，不能說交就交。交了以後上面問責起來，我該怎麼交代？」

張永豪說：「上面是誰？你的上面是劉少奇，他早被打倒了。我們的上面是紅司令毛主席，奪權是毛主席的戰略部署，誰敢問責？問什麼責？你把權交給我們了，說明你還聽毛主席的話；如果你不交，那就是和毛主席作對，這是個什麼罪名？你該不會不知道吧。今天你的女兒也來了，如果我們唬你騙你把你往火坑裏推，你女兒該不會吧。」

李秀娟此時小聲了說了一句：「爸，他們說的沒錯，的確就是這樣。」她的聲音雖然不大，但卻像一隻錘子狠狠地砸在李國臣的心上。

李國臣的眼光掃了一下這幫學生，他那飽含疑惑的目光仍然沒在李秀娟臉上停留哪怕一秒。在一雙雙學生眼光的逼視下，他說：「讓我再想一想。」

張永豪又說：「不用想了，明天上午九點，我們準時帶你到會場在交權儀式上簽字。記著，權力只能交給紅革司，其他任何組織都無權接收。」

張永豪說完，示意別人先走，讓李秀娟留下來再做做他爸爸的工作。李秀娟單獨和爸爸待在一起，反而覺得有些不自然。他們彼此都有一種距離感、陌生感，都找不到合適的語言進行交流。張永豪的意圖很明顯，就是要讓她進一步用親情說服和軟化爸爸，以便使明天的交權儀式能順利進行。

她的眼睛不敢直視爸爸，只是低著頭，緩緩地說：

「我參加了大串聯，回來後又參加了紅革司。這幾個月讓我明白了好多事情。文化大革命使許多老革命遇到新問題，許多老革命犯了大錯誤。你想想，當初給學校派工作組，實踐證明是錯了；當初你不讓學生外出串聯，又錯了。上海造反派奪了走資派的權，得到了以毛主席為首的無產階級革命司令部的充分肯定，條山縣的造反派響應毛主席的號召奪權，在這個重大問題上，你不能一錯再錯呀。這幾個月你被關著，有好些事不知道，也不理解，但黨中央毛主席的戰略部署，什麼時候都要不折不扣地執行，否則後果將會很嚴重。明天的簽字儀式，你一定要好好地配合。紅革司已經作了保證，只要你順利地簽了字，權到了他們手裏，他們就可以放你回家，和媽媽團聚。爸爸，女兒是不會騙你的，在關鍵時刻你要為女兒著想。你順利地交了權，女兒就算圓滿完成了組織交給的重大任務；你早一些解脫了，媽媽高興，女兒也高興，咱們全家人都高興呀。」

李國臣久久沒有吭聲。女兒的語調雖然柔軟，但柔軟的語調裏包含著冰冷堅硬不容妥協的東西。很長時間沒見到女兒，見到女兒第一面卻是讓他把權交出去。父女之情怎麼只剩下赤裸裸的政治交易？難道文化大革命要把父女之情、夫妻之情、兄弟之情等種種人間私情都扼殺殆盡嗎？

李秀娟最後又說：「媽媽每天都在惦記著你，你對她還有什麼話要說嗎？」

李國臣搖了搖頭，輕輕擺了擺手，說：「你走吧。」

李秀娟站起身，在即將跨出門檻之際，扭回頭又看了爸爸一眼，他分明看見爸爸的眼睛裏蓄滿了淚水。她遲疑了片刻，然後放開腳步，像一股風一樣離開了她多日不見的爸爸。

三十七

第二天，在縣城露天劇場的戲臺上方，高懸著「條山縣革命造反派奪權大會」的橫幅，劇場裏紅旗招展，鑼鼓喧天。紅革司聯合了縣城十餘個造反派組織參會，每個造反組織的前面都撐著一面大旗，上面書寫著組織名稱。造反派們集中在劇場中央，看熱鬧的群眾很快就把整個劇場填滿了。九點鐘，奪權大會開始，全場高唱〈東方紅〉，張永豪站在舞臺中央打著拍子，〈東方紅〉的旋律使整個會場群情激昂。歌畢，宋淑華走上主席臺，發表了一篇莊重而充滿激情的講話。她說：

「條山起舞，涑水歡笑，歷史將永遠銘記著這一天——一九六七年五月十一日。今天，我們條山縣革命造反派聚集在一起，響應偉大領袖毛主席的號召，召開聲勢浩大的奪權大會。過去，由全縣最大走資派李國臣、劉俊卿所把持的舊縣委縣政府頑固執行劉少奇的反革命修正主義路線，大搞資本主義復辟，直把條山縣搞得烏煙瘴氣。如果繼續按照這條路線走下去，條山人民必將吃二遍苦，受二茬罪。偉大領袖毛主席高瞻遠矚，及時發動了史無前例的無產階級文化大革命，我縣革命造反派衝破重重阻力，奮力拚殺，終於驅除迷霧，趕走陰霾，使條山人民獲得了第二次翻身解放。我們一舉打倒了李、劉、姚，使他們聲名狼藉，威風掃地，他們所販賣的修正主義黑貨被暴露在光天化日之下，遭到廣大革命群眾的唾棄。但這還遠遠不夠，我們還要奪回他們曾經掌握的各種權力。只有把一切權力奪到無產階級革命派手中，條山的天才會變成紅彤彤的天，條山的地才會變成紅彤彤的地，條山縣的文化大革命才會邁入一個新的階段。今天，我們要讓全縣人民見證奪權的全過程，要讓這光彩奪目的一頁永遠鐫刻在人們的記憶中。下面，權力交接儀式開始。」

宋淑華講完，李國臣、劉俊卿、姚得官等被造反派押上戲臺，在交權書上簽字劃押。按照事先擬定的程序，張永豪負責權力交接儀式。交權書是提前起草好了的，大致意思是：我們忠實執行了劉少奇的反革命修正主義路線，打擊迫害貧下中農，阻礙轟轟烈烈的文化大革命，致使舊縣委縣政府變成了條山縣的資產階級司令部。今天，我們自願將權力交給以紅革司為首的革命造反組織。從此之後，舊縣委縣政府及所屬各部門的權力一律作廢。作為舊縣委縣政府的主要領導，我們將繼續低頭認罪，隨時接受革命群眾的揭發批判，爭取早日脫胎換骨，成為新人。

李國臣站在舞臺上，看了一眼臺下黑壓壓的人群。這裏面既有血氣方剛的青年學生，也有純樸善良的普通百姓，他們都穿著蘭灰黑衣服，都把目光聚焦在他們幾個身上。過去，他曾在這裏召開過多次群眾大會，曾在這個戲臺上發表過多次重要講話，宣讀過許多激動人心的捷報，發佈過多少宏偉規劃和美好設想。比如大煉鋼鐵，比如成立人民公社，比如慶祝三面紅旗的偉大勝利……那時，他豪情滿懷，氣沖雲天，慷慨激昂，聲音洪亮：放眼臺下，也是人潮滾滾，一片熱浪。現在，臺下情景依舊，而他卻完全變換了角色，像犯人一樣被押在這裏要交出手中的權力。

看著劇場中間那一群年輕的娃娃們，他想，把權力交給他們，能放心嗎？他們會掌權嗎？他們知道什麼時候播種什麼時候收穫？戰爭年代，十八九歲當團長、當縣委書記不是希罕事，可那是在艱苦卓絕的鬥爭中衝殺出來的一代人呀。而他們，是在糖水裏泡大的娃娃，肩膀太嫩，能承擔得起歷史的重任嗎？

不簽字，恐怕是走不下這個戲臺的。學生們既然能給你戴高帽子掛黑牌子，既然能讓你坐噴氣式，那麼，他們也會強迫你在交權書上簽字劃押。何況女兒在這件事上是承擔著重大責任的，不簽字，將會使她感到為難和失望。他猶豫著，始終不願伸手去抓那支簽字筆。劉俊卿、姚得官尾隨著李國臣，他們都在看著李國臣的一舉一動。反正縣委書記是領頭羊，如果你簽了字，我們就跟著簽，有什麼過錯有你在前面頂著；如果你不簽字，今天他們肯定不會答應，到時候受整治的首先是你。不管是過去還是今天，我們唯你馬首是瞻。

李國臣看了一眼奪權書，說：「字可以簽，只是這上面的理由需要改一改，「自願」這兩個字也不能要。」

張永豪說：「你先要搞明白你這會兒的身分。奪權書怎麼寫不是你的事，你沒有資格為這說三道四。」

李國臣說：「既然我沒有資格，那何必叫我到這兒來呢？」

張永豪說：「你想負隅頑抗不是？我們對你可是夠仁慈的，你不要得寸進尺，敬酒不吃吃罰酒。我告訴你，字一個不能改。你今天不簽字，先問問臺下的群眾答應不答應。」

李國臣還想拖延下去，張永豪卻早已失去了耐心，他使了個眼色，幾個身強力壯的學生走上臺來，他們把李國臣、劉俊卿、姚得官的胳膊猛地扭到身後，幾個人疼得呲牙咧嘴，劉俊卿實在忍受不了，頭上豆大的汗珠直往下掉。他說：「你們別扭了，我簽。」

劉俊卿是由宋淑華負責攻堅的。昨天，宋淑華向他講了上海的「一月風暴」，講到毛主席對「一月風暴」的充分肯定。劉俊卿說：「既然毛主席認為這是一個革命壯舉，我怎麼能當革命道路上的絆腳石？上海那麼大的城市，權都歸了造反派，咱一個小小的縣，這點權有什麼可留戀的。」

學生放開了劉俊卿，他顫抖著雙手，拿筆在那份奪權聲明上歪歪扭扭寫下自己的名字。完後，他被允許站在戲臺一旁。

張永豪問李國臣：「縣長把權交了，你還捨不得？」

李秀娟看著父親痛苦的樣子，心中五味雜陳。她既有點不忍，又有點怨恨。他若不交權，說明自己攻堅不力。如此硬抗下去，只能吃更大的苦頭。想到這裏，她禁不住走上前去，對那兩個扭著他胳膊的同學說：「你們先放了他，扭著他的胳膊怎麼簽？」

女兒明明是為自己解脫。李國臣心想：又不是面對兇惡的階級敵人，用得著這樣大義凜然，堅貞不屈？一味頑抗下去，無論對自己、對女兒都十分不利。那兩個扭胳膊的鬆開了手，李國臣只覺得雙臂麻木，好像不是自己的。張永豪把筆遞到他的手裏，他再沒說一句話，拿起筆，在奪權聲明上寫下自己的名字。由於用力過猛過大，那張紙差點被他的筆尖劃爛。

最後就剩下姚得官了。學生們鬆開他的胳膊，他卻沒痛痛快快簽字，而是站在那裏問：「他們兩個一個交了縣委的權，一個交了縣政府的權，還要我簽字幹什麼？」

張永豪怒斥道：「你敢說你手裏一點權也沒有嗎？姚得官，要得官，如果沒有權，你為什麼要得官？你當官還不是為了抓權？頭號二號走資派都簽字了，到你這兒倒卡住了。簽不簽字，你看著辦吧。」

張永豪這會兒也不想再對他施以武力，只用一雙眼睛逼視著他。在這雙眼睛的逼視下，也在全場上萬雙眼睛的逼視下，姚得官無可奈何地在奪權書上簽下自己的名字。

張永豪把他們三個簽了字的《交權書》高高舉起向全場展示。他大聲對臺下的群眾說：「大夥看到了吧，三個走資派全都把權力交給了我們革命造反派。白紙黑字，不容抵賴。我們的奪權行動大獲成功！」

展紅旗舉起拳頭，領著大家高呼起口號，整個劇場像一口開了水的鍋一樣沸騰起來：

「打倒李劉姚！」

「一切權力歸造反派！」

「熱烈慶祝五・一一奪權的偉大勝利！」

「偉大領袖毛主席萬歲！」

「無產階級文化大革命萬歲！」

「戰無不勝的毛澤東思想萬歲！」

「毛主席的無產階級革命路線勝利萬歲！」

之後，張永豪代表十幾個造反組織宣讀了《告全縣人民書》：

「我們是毛澤東思想武裝起來的工人、農民、革命幹部和革命學生，我們肩負著在無產階級專政條件下繼續革命的歷史使命。我們今天聯合在一起，響應偉大領袖毛主席的號召，一舉奪回了被走資派控制的權力。今後，我們要為革命掌好權，用好權，要在偉大領袖毛主席的英明領導下，抓革命，促生產，粉碎資產階級反動路線的反撲和搗亂，在無產階級文化大革命中繼續譜寫新的篇章。」

完後，他一一念了十幾個革命造反派組織的名字。

李、劉、姚在口號聲中被押了回去，宋淑華接著又念了幾個早就起草好了的聲明、通告和命令。各項程序進行完畢，紅革司毛澤東思想宣傳隊演出了兩個小節目。因時間緊張，節目是昨晚連夜趕排的，一個節目是《五・一一奪權好得很》，一個是《條山起舞涑水笑》。

李秀娟在節目中擔任領舞、領唱的角色。節目演完，是大遊行。革命造反組織以毛主席像和紅旗為先導，排成五路縱隊，依次走出會場，在條山大街上浩浩蕩蕩慶祝奪權鬥爭的偉大勝利，他們邊走邊呼著口號。有人起了個頭，他們齊聲唱起了〈革命不是請客吃飯〉：

「革命不是請客吃飯，不是作文章，不是繪畫繡花，不能那樣雅致，那樣從容不迫，文質彬彬，那樣溫良恭儉讓。革命是暴動，是一個階級推翻一個階級的暴烈的行動。」

三十八

文化大革命開始之後，王德貴就養成了這樣一個習慣：無論有沒有事，每天都要到街上轉悠幾趟。他雖不識幾個大字，卻常常站在大字報前觀看。那些密密麻麻連篇累牘的大字報他能知道個大概，那些抓住李國臣相貌特徵畫的漫畫他也能看懂。看到別人把李國臣醜化得不成樣子，他的氣就不打一處來。但是，他不便當街發作，只能回到家裏發脾氣。這樣，王大娘就成了他的出氣筒子，兩個人免不了經常吵嘴拌舌，有時吵起來比街上的兩派辯論還熱鬧。

其實，王大娘和王德貴並沒有什麼觀點上的分歧，她知道他心腸好，脾氣暴，有時顯得專橫和武斷。凡是他認定的事，別人不能說「不」字，否則就會粗脖子漲臉、拍屁股跳腳地和別人吵。可是，有能耐你在大街上和人家辯論，在家裏高喉大嗓算什麼本事？她也知道老頭子心裏有話憋得難受，看他嘮嘮叨叨沒完沒了，就故意說些言不由衷的反話來氣他。

王大娘本也是個快嘴利舌的女人，王德貴哪裏是她的對手！每當王德貴自恃有理而辯不過她時，就氣得臉紅脖子粗，有時就在地上蹦得老高。看到把王德貴逼到了牆角，王大娘就感到滿足和愜意。起初，他們倆爭吵時還避著蘭花，不願讓她聽見，後來，誰也控制不住自己了，索性都放開喉嚨大吵大叫起來。蘭花鬧不清楚，文化大革命怎麼使人都變成這個樣子。

紅革司奪權那天，王德貴自始至終都站在戲臺下面，目睹了奪權的全過程。他看到李國臣被人帶到戲臺上，真想高喊一聲，讓李國臣知道他此時站在臺下。但他張不開嘴，只能目不轉睛地盯著李國臣。

李國臣瘦了，頭髮那麼長，鬍子也沒有刮，顯得失魂落魄，但他畢竟四肢還全，臉上不見傷痕，這多少讓王德貴感到欣慰。看到學生們像黃世仁一樣逼迫李國臣在交權書上簽字，他氣得直想跳起腳來大罵。可周圍都是激昂的人群，他的不滿早被劇場內的整體情緒所淹沒。

他想不明白，縣委縣政府的權就這樣交給了學生？以後老李就不是縣委書記了？就和我們一樣是個平頭老百姓了？他可是冒著槍林彈雨流了不少血汗立下不少戰功才當上縣委書記的呀，這些學生娃娃鬧騰這麼一陣子就把他替換了？他們替換得了嗎？毛主席難道就讓他們這樣胡鬧？後來看到李秀娟走到臺上讓他爸爸簽字，完後又在臺上興高彩烈地演出，他就更不明白了：你爸爸削了職，交了權，你怎麼那麼高興？又是跳又是唱的，你高興什麼？有什麼好高興的？要跳要唱讓別人跳別人唱呀，你和你老子究竟唱的是哪出戲？一個個疑團積到王德貴的心裏難以化解，看到周圍熱烈的歡慶氣氛，手臂像樹林一樣舉起來高呼著口號，他只是混在人群裏，默默地想著這些怎麼也想不明白的問題。後來，紅革司開始了奪權勝利大遊行，他還跟在隊伍後面走了好一段路。他不是與他們一起慶祝勝利，而是繼續想著那些想不通的問題。

直到遊行結束，大街上已經清冷了下來，他才拖著疲憊的雙腿回了家。剛一進門，他就高聲喊道：「娟子！娟子回來了沒有？」

蘭花猛地一驚，不知道發生了什麼事兒。李秀娟演完節目，卸了妝，沒有參加慶祝遊行，直接回了家。王德貴掀起門簾，看見李秀娟正在那裏吃東西，就指著她的鼻子質問起來：「你們為什麼要奪你爸的權？奪了你爸的權，你們會用嗎？奪了你爸的權，你又跳又唱的，高興什麼？」

李秀娟知道王德貴的脾氣倔，但他從來沒對她發過火，更沒有指著她的鼻子質問過。此時的王德貴漲紅著臉，瞪大著雙眼，翹起著鬍鬚，手上青紫色的血管根根暴起，看起來活像一隻發怒的獅子。李秀娟膽怯地退到了牆角，不敢正視他一眼。王大娘和蘭花鬧不清楚是怎麼回事，都把眼光投到李秀娟身上。

王德貴覺得李秀娟是因理虧不敢回答自己，就更來了勁兒，他指著李秀娟說：「別人不瞭解你爸，你也不瞭解？別人整你爸，你也跟著整？別人奪你爸的權，你也跟著奪？別人瞎胡鬧，你也瞎胡鬧？把你爸整垮了，整倒了，你能得到什麼好處？你爸讓人關起來了，沒人管你了，你想怎麼折騰就怎麼折騰？告訴你，你爸不在，還有我管你！再跟著瞎胡鬧，我就把你也關起來！」他一面說，一雙眼睛朝四面掃視著，似乎是想找一根棍子狠狠揍李秀娟一頓才解氣。

李秀娟起初還有些驚恐，她主要擔心媽媽知道外面那些事情再次犯病。既然事情包不住瞞不住了，她的心反而稍稍定了下來。這場衝突本在她的意料之中，她知道王大伯是個好人。但好人不等於都理解文化大革命，這麼一場史無前例的大革命，那麼多老革命都不理解，更何況一個老農民呢？他怎麼知道意識形態領域革命的必要性和迫切性？怎麼懂得上層建築對於經濟基礎的反作用？怎麼知道黨內存在尖銳激烈的兩條路線鬥爭？怎麼知道國際上風雲變幻，帝國主義把復辟的希望寄託在我們黨的第三代第四代身上？這些大道理不能對他講，講他也鬧不懂。當初破四舊的時候，他不就罵街了麼？他罵得再凶，也不起任何作用，沒有人理睬他，人家該怎麼幹還怎麼幹。這時，他覺得王大伯既愚昧又可憐。文化大革命是年輕人的事，你管那麼多閒事幹什麼呢？你又能管得了什麼呢？面對王大伯的指責，她無法作出回應，只能以沉默相對。報上說了，文化大革命的偉大意義一時不易被人們所認識，需要等若干年後才會逐漸被人們深刻理解。可對王大伯這樣的人，許多事情他是永遠也鬧不明白的。

王大娘對老伴那副兇神惡煞的樣子非常反感，她生怕李秀娟承受不了，本能地護著她。她衝王德貴說：「你吃了槍藥啦？奪權又不是娟子一個人幹的，為什麼朝她一個人發火？上面沒有放話，誰敢把老李的權奪了？奪了倒好，當個老百姓就不受那份難過了。誰掌了權咱老百姓還不照樣種地，地裏還不照樣長莊稼？你想不通就到大街上和人家辯論去呀！你還不覺得娟子可憐？她爸的事讓她受牽連，她又不想叫別人小看，她不跟著大流做咋辦？事情沒有到你頭上你怎麼咋唬都行，到你頭上你還不如她呢！娟子心裏受怔著呢！她在外面受旁人的氣，回到家再受你的氣？老不死的，白活了這麼大年紀！走開，娟子用不著你管！」

王德貴發火時李秀娟倒還能撐得住，聽王大娘這麼一說，她心頭一熱，鼻子有些發酸，眼眶裏很快潮濕起來。她強忍著，沒有讓眼淚像珠子一樣滾落下來。

王德貴滿腦子疑問得不到答案，一肚子氣又沒地方出，本想在家裏出出氣，反被噎了個倒憋氣。

好比火上澆了油，他嗓門一下子又提高了好幾度，對李秀娟說：「你老子對你哪一點不好？你老子遭難了你高興得又唱又跳，我活這麼大沒見過這麼不懂事的！你這是拿軟刀子殺他！等他將來沒事了，你怎麼向他交代！」

王大娘說：「有什麼不好交代的？誰年輕時沒幹過幾件錯事傻事？現在世道這麼亂，隨大流就是對的。」

王德貴反駁說：「隨大流？世界還有王法沒有？誰想怎麼幹就怎麼幹？」

王大娘說：「你真是鹹吃蘿蔔淡操心，天塌下來有大個子頂著，也壓不到你的頭上。毛主席坐在北京幹啥哩？全中國有多少能人？除非世上人都死光了，才輪到你管這些事。你今天生氣，明天生氣，氣死了也沒人管你！」

蘭花聽著他們老兩口一句一句地鬥嘴，她鬧不懂事情的原委，只能看了這個又看那個，看到兩個人的聲音小了下去，她說：「你們兩位老人壓壓火，都是娟子不懂事，惹你們兩老生氣了，回頭我好好教訓教訓她。你們年紀都大了，千萬不要傷了身體。我的身體不好，萬一把你們兩位老人也氣病了，那可怎麼辦？」

王德貴漲紅著臉，用手往空中一掄，說：「依我看，朝廷裏準出了奸臣！」

王大娘趕快捂住他的嘴，一邊把他往屋裏推，一邊說：「你不想活了，胡說八道些什麼！」

王德貴和王大娘都進了西屋，蘭花才問女兒：「娟子，究竟是怎麼回事？」

這叫李秀娟從何說起？自從媽媽允許她出去之後，組織內發生的種種事情，她從來沒向媽媽提及過。即使那次演出挨了磚頭，回到家她也不給母親透露一言半句。她不願讓母親為自己操心。自從爸爸被揪鬥後，媽媽這個從農村出來的、沒見過多少世面的家庭婦女所受的刺激已經夠大了。十多年來一帆風順的家庭生活使她對這種大風大浪大起大落完全沒有思想上的準備，過度的刺激會加劇她病情的發展。自己是媽媽身邊唯一的親人，是媽媽的依託和安慰，縱使無法減輕她心靈上的痛苦，也不能一步步把她推向絕地。媽媽剛才的問話看似輕柔，但語氣中卻蘊含著威嚴和指責，蘊含著對她的不滿和憂怨。她十分同情媽媽，可憐媽媽，但就是不知道就這些事怎麼和媽媽溝通。那些階級鬥爭、路線鬥爭的大道理能對她講嗎？她能聽得懂嗎？

蘭花見女兒不吱聲，便斷定她心虛理虧，做了什麼壞事。她進一步責問她：「這麼說你是見到你爸爸了？」

李秀娟點了點頭，「嗯」了一聲，說：「昨天就見到了。」

蘭花加重了語氣，說：「見到了為什麼不告訴我？見到了為什麼不告訴我？」

蘭花每天牽腸掛肚的就是丈夫，她之所以讓女兒出去，就是想讓她能隨時打聽到爸爸的消息，以便讓她知道他的死活，可是，女兒明明見到了爸爸，回來卻一聲也不告訴她，這怎麼能不讓她生氣呢？

她不能告訴她：他們是逼他交權去的。她連夜趕排節目，太疲累了。她已向爸爸表達了媽媽的關切之情，只是爸爸沒有什麼話讓她帶給媽媽。面對媽媽的嚴厲責問，她只好期期艾艾地說：「組織上的事，不好說的。」

蘭花聽了這話，心中更是氣得不行。從小含辛茹苦把她養大成人，可在她落難的時候，在她最需要親情撫慰支撐的時候，女兒卻把她當成了外人。就像長期運行在心裏的岩漿一下子找到了噴發口，文化革命帶給她的憂憤哀怨便統統在女兒身上發洩了出來：「她捂著胸口，喘著氣，用那瘦骨嶙峋的手指著女兒的腦袋，說：「你這個沒良心的……你中了魔了……你成心要把我氣死……你走，住到你的組織裏去，我一天都不想見你……」說著說著，她眼前一黑，身子一歪，不由自主地栽倒在地上。

李秀娟高叫一聲：「媽——」趕快把她抱了起來。

王德貴和王大娘聞聲跑了過來。他們趕緊把蘭花抱到炕上。王大娘沒好氣地嗔了王德貴一眼，說：「看，都是你惹的禍！」

王德貴本想爭辯，又覺得不是時候，只好把即將說出的話又咽了回去。

這情景使李秀娟心裏著實害怕：萬一有個好歹怎麼辦？她笨拙地扶住媽媽的頭，王大娘手忙腳亂地給蘭花掐人中，揉胸口，忙了好一陣子，蘭花才慢慢緩過氣來。王大娘把被子枕頭墊在她的後背，讓她斜倚在上面。等她睜開眼睛，喘氣均勻了一些，王大娘給李秀娟使了個眼色，說：「娟子，快給媽媽認個錯。」

蘭花那黯淡無神的眼珠轉了轉，最後停在女兒的身上不動了。屋子裏靜得有些怕人，大家的眼光都集中在李秀娟的身上，氣氛凝重而又壓抑。李秀娟像站在被告席上的罪犯一樣在接受法官的審理。

「我錯在哪裏，我怎麼認錯？」

沉默了片刻，她突然雙腿跪地，朝媽媽深深地磕了個頭，雙手掩面嚎啕大哭了起來，淚水從她的手指縫裏滴落了下來……

三十九

本來，李秀娟想待在家裏陪媽媽幾天，可那邊宋淑華催得不行。紅革司這一派剛奪了權，宣傳隊要到各公社去演出，要將這件事大肆渲染，廣為人知。

演出自然少不了李秀娟。為了配合奪權這一重大事件，最近他們又趕排了幾個節目，李秀娟在裏面都擔當主角。這樣，她不但白天沒時間陪媽媽，有時去了邊遠的公社，演出結束後回來就到了半夜。待她躡手躡腳回到家裏，媽媽早就睡著了。蘭花這些天還在生著她的氣，每天也不怎麼理睬她。你想走就走，想回就回，她也不聞不問。姑娘大了，管不住了，由她去吧。王德貴見了她鼻子不是鼻子眼睛不是眼睛的。

王大娘起初是可憐她同情她的，這會兒也忍不住老勸她：「娟，你就不能不出去嗎？離了你人家就不革命了嗎？你不見媽媽一直在生你的氣嗎？」

李秀娟回答說：「這些天事多，等過了這一段，我就守在家裏不出去了。」

王大娘見她嘴上這麼說，可每天還是早早地去，深更半夜才回，對她也開始不滿意了。這樣，李秀娟在這個院子裏陷入了孤家寡人的境地。

那天演出間隙，她向宋淑華訴起了苦，說：「別看我每天在舞臺上蹦蹦跳跳的，可心裏的難過有誰知曉？媽媽不理我，王大伯王大娘對我有意見，我在家成了少數派被孤立起來了。唉，我為什麼每走一步都這麼難呢？就好像在高空踩著鋼絲，雖然時時都加倍小心，可時時都有掉下來摔死的危險。有時候又覺得自己好像掉在了一張大網裏，你得拚命地掙扎，可越掙扎這張網把自己裹得越緊。我一心一意忠於偉大領袖毛主席，要響應他老人家的偉大號召，把這場史無前例的文化大革命進行到底，可一路走來，身心卻越來越疲憊，我真不知道在這種狀況下還能堅持多久。」

宋淑華說：「文化大革命越向前發展，就越要觸及每一個人的靈魂，每個人都不可避免地要在靈魂深處爆發一場大革命。隨著革命的一步步深入，困難和阻力必然會越來越大，對我們每一個人的考驗就越來越嚴峻。這也就越能檢驗出我們每一個人是否真心實意地站在毛主席革命路線這一邊。其實，比起紅軍爬雪山過草地來，我們遇到的這點困難又算得了什麼！」

李秀娟說：「我倒願意爬雪山過草地。爬雪山過草地總比站在高空踩鋼絲強。肉體上的痛苦總是容易克服的，精神上的磨難卻是最難擺脫的。你看黃繼光，身體往槍口上一撲，就成了千古不朽的英雄，就結束了美好壯麗的一生，痛苦也就那麼一瞬間。我真渴望能有這麼一個機遇而了結自己的一生。」

「時代不同了，革命的形式內容都不一樣了。但不管什麼時候，革命都不是一件輕而易舉的事。文化大革命是人類歷史上的第一次，其複雜艱難程度也必然是史無前例的。不要猶豫和灰心，咬一咬牙，就挺過去了。」

「幸虧那張揭發爸爸的大字報沒貼出來，如果媽媽知道了這件事情，不知道該怎麼記恨我了。」

「革命就不能顧慮太多。民主革命時期，很多人背叛自己剝削階級家庭參加了革命，後來成了無產階級革命家。如果怕父母親生氣記恨，那只能當剝削階級的孝子賢孫，最後和剝削階級一起被埋藏。」

「唉，主要是你們那麼信任我，不嫌棄我，才使我心裏憋著一口氣，一定要幹出個樣兒來讓你們看看。不然，面對紅總司的誣衊誹謗，面對家人的不理解，我早就打退堂鼓了。」

「革命戰爭年代有人動搖、叛變，是由於看不見勝利的前景。文化大革命是在無產階級掌權後自己發動的一場偉大革命，它的勝利是必然的，毫無疑義的，我們有什麼理由動搖和退卻呢。現在，全縣那麼多人都知道你，眼睛都盯著你，你打退堂鼓豈不前功盡棄了？人們會說你前面的革命是假的，是騙人的。你的一舉一動不只關係到你自己，還關係到我們這個組織！」

聽了宋淑華的勸導，李秀娟為自己的懦弱而自責，現在她是欲進艱難欲退不能呀！既然文化大革命的最後勝利是毫無疑義的，那就為著這個最後勝利堅持下去吧。

宋淑華後來告訴她：「如果家裏的環境太壓抑，就搬到這裏住吧。」

李秀娟說：「那媽媽不更生氣了？」

宋淑華說：「俗話說，眼不見，心不煩。這個時候，任何一個革命造反派在你媽媽跟前晃來晃去，都會惹她生氣和心煩。」

那天沒有演出，李秀娟回家早了一些。正想推門進去，聽見裏面有人在和母親說話。誰呢？自從父親被揪鬥之後，一般沒有人敢到這裏來。是王大伯？不像，王大伯說話總是粗喉嚨大嗓門，聲音不會這麼低。她推門一看，原來是黃一清。

黃一清見了李秀娟，表情有些不自然。以前他是家裏的常客，在她還是小學生的時候，每到她家，總不忘揪她的辮子，捏她的鼻子，給她做可怕的鬼臉，講可怕的故事，有時逗她咯咯地笑，有時惹她嗚嗚地哭。可這會兒見了面，卻有些手足無措，不知該怎麼辦。他有些討好似地朝李秀娟笑了笑，說：「娟子回來啦。」

黃一清是紅革司向縣委縣政府發難時最早豎起的靶子，紅革司多次想抓到黃一清狠狠批鬥一番，可黃一清以監獄和看守所為掩護，像滑溜的泥鰍總也抓不到手。現在，作為爸爸的同鄉、戰友和最知心的朋友，黃一清就坐在自己的家裏，在和媽媽聊天說事兒，在問候和關心自己。如果讓同學們知道了這件事兒，同學們將怎麼看她？她將怎樣向同學們解釋？她越想越覺得這事兒很危險，很嚴重。把他趕走？媽媽肯定不高興，自己也沒有那樣的勇氣；和他打招呼說話？他們之間哪還有什麼共同語言？紅革司答應爸爸交權後放爸爸回家，可什麼時候放，李秀娟卻不便問這件事情。假如爸爸很快被放回來了，黃一清肯定會來得更勤。今天黃一清來，明天爸爸的其他一些同事好友來，這就給她出大難題了。這些人頻繁串聯能有什麼好事？遇到這樣的事情該不該向組織報告？報告吧，分明是再次把爸爸往火坑裏推；不報告吧，分明又失去了階級立場。

這時，她覺得唯一妥當的辦法就是離開這裏，住到紅革司總部去。住到那裏，家裏發生的事兒她都可以推說不知道，她也不會每天再看王德貴那張凶巴巴的臉，她也不會深更半夜回來讓媽媽擔心和生氣。面對黃一清的問候，她臉上掛著一層嚴霜，毫無表情地「嗯」了一聲。

黃一清處理過那麼多案件，經見過那麼多殺人搶劫兇犯，但對這位小老鄉冷酷的臉色，他卻有些心虛膽怯。對她視而不見？不可能；和她套點近乎？顯然不合時宜。他知道李秀娟參加了紅革司，他現在是紅革司的死對頭。這會兒他像被追殺的獵物，而李秀娟是眾多狩獵中的一個，自己的言語和行為稍有不慎都會帶來禍端。他不敢再和她說什麼話，只是和蘭花說了幾句「要保重身體」「要注意健康」之類的話，就起身告辭了。

黃一清走後，李秀娟靠近媽媽，對她說：「這幾天演出多，我每天回來得晚，路上不太安全，也影響你休息，我想搬到城裏住幾天。過幾天事少了，我再回來。」

蘭花臉朝牆躺著，對女兒還是採取一種不理不睬的態度。屋子裏靜寂無聲，李秀娟一直站在那裏等待母親的回答。許久，蘭花才有些堵氣地說：「你想去哪兒就去哪兒，我怎麼能管得了？」

既然媽媽沒有明確反對，李秀娟就默默地收拾起自己的東西。她把被褥捲成一個捲兒，把牙具、梳子、鏡子以及串聯帶回來的傳單、小報都塞到一個黃書包裏。蘭花蜷縮在炕上，看似一動不動，實際上心裏卻在翻江倒海。紅衛兵把自己掃地出門趕到了這裏，但沒有把女兒也掃地出門趕到這裏。屈辱和艱辛自己一個人受，不該讓孩子也跟著自己一起品嚐。走了也好，和同學們在一起，她可能會高興一些，痛快一些。可是，聽說外面很亂，動不動就扔磚頭舞棒子，萬一有個三長兩短，她爸爸回來該怎麼向他交代？

李秀娟整理好東西，走到王大娘住的西房，把自己的想法告訴給了王大娘，囑託王大娘他們好好照顧母親，有什麼事就及時叫她。王大娘說：「那你就去吧，我們會很好地照顧好你媽的。你媽這些天和你生了點氣，可母女之間，哪有什麼冤仇可結？你過兩天有空就回來看看她，說不定你回來她的氣就消了。現在外面很亂，出去可千萬要當心。」

李秀娟點了點頭，說：「這你放心，我們組織那麼多人，誰也不會把我怎樣。」

王大娘唉了一聲，說：「我那兒子兒媳，如今分成了兩派，鬧得不在一個鍋裏吃，不在一個炕上睡，見了面就吵架，有時還免不了動拳頭。兩個人以前好好的，怎麼一下子就成了仇人？可憐小孫子夾在他們兩個之間活受罪。沒辦法，過兩天要把小孫子給我送回來。送回來也好，你媽媽喜歡小孩，讓他和你媽媽在一起，也能解解悶兒。」

王大娘的孫子李秀娟見過，那還是幾年前她的兒子和兒媳回家探親時見到的。李秀娟還記得他的名字叫亮亮。那時他還被抱在懷裏，胖嘟嘟粉嫩嫩的，這會兒怕有五六歲了。

李秀娟沒告訴她爸爸很快就能回來（這事她心裏也沒有底兒，不敢貿然告訴她），有爸爸回來伴著媽媽，媽媽也就不會寂寞了。她回到了自己住的東屋，把鋪蓋捲兒夾在了胳膊底下，把書包挎在了肩上，悄悄地走了出去。媽媽還是臉朝著牆，靜靜地躺著，對女兒的出走視而不見。李秀娟走出大門，又轉回身朝媽媽住的屋子呆呆地看了幾分鐘，然後才邁開大步，朝紅革司總部走去。

四十

紅革司奪權的時候，王闖和衛東彪正在省城。他們由地區到省城，是為了觀測風向，汲取經驗，和上面的造反組織取得聯繫，伺機奪縣委縣政府的權。王闖在省城住在多年來一直供養他上學的叔叔——省軍區副參謀長王力學家裏。王力學對省城奪權和成立革命委員會的經過瞭若指掌，他語重心長地對侄兒說：

「你們造了縣委、縣政府的反，還當上了造反派的小頭頭。在你們頭腦發熱權力欲膨脹的時候，我要告訴你們，任何情況下，都不能失去軍隊的支持，都不能站在軍隊的對立面。毛主席早就說過，槍桿子裏面出政權。奪取政權靠槍桿子，鞏固政權還要靠槍桿子。毛主席敢於發動這場文化大革命，就是因為牢牢控制著軍隊。現在到處都在奪權，無論哪一派奪了權，最終都要組成有革命幹部的代表、軍隊的代表和革命群眾的代表參加的『三結合』的革命委員會。否則，這個奪權是不會得到上面承認的。『三結合』裏，革命幹部和革命群眾的代表選擇面很廣，唯有駐地部隊是唯一不可選擇的。革命幹部的代表幾乎都被衝擊過，有的剛剛『解放』出來，心有餘悸，戰戰兢兢，如履薄冰，很難施展拳腳，大刀闊斧地開展工作；革命群眾的代表或者由於莽撞或者缺乏經驗，很難委以重任，有的根本就是一種點綴和陪襯。所以說，在這個臨時權力機構中，實際由解放軍掌控局勢，發號施令。他們不會分裂成相互對立的兩派，往往說一不二，容不得別人的懷疑和挑釁。也許隨著形勢的發展這種情況會起變化，但起碼最初是必須以軍隊為主的。無論哪一派群眾組織，誰要和軍隊作對，是不會有好下場的。咱們那裏除了有空軍〇二六部隊外，就數縣武裝部了。〇二六部隊是一支規模很小的駐軍，和地方沒有多少往來，他們的主要任務是維護縣裏那一個小小的機場。那麼，縣武裝部在將來權力的運行中，將起舉足輕重的作用。所以，你們回去以後，無論如何要爭取得到武裝部的支持。縣武裝部部長石海濤是我的老部下，我可以給你們寫個條子，你們回去後找一找他。和軍隊接觸，一定要收斂你們的造反派脾氣，不要動不動就吹鬍子瞪眼，就打打殺殺，軍隊是不吃你們這一套的。即使暫時沒有得到他們的支持，也要學會克制，學會等待，學會忍耐，不要意氣用事。假如你們由於自己的不慎惹怒了武裝部，那就趁早滾回學校別當造反派了。我把醜話說到前頭，到那個時候你們回頭再找我這個叔叔，我是無能為力，不會幫你們半點忙的。」

王闖他們從省城回來，莫俊才把紅革司奪權的情況向他們學說了一遍，王闖後悔在省城滯留的時間長了點，他說：「這怎麼辦，總不能從紅革司手中再把權奪回來吧？」

衛東彪讓莫俊才把奪權的細節又重複了一遍，他慢慢從中品咂出味道來，說：「沒聽說哪兒是這樣奪權的。這不是奪權，分明是交權！李國臣的女兒在紅革司，李國臣就把權交給紅革司，他躲在後面通過操縱這個組織繼續掌控大權，這簡直就是搞變相的世襲制！」

王闖一拍腦袋：「對，這分明是一個大騙局，是一樁政治交易。這樣的奪權是不能算數的。既然他們是一次假奪權，那我們就大張旗鼓搞一次真奪權。」

縣委常委會議室設在一座鼓樓一樣的建築裏。這是一座二層樓，下面是一個很高很大的門洞，上層有粗壯的廊柱和古色古香的窗櫺，屋頂飛簷翹角，氣勢恢宏。這是縣城唯一的一座樓房，雖說只有兩層，但由於空間高，周圍都是平房，它就像鶴立雞群，傲視著整個縣委大院。樓房的二層只有一間很大的常委會議室，因而整座樓房也被稱作縣委會議大樓。會議室凌亂地擺放著十幾把椅子，桌子上特製的白瓷茶杯已所剩無幾，一些茶杯裏盛著墨汁，被臨時當作硯臺使用。桌子上散亂地堆放著紙、筆和糨糊刷子。一瓶墨汁不知被誰推倒在桌子上，烏黑的墨汁在桌子上流了一大片也沒有人收拾。自從這裏成了紅總司的總部，大概從來就沒有人擦過玻璃掃過地，桌子上、窗臺上到處都是厚厚的一層塵土。會議室裏挨牆鋪著麥秸，擺放著一捲捲被褥，紅總司戰士晚上就睡在這裏。這會兒，幾個頭頭們聚在桌子周圍，研究條山縣文化大革命的形勢和下一步的奪權方案。

王闖說：「對紅革司所謂的奪權咱們完全不必理睬。奪權沒奪權，他們說了不算，關鍵要看上面承認不承認。要得到上面的承認，後面必須要有軍隊的支持。沒有軍隊的支持，奪了權也無法組成『三結合』的革命委員會，也無權發號施令。紅革司拿到幾個走資派交權的簽字忘乎所以，我們正好趁機聯絡我們這一派的群眾組織進行反擊。當前要做的工作很多，現在最緊迫的，就是要和縣武裝部取得聯繫，爭取得到他們的支持。」

衛東彪說：「他們背後有李國臣操縱，我們背後有武裝部支持，笑到最後的肯定會是我們。看起來我們這次出去延誤了些時機，實際上我們避免了走彎路、欲速不達。除要搞好與工農群眾組織的大聯合，我們的宣傳隊還要抓緊趕排一些文娛節目，揭露紅革司假奪權真交權的特大陰謀，宣傳咱們真奪權的偉大意義，要用我們的宣傳把紅革司這一段的宣傳抵消掉。」

會後，王闖立即率幾個頭頭們去見縣武裝部長石海濤。進了石海濤辦公室，王闖他們先做了一番自我介紹。看到石海濤不冷不熱的樣子，王闖想，到底是武裝部長，牛逼啊！縣委書記、縣長，我們可以呼來喚去，叫他們幹什麼他們就得乖乖幹什麼，想怎麼收拾就怎麼收拾，文革以來，頭頭腦腦見得多了，還沒遇到過像這麼牛逼的人。但他熟記叔叔的囑咐，收斂起自己的造反派脾氣，十分謙恭客氣地問：「石部長，省軍區王力學參謀長您認識嗎？」

石海濤回答：「認識，那是我的老首長。」

王闖接著說：「那是我叔叔，親叔叔。這是他寫給您的條子。」說著，王闖把叔叔寫給他的條子遞了過去。

石海濤看完條子，臉色霎時由陰轉晴，他朝王闖多看了幾眼，對這夥人的態度明顯親熱了許多，他擺手示意：「請坐請坐，找我有什麼事？」

王闖說：「石部長一定十分關心咱們縣的文化大革命，我們紅總司一派非常希望得到您的幫助和支持。」

石海濤說：「部隊堅定不移地支持左派，這是毫無疑義的。把你們組織的情況說給我聽聽。」

石海濤對條山縣文化大革命情況不能說一無所知，但武裝部素來和地方接觸比較少，上級也沒有向他們下發過什麼特別的命令，他們一直沒有介入到兩派衝突之中。看到省城和地區搞三結合的「革命委員會」，省軍區和軍分區已經參與其中，他知道縣武裝部介入文化革命是遲早的事。今天這一派主動找上門來了，他表面上顯得平靜沉穩，內心卻禁不住升騰著干預和介入的衝動。

幾個頭頭們七嘴八舌地告訴他：我們這一派在學校曾受到資產階級反動路線的壓制和迫害，我們響應毛主席的偉大號召，最先舉起革命造反的大旗，最先喊出「打倒李國臣」的口號，是條山縣真正的革命造反派。對立派紅革司把主要精力放在「人民幸福黨」案子上，完全偏離了鬥爭的大方向，是條山縣文化大革命的搗亂派、保皇派。帶領他們陷入「人民幸福黨」一案的是北大學生于世民。據可靠消息，于世民前不久在N省因煽動武鬥已被當地的專政機關逮捕，他所支持的群眾組織被定性為反動組織徹底潰散。我縣的紅革司一派完全聽任于世民擺佈，他們是一個什麼樣的組織可想而知。李國臣的女兒是紅革司骨幹和紅人，僅從這一點就可以斷定他們必然充當保皇派的角色。

石海濤閉目聽完他們的陳述，問：「你們和省城、地區哪一派觀點相同？」

王闖回答：「我們的觀點，傾向於省城的八•一八、地區的紅旗縱隊。」

石海濤知道，省城的八•一八和地區的紅旗縱隊是兩個最大的造反組織，他們聯合其他群眾組織，分別奪了省、地的大權，省軍區和地區軍分區都對這兩派表示了支持。他問：「既然你們和他們觀點相同，可他們先後奪了省、地的權，你們為什麼遲遲沒有行動，反讓紅革司搶先奪了權？」

沒等石海濤說完，衛東彪就搶過來說：「他們那哪叫奪權？明明是在交權！」他把李國臣、劉俊卿、姚得官如何向紅革司寫「交權聲明」的事向石海濤敘述了一遍，說：「為什麼他們把權交給紅革司？歸根結底，是因為李國臣的女兒在那一派，李國臣是奔著他的女兒來交權的。」他以極端的憤怒和不屑的語氣說：「這是封建世襲制度的死灰復燃！是一場特大騙局，明眼人一看就知道，李國臣通過他的女兒操縱紅革司，達到繼續掌權的目的。」

衛東彪說完，石海濤模棱兩可地說：「毛主席他老人家說，『沒有調查就沒有發言權』，文化大革命的形勢錯綜複雜，我們也不能隨意表態，你們先回去，容我們再觀察觀察。」

臨走，王闖帶領大家當著石海濤的面呼起了口號：

「軍民團結如一人，試看天下誰能敵！」

「全國人民學習解放軍！」

「偉大的中國人民解放軍萬歲！」

「解放軍和革命左派永遠心聯心！」

石海濤向他們擺了擺手，說：「請革命小將放心，我們永遠站在毛主席革命路線一邊，永遠站在革命左派一邊。」

和石海濤取得了聯繫，儘管沒有得到他的明確表態，王闖和衛東彪還是心滿意足，信心百倍。因為從石海濤的表情變化可以看出，他是買王力學帳的；從他的口氣可以斷定，他們還沒有明確表態支持哪一派，也就是說，紅革司奪權的合法性並沒有得到他們的認可，他們要想成立『三結合』的革命委員會，還為時尚早。這就有機可乘，就有徹底反轉形勢的可能。

參考省城和地區正反兩方面奪權的經驗教訓，根據胡念文和莫俊才等人的建議獻策，他們的奪權直奔權力的象徵物——朱紅印章。一部《奪印》的電影告啟人們：奪印，就是奪回丟失的政權。過去的皇帝掌有玉璽，才握有實實在在的權力。同樣的道理，無產階級手中沒有大印，也就無法發號施令。他們研究制定了詳細具體的奪權方案，決定在五月十七日凌晨採取行動。

五月十七日凌晨六點，他們分成若干小分隊，開始了新的奪權行動。王闖在戰前動員中說：

「這次行動，事關重大，成敗在此一舉。兩條路線鬥爭，你死我活，在權力問題上，不能有絲毫動搖和謙讓。今天的行動要迅速、果敢，不能拖泥帶水，要以最快的速度在最短的時間取得最大的成果。我們兵分幾路，各自為戰。當然，最難的恐怕就是縣政府了，因為紅革司的人員住在裏面，搞不好就會和他們發生直接衝突。這一隊由我帶領。奪到印章，立即到這裏集中，哪裏遇到困難，立即派人通報，以便互相策應。」

紅總司的幾隊人馬迅速四散而去。他們事先和相同觀點的機關內部人員取得了聯繫，得到了他們的積極配合。他們事先還做過一番偵察工作，大致知道了放置機關印章的機要室位置。王闖手拿一根捅火棍，帶人從縣政府的旁門進去，然後直奔縣政府機要室。此時的紅革司人員還都在睡大覺，他們奪權後東奔西走，四處宣揚，這會兒也確實累了，需要好好地休息了。機要室沒有住人，門窗都被紅革司貼上了封條。他們撕了封條，撬開窗戶鑽了進去，王闖手裏的捅火棍此時派上了大用場。辦公桌旁有個鐵皮文件櫃，從感覺上能判斷出這是存放印章的地方，王闖用捅火棍三下兩下就把它撬開，很快在裏面找出縣政府的印章。王闖把印章揣進兜裏，說了聲「撤！」幾個人就從窗戶鑽了出來。

宋淑華早上上廁所，忽然發現王闖領著人在這裏鬼鬼祟祟地走動。她大喊一聲：「王闖，你們要幹什麼？」

王闖也不應答，只是領著人從旁門很快地撤了出去。

宋淑華還鬧不清他們究竟要幹什麼，只是高聲喊叫：「紅總司偷東西啦，紅總司偷東西啦！」正在睡覺的紅革司戰士被喊聲驚醒了，他們紛紛披衣起床。紅總司的人員已全部撤離，他們到機要室一看，只見窗戶被撬，裏面被翻得亂七八糟。

張永豪看了現場，說：「紅總司肯定是把縣政府的印章偷走了。」他早聽說，許多地方奪權是從奪印開始的。

宋淑華問：「怎麼辦？趕快組織人把它搶回來？」

張永豪想了想，說：「那麼個木頭疙瘩，隨便藏在什麼地方，你就很難找到，算了吧，反正權咱們已經奪過來了，他們這樣做也是枉費心機。」

宋淑華氣得大罵：「這幫流氓，惡棍，保皇派，跳樑小丑，真是卑鄙無恥到了極點！」

張永豪也很生氣，咬牙切齒地說：「他們怎麼和老鼠一樣偷偷摸摸的。像這樣一群見不得陽光的傢伙，斷定不會有什麼好下場！」

四十一

一個上午，縣委、縣人委及其下屬各單位的印章全都搞到了手。一大堆印章集中到紅總司總部，王闖如同得了金元寶似地興奮異常。想到早晨遇到宋淑華時她睡眼惺忪、氣急敗壞的樣子，再聯想到他們所導演的那場交權鬧劇，他越發感到這個當年的團文書四肢發達，頭腦簡單，根本不是自己的對手。你以為你們奪了權就萬事大吉了？別高興得太早了！

莫俊才對王闖說：「縣委縣政府的權奪到了咱們手裏，李國臣那輛吉普車也該歸咱們了。」

王闖說：「對，也把它奪過來。」縣委縣政府就這麼一輛吉普車，這可是身分、地位、權力的象徵，擁有它，更可證明他們所擁有的權力和地位。他讓胡念文找來吉普車司機衛五牛，對他說：「縣委縣政府的權被我們奪過來了，這吉普車也歸我們了。以後我們有事用車，你要隨叫隨到，不得延誤。」

自從李國臣被抓被關之後，衛五牛就再也沒有動過這輛吉普車。為造反派開車，他是一百個不願意。但他不便公開反對，只好尋找託詞：「我這一段頭暈得厲害，手也經常顫抖，大概有點中風。我怕不小心把車開到溝裏去。為了你們的安全，還是找別人開吧。」他把車鑰匙遞給了王闖。

王闖接過車鑰匙，扔給了莫俊才，說：「這事以後再說，咱先敲鑼打鼓，歡慶勝利。」

很快，大街上就貼滿了紅總司的大標語：

「熱烈歡呼五．一七奪權的偉大勝利！」

「五．一七奪權好得很！」

「徹底粉碎走資派的交權陰謀！」

「李、劉、姚陰魂不散必遭徹底失敗！」

「一切權利歸以紅總司為首的革命造反派！」

下午兩點，紅總司召集了縣城和附近農村的十幾個群眾組織，打著紅旗，扛著標語，舉著毛主席畫像，在露天劇場舉行了盛大的奪權勝利慶祝大會。會上，王闖唸了事先起草好的《奪權聲明》，他說：

「『一月革命』風暴之後，條山縣走資派意識到自己的末日即將到來，為了保住即將喪失的權力，他們使出混身解數，施展種種陰險狡猾的伎倆，導演了一出假奪權、真交權的鬧劇，企圖矇騙革命群眾，繼續對抗毛主席的無產階級革命路線。然而，用毛澤東思想武裝起來的革命群眾眼睛是雪亮的，走資派的倒行逆施不但未能挽救他們即將滅亡的命運，反而進一步激發了革命群眾勇往直前的精神。我們條山縣的革命造反派及時識破了他們的陰謀詭計，迅速聯合起來，學習上海革命造反派的奪權經驗，今天一舉將條山縣黨、政、財、文大權全部奪回到自己手中。五．一七奪權是條山縣革命造反派打退黨內一小撮走資派瘋狂反撲的偉大勝利，是以毛主席為代表的無產階級革命路線的偉大勝利，是戰無不勝的毛澤東思想的偉大勝利！一個嶄新的紅彤彤的條山縣誕生了！我們的奪權鬥爭，大長了無產階級革命造反派的志氣，大滅了反革命修正主義分子的威風！『宜將剩勇追窮寇，不可沽名學霸王。』我們要乘勝追擊，誓把條山縣文化大革命進行到底！」

接著大家高呼口號：

「熱烈慶祝五・一七奪權的偉大勝利！」

「徹底粉碎走資派交權的大陰謀！」

「誓把條山縣文化大革命進行到底！」

「偉大領袖毛主席萬歲！萬歲！萬萬歲！」

會後紅總司組織了盛大遊行。他們浩浩蕩蕩行進在縣城大街上，最後特意停留在紅革司盤據的縣政府前，在那裏高呼口號，歡呼勝利。

宋淑華、張永豪聽到紅總司一聲又一聲的聒噪，心中十分氣憤：「他媽的，明明我們奪了權，他們又奪的哪家的權！拿個木頭疙瘩就算奪權了？笑話！」

宋淑華說：「這是明目張膽地向全縣革命造反派瘋狂挑釁，是對毛主席偉大戰略部署的肆意踐踏。如果我們保持沉默，豈不是默認了他們的流氓行徑？他們豈不由此得寸進尺？」她立即組織人馬痛擊紅總司的挑釁行為。

紅革司戰士得知紅總司又一次奪權的消息，群情激憤，怒不可遏。不等宋淑華號召，他們就很快聚集起來。他們也打著紅旗，扛著標語，舉著毛主席畫像，和紅總司的遊行隊伍面對著面，針鋒相對地喊起了口號。

紅革司喊：「五・一一奪權好得很！」紅總司緊喊一聲：「五・一七奪權好得很！」並要在聲音上壓倒他們。

紅革司的人越聚越多，他們在聲音上已基本上能蓋過紅總司，兩派都聲嘶力竭，扯著嗓門大喊大叫著。

紅革司喊：「五・一一奪權……」「好得很」還沒喊出來，紅總司就緊接著喊「糟得很！」糟得很和好得很混雜在一起，圍觀群眾也辯不清究竟是好還是糟。

紅總司喊「五・一七奪權……」紅革司也如法炮製，緊跟一句「糟得很！」既然分不清是糟還是好，各自就避開奪權，喊著只屬於自己對方接不上茬的口號。

紅總司喊：「徹底粉碎走資派的交權陰謀！」紅革司就喊：「權力早歸紅革司，紅總司一派乾生氣！」紅總司喊：「封建世襲絕沒有好下場！」紅革司喊：「造謠誣衊難逃失敗命運！」

兩派人面紅耳赤，唾沫星子亂飛，喊著喊著，距離越來越近，站在兩派前邊的人就互相撕扯起來。標語牌成了盾牌，紅旗成了長矛，兩派互相扭打在了一起。

站在紅革司隊伍中的李秀娟一直想往前衝。見到王闖，他的氣就不打一處來。這個無賴，也太能造謠了。明明我們開的是奪權大會，怎麼就成了交權？怎麼能和封建世襲制聯繫在一起？至於幾個人所簽的交權聲明，那是因為我們要奪，他們才肯交呀，如果我們不奪，他交給誰去？你們整天誣衊李國臣通過我操縱紅革司，有點事實沒有？你們這樣扯謊就不怕遭到報應？新仇舊恨一齊湧上心頭，她恨不能過去咬王闖一口。劉小妹死死地拉住她，不讓她往前衝。一個女同學，衝到男生堆裏，能占到便宜嗎？衝不到前面去，她只好扯著嗓門高喊：「紅總司造謠誣衊絕沒有好下場！」

李秀娟的嗓音與別人不同，她的嗓子適宜唱歌，喊起口號來雖然尖厲但卻顯得柔軟。紅總司在嘈雜的聲音中聽出了李秀娟的喊聲，他們把矛頭立即對著她喊了起來：

「李國臣的狗崽子，耍什麼威風！」

「老子是落水狗，女兒是保皇狗！」

「老子交權，女兒接權，絕不允許封建世襲制在條山縣重演！」

「別看你今天鬧得歡，小心秋後拉清單！」

多麼惡毒的人身攻擊！李秀娟氣得渾身發抖，她真想撲上去撕爛他們的臭嘴，然後再把唾沫啐在他們的臉上。劉小妹此時乾脆站在了她的對面制止著她的憤怒和衝動。一個原本柔弱溫順、乖巧可人、膽小怕事、端莊貌美的姑娘，此時卻變成了一隻河東獅，變成了一個罵街的潑婦，真是時代造化人啊！

張永豪戴著眼鏡，他生怕別人照著他的眼睛打上一拳，只得東躲西閃，沒有衝到最前面。倒是宋淑華仗著自己身強體壯，和紅總司的人直接扭打在了一起，不知哪個人一拳頭打在她的胸脯上，她「唉呀」一聲，急忙捂住胸脯往後退了下來。展紅旗高擎一面紅革司大旗，旗杆頂端有一鐵制的尖頭，他把紅旗在空中甩了幾個漂亮的圓弧，高喊著「踏平保皇派」口號，鼓動紅革司的人往前衝。

站在紅總司隊伍前面的衛東彪手指著展紅旗叫道：「狗崽子逞什麼威風！你該跟你老子一塊兒去見閻王！」

聽到衛東彪對自己的羞辱，聯想到他蹲在廁所拒絕自己參加長征隊的那些髒話，他拚盡全力，將那旗杆的尖頭照直向衛東彪刺了過去。

展紅旗的動作受到周圍人群的限制，沒有發揮出多大威力。衛東彪看到刺向他的旗杆，先是一驚，隨即一把扯過紅革司的大旗，「嘶啦」一聲把它撕成兩半。紅革司看到自己組織的旗幟被撕，更是激起了心中的怒火，他們高喊「保衛奪權成果！」「踏平跳樑小丑！」「紅總司破壞文化大革命絕沒有好下場！」等口號，掄著木棍，扔著磚塊瓦片，像狂潮一樣向紅總司壓了過去。

紅革司在人數上完全壓倒了紅總司，紅總司且戰且退，很快就退回了他們佔據的縣委會。紅革司準備一舉衝進紅總司總部，徹底搗毀他們的巢穴，使他們失去棲身之地。正在此時，石海濤帶著一幫軍人把兩派隔了開來。那些軍人站在兩派中間，胳膊扭著胳膊，齊聲高喊：

「要文鬥不要武鬥！」

「要文鬥不要武鬥！」

被激怒了的紅革司這時候已失去控制，哪能聽得進這些？他們依然揮著拳頭，扔著磚頭瓦片。拳頭和磚頭瓦片紛紛落在這些軍人身上，但他們打不還手，罵不還口，繼續死死挽著胳膊，極力阻止兩派打鬥的進一步升級。

石海濤站在一個高臺階上，大聲喊道：「同學們，革命小將們，相信你們都是聽毛主席的話的，毛主席沒有讓你們互相打鬥，那麼，誰再打鬥，誰就不是毛主席的好學生，誰就不配做革命造反派！我今天倒要看看你們誰還敢繼續動手！」

石海濤的話把兩派都鎮住了。張永豪上前說道：「石部長，今天這場打鬥是他們先挑動起來的，你要為我們主持公道。」

石海濤說：「我現在不為你們評理，我現在只看你們誰先撤出這裏！」

王闖此時高喊一聲：「同學們，咱們聽石部長的話，走。」

紅總司一派嘩啦啦地撤了回去，紅革司仍站在原地，展紅旗帶領大家向潮水般退去的紅總司喊著口號：

「堅決保衛奪權成果！」

「一切權力歸紅革司！」

「誰破壞文化大革命就和他血戰到底！」

「毛主席的無產階級革命路線勝利萬歲！」

「偉大領袖毛主席萬歲！」

直到紅總司已退得沒了人影兒，他們才折轉身，罵罵咧咧地向著自己的大本營走去。

兩派的旗幟都被撕碎了，標語牌、毛主席畫像也都被踩得稀爛。地上一片狼藉，有磚頭、瓦片、木棍，還有不知誰掉了的鞋子。幾個地方還留有少量的血跡。石海濤成功地制止了這場打鬥，在混亂無序中證明了自己的權威。看著兩派離去的學生，他的嘴角露了一絲滿意的微笑。

圍觀的群眾鬧不明白，兩派群眾都聲稱自己奪了縣委縣政府的權，究竟哪個算數？以後該聽誰的？文化革命怎麼越搞越亂了套？

四十二

李國臣被揪到紅總司總部進行審問。他的鬍鬚和頭髮都長得很長，兩頰明顯地削瘦下去，和電影裏見到的囚犯差不多。他的兩眼還透露出倔強和憂鬱的神色，左眼下方的那道傷疤更顯得清晰發亮。

「李國臣！」

王闖像炸雷似的一聲大吼，李國臣不由自主地身體哆嗦了一下。他看著這位方腦袋，厚嘴唇，長著牛一樣大眼的造反派頭頭，不知道他又要搞什麼名堂。

「老實交代，你為什麼要把縣委的權交給紅革司？你們之間究竟有什麼不可告人的罪惡勾當，你女兒在裏面起了什麼見不得人的作用？」

李國臣已經習慣於這樣的質問和呵斥，並且已經找到了對付這種訊問的唯一切實可行的辦法——沉默。當他第一次被揪鬥的時候，他忍受不了別人加在他身上的種種罪名，面對群眾，據理力爭，結果，他的話不斷被怒濤般的口號聲所淹沒，他的努力不僅無濟於事，反而落了個負隅頑抗、死不悔改的惡名，他不僅因此招致了更加猛烈地批判，而且遭受了本可避免的皮肉之苦。所有的法律條文都庇護不了他，沒有人為他評理為他主持公道。從此，他學乖了，聰明了，既然無理可說，那就不說罷了。黨的歷史上也不是沒有糾正錯誤的案例。歷史自有公論，時間是最偉大的法官，今天暫且充當個啞巴，相信今後總有平反甄別的那一天。

「我們才是全縣真正的革命造反派，你為什麼要把權交給保皇派？把你的狼心狗肺掏出來讓我們看看！」王闖衝李國臣瘋狂地叫囂著。

「快說，你以為裝啞巴就能逃脫罪責？」

「頑抗到底，死路一條！」

「不老實交代，就砸爛你的狗頭！」

紅總司戰士在七嘴八舌地叫喊著。

王闖有點忍耐不住了，他挽起袖子，逼近李國臣，又一次向他質問道：「你究竟說不說？」

「……」

「啪！」王闖搶起胳膊，一巴掌打到李國臣的右頰。李國臣只覺眼前一黑，隨即一個趔趄向前栽去。他躺在地上用手捂住火辣辣的右頰，一縷殷紅的鮮血流到了他的手上。

李國臣從地上爬起來，看到周圍的人都手叉著腰怒對著他。王闖進一步逼近他，說：「不觸及皮肉，就觸及不了靈魂。現在該老實交代了吧。說，你究竟和紅革司達成了什麼交易？你把權交給他們是出於什麼動機？」

李國臣此時心裏充滿怒火，但他極力壓制著，不讓它噴發出來。如果是在敵人的監獄裏，如果面對的是國民黨反動派，面對的是殺人如麻的劊子手，他可以拿出一個共產黨員的凜然正氣，怒斥強敵，威武不屈，甚至豁出命來也要和他們拚個你死我活。可是，眼前這些人不是敵人，而是和自己女兒一樣的青年學生，他們又是響應毛主席的號召進行著史無前例的文化大革命，你拿他們該怎麼辦？

李國臣又抹了一把臉上的血，說：「我說了你們會相信嗎？」

王闖說：「你還沒說，叫我們相信什麼？」

「交權完全是強迫的，對我來說是無可奈何的。」

「啪！」李國臣的左頰上又狠狠挨了一巴掌。

王闖瞪大眼睛，指著再次跌倒在地的李國臣，罵道：「等了半天，就等了你這麼句話？看來，你今天是要頑抗到底了。」

王闖一伸手，有人遞過來一支小口徑步槍。他「嘩」地一聲上了栓，說：「再不老實交代，老子斃了你！」

李國臣斷定這是一種嚇唬人的手段，再怎麼說，他們也不敢開槍打人。他索性閉上眼睛，一言不發，看他們能折騰成個什麼樣子。

王闖忘不了那次軍體課，忘不了那次小口徑步槍射擊。正因為他女兒李秀娟膽小，子彈從他頭頂劃過，他才堵氣端著槍追她，他因此而受到處分，這個處分裝進了他的檔案袋，從此將會影響到他的一生。這真是奇恥大辱啊。現在，老天安排，你李秀娟的爸爸落在我的手裏，我要讓他嚐一嚐我的厲害。他用槍抵著李國臣的屁股，問：「你說，還是不說？」

李國臣依然閉著眼睛，一副從容鎮定的樣子。戰場上的槍林彈雨都經過了，你一個小娃娃嚇唬誰呀。李國臣的從容鎮定是對眼前這個造反派司令最大的藐視。王闖忍受不了，心裏暗罵：你這個落水狗，到這會兒還臭架子不倒，你以為老子怕你嗎？你以為老子不敢開槍嗎？心中的火氣不斷向食指處聚集，他的食指終於按捺不住，摳動了扳機，只聽「卟」地一聲，子彈鑽進了李國臣的屁股。

李國臣「啊」地一聲大叫，用一隻手捂著屁股，順勢倒在了地上。這時，周圍的人都待在了那裏，有的嚇得悄悄溜了出去。

王闖仍然面不改色，說：「這就是你負隅頑抗的下場。你以為把權交給紅革司就沒事了？在這件事上交代不清，我們和你永遠沒完！今天先給你點顏色看，完後你再老實交代：交權的動機是什麼？和他們究竟達成了什麼協定？李秀娟在中間起了什麼作用？像這些關鍵問題，絕不允許回避和含糊！」

看著愣在旁邊的同夥，他輕描淡寫地說：「沒事，這槍打不死人的。這事也不要說出去。還把他關在那裏，非把他的嘴撬開不可。只有把紅革司假奪權的陰謀徹底搞清楚，我們的奪權才更有說服力，它的必要性和重要性才無可置疑。」

王德貴的孫子亮亮是前幾天被一個陌生人送回來的。這小傢伙也穿了一身仿製的草綠色小軍裝，胳膊上戴著副「紅小兵」的臂章，腰裏紮著根皮帶，一副革命造反派的模樣。王德貴見了他雖然心裏喜歡，但對這身裝束卻不由自主地皺了皺眉。這小傢伙來後就到處亂跑亂叫，一刻也不安寧。王大娘問他：「亮亮，你為啥不跟爸爸媽媽在一起？」

「他們老吵架。」

「你喜歡爸爸還是喜歡媽媽？」

「誰都不喜歡。」

「為啥？」

「他們吵起來誰都不理我。」

「那你就跟爺爺奶奶在一起。」

「好，爺爺奶奶肯定不會吵架。」

「爺爺奶奶要是吵架呢？」

「那我——」亮亮指著蘭花，說：「就和這個奶奶在一起。」

蘭花聽了很高興，說：「我從來都不和人吵架，亮亮和我在一起。」

這小傢伙肩上扛著王德貴的棗木拐杖，在院子裏邊走邊唱：「下定決心，不怕犧牲，排除萬難，去爭取勝利！」蘭花也不知道這是毛主席語錄譜成的歌，只覺得這小傢伙好玩。幾個老年人都圍著他轉，聽他唱歌，逗他笑鬧，小院裏因為他增添了不少歡樂氣氛。

幾天之後，亮亮嫌這院子裏的天地太小，要到大街上去。王德貴滿口答應，高高興興帶他上了大街。他們一塊看大字報，一塊聽辯論，一塊看遊行，一塊看兩派組織在牆上刷大標語：那一張張白紙先把整個牆壁覆蓋了，學生站上高凳，拿把足有二寸寬的大板刷，從臉盆裏蘸上墨汁，然後龍飛鳳舞，一條大標語就上了牆。標語最後那個驚嘆號足有亮亮一個人那麼高。亮亮拽著爺爺的衣襟問：「爺爺，那上面寫的是什麼呀？」

王德貴騙他說：「打倒日本鬼子！」

「日本鬼子不是早打跑了嗎？」

看這個小傢伙也不好騙，他只好佯裝生氣地說：「你這個小人話怎麼這麼多，你不說話，誰能把你當啞巴賣了？」

亮亮噘起了小嘴巴。王德貴趕快賠好話：「肯定是打倒壞人的。這上面的字爺爺也認不全。」亮亮要跟這些大哥哥大姐姐學習，他舉起拳頭高喊了一聲：「打倒壞蛋！」惹得周圍人的眼睛都朝他看了過來。

那天蘭花要做些針線，叫亮亮過來幫她纏線。亮亮把線架在小胳膊上，渾身使著勁兒。蘭花一邊纏，一邊看著他那胖嘟嘟粉嫩嫩的臉。這讓她想起了女兒。

女兒剛來條山的時候，也是這麼個年齡，也是這麼天真無邪。十多年過去，女兒發生了那麼大的變化，變得和自己生分了，變得讓人猜不透她的心了。儘管如此，女兒還是自己的至親至愛！

這時，她心中強烈地想起女兒。女兒好長時間沒回來看她了，女兒肯定是生她的氣了。她有些後悔，悔不該當初給她使臉色，耍脾氣，惹得她生了氣。女兒的處境也艱難，女兒的心情也不好，女兒不像自己，她還要在世上活人，不表現行嗎？她以前沒有設身處地地替女兒想一想，所以才鬧出了矛盾和不愉快。她希望女兒能早些回來，女兒回來，她一定和顏悅色待她，不管怎麼說，每天能見著女兒，心裏會覺得踏實些。

亮亮的精力不集中了，兩隻胳膊有點支持不住了，線在他的手裏被扭成了麻花。蘭花神思恍惚，不覺把線搞成亂糟糟的一團，一時理不出個頭緒。她把線從亮亮的胳膊上取下來，然後放在一邊，獨自靠在牆上發愣。

「奶奶，這可咋辦呀？」

蘭花說：「沒關係，先放這吧，我慢慢理。」

「那我走啦。」

「走吧。」蘭花第一次冷落了這個小客人。她的右眼皮跳得厲害，心裏總有一種要出什麼事的感覺，她要王大伯說什麼也要把女兒叫回來。這個該死的丫頭，你在外頭要瘋到什麼時候！

四十三

石海濤召集兩派組織的頭頭們開會，會上對兩派組織的打鬥行為作了嚴肅批評，他說：「據我瞭解，打鬥最先是由紅革司引起的。紅總司遊行到你們那裏，起初也只是呼呼口號，呼口號是允許的麼，可呼著呼著你們就扔起磚頭瓦片，還用旗杆戳人，叫喊要踏平人家，直到我們武裝部出面制止，你們還不肯停歇下來。這就太不像話了麼！文化革命不是武化革命，拳頭不能代表真理。假如我們不出面制止，還不知道要發生什麼樣的後果。希望你們回去好好地反思一下，不能一時衝動，造成不必要的流血犧牲……」

宋淑華越聽越不是味兒，明明是他們跑到我們那兒叫陣挑釁，怎麼責任反倒全推到我們身上？哪有這樣顛倒黑白、混淆是非的？她不得不為自己爭辯：「石部長，你聽我說……」

石海濤伸出一隻手掌向下一壓，說：「我這會兒不聽你說，我要求你認真聽我講話。」

張永豪忍不住站了起來，說：「這是個大是大非問題，還是聽我們解釋一下吧。」

石海濤反問：「怎麼，你們今天要和我辯論嗎？軍人以執行紀律為天職，部隊是不參加大鳴大放大字報大辯論的。我再次勸你們認真聽我講話。」

宋淑華說：「解放軍最聽毛主席的話，毛主席要求部隊要站在革命左派一邊，要堅定不移地支持革命左派……」

石海濤面有慍色，說：「難道我打擊壓制你們了嗎？難道我支持右派了嗎？你們造了幾天反，就成了老虎屁股，摸不得了？革命左派也不是自封的，你說你們是革命左派，就是革命左派了？」

張永豪聽了這話，氣得臉都變青了。雖然石部長沒有明說他們不是左派，但從他的口氣和措詞中，能夠感受到他的傾向和態度，感受到他的喜惡和愛憎。

張永豪說：「石部長，我們今天想要一個答案，就是我們紅革司是不是革命左派？你只要回答是或不是就行了。我們就等著這句話。」

石海濤說：「你這是在要脅我！好啦，既然我講的話你們不願意聽，那我就不講啦，你們走吧。」

兩派的頭頭都不吭聲了。石海濤沒想到有人敢和他頂嘴，看來今天的講話是進行不下去了。對這些不知天高地厚的學生，他不能遷就他們，必須用鐵的手腕，壓一壓他們的囂張氣焰，給他們點顏色，徹底地震住他們。他說：「既然你們不願意聽我講話，那我今天就不講啦，什麼時候你們的態度端正了，願意聽我講了，我再接著講。」說完，他站起身，獨自走了。

王闖稍等了片刻，和衛東彪跟在石部長的後面走了。宋淑華和張永豪交換了一下眼色，遲疑片刻，也邁著凝重的步子走了出去。走到院子裏，兩個人商量了一會兒，決定把隊伍帶到縣武裝部門前，強烈要求和石部長對話。

紅革司的人很快就聚集到縣武裝部門口，張永豪向大家講了剛才開會的情況，好比易燃氣體遇到火星，大家聽了張永豪的講述，個個義憤填膺，氣得肺都要爆炸了。

「在條山縣，除了紅革司，誰還配稱革命造反派？我們最早拉起造反隊伍，最早殺向社會，最早向條山縣的最大的走資派發起進攻。披肝瀝膽、殫精竭慮、廢寢忘食、奮不顧身地廝殺搏鬥了幾個月，竟然不被認可反而遭到批評指責！是可忍，孰不可忍！否定了紅革司，就是否定了條山縣的文化大革命，就是認可了紅總司。可紅總司都是些什麼人呀？社會渣滓，無賴！他王闖算什麼玩意，純粹攪屎棍一個！明明我們奪了權，他們竟恬不知恥，從峨眉山上下來摘桃子，號稱他們奪了權。王闖這樣的社會渣滓胡攪蠻纏也就罷了，可你堂堂的武裝部長，屁股卻完全坐歪了，對我們橫加指責，對他們肆意包庇。這天下還有是非沒有。」

宋淑華和張永豪對石海濤的講話不能不敏感。省城造反派奪權，就是因為得到了軍隊的支持，才得到了中央的肯定和支持。省城的革命造反派遵照毛主席提出的「三結合」的方針，成立了臨時權力機構——革命委員會。

這「三結合」裏，革命群眾是基礎，革命領導幹部是核心，人民解放軍是支柱。如果沒有人民解放軍這個支柱，無論建起什麼樣的房子都要倒塌。

當初張永豪曾建議尋求武裝部的支持，宋淑華還沒怎麼把武裝部放在眼裏，她說：「反正權已奪到我們手裏，武裝部自然而然就應該站在我們一邊，全力以赴支持我們，這還用得著向他們乞求？」

哪知道事情並沒有她想像得那麼簡單，紅總司沒有在那裏睡大覺，他們又來了一個奪權，這一下武裝部就可以在他們兩派之間有所選擇了。

「現在看來，武裝部的屁股已經坐歪了，也就是說，條山縣成立『革命委員會』，很可能是紅總司的節日而是我們的末日，我們以前所做的一切都是白忙活了。如果我們紅革司得不到支援，進不到權力中心，那些死心踏地擁護我們，跟著我們一起遊行、一起呼口號的工人、農民、機關幹部和市民們該怎麼辦？我們將怎麼向他們交代？這樣的結局實在是太可怕了。所以，一定要讓武裝部對我們這個組織有一個明確的表態，承認我們是真正的革命造反派，這樣，『三結合』時才不會把我們排除在外，我們才能夠進一步續寫新的輝煌。」

紅革司的人越聚越多，他們在武裝部門前展開了靜坐示威。坐到晚上十一點，也沒見到石海濤的影子。大家忘了饑餓，沒了乏困，一個個情緒激昂，心緒難平，展紅旗領著大家一遍又一遍地呼著口號：

「我們要見石海濤！」

「我們要討公道！」

「誓死捍衛毛主席的無產階級革命路線！」

「無產階級文化大革命勝利萬歲！」

「泰山壓頂不彎腰，革命到底不回頭！」

……

口號喊累了，大家稍作休息，李秀娟起了個頭，接著又群情激昂地唱起了〈抬頭望見北斗星〉：

「抬頭望見北斗星，心中想念毛澤東，想念毛澤東，黑夜裏想你有方向，迷路時想你心裏明……」

唱著唱著，一個個熱淚盈框，有的竟放出悲聲，武裝部大門前彌漫著一片委屈和不平氣氛，他們希望用口號，用歌聲，用悲情能把石海濤引出來，能給他們一個明確的答覆。可是，他們想得太天真了，石海濤始終沒有露面，武裝部門前只是多了幾個站崗的，他們一個個表情漠然，對這些青年學生的哭聲、喊聲和歌聲無動於衷。

一直到凌晨兩點，武裝部院內還是無聲無息。紅革司知道他們的努力不會取得任何回應，幾個頭頭們經過一番研究，決定暫時撤離武裝部，回家休息以另做打算。

紅革司折騰了大半夜，確實十分疲累了，大家回去後倒頭就睡，直睡到第二天中午還沒醒來。紅總司的人卻起了個大早，他們提著糨糊桶，拿著筆墨抱著紙張，在大街上刷寫著一條又一條大標語：

「軍民團結如一個，試看天下誰能敵！」

「誰反對毛主席親手締造的人民解放軍，誰就是人民的公敵！」

「誰反對戰無不勝的毛澤東思想，我們就打倒誰。」

「敵人不投降，就叫它徹底滅亡！」

「條山縣文化大革命勝利萬歲！」

「五・一七奪權勝利萬歲！」

……

紅革司的人醒來後到大街上一看，真是氣不打一處來。昨天晚上心中的憋悶無處發洩，今天又遇見王闖死纏爛打，他媽的，真是小人得勢呀！你有什麼得意的？你那老底子誰不知道？無論從哪方面說，我們什麼時候會把你看到眼裏？真是欺人太甚呀。看來，非把你們滅了才能吐出心中這口惡氣！宋淑華、張永豪把人馬招集起來，上街把紅總司的大字報撕得粉碎。紅總司仗著有石海濤撐腰，哪能容得紅革司的舉動，王闖帶人來到街上，兩派頓時又扭打在了一起。

紅革司這會兒如同置之懸崖，如不絕地反擊，很可能被推向深溝摔得粉身碎骨。他們一個個同仇敵愾，把向石海濤的怒氣都發洩在了紅總司身上。宋淑華此時幾乎紅了眼，她高喊著「打！」「狠狠地打！」「往死裏打！」紅革司戰士像火山爆發噴出的岩漿一般勢不可擋地向紅總司壓了過去，磚頭、瓦片像雨點一樣從空中落下，紅總司沒有紅革司人多勢眾，他們且戰且退，向他們所佔據的縣委會議大樓潰散。

紅革司緊緊尾追著他們，他們退到了縣委會，紅革司也追到了縣委會；他們上了縣委會議大樓，他們也追到了大樓。紅革司衝上大樓後，繼續追著紅總司的人打，紅總司的人招架不住，連滾帶爬地從樓梯溜掉了，最後，大樓上全剩下紅革司的人。紅革司把紅總司的輔蓋捲兒一個個從窗戶扔了下去，展紅旗拿來了一面紅革司的大旗，插在了樓頂上。好比解放軍當年佔領了南京偽總統府，他們把這座大樓完全控制了。紅總司退守到縣委家屬院裏，在那裏整頓隊伍，伺機反撲。

待隊伍稍稍穩定下來，王闖即帶著幾個被打傷了的學生去見石海濤，向他控訴紅革司的野蠻行徑。石海濤聽後非常生氣，說：「剛批評了他們的打鬥行為，他們又變本加厲起來，簡直無法無天了麼！大鳴大放大字報大辯論，人人都有這個權利，怎麼只能你放，不興別人放？這樣目空一切、我行我素地發展下去，那還了得！」

紅總司趁機對石海濤說：「昨天晚上，他們是集體向你施加壓力，逼你就範！」

石海濤哼了一聲，說：「我就那麼聽他們的？」

紅總司又有人煽風點火：「昨天我聽了他們喊的口號，什麼『打倒軍閥！』『打倒軍內一小撮！』『石海濤是條山縣文化大革命的攔路虎！』『紅革司天王老子都不怕，敢把石海濤拉下馬！』看來他們把鬥爭矛頭完全指向了你和你們武裝部。」

石海濤聽了這些話，氣更大了，他鐵青著臉，說：「我等著，看他們怎麼把我拉下馬。」

這些口號也可能是紅革司個別過激的學生喊出來的，也可能根本就沒有人這樣喊，而是紅總司趁機編出來的。但它所起的作用卻是十分明顯的，它進一步引起了石海濤的震怒，引起了石海濤對紅革司的不滿。石海濤說：「軍隊是無產階級專政的柱石，要維護文化大革命沿著毛主席指引的正確道路健康發展，以前我們對文化大革命干預得不多，主要感到同學們都是聽毛主席的話的，是會按照毛主席的指示去辦的，現在看來這只是一種良好的願望，它和現實有著很大的距離，如果我們再坐視不管，文化大革命將會發展成什麼樣子，實難預料。」

王闖當即表態：「我們一定全力維護解放軍的光輝形象，一定聽石部長的指示，使條山縣文化大革命健康發展下去。」

石海濤說：「我們現在要著手搞好革命大聯合，籌備革命組織代表會議，排除一切干擾，為成立『三結合』的革命委員會積極做好準備。」

四十四

以王闖為首的紅總司在縣城露天劇場召開了革命組織代表會議。文化革命將各個部門、各個單位都分裂成了勢不兩立的兩派，一派追隨紅革司，另一派則追隨紅總司。紅總司把各公社五花八門的農民組織糾合在一起，組成了一支龐大的有統一指揮機構的「農民革命造反紅色大軍」，簡稱「農紅軍」。他們把縣城一些小工廠的革命組織糾合在一起，組成了一支有統一指揮機構的「工人革命造反總聯合會」，簡稱「工總聯」。各個公社、各個工廠、各個機關都派代表參加了會議。

在籌備這次會議的時候，石海濤曾考慮要不要邀請紅革司也派代表參加，因為紅革司畢竟是一個實力很強、人數眾多的群眾組織，把他們排除在外總有些不妥。他派人和紅革司聯繫，宋淑華和張永豪在來人面前把石海濤大罵了一通。他們說：

「我們找他對話，他不理睬；這會兒他找我們，我們同樣不予理睬！除非他明確表態我們是革命左派組織！我們早看透了，石海濤的屁股完全坐歪了，他的目的是想讓我們歸降紅總司。我們響噹噹的革命造反派怎麼能和那些社會渣滓們坐在一起？他們打著革命造反的旗號實則幹著破壞文化大革命的勾當，我們和他們如同水火，勢不兩立。我們和他們的鬥爭是兩條路線的鬥爭，在這種兩條路線的鬥爭中，我們絕不會妥協投降！石海濤要為他的行為負責！……」

石海濤惹惱了紅革司，紅革司堅決站在了他的對立面。石海濤聽了這些話，說：「咱們仁至義盡，他們咎由自取，隨他們去吧。」

這樣，革命組織代表會議清一色都是紅總司一派的人。

參加大會的代表共有一千多人，石海濤在大會上發表了講話，他說：「這次革命組織代表會議的召開，標誌著全縣的革命組織實現了大聯合，為我縣『三結合』的革命委員會的成立打下了堅實的基礎。上海『一月風暴』之後，無產階級文化大革命進入了一個向黨內一小撮走資派奪權的新階段，我們縣的革命造反派組織起來，響應毛主席的偉大號召，於五月十七日一舉奪得了舊縣委縣政府的大權。」

講到這裏，現場響起了熱烈的掌聲，這標誌著縣武裝部在公開場合肯定了紅總司的五・一七奪權，否定了紅革司的五・一一奪權。掌聲稍停，石海濤正準備接著講下去，王闖在主席臺上作了個手勢，掌聲像大海的波濤一樣又一次響起，而且比先前更加熱烈。石海濤的講話受到這麼熱烈的歡迎，他自然十分受用，分外得意。底下有人呼起了口號：

「五・一七奪權勝利萬歲！」

「一切權力歸左派！」

「偉大的人民解放軍萬歲！」

……

掌聲、口號聲漸漸平息下來，石海濤接著說：「偉大領袖毛主席教導我們說，奪取全國的勝利，這只是萬里長征走完了第一步……中國的革命是偉大的，但革命以後的路程更長，工作更偉大，更艱苦。無產階級革命造反派的同志們，革命小將們，你們千萬不能自滿，要更高地舉起毛澤東思想的偉大紅旗，遵循毛主席的革命路線，珍惜你們的勝利果實，不斷鞏固發展來之不易的大好局面，讓條山縣的大權永遠牢牢掌握在無產階級革命造反派手中。」

講到這裏，底下又是一片海潮般的掌聲。

稍停，石海濤又接著說：「偉大領袖毛主席教導我們，沒有一個人民的軍隊，便沒有人民的一切。軍隊是無產階級專政的柱石，要堅定不移地支持革命左派，全心全意為人民服務。大家對我們有什麼建議和要求隨時都可以提，也可以向上級反映，但無論何時，都不能把鬥爭的矛頭指向人民軍隊。」

講到這裏，底下響起了口號聲：

「軍民團結如一人，試看天下誰能敵！」

「誰反對毛主席親手締造的人民解放軍，我們就打倒誰！」

口號過後，石海濤接著講：「現在，條山縣的文化大革命雖然取得了偉大的勝利，但是，敵人絕不會自甘退出歷史舞臺，他們還會垂死地掙扎，他們慣用的手段就是挑起群眾鬥群眾，破壞已經形成的革命大聯合，他們隨時窺測時機，以便捲土重來。對此，我們絕不可盲目樂觀，忘乎所以，一定要保持高度的革命警惕，窮追猛打落水狗，不給他們以任何喘息的機會。我希望條山縣的廣大革命群眾高舉毛澤東思想偉大紅旗，繼續搞好革命的大聯合，按照毛主席的偉大戰略部署，衝破一切阻力，一步步把我縣的文化大革命向前推進，一步步從勝利走向新的勝利。最後讓我們高呼：無產階級文化大革命萬歲！無產階級專政萬歲！毛主席萬歲！萬歲！萬萬歲！」

石海濤講話完畢，又是一片掌聲，歡呼聲，口號聲。接著，三大派群眾組織的代表分別講了話。王闖代表紅總司講話，他表示完全擁護石部長的演講，他說，石部長的重要講話處處閃爍著毛澤東思想的光輝，是活學活用毛澤東思想的具體體現。只要堅決按照石部長的講話精神去辦，條山縣的文化大革命一定會朝著健康的軌道向前發展。他表示，一定要鞏固發展革命的聯合，堅決排除一切干擾，打退一小撮走資派的瘋狂反撲，誓把無產階級文化大革命進行到底。「農紅軍」和「工總聯」代表的發言基本上都是同一個意思。

最後，大會通過了給地區和省革命委員會的致敬電，致敬電說：

「我們條山縣的革命群眾，在毛主席親手締造的人民解放軍的大力支持下，實現了革命的大聯合，這是毛澤東思想的偉大勝利，也是毛主席革命路線的偉大勝利！下一步，我們將遵照毛主席提出的「三結合」的方針，充分發揚在無產階級專政下的大民主，按照巴黎公社的原則，產生革命的、有代表性的、有無產階級權威的、閃爍著毛澤東思想光輝的『三結合』的臨時權力機構——革命委員會。毛主席教導我們：『我們現在的任務是要強化人民的國家機器』，這次會議向全縣人民提出了新的戰鬥任務，吹響了新的更加雄壯的進軍號角。我們將竭盡全力，保衛文化大革命的勝利成果，把條山縣建成一座活學活用毛澤東思想的大學校，讓毛澤東思想佔領一切陣地，永遠永遠地飄揚在條山的上空！最後，讓我們懷著萬分虔敬的心情，祝我們心中最紅最紅的紅太陽毛主席萬壽無疆！萬壽無疆！萬壽無疆！並祝毛主席最親密的戰友林副主席身體健康！永遠健康！永遠健康！」

紅總司的革命組織代表會議對紅革司造成巨大震動，讓他們最為憤慨的是石海濤在會上公開肯定了紅總司的「五・一七奪權」。肯定「五・一七奪權」，就意味著否定「五・一一奪權」，進而就意味著否定紅革司。這是最讓他們難以接受的。作為熱血青年，他們死也要維護自己組織的榮譽，維護自己煞費苦心取得的革命成果。紅革司此時如不振奮精神，鼓舞士氣，很可能遭到瓦解，甚至一潰千里，無法收拾，廣大中間群眾很可能紛紛投奔紅總司而去。宋淑華立即召開會議，研究當前形勢和所要採取的對策。經過一番熱烈的討論，他們在以下幾個方面達成了一致：

一、針鋒相對，立即召開以紅革司為首的有工人、農民代表參加的革命組織代表會議。會議要比紅總司的人數更多，聲勢更為浩大，借此鼓舞士氣，壓制紅總司的囂張氣焰。

二、爭取軍隊支持。縣武裝部指望不上，那就儘快和駐地空軍〇二六部隊取得聯繫，爭取得到他們的支持。如果得不到他們的支援，則和地區軍分區取得聯繫，爭取得到軍分區的支持。如果得不到軍分區的支持，則和省軍區取得聯繫，爭取得到省軍區的支持。如果一時得不到軍分區和省軍區支持，則向他們控告石海濤顛倒是非，混淆黑白，偏袒保皇派，打擊革命造反派的惡劣行徑。解放軍是一支偉大的軍隊，但解放軍裏的每一個人未必都是好人，石海濤就是混進軍隊裏的一個壞人。只要把石海濤搞下去了，紅總司就沒戲唱了。

三、不僅要在本縣搞好革命大聯合，而且要走出去，和周邊縣的造反組織及地區、省城的革命造反派加強聯繫，結為盟友，以便互通情況，互商對策，在緊急情況下互相聲援，互相呼應，共同採取行動。

說幹就幹，他們即刻去了駐在本縣的空軍〇二六部隊。〇二六部隊的陳政委熱情地接待了他們，比起石海濤來，他們的態度真可謂一個天上，一個地下。這使紅革司頭頭們有一種受寵若驚的感覺。陳政委說：「各位小領袖們，非常歡迎你們啊，你們是毛主席的紅衛兵，是我們非常尊貴的客人，大家對我們部隊有什麼期望，可以毫不諱言地提出來，我們一定盡最大努力滿足大家的要求。」宋淑華感動得幾乎想哭。這才是人民的軍隊，這才是和人民群眾魚水相依的子弟兵。宋淑華第一次被稱為「小領袖」，簡直有點承受不起。在他們心裏，只有毛主席才配稱為領袖，其他人怎麼能擔當起「領袖」這個稱號呢。

張永豪說：「陳政委，我們今天到了這裏，才知道什麼叫軍民一家人。我相信，你們駐守在條山，一定十分關注著條山縣的文化大革命，一定知道我們紅革司，知道我們是一個人數眾多的堅強的有戰鬥力的群眾組織，在條山縣文化大革命中發揮著積極的無可替代的作用。我們始終堅決執行毛主席的無產階級革命路線，是條山縣無可非議的革命造反派。我們在奪得縣委和縣政府大權後遇到了種種干擾和阻力，遇到了保皇派的搗亂和破壞，在這種情況下，我們渴望能得到你們強有力的支持。有解放軍作為我們的堅強後盾，我們會百折不撓，愈挫愈勇，在文化大革命中續寫新的輝煌。請相信，我們是絕對不會讓你們失望的。」

陳政委聽了張永豪的陳述，說：「我理解你們的意願和所遇到的困難，只是我們部隊的主要任務是守好這個機場，上級沒有給我們下達『支左』和參與地方鬥、批、改的命令。所以，我們也不能隨便表態支持哪一派。這點，希望能得到你們的諒解。但是，我們毫不懷疑，各位小領袖都是毛主席教導出來的好學生，都是聽毛主席的話的，是堅決捍衛毛主席的革命路線的，我們將在我們的職責權力允許範圍之內，支持你們，幫助你們。這種支持也許只是精神上的一種理解和信任，希望你們回去以後不要進行宣傳，以免影響到我們和其他兄弟部隊的關係。」

雖然這些話與他們的期望值有著很大的距離，但紅革司的頭頭們對陳政委的話表示理解。軍隊以執行命令為天職，他們不能隨心所欲，不能像他們學生那樣，想怎麼幹就怎麼幹。不能對他們提出更高的要求，不能為難他們。有他們這一番好意，足以使紅革司胸中感到一股暖意，心裏獲得一種滿足。宋淑華一個勁地向陳政委表示謝意，陳政委要挽留大家在這裏吃飯，宋淑華覺得有他們的熱情接待就足夠了，他們謝絕了陳政委的好意。陳政委說，正巧我們有車去縣城，讓他們順便把你們送回去吧。同學們爬上一輛軍用卡車，卡車駛到縣城附近，放下他們，就折轉別的方向去了。

宋淑華和張永豪又帶著人去了地區和省城，原想找到軍分區和省軍區的領導，向他們彙報一下條山縣文化大革命的情況，爭取得到他們的支持，最好能討到他們的支持信，然後回縣召開群眾組織代表大會，在會上宣讀這些支持信，這樣的效果是他們最想要的，也是最理想的。然而，軍分區和省軍區的領導被地區和省城的文化大革命搞得自顧不暇，哪能顧得上插手他們縣裏的事情？他們一個也沒見著，更不要說得到他們的支持了。

他們與省城三大群眾組織之一的「紅色革命聯合總站」倒是聯繫上了，他們的大本營十八中剛剛遭受了以楊宏效為首的「工人造反總司令部」洗劫，有三名學生被打死，數十名學生被打傷，十八中校園裏血跡斑斑，令人觸目驚心。「紅色革命聯合總站」召開了聲勢浩大的聲討大會，並派人上京告狀，誓要償還血債，揪出幕後黑手。

「紅色革命聯合總站」的一位頭頭對他們說：「前途是光明的，道路是曲折的，革命總會遇到這樣那樣的艱難險阻。你們所受的挫折和打擊比我們要小多了。越是在逆境當中，越能鍛煉我們的意志，考驗我們對毛主席的赤膽忠心。頭可斷，血可流，和資產階級反動路線血戰到底的決心不動搖；海可枯，石可爛，誓死捍衛毛主席革命路線的紅心永不變。歷史必將證明，真理始終掌握在我們這一派革命造反派手中，一些壞人、投機者或者偽裝的革命者暫時得勢，但不管沉渣如何泛起，歷史終將把他們釘在恥辱柱上永世不得翻身。」

這位頭頭還告訴他們：「待我們揪出了幕後黑手，澄清了事實真相，得到中央文革的表態和支援，全省文化大革命的形勢將發生根本性轉變。到那時，我們就會撥雲見日，品嚐勝利的果實。」

四十五

紅革司也召開了革命組織代表大會，實現了他們的「革命大聯合」。他們把自己這一派的農民組織起來，成立了「農民革命造反聯合大軍」，簡稱「農革聯」，把他們這一派的工人組織起來，成立了「工人革命造反聯合司令部」，簡稱「工革司」。他們的代表涉及到全縣的各行各業各個公社，聲勢也不小，比起紅總司的革命組織代表大會一點也不遜色。看來，這一派並沒有因為遭到石海濤的冷遇和疏遠而土崩瓦解，相反，他們卻因之贏得了許多人的悲憫和同情，其內部也愈來愈緊密地團結在一起。他們理直氣壯，堅信自己並沒有做錯什麼，堅信自己每一個行動都是按毛主席的戰略部署展開的。既然如此，誰會把我們怎麼樣？有什麼災難和可怕後果能降臨到自己頭上？會上，他們念了省城、地區及周邊縣革命組織的賀電，同時，還念了一份給偉大領袖毛主席的致敬信，致敬信說：

我們最最敬愛的偉大領袖、我們心中最紅最紅的紅太陽毛主席：我們是條山縣的紅色造反者，我們懷著無限激動的心情，衷心地祝福您老人家萬壽無疆！萬壽無疆！萬壽無疆！我們一千遍一萬遍地高呼：毛主席萬歲！萬歲！萬萬歲！

　　您是我們的紅司令，我們是您忠實的革命造反派。文化大革命開展以來，我們高舉「造反有理」的大旗，向黨內一小撮走資派和牛鬼蛇神展開殊死的鬥爭，在您的革命路線的指引下，我們一舉把條山縣黨、政、財、文大權奪到了無產階級革命造反派手中，這是您的光輝思想在條山縣的偉大勝利，標誌著條山縣的文化大革命在以您為首的無產階級司令部的正確領導下，跨入到了一個新的歷史階段。

　　您高瞻遠矚，洞察秋毫，一次又一次為我們撥開了迷霧，指明了方向。您教導我們說：「各種剝削階級的代表人物，當他們處在不利情況的時候，為了保護他們現在的生存，以利將來的發展，他們往往採取以攻為守的策略。或者無中生有，當面造謠；或者抓住若干表面現象，攻擊事情本質；或者吹捧一部分人，攻擊一部分人；或者借題發揮，『衝破一些缺口』，使我們處於困難地位。總之，他們老是在研究對付我們的策略，『窺測方向』，以求一逞……我們革命黨人必須懂得他們這一套，必須研究他們的策略，以便戰勝他們。切不可書生氣十足，把複雜的階級鬥爭看得太簡單了。」您的這些教導使我們擦亮了眼睛，識破了剝削階級代表人物的種種惡劣行徑，增強了我們與資產階級反動路線血戰到底的信心和勇氣。敬愛的毛主席，我們向您保證：我們永遠永遠讀您的書，聽您的話，照您的指示辦事，永遠做您的好學生，好戰士。我們絕不允許資產階級反動路線在條山縣得逞，絕不允許資本主義復辟的悲劇在條山重演，我們一定要充分揭露一小撮走資派的醜惡嘴臉，把他們鬥倒，鬥垮，鬥臭。一定要讓條山縣變成紅彤彤的毛澤東思想大學校，讓偉大的戰無不勝的毛澤東思想的光輝永遠普照全中國，普照全世界！

……

這邊，石海濤作為條山縣革委會籌備組組長，正緊鑼密鼓地籌備著條山縣新生的革命政權——革命委員會。在他看來，條山縣成立「三結合」革命委員會的條件已經成熟，革命群眾組織已經實現了大聯合，軍隊這邊，有他們縣武裝部的積極參與和起核心主導作用，唯一欠火候的，就是「解放」一批革命領導幹部。

解放誰呢？他首先想到了姚得官。他的資格老，一九三八年去的延安，屬「三八式」老幹部。他能力雖然不太高，但平時辦事比較謹慎，很少得罪人。紅革司要打倒他，揭發來揭發去也沒有揭出什麼實質性的問題，無非說他平時跟李國臣跟得緊，再就是他的名字起得不好。可是，縣委副書記就是要配合縣委書記工作，平時不跟緊些怎麼行？一個人的名字沒起好，也不是打倒的理由。把他解放出來，結合到革命委員會裏，可以使許多人看到希望，有個盼頭。

他還想到了縣公安局長黃一清，紅革司最先喊出要打倒他，「人民幸福黨」大案轟動一時，全縣上下幾乎人人皆知。可是，喊來喊去，「人民幸福黨」的案子並沒有平反，這個案子究竟是對是錯還說不來。何況案子也不是黃一清一人辦的，因為一個案子就把他打倒，就砸爛公檢法，這也不符合上面的精神。現在縣裏的局勢比較亂，需要公安局正常運轉起來以逐漸恢復正常秩序，不解放黃一清，這一目的難以達到。

縣委辦副主任胡念文對籌備工作很熱情，文化革命以來表現也很積極，他也可以作為革命幹部的代表吸收進革命委員會中。石海濤列出了一串革命幹部、革命群眾和軍隊代表的名單，到地區革命委員會徵求了意見，在得到首肯並做了個別調整之後，條山縣新生的革命政權如同躁動於母腹中的胎兒，馬上就要呱呱墜地了。

石海濤先找姚得官談話。姚得官進了石海濤辦公室，心中禁不住直打鼓，不知道又有什麼不測會降臨到自己頭上。石海濤在文革中沒有受到任何衝擊，這會兒正炙手可熱，可謂翻手為雲，覆手為雨。若放在以前，姚得官並不怎麼看得起石海濤，認為他資歷淺，不熟悉地方工作，辦事比較武斷，不過一介武夫。可現在，卻不得不對他倍加小心。石海濤見姚得官進來，說了聲：「請坐。」

姚得官站在那裏動也不動。自從他被揪出來後，紅衛兵動不動就對他進行批判、訓斥，他不是站著，就是彎腰坐「噴氣式」，哪能享受坐的待遇？石海濤乍讓他坐下，他還很不習慣，石海濤又說了一聲：「坐嘛，老站著幹嘛？」

姚得官這才掃了一眼放在牆根的一把椅子，小心翼翼地走過去，屁股只坐了個椅邊，然後面無表情地看著石海濤，不知道他的葫蘆裏到底裝了什麼藥。

石海濤看他已成驚弓之鳥，故意緩和了一下語氣，說：「自然一些麼，那麼緊張幹什麼？」

姚得官苦笑了一下，屁股往椅子中間移了移，問：「您找我有事？」

石海濤看他那樣子很彆扭，索性不直接看他，只把眼情對著桌上的一頁紙，說：「省城和地區奪權之後，先後都成立了『三結合』的革命委員會，大勢所趨，咱們縣也要照著這麼做。革命委員會裏，必須要有革命幹部的代表。文化革命開始之後，我們的幹部隊伍多多少少都受到衝擊，受到批判，打倒的也不少。現在，要把一些被打倒的幹部解放出來，讓他們參加到新成立的革命委員會裏。經請示地區革命委員會，你是我們第一批要解放的幹部，解放之後，在新成立的革命委員會裏擔當重要職務。」說到這裏，石海濤頓了頓，想看看姚得官對此將會作何反應。

姚得官聽完，首先不相信這是真的。因為他是條山縣的第三號走資派，怎麼可能突然間就解放成為革命領導幹部呢？他已經把權交給了紅革司，怎麼能重新再掌權呢？這又不是川劇裏的變臉，眨眼黑臉變紅；也不是小孩子過家家，今天好明天惱。這是牽涉到掌權用權的大事，怎麼能反覆無常，如同兒戲？當初打倒他時，他沒有任何思想準備，如今要解放他，他依然沒有任何思想準備。他一時愣在了那裏，對石海濤的話沒有任何反應。

石海濤看著他木然的表情，問：「怎麼？不相信嗎？」

姚得官還是愣在那裏，既沒說相信，也沒說不相信。

石海濤加大了聲音，說：「我再次告訴你，咱們縣即將成立革命委員會，準備讓你出任革命委員會主任。」

姚得官這次是聽清了，明白了，也相信了。他臉上的肌肉由僵硬而抽搐，嘴唇也開始抖動起來。過了一會兒，兩行眼淚流了下來。起初他還是無聲地流淚，後來終於控制不住，他用兩手掩住面頰，放聲哭了起來。

石海濤沒想到他會是這樣一種反應，他在一旁勸說著：「這是怎麼啦？把你解放出來，讓你恢復職務，應該高興才是呀。咱們都是老同志啦，都經過這樣那樣的磨難，對這些起起落落應該不怎麼在意才對呀。」

姚得官也覺得在石海濤面前哭鼻子有些失態，可他實在控制不住。這幾個月都受的是什麼樣的屈辱啊！他一生也沒有受過這樣的屈辱！自己一個受屈辱不說，家裏的老婆孩子也跟著遭殃。他心裏不只一次地想過：這輩子完了，永無出頭之日了。他甚至想像過自己被打成四類分子之後，一家人會受到怎樣的歧視和虐待，他們將會在怎樣艱難困苦中掙扎以苟且偷生。沒想到，突然雲過天晴，太陽的光芒就照到了自己的頭上。他穩定了一下自己的情緒，說：「感謝偉大領袖毛主席！感謝黨的政策！感謝石部長！」

石海濤擺了擺手，說：「快別說這些話了，以後你肩上的擔子很重，工作任務很艱巨，趕快輕裝上陣，帶領大家把紅色政權建立起來，把咱們縣的文化大革命搞好。」

姚得官接著說：「革命委員會主任，我是萬萬不能當的。在新成立的革命委員會裏，讓我當個一般幹部，就十分滿足了。」

石海濤說：「你可不能推卸責任哪，你是個老革命，德高望重，理應挑起大樑呀。可不能把擔子都壓在我一個人身上呀。這樣，非把我壓趴下不可。」

姚得官說：「我剛被搞了個灰頭土臉，現在在人面前還抬不起頭來。還是你領著大家幹吧。我盡最大努力支持你，協助你。」

石海濤說：「這個，容咱們再慢慢商議，最後還得由上面決定。」

臨走，姚得官向石海濤提出：「這對我個人而言，等於是一次新生。石部長，我打算從今天起，把我的名字改了。這個倒楣的名字是再也不能叫了。」

石海濤說：「改名字是個人的權利，你不用徵求我的意見。一個人革命不革命，名字叫什麼不那麼重要吧？」

姚得官說：「紅衛兵硬要我改名，我不改。這次是我主動要求改。我早就想好了，就叫姚為民。要為人民服務嘛。」

石海濤看著姚得官離去的背影。他的腳步要比來時輕盈得多，有力得多。中國人，誰不處在政治的漩渦中？誰不看重自己的政治生命？

四十六

姚得官回到家，老婆小心翼翼地問：「石部長找你有什麼事？」

姚得官不回答，只把自己關在一個屋子裏，一會兒哈哈哈笑一陣，一會兒又嗚嗚嗚哭一陣。笑夠了，哭夠了，他打開房門，臉上看不出任何表情。

老婆又問：「到底什麼事，你快說呀。」

姚得官平靜地對老婆說：「石部長說，我被解放了。縣裏馬上要成立革命委員會，要我出任革命委員會主任。」

老婆一聽，臉上即刻有了喜色，說：「真的？這是好事呀，天大的好事！這樣的好事你為啥不趕快告訴我們，還叫我擔驚受怕了半天。」

姚得官說：「好事？你可別看得那麼簡單。齊治平當了地區革委會主任才幾天，現在就有人叫喊要揪出他，打倒他。事情沸沸揚揚鬧到了省裏，驚動了中央，他將來是什麼下場誰也說不準。文化革命正亂著，兩派鬥得不可開交，誰對誰錯翻雲覆雨，沒個定論，真是世事難料呀。石部長說要解放我，這我坦然接受，心無愧疚。因為革命幾十年，自忖沒有做過對不起黨對不起人民的事情。至於說緊跟李國臣執行了劉少奇的修正主義路線，這我心中不服。劉少奇是黨的副主席、國家主席，李國臣是縣委書記，我作為一個縣委副書記，怎麼能不聽他們的自己另搞一套？如果是那樣的話，我恐怕早就挨了處分甚至被撤職罷官了，哪能等到今天？石部長讓我擔任縣革委會主任，我是打死也不會接受。我當副手當慣了，特別在文化革命這樣的特殊時期，我自知沒有能力駕馭這樣的複雜局面。從全縣第三號走資派搖身一變成革命領導幹部，再戴上革委會主任頭銜，這個彎轉得太快，太突然，我一下子還適應不了。俗話說，爬得高，摔得重，鬧不好，就會被摔得粉身碎骨！我年紀老大不小的了，可不敢冒這樣的風險。文化革命我可是被鬥怕了。」

文化革命以來，姚得官在老婆面前從沒有說過這麼多話。他回到家總是沉默著，即使挨了鬥，回到家也是一言不發。有時問他話，他也只是吐出三五個字。因為他心裏本來就是一團亂麻，肚子裏也是滿腹疑雲，你讓他和家裏人說什麼？家裏人又能幫他什麼？今天，他的心裏卸下了沉重的負擔，感到了久違的輕鬆，所以才和老婆說了這麼多。

老婆覺得他的話說得有道理，附和他說：「索性咱什麼官也別當了，只求平平安安比什麼都好！」頓了頓，她又歎了口氣，說：「都怨你爹媽給你的名字沒起好，從小就叫你要（姚）得官，要（姚）得官。這文化革命一來，有幾個當官的沒遭罪？」

姚得官說：「我已經給石部長說了，把名字改成姚為民了。唉，這名字可把我害苦了。」

夫妻倆說了半天，姚得官突然想起了什麼，說：「這事兒孩子們還不知道，得給他們說一聲。孩子們跟著我受了不少委屈，被別人歧視看不起，想起來很對不起他們，將來有機會得好好補償他們。」

他的兩個孩子一個上初中，一個上高中，起初他們一同要求參加紅總司，紅總司怕背上保皇派的名聲，拒絕了他們的要求。兩人自尊心受到挫傷，索性就逍遙起來，每天在大街上晃悠，看人家貼大字報，看人家辯論，有時看見遊行的隊伍，也不管是哪一派，就混進去走一段，跟著別人喊幾句口號。不高興了，再從隊伍中出來，幹自己想幹的事兒。

姚得官把兩個孩子召到自己身邊，說：「老子被打倒以後，你們沒寫揭發批判我的大字報，沒和我斷絕父子關係，沒在家中向我揮拳頭喊口號，我感謝你們，從內心讚美你們是我的好兒子。今天有一件大事要告訴你們：老子解放了，不是走資派了。今天告訴你們的目的，不是讓你們高興慶賀，忘乎所以，從此張狂起來。而是要你們從今天起，更要夾起尾巴，悄無聲息做人。你們沒有參加什麼群眾組織，也就不要參加了，就老老實實給我蹲在家裏，免得你們的一舉一動都被人看作我在幕後指使。文化大革命複雜得很，許多東西我看不懂，參不透，你們兩個就能把什麼都看明白了？你們兩個如果在外面給我闖了禍，惹下亂子，到時候可別怪我對你們不客氣！」

兩個孩子聽了，連連點頭，說我們以後也不上街了。我們每天去學校打籃球，這總行吧。姚得官說，這個，我不干涉。

晚上，夫妻倆躺在床上，誰也睡不著覺。老婆朝姚得官身邊靠了靠，將一隻手伸到他的小腹下面，一摸，那玩意軟塌塌的。夫妻倆幾個月沒有過性生活了。姚得官每天回家，都是愁眉苦臉的，有時長籲短歎，有時暗自落淚。老婆自知他沒有性欲，也就不敢靠近他。今天看他情緒不錯，也就想和他溫存一番。姚得官在老婆的撩撥下，也想做一做這個荒廢已久的功課。無奈老婆的手輕攏慢撚，姚得官就是起不來性。老婆說：「你不要動，讓我爬在上面，看行不行。」

老婆爬在上面，兩手抱著姚得官，屁股使勁地扭動著，下面的兩個東西挨在一起，磨擦了半天，還是喚不醒姚得官那個玩意。姚得官也奇怪：幾個月沒玩，這東西就退化了？是不是年紀大了，這方面的功能消退了。按說自己才五十出頭，年紀還不算太大呀。也許是大批判批得人沒有了性欲。男女交媾被看作是腐朽沒落的剝削階級的一種生活追求，是一種骯髒的卑鄙下流的見不得人的令人作嘔的無恥行徑，是黃色的墮落的難以啟齒的齷齪舉動，文藝作品凡涉及愛情的便被批為毒草，都被刪得乾乾淨淨，更不要說性生活了。江青同志樹立的八個樣板戲全沒有男歡女愛的內容。一個人一旦好色，一旦有了作風問題，那就萬劫不復，永無出頭之日。作為一個革命幹部，怎麼剛被解放就在這方面放縱呢？思想的堤壩怎麼這麼快就潰決了呢？怎麼不想著鬥私批修先想起幹這骯髒的勾當呢？這些說法和想法在腦子裏充塞纏繞，揮之不去，影響了自己的性欲。看著老婆多次努力均告失敗，他有點歉意地說：「算了吧，等過幾天或許能好一些。」

老婆的性欲此時已經像烈火上澆了油，燃燒得正旺，難以撲滅。她從姚得官的身上下來，弓著身子，用嘴含住姚得官那玩意吮吸起來。這一招如在往常，總能給姚得官帶來強烈快感，但此時他卻覺得十分骯髒十分卑俗，那玩意越發地軟了。

老婆累得氣喘吁吁也無濟於事，姚得官過意不去，爬到她的身上，兩手抓住她那有些乾癟的乳房使勁撫摸著，下面還起不來，他的手只好慢慢向下滑動著，最後落在老婆那裏，他把手指頭伸了進去，老婆兩手使勁按著他伸進去的手，兩腿夾得死緊，然後身體強烈地扭動著。姚得官的兩手被夾得又疼又麻，但他無法抽出來，一任老婆夾住它不放。許久，老婆終於長舒一口氣，兩腿鬆了開來。姚得官見老婆有了一定程度的滿足，這才翻轉身，倒頭睡了。

儘管紅總司嚴密封鎖，李秀娟還是知道王闖打了父親一槍。這讓她想起了當年上射擊課時王闖用小口徑步槍追著自己的那一幕。她不明白，自己在什麼地方得罪了王闖，引起了他那麼大的仇恨。當年子彈沒有打著自己，而今卻報復性地打在了爸爸身上。爸爸是替自己挨了槍子兒。她對王闖恨之入骨，她和宋淑華商量：怎麼能狠狠地報復他一下，以解心頭之恨？宋淑華說：「除非也給他一槍，否則，什麼樣的方法都不解恨。」李秀娟無言以對。因為要槍動武，她絕對沒有這樣的膽量和勇氣。她只能把這份仇恨憋在心裏。

爸爸傷成什麼樣子，她不敢去看。因為紅總司正在起勁宣傳爸爸通過她操縱紅革司，她是爸爸在紅革司的代言人。她和爸爸會面如果被紅總司發現，不知道又會掀起怎樣的軒然大波，不知道又會生出怎樣的流言蜚語。何況自己身在組織，一言一行要為組織著想，要得到組織批准。如果因感情衝動擅自行動損害了組織的利益，她怎麼擔當得起？

她也不敢把這個消息告訴媽媽。爸爸究竟傷成什麼樣，她自己也沒搞清楚，告訴媽媽，她一定會著急上火，甚至會加重病情，那樣的局面將使她難以應付。她把這件事只好埋在心裏。如同一顆子彈射進了心裏一樣，她的心時時感到痛楚，甚至疼得滴血，但她只能隱忍著。她不知道自己這顆柔弱的心為什麼總要遭受這麼嚴重地傷害，她不知道還有多少磨難在等著自己。

王德貴那天帶著亮亮上街看大字報，他正看著，忽聽旁邊有兩個人在發議論：

「聽說李國臣叫槍打了。」

「李國臣的罪行還不夠槍斃吧。再說，槍斃人要開宣判大會，還要張貼佈告。」

「不是槍斃，是叫槍打了。是叫紅總司的頭頭王闖往屁股上打了一槍。」

「沒有打死？」

「聽說沒有。是用小口徑步槍，挨著屁股打的，子彈鑽到肉裏去了。」

「那也夠嗆。肉裏有顆子彈，能不疼？」

「不過人家是打過仗的，見得多了，大概對子彈不當回事，也不會害怕。」

王德貴聽了這兩個人的對話，心中吃驚不小。這些傷天害理的，怎麼能用槍打人呢！他想問這兩個人消息是從哪裏來的，可努力了幾次也沒張開口。他不知道他們是屬於哪一派的，不知道他們對這件事是贊成還是反對。如果人家反問：你為什麼關心這事？你是哪一派的？你是不是同情走資派？他不知道該如何回答。周圍的人聽了兩個人對話，也都用驚訝的口吻互相議論：

「聽見了沒？全縣最大走資派吃了槍子兒。」

「李國臣挨了一槍。」

「看來不整死他是不會完事的。」

王德貴越聽越恐怖。他不想再往下聽了，趕快拉了亮亮，說：「走，咱們到別處看看去。」

亮亮邊走邊問：「全縣最大走資派不是打倒了嗎？為什麼還要讓他吃槍子兒？」

王德貴說：「小孩子家，問這麼多幹什麼？」

亮亮噘著嘴說：「我是紅小兵。我也要關心國家大事，也要參加文化大革命。」

王德貴小聲對亮亮說：「他們說的全縣最大走資派就是你娟子小姨的爸爸。他不是壞人，他是個好人。別人用槍打他是欺負他。隨便欺負人是不對的，懂嗎？」

亮亮盯著爺爺的臉，眨巴著眼睛，說：「爺爺騙人！好人為什麼要打倒他，還要讓他吃槍子兒？」

王德貴說：「你還小，不懂。」

亮亮扭著脖子，指著胳膊上的紅小兵袖章，說：「我懂。」說完，他拿起架子，唱道：「拿起筆，作刀槍，我們是革命的小闖將……」

王德貴在心裏說：「我的小祖宗！」

四十七

王德貴回到家裏，不敢把在街上聽到的消息告訴蘭花。他怕蘭花聽後心理承受不了而發生什麼意外。蘭花見他從街上回來，主動問了他一句：「街上聽到什麼消息了沒有？」

王德貴說：「沒。翻騰來翻騰去，還是那些事兒。」

「也沒見著娟子？」

「沒。今天沒演節目。」

說完，他們各自回到自己的屋子裏。

過了一會兒，亮亮拿著把木頭槍在院子裏「衝呀！」「殺呀！」地喊了起來。蘭花在屋子裏坐不住，走出來，問：「亮亮，你拿槍殺誰呢？」

「殺走資派。」

蘭花知道小孩子的話都是跟大人學的，也不生氣，又問：「走資派能隨便殺嗎？」

亮亮說：「怎麼不能，全縣最大走資派就吃槍子兒了。」

蘭花一驚，問：「亮亮，你再說一遍，我沒聽清。」

亮亮生怕她不明白，又詳細重複了一遍：「就是娟子小姨的爸爸叫造反派打了一槍。」

蘭花只覺天旋地轉，幾乎要暈倒在地。她強撐著自己，走到王德貴屋裏，問：「他大伯，老李讓打了一槍？」

王德貴正在炕上躺著，聽到蘭花問他，他身子一挺從炕上溜下來，問：「誰說的？誰說的？」

蘭花指著跟進來的亮亮。

王德貴狠狠挖了亮亮一眼，呵斥道：「小孩子家，胡說什麼？」

亮亮覺得受了委屈，起勁為自己辯解：「就是，我親耳聽人說的。還是你告訴我是娟子小姨的爸爸！」

王德貴看這事包不住了，只好對蘭花說：「或許是造反派在那裏瞎編哩。你看那滿街的大字報，上面有幾件事是真的？不都是瞎編出來的？」

從這爺倆的話中蘭花已意識到果有其事。這幾天她的右眼皮跳得厲害，心也慌慌的，亂亂的，總覺著要出什麼事兒。看來果然就出事兒了。她對王德貴說：「他大伯，你趕快給我把娟子找回來。」說完，她的手使勁抓住門框，渾身軟得差點癱在那裏。

王德貴和老伴把蘭花扶進屋裏，然後起身尋李秀娟去了。臨走，他把亮亮的那把木槍奪過來，說了句「禍害」，一下子扔出老遠。

亮亮覺出爺爺生了氣，但他仍然撒嬌說：「我還要學楊子榮，我還要打壞蛋。」一邊說，一邊跑去撿自己的槍。王德貴也不理他，拉開門，走了出去。

李秀娟被找了回來，她站在屋子中央，叫了聲「媽」。

蘭花身子靠在被垛上，說：「你還知道有個媽？」

李秀娟站在那裏，不知道該怎麼回答。

蘭花問：「你爸怎麼叫槍打了？」

李秀娟這才清楚媽媽知道了這件事，她是為這件事把自己叫回來的。她囁嚅著：「我也不知道。」

蘭花拿起炕上的掃炕笤帚朝李秀娟砸了過去，罵道：「那你一天都在外面幹什麼？你爸你媽你全不操心，你整天在外面瘋什麼！」

王德貴和老伴勸蘭花說：「你別生氣，這事也怨不得娟子。」

蘭花依然咬牙切齒地罵道：「我和你爸全死了，這下你就高興了，就趁心了。我看你就是嫌我們活在世上礙事！」

王大娘說：「這話說到哪兒去了。娟子心裏哪能沒有你們呢。只是年輕人都在那裏鬧，她不跟著有啥法子呢。」

正說著，黃一清走了進來。石海濤已向黃一清談了要解放他並打算把他結合進縣革委會的事。他此時已沒有多少忌諱和膽怯，不像以前那樣，來這裏還要偷偷摸摸，生怕別人抓住什麼把柄。看到家裏的陣勢，他已明白了是怎麼回事。他對蘭花說：「這事一點怨不得娟子，要怨的話，只能怨我。是我們公安局沒有把槍支控制好，是我們檢點不夠發生了不該發生的事。我已經派人調查過了，槍沒有打到要害地方，老李的傷不是很重。除了坐起來半邊屁股疼痛外，別的沒有什麼大的妨礙。嫂子你放心，這件事我會想辦法把它處理好的。」

聽了這話，蘭花的心裏才踏實了一些。她滿腹幽怨地說：「那會兒打老蔣，槍子兒沒挨夠，這會兒還要給他補上。」

石海濤叫黃一清商量籌備縣革委會的事，看到王闖也是即將成立的縣革委會一員，黃一清問：「王闖打了李國臣一槍，你知道嗎？」

石海濤說：「知道。我找他問過了，他說是不小心槍走了火。小口徑步槍，而且是貼著肉打的，子彈嵌進屁股裏面，聽說問題不大。」

黃一清說：「這些人膽子也太大了。假如這一槍打到腦袋上或心臟裏，那該是什麼後果！」

石海濤說：「為這事我訓斥了他。鬥走資派，掛牌子，扭胳膊，彎腰都行，用槍打人家，就有點太出格了。」

黃一清說：「像這樣的人，你還打算把他結合到革委會裏？」

石海濤說：「文化大革命是由學生們最先鬧騰起來的，毛主席對學生們又是那麼信任，革命委員會裏，總得有幾個學生代表呀。王闖是紅總司的司令，不結合他結合誰？難道能結合紅革司的頭頭？紅革司是鐵心要和我作對到底的。看來，文化革命，不是得罪這一派，就是得罪那一派。想一碗水端平，難呀！想把他們撮合在一起，也不可能。不過，上面有軍區軍分區領導的支持，下面有紅總司等革命組織的擁護，再加上有你們這些革命幹部的幫襯，將條山縣的文化大革命按照毛主席的戰略部署繼續向前推進，我還是蠻有信心的。」

黃一清說：「紅總司的頭頭也不只王闖一個，把他撇開，結合別的人也行呀。」

石海濤說：「事情可不像你想像得那麼簡單。如果那樣搞，他還不鬧翻天？我已經得罪了一派，倘若再得罪一派，遭到兩派群眾組織的一致反對，那將如何收拾？何況他的叔叔是我的老首長，他多次打電話，要我關照管好他的這個侄兒。老首長交代的這點事兒，我怎麼也得圓滿完成了。」

有了這一層意思，黃一清就無話可說了。言多必失，他也擔心，他的這些話萬一傳到王闖耳朵裏，王闖將對他恨之入骨，並會把鬥爭的矛頭立即指向他。於是，他掩飾自己說：「我也不是對王闖本人有什麼成見，我是怕他鬧得太出格，將來讓你跟著坐蠟。」

石海濤說：「這話我信。你們做公安工作的，對拿槍打人這樣的事很敏感，很警覺。我也是一輩子和槍打交道，怎麼不知道這件事的利害？」

黃一清說：「既然這件事已經發生了，我有一個打算，不知道石部長同意不同意。」

石海濤說：「你說。」

黃一清說：「我想今天就把李國臣抓捕起來。」

「什麼意思？」石海濤皺了皺眉。

「拋開他是全縣最大的走資派不說，他把縣委的權交給紅革司，明目張膽地挑動群眾鬥群眾，干擾毛主席的偉大戰略部署，破壞文化大革命，就憑這一條，也夠抓捕的條件。再說，咱們新生的革命政權即將成立，根據王闖他們掌握的情況，他這個全縣最大走資派不甘心退出歷史舞臺，一直在幕後操縱紅革司，使盡各種手段與革命造反組織作對，攪得全縣沒有寧日。他的根扎得不可謂不深，能量不可謂不大，新生的革命政權工作千頭萬緒，可為了對付他卻不得不耗費大量精力。你想，不把他關起來，你以後能睡安穩覺嗎？」

石海濤望著慷慨陳詞的黃一清，笑了笑，說：「該不是想保護他吧？」

黃一清內心的秘密被石海濤看穿了，但他此時仍極力掩飾自己，不讓石海濤覺得他明目張膽與群眾組織作對，公開同情、保護李國臣。他要不動聲色地和石海濤鬥心眼，要把這齣戲繼續演下去。他說：「以李國臣現在所處的狀況，王闖既然能打他一槍，別的人就不會再給他一棒？假如不小心把他整死了，你怎麼給上面交代？條山縣的文化大革命下一步該如何進行？把他抓起來，由公安人員看守，就可以避免出現這樣的問題。以後哪一派如果要批鬥，隨時從看守所提他就是了。」

石海濤想了想，黃一清說得也不無道理。他說：「如果要抓捕他，也要等革命委員會成立之後，由革委會下一道抓捕令才行。」

黃一清說：「還是石部長考慮得細緻周到。」黃一清知道，由公安局直接出面抓捕，兩派群眾肯定會有這樣那樣的說法，無數唾沫就有可能吐到他的身上。由革委會出面，他就可以免去很多攻擊和非議。紅革司可是一直拿他和李國臣說事的。他不想弄巧成拙，欲蓋彌彰，再次授人以柄。

過了幾天，條山縣召開了革命委員會成立和慶祝大會。會上宣佈石海濤為縣革委會主任，姚得官、呂一品為副主任。呂一品是城關公社農民，曾經出席過全國勞模代表大會並受到過毛主席的接見，她和毛主席在一起的照片登在《人民日報》的頭版，呂一品從此名聲大噪全縣盡人皆知。文化革命她沒有加入到哪一派裏，但這樣一個受到偉大領袖毛主席接見的先進模範人物豈能不吸收到新生的革命委員會裏？對她擔任縣革委會副主任無人持有異議。姚得官一再聲明，自己堅決不當縣革委會主任或副主任，當個一般幹部就很滿足了。但縣革委會主任裏沒有一個原先的縣級領導也說不過去，人們不管他聲明不聲明，仍然推舉他擔任縣革委會副主任。黃一清、胡念文、王闖、衛東彪等都擔任了縣革委會委員。成立大會上給地區革委會和省革委會發了報捷信，地區革委會和省革委會向縣革委會發來了祝賀信。這標誌著縣革委會得到了上級的承認，具有了合法性和權威性。

縣革委會召開了第一次全體會議。武裝部的會議室太小，會議伊始，石海濤就說：「我們這次會議，本應在縣委會議大樓召開，可是，這個地方現在被紅革司佔據著。既然我們已經成立了新生的革命政權，這種無政府狀態要在我們縣儘早結束。我的意見，要以縣革委會的名義貼個告示，要求兩派群眾組織都從縣委縣政府撤出去。撤出去之後，革委會的各個部門才能恢復正常辦公。現在的工作千頭萬緒，沒個正經的辦公場所怎麼行？王闖，對這個意見你們能不能堅決照辦，立即執行？」

王闖回答：「沒問題。只是我們撤走以後，紅革司對告示採取抵制態度，縣革委會還是不能正常辦公。」

石海濤擰緊眉頭，開始講起其他事項。他清楚，雖然借文化革命的東風，坐上了縣裏的一把手寶座，但形勢並不樂觀，問題相當棘手。如何對待紅革司，是擺在他面前的第一道難題。

四十八

縣革委會下發了逮捕令，李國臣被公安局抓走了。那天黃一清特意囑咐：給李國臣戴上手銬，要沿縣城最熱鬧的大街走一趟，要讓大家都知道這個消息。這事不能偷偷摸摸地進行，越光明正大越好。他同時還對下屬交代：李國臣的問題還沒有最後定性，因此不能按一般的罪犯來對待。

李國臣被帶到公安局，並沒有被關到號子裏去。公安局為他騰出一間管教人員的辦公室，辦公室收拾得乾乾淨淨，裏面有一張床，兩把椅子，一張桌子，桌子上還放著幾張報紙，洗漱用具也一應俱全。李國臣進去後被摘掉手銬，一切安排妥當，待其他人員都離去後，黃一清前來探望。

黃一清說：「老李，你吃苦了。」

李國臣回應：「也許只是個開頭。」

黃一清說：「不，我想讓它成為結尾。」

李國臣反問：「你有那麼大能耐？」

黃一清說：「盡自己努力吧。從今以後，就在這裏好好保養身體，一般人是不敢隨隨便便來這裏揪鬥你的。我已經和石海濤打過招呼，以後誰要揪鬥，必須事先經過縣革委會的同意才行。」黃一清要藉專政機器讓李國臣躲避造反派的迫害，然後在適當時機，再把他「解放」出來。但這個計畫能不能完全實現還很難說。他不願把這些想法全盤端給李國臣，萬一計畫落空，豈不是自己說了大話？

李國臣知道黃一清是在自己危難之時盡其所能施以保護，心中的感激之情油然而生。但他是個感情從不輕易外露的人。只是淡淡地說了一句：「還是要保護好自己。我是死豬不怕開水燙，把你再搭進來，就不值得了。」

黃一清沒有接李國臣的話茬，只是歎了口氣，說：「這究竟是搞啥呢，叫人眼花繚亂，越來越糊塗。」

李國臣說：「這些日子我倒是想了不少。我們是不是木匠戴枷，自作自受？過去，我們整天喊千萬不要忘記階級鬥爭，要把這根弦繃得很緊很緊，一刻也不放鬆，似乎一旦放鬆了，政權就沒了。一有風吹草動，就上綱上線，興師動眾，大加討伐。人民幸福黨，整了那麼多人，裏面難道就沒有冤枉的？如今，階級鬥爭搞到咱的頭上了，咱覺得受不了了，憤憤不平了，受冤屈了。怨誰呢？既然全民都動員起來投入了階級鬥爭這場大格鬥，興你搞別人，不興別人搞你？興你冤枉別人，不興別人冤枉你？我算看透了，照這樣無休無止鬥下去，黨非完蛋不可，國家非完蛋不可。個人受點冤屈算不了什麼，想到黨和國家前途，不能不讓人憂心。」

黃一清明知旁邊是高牆電網，崗樓上有武裝人員值守，他還是警惕地朝門口看了看，壓低聲音說：「文化革命，可是一場無產階級專政條件上繼續革命的偉大實驗，是為了無產階級的紅色江山千秋萬代永不變色。『以階級鬥爭為綱』，這你也敢懷疑？」

李國臣說：「不要光聽口號，要看實際。一九五八年的那些口號喊得響亮不響亮？『一步跨入共產主義』，結果呢？中國的老百姓不是總那麼好日哄，逼得他們活不下去了，他們就要把你推翻了。」

黃一清說「沒辦法，別看咱們大小是個官，其實都是一些小人物，看不清也左右不了形勢。還是相信毛主席吧，他創建的黨打下的江山，他總不會再親手把它搞垮吧。」

兩個人都不說話了。這個問題太大，太嚴肅，而且在這個時候談論這些話題也不合時宜。要不是在這間密室裏，在兩個相知甚深的戰友和老鄉之間，他們是不敢接觸這個敏感話題的。

黃一清繞過這個話題，說：「安排嫂子見一見你？」

李國臣說：「不方便吧？」

黃一清說：「有什麼不方便的，犯人也允許探監嘛。很長時間沒見面了，讓她給你帶些換洗的衣物。我儘量搞得隱蔽些。她可是每天牽掛著你呀！」

李國臣心想：人心都是肉長的，牽掛也是相互的。但他沒有把這些思念之情表露出來，只是說：「我現在是罪人一個，一切聽從你的安排。」

黃一清先安排李國臣洗了澡，理了發，特別是剃掉了那長長的囚犯一樣的鬍鬚，然後派一輛囚車，趁晚上人們不注意的時候，把蘭花拉到了公安局。在這之前，黃一清已把抓捕李國臣的意圖悄悄告訴了她，以免她不知就裏，一時心急上火，心理和生理承受不必要的打擊。

蘭花見到了久別的日夜掛念的丈夫，她不說話，只是將頭依著他的胸脯，以一種淒切的讓人不忍卒聽的聲音低聲啜泣著。這是一種壓抑已久的宣洩，這是一種飽受屈辱的嗚咽。多少年她沒有這樣哭泣過了。

李國臣安慰她說：「哭什麼？我這不是好好的麼？」

蘭花說：「都叫人拿槍打了，還好？」說著就要解他的褲子，看他的傷口。

李國臣阻擋著她的手，說：「甭看，傷口早長住了。幸虧屁股上肉多，吃進個槍子也不礙什麼事兒。」李國臣儘量把語氣放輕鬆一些。他知道，女人家，經不起驚嚇，男人鎮定自若，就能感染她的情緒，使她也隨之堅強起來。

蘭花抬起頭，仔細看著丈夫那張飽經滄桑的黝黑的臉龐，說：「你瘦多了。」

李國臣說：「有錢難買老來瘦，瘦了好。」

李國臣知道她住在了王德貴家裏，他說：「那兩個老人都是好人，住在那裏，我就放心了。」兩個人說來說去，話題都沒有涉及到他們的寶貝女兒李秀娟。不難猜想，兩個人都覺得女兒太不聽話，心中都對她有氣。俗語說，種瓜得瓜，種豆得豆。可他們種下的花兒怎麼就長成了帶刺的荊棘了呢？誰也沒教她學壞呀？她原本是溫厚善良的呀？怎麼突然間頭上就長了角身上就長了刺？這刺刺疼了他們兩個人的心，成了他們兩個共同的傷痛。

過了一會兒，蘭花又對丈夫說：「你不要想不開。」

李國臣說：「我要想不開，早就不是這樣了。」

「咱們本來就是個農民，大不了再回到咱那小山溝去。」

「這麼回去不甘心啊。回去也要弄個明白。」

「回去種地，要那麼明白幹啥？」

「弄不明白，只怕種地都沒有資格。」

兩個人似乎有很多話要說，又似乎什麼也用不著說。沉默了一會兒，李國臣說：「你要好好活著，要等著我出去。」

蘭花點了點頭，說：「對，好好活著，閻王爺叫我也不去。」

「最近身體咋樣？」

「挺好。」蘭花自然不能說她吐血的事，也不能說她幾次休克的事。她不想給丈夫心理增加負擔。

「這我就放心了。」

蘭花摸了摸床上的褥子和被子，問：「還要什麼東西，讓人給你帶來？」

李國臣說：「要什麼東西，一清就給解決了，用不著你操心。只是你要把她看得嚴點，別讓她出什麼事兒。」

兩個人的話題終於繞到女兒身上了。李國臣雖然沒點明「她」是誰，但蘭花還是聽明白了。她說：「我總不能把她拴在褲腰帶上吧。過兩年，找個主兒，把她嫁掉算了。」

李國臣沒有吱聲。要說他對女兒沒有一點點父愛，心中沒有一點點牽掛，也不現實。可女兒的所做所為卻令他無法理喻：別人打倒我也就罷了，你也揮著拳頭打倒我，這是為什麼？別人要奪我的權，你也動員著我交權，交了權你一副興高彩烈的樣子，這是什麼意思？古今中外，這都算得上奇聞奇觀！難道是因為從小沒在自己身邊長大，就成了永遠養不熟的白眼狼？他對女兒要求不高：只要你在這一場喧囂中保持沉默就行了。可她偏偏沒有做到這一點。

李國臣歎了口氣，說：「如果我總蹲在這裏出不去，恐怕她也嫁不上個好主兒。」這時，他又意識到是自己拖累了女兒，是自己深欠著女兒。唉，父母與子女之間，誰欠誰，怎麼說得清呢？

抓捕李國臣在兩派組織裏並沒有引起什麼激烈反應，這出乎黃一清的意料。他不知道，兩派此時都視對方為主要敵人，都欲使出渾身解數要把對方搞垮搞臭，他們對這只死老虎已經沒有了太大的興趣。儘管黃一清把這件事搞得盡人皆知，在紅總司看來，既然這是縣革委會下達的命令，縣革委會代表自己這一派意願和利益，對此應該贊成擁護。而紅革司一時搞不清縣革委會這樣做是出於什麼目的。

從道理上分析，李國臣是全縣最大的走資派，屬於敵我矛盾，是無產階級專政的對象，抓捕他順理成章，他們說不出反對的理由。本來就被紅總司罵為保皇派，若反對抓捕李國臣，豈不是保皇派帽子在頭上戴得更牢了？只是這件事在李秀娟心中還是引起了很大的震動，在她看來，這說明父親問題的性質已經升級，趨向嚴重，將來解脫更加無望。

宋淑華對她說起這件事兒，她假裝平靜地說：「這樣也好，以後再說爸爸在背後通過我操縱紅革司，就沒有任何理由了。他們以後再也編不出爸爸和咱們組織有聯繫的謠言了。」

既然是這麼大的事兒，李秀娟覺得應該回去告訴媽媽一下。前幾次得到父親的消息沒及時告訴媽媽，惹她生了很大的氣，這一次不能再不告訴她了。她回到家中，對媽媽說：「爸爸被公安局抓走了。」

她原以為媽媽聽到這個消息，一定會很吃驚，一定會問為什麼要抓他？誰知道媽媽卻像沒事兒似的，說了聲：「知道了。」

李秀娟不知道媽媽已經和爸爸見了面，她心中一直納悶：這是怎麼啦？不正常呀。她又向媽媽重複了一句：「爸爸被公安局逮捕了，這下我可見不著他了，以後就很難打聽到他的什麼消息了。」

蘭花說：「見不著他也就罷了，你不能也讓我總見不著吧。你從今以後不出去行不行？萬一出個什麼事兒，將來讓我怎麼向他交代？」

她也不想讓媽媽再為自己操心，可這一段紅革司正處在逆境當中，對紅總司和石海濤的打壓，上上下下充滿悲壯和不平之氣。戰友們同仇敵愾，要和紅總司、和石海濤做殊死的抗爭。在鬥爭的緊要關頭，自己怎麼能當逃兵？在順境中當一名紅革司戰士是容易的，在逆境中堅持到底不動搖，才能充分體現出對組織的堅貞和忠誠。這些想法她不能對母親說，只回應道：「那邊還有點事兒，過幾天，很快就回來了。你也不用操心，出不了事的。」

蘭花知道勸不動她，索性再不說什麼了。

四十九

紅革司對縣革委會的成立持強烈的反對態度，他們認為，這是一小撮人幕後策劃而成立的偽政權，是資產階級反動路線在條山縣暫時得勢的標誌，是牛鬼蛇神向革命群眾的一次大反撲。姚得官、黃一清、胡念文、王闖、衛東彪……這都是些什麼人物，竟然人模狗樣地都成了革命委員會的成員，他們之所以能夠登上歷史舞臺，關鍵是背後有一隻黑手——石海濤的扶持。他們對石海濤的所作所為再也不能容忍了，他們公開且響亮喊出「打倒石海濤」的口號，並發誓堅決打退資產階級反動路線在條山縣的猖狂反撲，要用生命和鮮血捍衛毛主席的革命路線，要在正義和邪惡的搏鬥中取得最後的勝利。

他們仍然佔據著縣委會議大樓。這裏是縣城制高點，他們把紅革司的旗幟高高插上樓頂，並在大樓的一周刷上醒目的大標語：

「打倒石海濤！」

「推翻偽政權！」

「小丑跳樑，自取滅亡！」

「打退資產階級反動路線的瘋狂反撲！」

「誓死捍衛毛主席的革命路線！」

紅總司總部由縣委家屬院撤到了縣農機修造廠，以實際行動表示他們對石海濤意見的尊重和無條件服從。接著，他們和農紅軍、工總聯發出通牒，要求紅革司限期撤出縣委和縣政府。紅革司對此不予理睬，且把這一通牒撕得粉碎。紅總司在縣委會議大樓周圍也刷出大標語：

「條山縣革委會的成立是文化大革命的偉大勝利！」

「誰反對紅色政權就打倒誰！」

「誰反對毛主席親手締造的人民解放軍誰就是人民的公敵！」

「革命不分先後，反戈一擊有功！」

紅革司看到這些標語，個個氣得眼睛噴血，他們刷出一條毛主席語錄回敬紅總司：「死皮賴臉，亂吹一頓，不識人間有羞恥事。」

紅總司也用一條毛主席語錄回敬：「只有不要臉的人才說得出不要臉的話，頑固派有什麼資格站在我們面前哼一聲呢？」

由於都是毛主席語錄，都是「最高指示」，兩派誰也不敢把它一把撕掉。這樣打打鬥鬥，不覺又過了兩個多月。

轉眼到了九月底，紅總司、農紅軍、工總聯發出最後通牒，要求紅革司務於國慶日前夕撤出縣委會議大樓，否則，後果自負。宋淑華、張永豪看到這份最後通牒，冷笑道：「跳樑小丑，竟敢向我們發號施令，也不尿泡尿照照自己什麼模樣！我們就不撤，看把我們怎麼樣！」

國慶日平靜地度過了，紅總司這邊也沒有太大的動靜。紅革司以為他們無非虛張聲勢，咋呼咋呼，並不敢向他們動真格的，因而就放鬆了警惕。到了十月十五日，紅總司突然把縣委會議大樓包圍了起來，紅革司的人只能出，不能進，紅總司派人手拿喇叭，對著會議大樓喊話：「受蒙蔽的紅革司同學們，請你們反戈一擊，站到革命群眾一邊，站到紅色革命政權一邊，如再受一小撮人蒙蔽，將自食惡果……」紅革司則站在會議大樓上也用喇叭朝對方大罵：「放你娘的狗屁！老子才是真正的響噹噹的革命造反派，你們才是受一小撮人的蒙蔽利用，成了一小撮人破壞文化大革命的幫兇，你們倒行逆施，必將遺臭萬年！」那邊繼續喊話：「我們按照偉大領袖毛主席的指示成立了『三結合』的革命委員會，你們反對這一新生政權，就是反對偉大領袖毛主席，就是逆歷史潮流而動。螳臂當車，必將自取滅亡！」這邊接著對罵：「你們所謂的『三結合』是對毛主席指示的最大歪曲，是對全縣廣大革命群眾的欺騙和愚弄，你們必將遭到革命群眾的反對和唾棄。你們不要高興得太早，被顛倒的歷史終會被顛倒過來，一小撮壞人必將受到歷史的懲罰！」

兩邊都是義正辭嚴，互不相讓。紅革司不能容忍他們所在的縣委會議大樓被包圍。宋淑華、李秀娟、劉小妹和其他未住進縣委會議大樓的紅革司戰友緊急召集縣城附近的「農革聯」、「工革司」，決心解除紅總司對縣委會議大樓的包圍。他們很快召集了上百人，在紅總司包圍的薄弱環節，一聲高喊「衝呀！」紅總司的包圍圈傾刻被撕開一道口子。紅革司外面的人和裏面的人勝利會師，他們一邊高呼著口號，一邊高唱著革命歌曲，更有人在樓上使勁搖動著紅革司的大旗，以示他們對紅總司打壓、包圍所取得的勝利。

紅總司此時正從全縣各個公社往縣城調動兵力。東風機械廠和農機修造廠的「工總聯」正在加緊打制長矛，發給進城的「農紅軍」成員。然而，紅革司對這一切並沒有引起高度重視和密切注意，他們以為，城關公社自己這一派農民占絕對優勢，僅僅依靠他們的支持，就足以把紅總司的囂張氣勢打下去。

紅總司這一派越聚越多，他們把撕開的包圍圈又重新合攏了。他們的手裏除了木棒之外，許多人端著用鋼筋打制的尖利的長矛。紅革司從外面衝進來的人都上了縣委會議大樓，紅總司派人拆掉了通往會議大樓的樓梯，上了會議大樓的紅革司們如同站在一座孤島上，眼看著全副武裝的「農紅軍」像潮水般從四面擁了過來。

紅總司從各公社召集的農紅軍紛紛佔領了會議大樓周圍的平房。農紅軍像螞蟻一樣密密麻麻站在房頂，他們和會議大樓裏的紅革司們幾乎處在同一高度。王闖也站在房頂，手插著腰，對著會議大樓高喊道：「紅革司同學們，我們的忍耐是有限度的，縣革委會三番五次要你們撤出這裏，可是，你們就是不聽，就是要和紅色政權對抗到底。今天，你們撤也得撤，不撤也得撤，你們現在乖乖地下來，還來得及，否則，我們手中的長矛可是不長眼睛的。」

張永豪站在會議大樓的側面，手中揮動著一根粗粗的木棒，說：「王闖，你算個什麼玩意，敢在我們面前指手畫腳。你們膽敢進犯，我們手裏的木棒也不是吃素的。」

宋淑華也站出來指著王闖說：「你個跳樑小丑，豬鼻子插蔥，裝什麼象呀，你那點老底，誰不知道呀，你算什麼革命造反派，地地道道的社會渣滓！借著文化大革命你沉渣泛起，現在竟沐猴而冠，人模狗樣起來了。哪個瞎了眼的生了你這麼個王八蛋，除了禍害人你還有什麼本事！」宋淑華看見王闖趾高氣揚的樣子，愈覺他卑鄙無恥，愈打心眼裏瞧不起他，她把那些難聽的話一股腦兒向他傾泄過去。

兩派人互相指責對罵，轉眼天已黃昏。王闖身後有武裝部撐腰，又有各個公社調來的眾多的農紅軍作後盾，他哪把紅革司這些人放在眼裏。宋淑華罵到他的瞎眼老娘，更使他心理受到深深的傷害，他也不想這樣拖延下去消耗時間，於是果斷下令：「給我狠狠地砸！」

四周瓦屋的房頂經這麼多人踩踏，咔嚓咔嚓就成了碎片，這給他們提供了大量的「彈藥」。農紅軍彎下腰，揀起屋頂的瓦片，朝縣委會議大樓猛砸了過去。

對於突如其來的像雨點一樣的瓦片，紅革司絲毫沒有準備。起初，他們舉起標語牌試圖抵擋，但標語牌很快就被砸出了窟窿，這時，他們不得不退守到會議大樓裏面。紛飛的瓦片把會議大樓的窗玻璃砸得粉碎。紅革司只好彎下腰，躲在了矮牆下面。看到紅革司根本沒有還擊的能力，農紅軍士氣大振，他們搬來了長長的梯子，一頭搭在平房頂上，一頭搭到了會議大樓上，然後端著長矛，如同古代軍士踩著雲梯一樣，朝會議大樓衝殺了過來。

紅革司眼見尖利的長矛朝他們捅了過來，一個個都慌了神。樓梯已被拆去，想逃也無路可逃，情急之下，有些軟弱怕死的人不由自主地舉起了雙手，向紅總司表示投降。而大多數人卻像下鍋的餃子一樣，噗通噗通從樓上跳了下去。看到紅革司從樓上跳下，仍然站在房頂的農紅軍則向跳下樓的紅革司更加猛烈地拋擲著瓦片。縣委會議大樓下面頓時傳來一聲聲慘叫。

張永豪的頭上被砸了一道大口子，血汩汩地直往外冒，他抹了一把頭部，手上立即沾滿了鮮血，他順手往臉上一抹，滿臉通紅，面目可怖，煞是嚇人。宋淑華不愧是運動員出身，從樓上跳下竟安然無恙，只是跳到樓下，她的肩膀狠狠地挨了一瓦片，疼得她捂住肩膀不由自主地「唉呀」了一聲。李秀娟的大腿被長矛狠狠地紮了一下，長矛幾乎要把她的大腿戳穿，再加上她從樓上往下跳的時候，腿又重重地著了地，疼得她呲牙咧嘴。展紅旗、劉小妹雙手抱著頭，自己都弄不清是怎樣從樓上滾下來的。展紅旗從樓上滾下來後，頭部也被瓦片擊中，冒著鮮血。張永豪指揮著從樓上衝下來的人，說：「往大門口衝！」紅革司們紛紛貓著腰，雙手捂住頭，冒著空中雨點一樣的瓦片，不顧一切地向大門口衝去。

大門仍被紅總司嚴嚴把守著。張永豪他們根本衝不出去。一片混亂當中，農紅軍也分不清哪些是自己人，哪些不是自己人，手中的長矛也不敢隨便亂捅。王闖此時揮舞著拳頭走了過來，高喊：「抓住壞頭頭，抓住壞頭頭！」一邊說，一邊走到紅革司聚集的地方進行辨認。

劉小妹從樓上跳下來時，順手抓了一塊花枕巾，此時，她把枕巾遞給了張永豪，示意他把頭蒙起來。張永豪本來就滿臉血污，再用枕巾蒙住頭，別人一眼很難把他認出。宋淑華倒是一副滿不在乎的樣子，她想，如果王闖膽敢認出她並把她作為壞頭頭來抓，她就敢撲上去一口咬掉他的耳朵！此時她胸中燃燒著復仇的火焰，憤怒已使她的面孔扭曲，她心中一點也沒有想王闖把她抓走後如何處置，她想的只是如何復仇，如何整頓自己的隊伍和王闖之流展開生死搏鬥。李秀娟的大腿被尖利的長矛紮了個窟窿，鮮血一直流淌著，她每走一步，腳下就留下一個血印。劉小妹扶著她，生怕她孤身一人落在大夥後面，遭到紅總司更加兇狠的摧殘。只是她把那條枕巾給了張永豪，無法為李秀娟包紮傷口。展紅旗從自己的衣服上撕下一縷條布，遞給劉小妹，讓她趕快給李秀娟包紮一下。李秀娟看見王闖朝自己走來，心想：他會不會把自己抓起來？她雖然不是組織裏的頭頭，但也算個活躍分子，加上以前的種種恩怨，王闖豈能放過她？這時她也做好了最壞的準備：假如王闖硬要把自己抓起來，她就用雙手把他的眼珠摳掉！這個惡魔，你用槍打了我爸爸，今天又叫人用長矛刺穿我的腿，狹路相逢，那怕拚了這條命，也要和你鬥個你死我活！

從樓上突圍下來的紅革司們擠成了一堆，周圍是端著長矛的農紅軍。張永豪有一種在劫難逃的感覺。他後悔自己太大意了，太輕敵了，他沒想到紅總司會這樣狠毒，會調動這麼多受蒙蔽的農民手拿利器向他們進行武力進攻。紅革司受到這麼大的挫傷，他心中有一種深深的自責。但他深信毛主席、中央文革絕不允許他們這樣胡作非為，他要把事情的真相向上反映，要為紅革司討回公道。他相信壞事會變成好事，他們的鮮血會讓廣大群眾認清紅總司的本來面目，會引起廣大群眾對他們的廣泛同情，事件的幕後策劃者一定會受到嚴懲。

王闖帶著幾個人走到紅革司這堆人裏扒拉著認人，紅革司的同學們緊緊擠在一起，並把宋淑華、張永豪、李秀娟等人圍在了最中間。眼看王闖就要接近毫無偽裝的宋淑華，突然大門口一陣大亂，紅總司嚴守的大門被衝開，一群黑臉膛、穿著黑衣服、手拿黑色大鐵鍬的人衝了進來。

五十

來人是火車站的煤炭裝卸工。他們全是紅革司一派，上午就知道紅總司包圍了縣委會議大樓。但是，紅總司下了通牒也不是一天了，多少天來都平安無事，他們相信今天也不會有什麼大事發生。正巧今天有一列煤要卸，他們全都投入到卸煤工作中去了。到天黑的時候，忽然有紅革司同學前來求救，說紅總司調了全縣的農紅軍用長矛捅起了學生，他們這才扛起鐵鍬，直奔縣委大門而來。到了縣委大門前，農紅軍把門把得死嚴，不放他們進去，裝卸工們個個身強力壯，他們揮起手中的大鍬，很快就打出一條通道。農紅軍的長矛遇到了工革司的大鍬，像潮水一樣紛紛向後退去。裝卸工很快和裏面被圍困的學生混合在了一起。考慮到農紅軍人多勢眾，他們也不想戀戰，只是保護著紅革司的同學們從縣委會撤離出來。

途中經過縣醫院的大門，但縣醫院大都屬於紅總司一派，此時大夫們早都不知跑到哪兒去了。即使找見了大夫，他們也不會為對立派學生包紮看病，那就咬牙忍著吧。多年來所進行的革命傳統教育此時起了作用，革命先烈砍頭只當風吹帽，流血犧牲只等閒，他們只能發揚大無畏的革命英雄主義精神，去戰勝傷口的疼痛，去迎接戰鬥的明天。

宋淑華、張永豪、李秀娟等人被安排在裝卸工所睡的工房裏。這是一條大通鋪，一溜能睡三十多人，紅總司的男男女女就躺在一張大鋪上。由於多天的緊張和勞累，此時心中又充塞著悲憤、恐懼與不平，再加上傷痛的折磨，雖說男女混雜，誰也不會有什麼非分之想。裝卸工們在外面為他們守著夜，學生們很快都睡熟了。

天亮之後，紅革司的學生們開始轉移到了學校。〇一一六部隊聞迅派了輛卡車，把傷患拉到了部隊。部隊有個小型衛生所，雖說做不了大的手術，但簡單的包紮還是可以的。張永豪頭上的傷口已經結痂，再重新剃髮清洗傷口進行縫合已不可能，他們只能在傷口處上了藥，進行了簡單的包紮。李秀娟的腿雖說傷得不輕，好在沒傷著骨頭，大夫說只要好生調養，並不會影響到以後走路。李秀娟對自己的傷痛倒扛得住，她現在最擔心的是怕母親知道自己的傷情。爸爸被槍打了，自己又被長矛扎了，母親又有病纏身，她們這一家可真是夠倒楣的了。自己置患病的母親於不顧，非要跑出來和同學們一道鬧革命，誰知道會鬧出這麼個結果！母親苦口婆心要自己留在家裏，自己不聽，還說出不了什麼事。誰知不幸就叫她言中了，果真就出事了，這叫自己該如何再面對母親？

紅革司的頭頭們和許多熟悉的戰友都到李秀娟的宿舍來看望她，稱她是紅革司的堅強戰士，是捍衛毛澤東思想的英雄人物，這使李秀娟心生感動，也覺得自己受這點傷值得。李秀娟行動不太方便，劉小妹每天負責招呼著她。宋淑華、張永豪吩咐，要給傷患們開個小灶，讓他們好好補補身體，以便傷口能好得快一些。學校原先的炊事員大都是紅革司一派，學校的菜園此時歸紅革司一派所用，這點事做起來還不算難。

衛崇儒聽說李秀娟受了傷，要來看她，劉小妹不讓他進屋。她回去問李秀娟，讓不讓他來探望。傷在大腿，失血也多，李秀娟此時臉色不好，本來不想讓他看的，但想到他們一塊兒串聯了一趟，彼此間還結了些友誼，和他還能拉拉閒話解解悶，就答應他進來了。衛崇儒進來只看到了李秀娟臉上擦破的皮，說：「傷得不重麼。」

劉小妹說：「你個逍遙派，知道什麼重不重？娟姐傷的是大腿！光看臉上這點傷，當然不重了。」

衛崇儒笑了笑，說：「那你們也當逍遙派，不是什麼也傷不著了。」

劉小妹呸了他一聲，說：「燕雀安知鴻鵠之志。都像你一樣當逍遙派，條山縣的文化革命誰來搞？我們就坐在那裏看著革命先烈流血犧牲打下的紅色江山改變顏色？別看我們現在流了血受了傷，將來條山縣的歷史會濃墨重彩地記上這一筆。」

衛崇儒訕訕地笑著，說：「你們做弄潮兒，流芳百世，我就遺臭萬年吧。反正世界上不是每個人都能成為英雄的。」

李秀娟問他：「這一段你都幹什麼了？」

衛崇儒說：「還能幹什麼？看書。以前一門心思考大學，數理化把人壓得喘不過氣，沒有太多的時間去看閒書。現在有的是時間，想看什麼看什麼。」

衛崇儒似乎有點得意，沒注意兩個人都對他撇起了嘴。李秀娟譏諷他說：「還忘不了你的白專道路呀。你看那麼多書幹什麼？還想成名成家？難道你不知道知識越多越反動？」

衛崇儒歎了口氣，說：「咱出身不好，覺悟又低，只能這樣，有什麼辦法。」

劉小妹說：「像你這樣的人，當初根本就不應該到北京見毛主席，你真愧對毛主席他老人家啊！」

衛崇儒說：「那我去了咋辦，又不能把走過的路全退回來。我向毛主席他老人家保證，將來做一個好農民，像董加耕、邢燕子一樣的好農民，這還不行嗎？」

劉小妹哼了一聲，說：「像你這樣的人，不聽毛主席的話積極參加文化革命，就能聽毛主席的話做一個好農民？鬼才相信。」

李秀娟說：「人家是好心看我來了，怎麼開起了人家的批判會了？」

劉小妹說：「毛主席說，要鬥私批修。林副主席說，要靈魂深處鬧革命。批判他也是應該的。」

衛崇儒說：「雖說我沒有衝鋒陷陣，但腦子也沒完全閒著。有很多事我想不通：你們兩派都喊要捍衛毛主席的革命路線，都用毛主席語錄攻擊對方，都在打倒相同的走資派，有時標語口號都一模一樣，可為什麼就水火不容刀兵相見嚴重對立呢？」

劉小妹說：「這有什麼想不通的，其中一個是真的，一個是假的唄。」

衛崇儒搖了搖頭，說了一連串的「想不通」。李秀娟說：「那你回去好好想去吧，什麼時候想通了，參加組織也不遲。」

衛崇儒說：「幾何代數題再難，我也能想辦法把它解出來，可對這些問題，我卻無能為力。」

劉小妹說：「那是你一心走白專道路卻沒有一絲革命情懷。」

衛崇儒說：「也許是吧。」他不想和她倆打嘴仗，問李秀娟：「我能為你分什麼憂，幫什麼忙？」

李秀娟說：「什麼也分不上，幫不上，你還是繼續逍遙去吧。」說完，衛崇儒要走，李秀娟在床上欠了欠身，劉小妹把他送了出來。

送走衛崇儒，劉小妹對李秀娟說：「衛崇儒現在活得真自在啊。」

李秀娟說：「這種自在咱可享受不了。外面紅旗招展，鑼鼓喧天，吶喊陣陣，口號聲聲，我們能坐在那裏無動於衷嗎？我們都是熱血青年呀！」

喬嵐聽說李秀娟受了傷，那天也來看她。她端著個碗，裏面是煮好的麵條，而且還臥著兩個荷包蛋。走到門口，她輕輕地敲了敲門，劉小妹打開門，見是喬嵐，就把她擋在了門外。她知道李秀娟此時對她的探望一定很尷尬，不知道該作何表示。感謝不是，不感謝也不是，轟她走不是，不轟她走也不是。她問：「你……」

喬嵐說：「聽說秀娟受傷了，我煮了些麵條，給她送來了。」

劉小妹撒了個慌，說：「她剛睡著。」

喬嵐把手裏的碗遞到劉小妹手裏，說：「那就麻煩你把飯端給她，讓她好好養傷。」

喬嵐轉身走了，劉小妹拿著碗，望著她的背影，一時愣在了那裏。過了片刻，她把碗端了進去，對李秀娟說：「喬老師看你來了，還給你端了碗麵條。」

李秀娟說：「我聽見了。」

劉小妹說：「那你趁熱把它吃了吧。」

李秀娟說：「放那兒吧，我現在一點胃口都沒有。」

休整了兩天，宋淑華和張永豪商量，要搞一次萬人大遊行，控訴紅總司一派的滔天罪行，要求嚴懲幕後主謀和打人兇手。說幹就幹，他們派人和各公社農革聯、各企業工革司聯繫，爭取能有盡可能多的工人、農民參加這次大遊行。第三天，遊行如期舉行，上萬人舉著標語、旗幟，打著毛主席畫像，浩浩蕩蕩行進在縣城大街上。十多名頭上纏著紗布的學生走在最前面，他們手擎著血衣，一面走，一面高呼著口號：

「一〇・一五，反革命事件！」

「嚴懲打人兇手！」

「堅決揪出幕後策劃者石海濤！」

「血債要用血來還！」

「跳樑小丑王闖絕沒有好下場！」

「誓將條山縣文化大革命進行到底！」

「誓死捍衛毛主席的革命路線！」

…………

紅革司戰士的臉上充滿著悲憤之情，心裏面充溢著復仇之氣。如同受壓之後的彈簧，如同猛摔在地上的皮球，他們對石海濤的不滿情緒強勁反彈，口號聲格外雄壯整齊。街上的群眾向他們投以同情的目光，他們有的在竊竊私語：

「這是鬧啥呢？有理就辯論麼，怎把人打成這個樣子？」

「真可憐見的，這些學生們圖了個啥呀？」

「這些人怎能下得了這個手啊？」

「文化革命下一步不知要發展成啥樣子？」

李秀娟沒有參加遊行，因為她的腿上有傷，走起來一瘸一拐的，不方便，再者，她怕被王德貴看見了，告訴給媽媽，讓她為自己擔憂著急。

學生們遭打，且被打得頭破血流，這件事本身就能引起人們的廣泛同情，一件件血衣就是最有力的控訴，紅革司的人氣一下子高漲了許多。走到縣委會議大樓下，紅革司在這裏進行了現場演講，控訴十月十五日晚上紅總司一派所施行的殘暴行徑。

張永豪頭上纏著紗布，站在高高的凳子上，指著四周已被踩得一片狼藉的屋頂，描述著紅總司那晚對革命學生狠下毒手的經過。他指著地上依然殘留的血跡，講述紅革司如何被長矛捅傷，被瓦片砸傷，如果不是車站裝卸工的及時營救，則有可能犧牲掉年輕的生命……張永豪的講演引起周圍一片唏噓聲。

展紅旗領著大家高呼口號：

「嚴懲幕後指揮！」

「揪出打人兇手！」

「誓死討還血債！」

「奪取最後勝利！」

此時，群情激憤，展紅旗起了個頭，大家高唱毛主席語錄歌：「下定決心，不怕犧牲，排除萬難，去爭取勝利！」這首歌他們連續唱了好幾遍，心中的那股悲愴復仇之氣在歌聲中宣洩著，傾訴著。

縣委會議大樓已滿目瘡痍，窗玻璃全被打得粉碎，紅革司學生的被褥被亂扔了一地，地上鋪的麥草散亂得到處都是，有的被刮落到了樓下，在一堆堆瓦片間隨風起落。此情此景，像當年被日本鬼子劫掠過一樣。紅革司插在樓頂的大旗早不知去向，上面已經換上了紅總司的大旗。幾個學生爬了上去，一把扯下紅總司的旗子，有人拿了火柴，把旗子點著，眾人圍著看它燒成了灰，然後一邊唾著唾沫，一邊用腳使勁踩踏著。

紅革司的遊行隊伍返回不久，街上就刷上了紅總司的大標語：

「紅革司對抗紅色政權，罪有應得。」

「紅革司窮途末路，一批又一批向紅總司舉手投降。」

「看清形勢，順應大局，頑抗到底，死路一條！」

「紅革司用雞血當人血，造謠生事，蠱惑人心！」

更有大字報把縣委會議大樓周圍的血說成兔子血、老鼠血。

紅革司聽到這些胡言亂語，氣得發暈。

五十一

十月十五日那天，王德貴除了吃飯，一整天都在城裏面，都在縣委會的周圍轉悠。他牽著亮亮，眼看紅總司一派把縣委會大門堵住了，把縣委會議大樓圍住了。他為紅革司感到擔憂。倒不是他的觀點傾向於紅革司，是因為李秀娟在紅革司，他怕李秀娟被包圍在裏面逃不出來。

後來，紅革司招集人把包圍圈撕開一道口子，紅革司的人從這道口子裏衝進了縣委會議大樓，他看到李秀娟也跟著人們衝了進去。他心裏在罵：「這丫頭，是不是吃錯藥了？不趁機躲得遠點，怎麼自投羅網往裏面鑽！看這架勢，今天非把你們趕出來不可，你們這樣硬頂下去，可是要吃大虧的！」

但是，李秀娟他們群情激昂，頭腦發脹，他一個老農民，只能站在那裏，眼睜睜看著一隊隊「農紅軍」從各公社調到縣城，眼睜睜看著他們一個個手拿長矛上到房頂。

吃午飯時，他拉著亮亮一進家門，亮亮就高興地大喊：「噢！噢！要打仗了！要打仗了！」說著，還比劃著手拿長矛向前捅的姿勢。

王德貴捂住他的嘴，說：「別瞎說！打什麼仗！」

亮亮不聽爺爺的制止，強嘴道：「我親眼看見的，一隊隊人，都拿著長矛。」

王德貴說：「那是民兵演習。現在又沒有鬼子，打什麼仗！」

亮亮不大相信爺爺的話，他眨巴著眼睛，說：「那咱們吃完飯，就看民兵演習去！」

蘭花聽見這爺倆的對話，心裏嚇得咚咚跳。女兒不在身邊，萬一兩派真刀真槍地幹起來，是凶是吉誰能料定？她禁不住問王德貴：「他大叔，你沒看見娟子？」

王德貴明明看見她上了縣委會議大樓，但他不能把實情告訴蘭花，只是說：「沒看見。」

蘭花囑咐他說：「你要見了她，就叫她趕快回來，就說家裏有急事。」

王德貴應了一聲，說：「那一定！」

吃完飯他又要到街上去，本不打算再帶亮亮，但亮亮纏住他不行，非要跟著他去看打仗。沒辦法，他只好又牽著他來到縣委會大門前。這個時候，縣委會議大樓已被重重包圍了，四周的房頂上都站滿了人，兩派都站在高處對罵著，王德貴看著這架勢，有一種暴風雨即將來臨的感覺。他拉著亮亮圍著縣委會走來走去，密切關注著事態的發展。

紅總司一派向縣委會議大樓扔瓦片的時候，王德貴心裏一驚，想：娟子今天要遭殃了。他不能靠近會議大樓，只能站在縣委會的大門口，聽到裏面傳來了哭喊聲，叫罵聲，看見裏面瓦片像雨點似地從高空落下。亮亮被這一幅景象驚呆了，他問：「爺爺，民兵演習為啥揭房上的瓦？」

王德貴顧不上回他的話，說：「別說話！拉著我的手，不要放鬆！」

過了一會兒，叫罵聲、哭感聲、腳步聲似乎離大門越來越近，王德貴站在門口，踮起腳尖，伸長脖子朝裏望。天黑，裏面的人也亂，看不清每個人的臉孔。忽然，一群人手持大鐵鍬像旋風一樣來到大門前，王德貴來不及回頭，大鐵鍬就在頭頂上揮舞起來。王德貴聽到耳旁「嗖」地一聲有鐵鍬掠過，急忙貓下腰，把亮亮護到自己懷裏。不容遲疑，他趕忙背轉身往外撤，剛走出一步，包圍大門的紅總司一派就像潮水一樣「嘩」地散了開來。王德貴驚出一身冷汗。倘若遲走半步，他將被紅總司的人潮撞倒，紅總司的無數隻腳將從他和亮亮的身上踩過，他們爺孫倆將會死於非命。好險呀！他站在稍遠處，看見堵著的大門豁開一個口子，拿鐵鍬的裝卸工擁了進去，很快把裏面的學生救了出來。他仔細觀察裏面有沒有李秀娟，可天黑，站得遠，學生們又都低著頭，圍成一團，走得急匆匆的，他沒有發現李秀娟的身影。

王德貴拉著亮亮跌跌踵踵回到家，一進家門，也不顧蘭花能不能經受住驚嚇，就失魂落魄地喊叫起來：「不得了啦，真刀真槍打起來啦，血糊拉茬，弄不好，要出人命啦！」

王大娘和蘭花看見他臉色蒼白，兩腿似乎還在顫抖，都驚得魂不附體。蘭花急忙問：「娟子呢，看見娟子沒有？」

王德貴搖了搖頭，說：「沒。」

蘭花急了，就要出門尋找女兒，王大娘趕忙拉住她。王德貴說：「這會人都散了，天這麼黑，到哪兒去找？」

蘭花急得哭了起來：「這死丫頭，不讓她出去，她非要出去，見我不死她著急呀！」

王德貴說：「明天我給你去找，不管死活，非把她找見不可。」

蘭花止住了哭，從此了無睡意，一個人躺在炕上，頭枕被垛等待天亮。

亮亮的乏困趕跑了驚嚇，此時他揉著眼睛，爬在炕上睡著了。王德貴又給王大娘講起剛剛經歷的驚險一幕，說：「差一點我們兩個今天就回不來了。」

王大娘也顧不上和王德貴吵嘴抬扛了，她看著亮亮說：「還是把他早些送回去吧，放在咱們這裏太操心了，萬一有個好歹，怎麼向他爸他媽交代？」

王德貴說：「反正以後上街再不敢帶他了。」

王大娘說：「還惦記著上街呀，你以後也不要上街了。」

說是這樣說，第二天天剛亮，王德貴就上街了。他走到縣委會大門前，那裏冷冷靜靜，闃無一人，只看見裏面遍地碎磚破瓦，地上有斑斑血跡。他走到了條山中學去尋李秀娟。學校也冷冷靜靜，見不著幾個人。他向人打聽有沒有看見「娟子」，別人只是搖頭。學校裏無人不知「李秀娟」這個名字，可他平時總叫「娟子」而不呼其大名，別人就不知道他所問是誰了。王德貴失望地從學校走了回來。進了家，碰到蘭花著急的探問的眼神，他只是無可奈何地搖了搖頭。

到了晚上，劉小妹來到了家裏，告訴蘭花：紅總司打了我們的人，宋淑華帶著秀娟和一幫人去省城告狀去了，過幾天就會回來。她一切都好，你們儘管放心。條山縣發生了這麼大的事情，李秀娟知道母親肯定要為自己著急，她及時讓劉小妹向母親撒了個謊。聽到這個消息，蘭花和王德貴老兩口都舒了口氣，心裏也踏實了不少。

紅革司佔據著縣委和縣政府，石海濤多次讓他們撤出去，他們對石海濤的話置若罔聞，毫不理睬，這使他深感自身權威受到藐視，自尊心受到極大傷害，心中十分惱火。如今，這個問題終於得到解決，石海濤的願望和要求終於得以實現。只是這種解決方式慘烈了些。動員農紅軍進城參加武鬥，完全是王闖和衛東彪他們的主意，他並沒有在幕後進行策劃和指揮，但也沒有批評和制止，實際上是默認了的。農紅軍、工總聯都知道石海濤支持紅總司一派，紅總司對他們的調動和指揮，他們都視為是石海濤、縣革委的旨意，因而都非常聽從指揮調遣，對眼前與紅色政權相對抗的「階級敵人」出手都很兇狠。「一〇‧一五」事件發生之後，石海濤的心情很矛盾，很複雜。一方面，他心中感到欣慰：那個不馴服的，總是與他作對，並叫喊要打倒他、要和他血戰到底的紅革司總算受到狠狠打擊，這件事不管怎麼說順遂了他的心願，使他出了胸中的一口惡氣。如果紅革司繼續這樣同他僵持下去，他的權威將蕩然無存，縣革委的正常工作也無從談起。他得承認，王闖幹了他想幹而不能幹的事，是幫了他的一個大忙；另一方面，他心中又隱隱感到不安：這樣打壓紅革司，他們能心悅誠服嗎？他們會不會和你記下死仇，用更極端的情緒與你對抗？王闖固然敢想敢幹，可這種嗜殺好鬥膽大妄為的個性如任其發展下去，也會捅下天大的婁子讓你無法收拾。幸虧這次沒有把人打死，如果死了人，事情可就嚴重了，作為縣革委會主任，你怎麼也逃不了干係。想到這裏，他又覺得王闖是一個非常危險的容易惹禍的人物，以後對他要有足夠的警惕和嚴密的防範，不能由著他的性子胡來。

這天，他想和王闖一起分析一下「一〇‧一五」以後的鬥爭形勢。王闖是坐著李國臣的吉普車來的。開車的是莫俊才。自他們收繳了李國臣的吉普車後，衛五牛不願意為他們開，恰好莫俊才極喜歡擺弄這些機械玩意，他就每天醉心鼓搗這輛吉普，不長時間，就能開著上路了，現在已經開得很熟練了。王闖和衛東彪要到哪裏去，莫俊才就成了他們忠實的「車夫」。王闖下了吉普車，像一個打了勝仗的將車，敲開了石海濤的辦公室。

石海濤說：「『一〇・一五』之後，紅革司反彈得很厲害呀。」

王闖說：「還是揍得輕，再揍得狠些，他想彈也彈不起來了。」

石海濤蹙了蹙眉，說：「還是要想辦法彌合兩派之間的分歧，不能給對方造成太大的心理創傷，不要在大家心裏種下太多仇恨的種子。」

王闖說：「彌合？根本彌合不起來。」

石海濤說：「照你這麼說，只能這麼打鬥下去？」

王闖說：「文化大革命發展到這個階段，這是唯一可行而有效的手段。這次一打，紅總司士氣大振，紅革司裏互相指責埋怨，已成強弩之末，眼看就要土崩瓦解。許多家長把孩子叫回去了，不讓他們再和縣革委會作對。他們的人數銳減，即將支持不住了。」

石海濤說：「我的意思，是想抽空看一看那些受傷的同學，向他們作些安撫工作。對那些打人的兇手，抓上幾個，那怕象徵性地也要作一些懲罰。這樣或許對以後工作的開展能好一些。」石海濤知道搞政治要善於耍手腕，要學會一打一拉，拉打結合。一味地強硬到底未必能收到理想的效果。

王闖不懂這些，他疑惑地看著石海濤，說：「石主任，你這是什麼意思？該不是要把我送到監獄裏去吧？」

石海濤笑著說：「哪有這樣的意思，你又沒有用長矛捅人。不過，以後做事還是要多想些後果，不能太莽撞太意氣用事，真要捅出大的簍子，我倒臺不說，到時候誰也救不了你。」

五十二

北大學生于世民又回到了條山。他在N省串聯時發動群眾衝擊省委省政府，揪鬥省委書記和省長，結果被關進了監獄。坐了幾個月後，那裏的形勢突然發生了逆轉，他們一起被關進監獄的學生一律被無罪釋放。從監獄出來，他更有了吹噓炫耀的資本，更是無所畏懼，把一切都不放在眼裏。

紅革司是他一手扶持並寄予厚望的群眾組織，他與紅革司有著很深的戰鬥情誼。看到紅革司由最初的應者雲集所向披靡發展到今天遭受重挫士氣低落，他深表同情並決心幫他們走出困境。他覺得這是他的責任，他自信也有這個能力。

紅革司的頭頭和骨幹們聚在一起，于世民向他們講解當前文化大革命的發展趨勢。他說：「現在，文化大革命的形勢錯綜複雜，一些被打倒的牛鬼蛇神借『三結合』的名義紛紛出籠，他們像還鄉團一樣，利用手中的權力，拉一派打一派，對革命造反派施行瘋狂的打擊報復。我們一定要頂住這股反革命逆流，使文化大革命沿著毛主席革命路線勝利前進。目前光靠文的一手越來越行不通了，他們強權在手，自以為真理在握，已經不屑於與你辯論爭高下了。你貼了大字報，他很快會給你撕掉、覆蓋；你的各種正確觀點，他根本不予理會並大肆給予歪曲；你用毛主席語錄和他說理，他用毛主席語錄反駁你。你想和他辯論，他擺出掌權者的姿態不和你坐在一起。即使和你坐在了一起，他也會胡攪蠻纏，信口雌黃，捏造謊言，顛倒黑白，他們搞的是一種流氓無賴政治，和他們已經無理可講，無事非可辯。這種情況下，不得不用拳頭說話。各地的武鬥逐步升級，無產階級革命造反派被走資派充當後臺的保皇派打死打傷的現象比較普遍。對此，江青同志提出了『文攻武衛』的口號。文攻武衛，就是不排除使用武力手段對付武力的行為。就是在文的進攻徹底失靈的情況下，只好以牙還牙，以眼還眼，以武力的防衛對付武力的進攻。武衛，首先要有武的思想準備，其次要有武的方法手段。假如手無寸鐵，你怎麼武衛？我們這一次之所以吃了這麼大的虧，就是沒有這樣的思想準備，沒有武器在手。你赤手空拳，誰害怕你？『槍桿子裏面出政權』，這是毛主席早就教導我們的顛撲不破的真理，『革命不是請客吃飯，不是做文章，不是繪畫繡花，革命是暴動，是一個階級推翻另一個階級的暴烈行動。』這些話我們都背得滾瓜爛熟，可是，我們恰恰在實際行動中沒有很好地運用它。我們的鮮血該使我們警醒了。我們流了血，他們反說是雞血兔血老鼠血，這哪有什麼公理和正義可言？和這幫人你能辯出什麼長短？唯一的辦法，就是針鋒相對，以血還血！」

于世民的一番話說得大家熱血沸騰。宋淑華說：「東風機械廠基本上是屬我們一派的，我們也讓他們打制長矛，把大家都武裝起來。」

于世民說：「打出長矛怎麼辦，我們端著它去捅人？現在我們的處境比較艱難，如果不講求策略，很容易被他們抓住把柄一把掐死。『文攻武衛』，文攻在先，武衛在後。也就是說，我們不輕易挑釁他們，只是用武力進行自衛。好比共產黨當年和國民黨鬥爭那樣，要做到有理有利有節，打了他們還讓他們無話可說。要充分運用毛主席的戰略戰術，比如誘敵深入，各個擊破，傷其十指不如斷其一指，集中優勢兵力打殲滅戰等等。」

張永豪說：「現在已經弄明白了，那天站在房頂上扔瓦片舞長矛的很多是正陽村的農民。這個村絕大多數都屬紅總司一派，那裏是農紅軍的一個大本營，村子裏幾十個民兵每天就集中住在大隊部裏，隨時等待出擊。我們紅革司有兩個骨幹分子前些天在他們村子散發〈條山風雷〉，被他們拉到大隊部狠狠地打了一頓。咱們的人回來反映說，那地方夠恐怖的，那些民兵揚言，以後再抓到紅革司的人，不打死也要叫他脫層皮。」

于世民聽後，說：「打蛇打七寸，似這樣頑固的堡壘，是該狠狠地敲打一下。這叫敲山震虎。如果把他們震住了，其他村子就不敢輕舉妄動了。不然，他們隨時都有可能出來狠狠地咬我們一口。」

完後，于世民讓找來工革司和農革聯的頭頭開會商討對付紅總司的辦法。工革司的頭頭吳宏剛就是東風機械廠的造反派頭頭，來後正好可以和他商議打造長矛的事。

頭頭們先後提出了幾個教訓紅總司的方案，經過逐一權衡、比較，他們選擇了一個相對積極穩妥的行動方案。方案決定再派兩個學生到正陽村散發傳單，也就是先到這裏進行文攻。其中一個人在前面散，一個人假裝串門走親戚，站在遠處跟蹤觀察。兩個人要拉開適當距離。當前一個被農紅軍抓住之後，後一個迅速撤回，把消息通報給紅革司總部，然後，紅革司以解救同夥為名，組織優勢兵力，直撲正陽村，對這個農紅軍大本營予以狠狠打擊。這樣先文攻，後武衛，師出有名，打則必勝。這一場戰鬥可使紅革司提升士氣，增強信心，重振雄風，一掃心中的憤怒與不平。

他們擬定了「文攻」傳單的大致內容：「一〇・一五」反革命事件是被打倒的走資派對文化大革命的一次瘋狂反撲，是一次鎮壓革命造反派的殘酷暴行，農民兄弟被走資派操縱和利用，充當了很不光彩的角色，是這次事件的上當受騙者。受了蒙蔽不要緊，關鍵要儘快警醒過來，交出打人兇手和幕後策劃者，以實際行動得到革命群眾的諒解和寬容。如執迷不悟，繼續行兇作惡，以革命群眾為敵，必將遭到革命造反派的嚴厲打擊！農民朋友們，你們也有兄弟，也有姐妹，當你們把長矛對著這些青年學生的時候，你們怎麼能下得了手呢？我們和你們有什麼深仇大恨？是誰在後面支使著你們威逼著你們呢？你們在這個行動中得到什麼好處呢？希望你們早日反悔，回到毛主席革命路線一邊，和紅革司一道，徹底打垮由紅總司一夥拼湊的偽政權。

這次行動的主力是東風機械廠工人和火車站裝卸工。這主要是由於工人有力氣，講紀律，好指揮。長矛由東風機械廠打造。城關公社的農革聯做預備隊使用。農革聯的頭頭是城關公社的民兵營長李長有。他個子不高，長得很墩實，一提打架就特別興奮，強烈要求參加第一線戰鬥。于世民告訴他，就一個正陽村，用不著那麼多人，東風廠和火車站的工人足把他們收拾了。你們的主要任務是防止他們增援，如果他們增援了，你們再上不遲。李長有說：「我有一個想法，咱們的戰鬥在晚上打響，假如他們坐汽車增援，我們就在通往正陽村的大路上，按車槽的高低往兩旁樹木上橫扯幾道鐵絲。他們增援的人站在汽車後車槽裏，汽車開得快，一根鐵絲在晚上也看不清楚，這樣，汽車從鐵絲下穿過時，站在後槽裏人的頭一下子就被掛掉了。」大家說：「這倒是個既省力氣又有殺傷力的好辦法。」于世民說：「還是毛主席說得好，『卑賤者最聰明』。不過，在哪裏綁了鐵絲，要給我們的人講清楚，不要沒掛上別人的頭，倒把自己人的頭掛掉了。」

李長有說：「那當然。哪裏綁上鐵絲，咱們的人就在哪裏守候，不可能綁上就不管了。」

在物色去正陽村散發傳單的人時，展紅旗自告奮勇，積極要求承擔這一光榮任務。紅革司幾個領導覺得展紅旗一貫表現積極，在和紅總司的鬥爭中敢打敢拚，一往無前，總是衝在第一線，而且他堅定、勇敢、機智、頑強，就答應了他的請求。和他一起執行這一任務的，是和正陽村相臨的任陽村的一個同學，這位同學在正陽村正好有親戚，熟悉那裏的地形，比較容易逃脫。宋淑華告訴他：「得到消息後，立即回來報信。」她要求家裏的人加緊做好一切戰鬥準備。

于世民本打算這次戰鬥不讓紅革司的學生參加，但張永豪不同意。農紅軍把他的頭打了個大口子，由於當時未能清洗並縫合傷口，現在傷口雖然長住了，但在頭上留下一道凸出的疤棱，頭髮留長了尚能遮住，短了這道疤棱就暴露無遺。這一道疤棱如同消除不了的仇恨長在他的身上，刻在他的心裏，他要尋找機會報這個仇，雪這個恨。這個戰鬥不參加，對他來說，是最大的遺憾，是錯失掉一個絕好的機會。他說服了于世民，于世民對他組織十幾個學生作為敢死隊的想法最終點了頭，並囑咐他一定要注意安全，因為他們的力氣不能和工人相比，也沒有武鬥的經驗。張永豪說：「這你放心。我們的血已經流過了，這一次只讓他們流血。」

展紅旗和他的搭檔是下午開始行動的。展紅旗手裏抱著一疊傳單，到正陽村見人就散發，他一面散發傳單，一面站在那裏演講，他講紅總司的慘無人道，講「一〇・一五」那晚的恐怖場面和學生們受傷流血的情況，講打人兇手就在這個村子。人越聚越多，他越講越激動，越講越動感情。展紅旗講得唾沫亂飛，動情處甚至流下了眼淚。他說，要把紅總司的暴行告訴全縣的百姓，讓大家都知道哪一派是聽毛主席話的，哪一派是與革命群眾為敵的。他告訴村民要擦亮眼睛，辨別是非，不要聽信紅總司的宣傳煽動，不要受蒙蔽被利用，要和紅革司一道，共同打垮資產階級反動路線的猖狂反撲，共同推翻以石海濤為首的偽政權。

這時，兩個肩上扛槍的民兵撥開人群，一把揪住展紅旗，問：「誰讓你在這裏散佈反動言論？」展紅旗反問：「憑什麼說我的話是反動言論？」

一個扛槍的問：「你們反對新生的革命政權，難道還不反動？」

展紅旗反問：「既然是新生的革命政權，為什麼會慫恿打手對革命學生狠下毒手？」

兩個扛槍的民兵不想與他多費口舌，他們一人扭住他的一隻胳膊，說：「跟我們走，到大隊部慢慢說理。」

展紅旗手裏的傳單撒了一地，他一邊掙扎一邊說：「要說理就當著群眾，為什麼要到大隊部去？」

「少囉唆！」這時又來了兩個扛槍的民兵，他們四個人一起，像抓小雞一樣拉著展紅旗就往大隊部走，展紅旗一邊掙扎一邊喊：「有理講理，你們為什麼抓我？光天化日之下，就這麼隨便抓人？」有個民兵狠狠地給了展紅旗一巴掌，說：「喊什麼喊？也不看這是什麼地方！」

展紅旗仍然高喊：「什麼地方？不是共產黨統治的地方，難道是土匪橫行的地方？」

「啪！」又一個民兵狠狠地再給了他一巴掌，說：「你小子再嘴硬，把你的牙全打掉！」

展紅旗就這樣掙扎著，喊叫著，被幾個民兵帶著朝大隊部走去。和他一起來的那位同伴目睹農紅軍帶走了展紅旗，然後迅速返回任陽村家中，騎了輛自行車，飛快地朝縣城奔去。

縣城這邊，紅革司一切都準備停當。傍晚時分，于世民讓工革司的人帶好武器，然後乘坐東風機械廠的解放牌卡車直撲正陽村。于世民交代：要悄然前進，不要打草驚蛇；要趁其不備，來個突然襲擊。進村後直撲大隊部，專找那幫打人兇手重拳出擊，不要傷著婦女孩子和其他無辜百姓。對那些打人兇手，千萬不要將其致死，打痛打傷讓他們出些血就可以了。

向這些人交代完畢，他又向農革聯頭頭李長有交代：「你們也要隨工革司行動，萬一他們遇到困難，你們就衝上去支援，這一仗咱們要麼不打，要打就要打得他們跪地求饒。不然，他們下一步還不知怎麼欺負咱們。」

為了防止誤傷，他們每個人的左胳膊上都繫了條毛巾。張永豪他們十幾個學生把頭上的紗布也扯掉了。他們心裏罵道：老子今天也讓你們腦袋上纏紗布！

借著朦朧夜色，這一大隊人馬像餓虎一樣向正陽村撲去。此時天有點涼，但每個人都熱血沸騰，鬥志旺盛。他們毫不懷疑這次行動的正義性，他們是在文攻武衛，他們要吐出心中憋悶已久的惡氣，他們要讓一場酣暢淋漓的勝利洗刷恥辱，他們要讓石海濤知道紅革司不是好欺負的。

五十三

展紅旗被抓到了大隊部，一幫民兵立即圍攏了過來，「又抓了一個？」「這傢伙是個死硬派！」「欠揍。」「好好修理修理。」「嘴上沒毛的青瓜蛋一個，還想翻天不成？」他們圍著他議論著，話語中透出一股騰騰殺氣。

展紅旗微閉眼睛，面部的表情平靜而坦然。他知道，在這個時候，任何話語都是多餘的，如同碰著一群野獸，你的任何舉動都會引起它們的獸性發作，即使它們本沒有侵犯你的意圖，此時也非得把你徹底制服完全吞噬不可。他還知道，他並不孤立，作為誘餌，他正在完成一項特殊使命，他的戰友們正嚴陣以待，隨時會如神兵天降，解救自己。別看你們現在氣焰囂張，到時候恐怕哭都來不及了。你們這幫手上沾著革命小將鮮血的壞蛋，你們這幫受了蒙蔽死心塌地為所謂紅色政權賣力的傢伙，即將面臨正義之手的嚴懲。

一個長得五大三粗、臉上有塊傷疤的傢伙手拿一根鋼鞭走到他的面前，「傷疤臉」把鋼鞭在他眼前晃了晃，說：「認得這是什麼東西嗎？」

展紅旗看也不看那東西，依然緊閉雙唇，一語不發。

「啪」，鞭子朝他的身上抽了一下。那鋼鞭的梢頭綁著一顆大螺絲，抽在身上如同鐵錘敲打一般。展紅旗咧了咧嘴，吸了口涼氣，依然直挺挺站在那裏。他不能在對方面前顯示出怯懦、軟弱、恐懼、膽小，他代表著紅革司，他要像革命先烈那樣堅貞不屈，視死如歸，他要讓這些人知道，用毛澤東思想武裝起來的紅革司戰士是不會被征服的，他們甘願為自己的理想和信念獻出一切。

「說說，你們為什麼要反對新生的革命政權？」「傷疤臉」向他發問。

展紅旗揚起臉，既不回答他的問題，也不正面瞧他，他只在心裏盤算：戰友們該得到消息了吧，他們現在開始行動了沒有？我好比鑽進牛魔王肚子裏的孫悟空，先讓他們暴跳、發怒，然後，咱們裏應外合，一塊兒把他們徹底制服。

見展紅旗不說話，「傷疤臉」覺得是對自己的輕慢和羞辱，他掄起鞭子，朝展紅旗「啪」「啪」「啪」狠抽了起來，展紅旗用胳膊護著自己的臉，任鋼鞭落在自己的身上。天氣轉冷，幸虧他穿了件薄棉衣，否則，非皮開肉綻不可。

「傷疤臉」抽累了，停下手站在那裏喘氣。這時，有個民兵拿著根長矛走到展紅旗面前，說：「真是打死不開口，好堅強啊。」他把長矛的尖頭抵著展紅旗的胸口，說：「你究竟說不說？不說，我可就一下捅進去了。」

展紅旗知道這個時候不能激怒這頭野獸，激怒了他，他一時喪失理智，真有可能失手捅進去。他看也不看長矛，依然面無表情地站在那裏。他看他們到底能有多少招數，還能做些什麼表演。這時，只聽屋外有幾個人把鐵鍬在地上敲得噹噹響，他們一邊敲一邊喊：「和他囉嗦什麼，挖個坑把他活埋算了。」

「活埋？那太便宜他了。」這時，又有個矮墩墩的人提著根鎬把走了進來。此人大名任二愣，人稱二愣子。他把那個拿長矛的推到一邊，說：「現在還不能叫他死，這傢伙是紅革司的骨幹和死硬分子，得從他嘴裏挖出點東西出來。」他把鎬把一頭戳在地上，手指著展紅旗說：「你們組織最近有什麼反革命行動？你今天到這裏的真正目的是要幹什麼？你們下一步還要怎樣和新生的革命政權對抗？你只要老實交代了，我們立即放你走。否則——」他晃了晃手中的鎬把，說：「叫你有來無回。」

展紅旗覺得這個人十分眼熟，他很快想起來了，那天攻打縣委會議大樓時，他曾站在房頂和紅革司對罵過，當時馮建國罵他是磨道驢像殼郎（閹）豬，氣得他在屋頂上跳起老高。後來搭雲梯攀縣委會議大樓時，他端著長矛衝在最前面，上樓後見人就刺。展紅旗知道這是個十分兇狠的傢伙，更不想激發他的獸性，只想和他周旋以拖延時間。這時，他開口說：「那你們給我一枝筆，幾張紙，讓我好好想一想，想起來的，我就寫在紙上。」拿鎬把的和其他幾個人交換了一下眼色，以徵求他們的意見。拿鋼鞭的說：「筆和紙一時半會找不到，你說吧，我們幾個人都聽著呢。」

展紅旗說：「你們擺著這樣的架勢，我心裏太緊張，要不你們先撤出去，讓我想想再說？」

任二愣說：「你要想多長時間？我們可沒有時間陪你在這兒耗著。」

拿長矛的說：「給他十分鐘，十分鐘之後再不交代，咱們再狠狠收拾他。」

幾個人暫時撤了出去。大約十分鐘後，他們走了進來，說：「說吧。」

展紅旗說：「還沒想好，讓我再想一會兒。」

任二愣說：「這傢伙想騙咱們呀，你們閃開。」他把幾個同夥撥拉到一邊，掄起鎬把，朝展紅旗身上敲了下來。」

「唉喲！」展紅旗慘叫一聲，爬在了地上。任二愣以為他在裝蒜，依然將鎬把狠狠地打在他的腰上，屁股上，展紅旗疼得在地上翻滾著，呻吟著。他的喊叫聲引來更多的民兵都圍著他看。這時，一個披軍大衣的人走了過來，用手擋住任二愣，說：「嫩皮嫩肉的，經不住打，別要了他的小命。」

打手們都撤了出去，穿軍大衣的彎下身，問：「怎麼樣？」

展紅旗咧著嘴說：「疼。」

穿軍大衣的比其他人都顯得和藹。他說：「我是村裏的副支書，我弟弟是你們的同學。」

展紅旗問：「誰？」

穿軍大衣的說了他弟弟的名字。展紅旗認識，他們不是一個班，也不是一派，要不然，還能和這位副支書套點近乎。是不是因為和他弟弟是同學這層關係，副支書才不像其他人那樣兇神惡煞？副支書繼續開導他說：「讓你說你就說嘛，俗話說好漢不吃眼前虧。這些人沒什麼文化，都比較野蠻，身上有的是力氣沒處發洩，你幹嘛非要惹他們發怒？萬一打壞了一件，怎麼辦？你還這樣年輕。」

當別人向他施加壓力的時候，他還能表現出勇敢堅強、寧死不屈；當別人向他表示同情的時候，他心中柔軟的那一部分卻有些承受不住，直覺得鼻子有點發酸，是想哭的感覺。但他不能哭，特別是在這樣的地方，在自己的對立派面前。他忍住了，說：「怎麼能說我非要惹他們發怒呢？是我自願到這裏來的嗎？你們打了學生，製造了「一〇・一五」流血慘案，難道不應該遭到聲討和譴責嗎？你作為副支書，怎麼能任由他們這樣幹呢？你們這一派掌了權，就以勢壓人，行兇施暴，胡作非為，這只能加速你們這個偽政權的早日完蛋！歷史最終會證明真理是在哪一邊的，那些打人兇手統統都逃脫不了歷史的懲罰！你也要為這承擔一份歷史的責任！」

副支書聽了他的話，不氣也不惱，說：「去打學生，我是不同意的，但我沒能制止住他們。包括今天，我也不想讓你在這裏有什麼意外。我是個復員軍人，文化大革命兩派間的事情我鬧不大懂，但我知道保衛人民的生命財產安全至關重要。這樣吧，今天晚上你就睡在我的辦公室裏。至於接下來怎麼處置，我們再商量。」

聽得出，這是個心地善良的人，是和前面那些個打手不同的人。展紅旗在地上動了動，腰疼得厲害。穿軍大衣的正要俯身去攙他，門外突然亂作了一團。只聽人們急匆匆地跑過，口裏喊道：「快，趕快抄傢伙！紅革司搶人來了！」

穿軍大衣的聽了這些話，顧不得爬在地上的展紅旗，一個大步躍了出去。問：「怎麼回事？究竟怎麼回事？」

是農紅軍正陽大隊的巡邏隊最先發現了紅革司的到來。他們先看見一輛解放牌卡車，車的馬槽裏站著滿滿一車人，車停在離正陽村不遠的地方，卸下人後又返回去繼續拉人。這些人左胳膊上纏著一條白毛巾，手上都拿著長矛，一看就知道來者不善。正陽村逮了展紅旗後，就預感到紅革司不會不管不問，他們有可能到這裏強行要人，為此，他們加強了巡邏，並在村頭安排了崗哨。巡邏隊發現情況後立即告訴了村頭崗哨，崗哨趕忙跑回大隊部報告。大隊部一聽，感到情況緊急，立即讓大家抄起傢伙準備迎戰。民兵們有槍的則掂著根步槍，沒槍的就隨手拿起鐵鍬、鎬把、鋤頭等家什。他們緊急集合在一起，朝村頭迎了過去。

紅革司的人馬已經集結完畢，黑壓壓一片向村子裏撲了過來。走到村頭，兩派就交上了火。張永豪一見農紅軍這些個打人兇手，立即就紅了眼，他和那些曾經受過傷、流過血的人衝到了最前面。他們一邊高喊：「還我戰友！」「討還血債！」一邊就挺著長矛刺了過去。農紅軍手裏雖然掂著步槍，但步槍裏都沒有子彈。上面對子彈管理非常嚴，除了打靶，平時是不會發給他們的。這時候，步槍反沒有長矛更有優勢。加上學生的後面有火車站搬運工和東風機械廠的工人壓陣，他們氣勢如虹，叮叮噹噹一陣廝殺，紅革司很快就占了上風。紅革司來前約定，長矛只往農紅軍的大腿和屁股上刺，只聽那些被刺的農紅軍唉喲唉喲地叫喚著。這些叫喚聲使張永豪聽起來非常愜意，「媽的，你刺我們的時候那麼興奮，也讓你們嚐嚐被刺的滋味！」他又高喊著：「文攻武衛！」「救我戰友！」更加勇猛地朝農紅軍刺了過去。

農紅軍正陽大隊一看今天這陣勢，知道對方做了周密準備，又是打著復仇和要人的名義，士氣正旺，銳不可擋。戀戰必然吃虧，不如暫避鋒芒。他們且戰且退，紅革司則緊追不捨，不達目的，誓不甘休。

任二愣個子矮跑不快，很快被紅革司的人截住並包圍了起來。借著手電筒的光亮，十幾隻長矛對著他。這個二愣子也不含糊，他把手裏的鎬把舞得像車輪，紅革司的人一時難以靠近。但是，他舞得再好，力氣總有用盡的時候，不多一會兒，他掄鎬把的速度明顯放慢了。由於他長相比較特殊，紅革司的學生都看他眼熟，不由得想起「一〇・一五」那天晚上曾見過他。他們確信，這是個手上沾滿學生鮮血的劊子手。張永豪見他已力盡技窮，高喊一聲：「還我血債！」就將長矛朝他的大腿刺了過去。任二愣「唉呀」一聲倒在地上，又有幾根長矛朝他刺來，任二愣起初還痛苦地呻吟著，漸漸就沒有了聲音。

紅革司繼續追尋農紅軍，可此時，農紅軍卻躲得無影無蹤。這裏畢竟是他們的地盤，他們祖祖輩輩生活在這裏，對各個巷道溝崖都十分熟悉。紅革司一時沒了目標，心裏倒有些發毛：萬一他們埋伏在某個地方，突然衝出來把我們分割包圍，各個擊破怎麼辦？他們佯裝敗退，迅速叫來援軍和我們決一死戰怎麼辦？幾個頭頭一商量：還是要保持整體隊型不要分散；儘快摸到大隊部，救出展紅旗立即撤退。

他們尋到了大隊部，找了半天，不見展紅旗的影子。「難道他們把展紅旗轉移了？」在這黑咕隆咚的暗夜裏，在他們一點也不熟悉的村子裏找一個人，無異於大海撈針，太難了。沒有展紅旗蹤影，他們也不敢在這裏久留。幾個頭頭們商量後決定：立即撤出正陽村。

清點人數，不缺一個。除了個別人受了點輕傷，沒有遭受多大損失。今天終於還農紅軍以顏色，打擊了他們的囂張氣焰，讓他們也出了血。大家的情緒都很高漲，有一種打了勝仗的興奮和喜悅。只是許多人覺得不過癮，刺的人不多，對方流的血太少。血債要用血來還，但這種還應加倍才對。最讓他們遺憾的是展紅旗沒救出來。他們今晚吃了虧，肯定要在展紅旗身上瘋狂報復。想到此，他們心中又多了份憂慮和不安。

汽車停在村頭，紅革司的人一部分上了車，一部分則等待下一批返回。

五十四

展紅旗聽到外面的動靜，知道戰友們解救自己來了。對他行刑屋子的門沒有鎖，他從屋裏爬出來，聽到了喊聲和互相格鬥的叮噹聲，只是這聲音離自己比較遠，使他無法目睹到令人激動的戰鬥場面。他想像著戰友們呼嘯前進的英姿，心中禁不住歡欣鼓舞。他深信，他們這一次一定會大獲全勝，一定會報上一次的流血之仇。這一次是有備而來，而且集中了紅革司一派的精兵悍將，對付一個區區的正陽村，還不像捏死只螞蟻一樣？讓展紅旗感到自豪的是，這次勝利有自己的一份功勞，正是因為他的被逮被打，使他們這次突襲有了正當的理由。自古以來講究出師有名，正義之師才能所向無敵。這一次「文攻武衛」，到哪裏說我們都占著理。你石海濤又能怎麼樣，你革委會又能怎麼樣？你紅總司農紅軍又能怎麼樣？得道多助，失道寡助，多行不義必自斃，我們紅革司得到大多數群眾的同情和擁護，最後勝利一定是屬於我們的。

喊叫聲、廝打聲似乎越來越遠，展紅旗心裏很著急，很想瞭解戰鬥的進展情況。他站不起來，那個矮墩子下手太重了，他的腿和腰嚴重受損，需要人攙扶著才能移步。他不能在這裏死等，他要和戰友們趕快會合，他要在戰友的幫助下勝利返回。於是，他鼓起勇氣，咬緊牙關，朝發出廝打聲的方向爬去。

天黑，他對這裏的地形不熟悉。爬著爬著，一不小心就掉進了一個大糞坑。

農村裏沒有什麼衛生設施，路旁挖一個坑，人糞尿倒進去，墊上一層黃土，然後再倒進人糞尿，枯枝雜草也扔進坑裏，下雨水也流在坑裏，然後再慢慢地漚。需要施肥的時候，把它們從坑裏挖出來，就變成了寶貴的有機肥。農村裏這種糞坑很多，白天走路，誰也不會掉在裏面；即使晚上走路，由於村民們熟悉這裏的一草一木，閉著眼睛也不會掉進去。偏偏展紅旗是外鄉人，不熟悉這裏的地理環境，又不能站起來觀察，他尋找戰友與之會合的心情又格外迫切，這就不可避免地掉進去了。

幸虧坑不是很深，裏面的糞尿也不是很稀，還不至於淹住他。他在裏面掙扎著，越掙扎身上的屎尿沾得越多。他想喊也不敢喊。這裏是農紅軍的據點，村子裏幾乎清一色是紅總司一派，萬一讓他們聽到了，還不抓回去再打？糞坑裏臭味難聞，但此時他也顧不上衛生不衛生了，只要糞便不灌到嘴裏就行。他一邊幹嘔著一邊掙扎著，身上打破的地方經屎尿浸泡，針紮似地疼。掙扎了一會兒，實在沒力氣了，他只好停了下來，靜靜地想著解困的辦法。

這時，紅革司已把正陽村的農紅軍打得沒了蹤影，正在大隊部四處尋找他，遍找不著，收兵回城去了。

展紅旗掙扎到天亮，也沒有爬出糞坑。第二天早晨，有一個民兵最先發現了他，高聲喊道：「這個傢伙還沒有逃走，掉到糞坑裏了。」很快，糞坑周圍就圍了一圈人，大家像看什麼稀罕物似的看著展紅旗。有人說：「都是他把紅革司引來的，拉出來把他打死！」有人就拿來了鐵鍬、鋤頭、糞勺設法把他從糞坑往外弄，有個晚上被紅革司長矛刺傷了的農紅軍用糞勺在展紅旗的頭上狠狠地敲擊了一下，展紅旗腦袋一歪，頓時沒有了知覺。費了好大勁兒，總算把他從糞坑拽了出來。大家正要掄起鋤頭鐵鍬揍他，穿軍大衣的副支書伸手把他們制止住了：「他那麼髒，渾身又是屎又是尿的，別把大家身上都弄髒了。」他讓人挑了一擔水，潑到展紅旗身上，這一潑反而使展紅旗從昏死中醒了過來。展紅旗身上的屎尿流了一地。副支書對周圍的人說：「我們抓了人家的人，又把人打得遍體鱗傷，不是什麼光彩的事兒。弄不好，紅革司還會來要人，咱們村將沒個安寧的時候。希望大家嘴巴嚴實些，不要亂嚷嚷。萬一有人問，就說不知道那學生哪兒去了。行嗎？」他又囑咐兩個民兵：「把他先抬到大隊部去。」兩個民兵找了個大筐，把他裝進筐裏，然後提著筐沿，把他拎到了大隊部。

展紅旗感到極度的虛弱。他一會兒意識清醒，一會兒腦子又一片混沌，一片空白。他感覺到死神似乎在向他招手。死不足惜，為捍衛毛主席的革命路線而死，為文化大革命而死，他覺得死得其所，死而無憾。只是他不願意再這樣被折騰下去了，要死，就痛痛快快地死。對穿軍大衣的副支書，他不知道該感謝他還是該埋怨他。如果民兵在糞坑旁把他打死，他也就少了份痛苦，現在，把他拖到了大隊部，下一步面臨怎樣的厄運，還難以預料。

正陽村的農紅軍一夜沒睡，他們的人被刺傷了十幾個，其中任二愣被刺死了。村子籠罩在一片悲哀和復仇的氣氛中。當時有人很快把情況報告給了縣革委會和縣武裝部。石海濤連夜召開縣革委會緊急會議，研究條山所發生的這一重大事件的處理辦法，當即決定：迅速召集醫務人員前往正陽村進行醫療救助；立即逮捕這一事件的組織者和致死人命者。

黃一清參加完縣革委會會議，立即趕到蘭花那裏，他本想讓蘭花設法把李秀娟趕快從學校叫回來，誰知那天李秀娟正巧在家。她大腿的傷已基本痊癒，走起路來和以前已沒有什麼兩樣，她成功地瞞過了媽媽，使媽媽免受了一場驚恐憂懼。黃一清也不管李秀娟對他如何敵視仇恨，他以長輩的口吻對她說：「從現在起，你不准離開這個院子，小心把你也抓起來！」

從黃一清的口氣中，李秀娟聽出了問題的嚴重。黃一清剛走，李秀娟不顧自己的腿尚不靈便，飛跑到紅革司總部，邊喘氣邊對宋淑華說：「快，公安局要抓人了！」

宋淑華已經知道了正陽村的戰鬥情況，而且知道可能打死了人。出發時說得好好的不要把人打死，誰知道怎麼就失手打死人了呢？打死了人，這問題就嚴重了，人家抓你就有理由了。宋淑華迅速通知了北大學生于世民和紅革司的所有頭頭們，讓他們趕快逃跑，以防公安局的抓捕。宋淑華安排紅革司的所有人員立即疏散，學校裏除了無家可歸的老師和一些逍遙派們，幾將撤空。

李秀娟看宋淑華把一切安排妥當，問：「你準備往哪裏去？」

宋淑華說：「我一個姐姐嫁到×縣，我先到她那裏躲幾天。走，你和我一起去車站。」

說走就走，她也顧不得做任何收拾，兩個人就朝車站走去。宋淑華身上沒帶一文錢，但經過大串聯的人不愁坐不上火車，她們從車站旁的道口繞進去，正巧有一輛東去的火車停在月臺。宋淑華急忙擠了上去，然後回頭朝李秀娟揮了揮手，說：「我走了，以後再想辦法聯繫。」

李秀娟也朝她揮了揮手，說：「這邊有什麼情況，我寫信告訴你。」

縣城裏的抓捕活動在緊張進行著。公安局第一個要抓捕的就是北大學生于世民。他們已經掌握了準確的消息，知道這次行動是由于世民幕後策劃和指揮的。如果這一次再把于世民抓捕入獄，他就是二進宮了。由於李秀娟事先透露了消息，于世民經過一番化妝，先由一名紅革司戰士用自行車拖到距縣城二十公里外的一個小站，然後從這個小站乘火車離開了條山。其他的頭頭們都各自想辦法跑掉了。紅總司一派有石海濤在背後撐腰，他們組成的革命委員會掌握著國家機器，這不能不給紅革司以極大的震懾力。稍有風吹草動，他們不能不倉而皇之。三十六計，走為上計，暫時避過這個風頭，然後伺機捲土重來。

公安局很快就抓到了張永豪。張永豪躲在他姥姥家裏。他姥姥家的鄰居是紅總司觀點。按說，鄰居一家和張永豪姥姥家有著很近的血緣關係，這家人的輩分比張永豪姥姥家低，他們家的大人管張永豪的姥爺、姥姥叫爺爺、奶奶。但文革已把大家分成了勢不兩立的兩派，這會兒也不管什麼親情不親情了。張永豪從小在姥姥家長大，自從他成了紅革司的頭頭，經常在縣城群眾集會上露面，姥姥村裏的人都清楚他的身分。張永豪一進村，就被姥姥的鄰居發現並立即報告給了紅總司，紅總司很快就叫來了公安局的人。公安局的人進村後，從他姥姥家找到張永豪，先把他押到村西的一個露天戲臺上。戲臺下很快就圍攏了數百名群眾。待人聚集得差不多了，一個公安人員一腳蹬在張永豪的背部，張永豪像狗吃屎一樣爬在磚鋪的戲臺上，兩顆門牙從中間齊齊磕掉了。底下的人都驚愕地睜大眼睛看著戲臺，似乎這裏正在演出一臺恐怖話劇。兩個公安人員提著一根繩子跨上前去，先把繩子放在張永豪的後頸，然後一人拿起繩子的一端，在張永豪的胳膊上纏了幾圈，再把繩頭從後頸處穿過，兩人一使勁，張永豪「啊呀」一聲，就被從地上提溜了起來。張永豪感覺胳膊似乎被勒斷了，不是自己的了。

那疼是從沒有體驗過的鑽心的疼！張永豪姥姥一家人此時都扭過臉去，他們無法接受自己的外孫遭受這樣的酷刑。公安局一個頭頭模樣的人宣讀了逮捕令，逮捕令前是一段毛主席語錄：「凡是反動的東西，你不打，他就不倒。這也和掃地一樣，掃帚不到，灰塵照例不會自己跑掉。」然後宣佈：張永豪組織策劃並親自參與了正陽村的血案，且致死人命，經縣革命委員會批准，予以逮捕云云。就在張永豪即將押回縣城之際，村裏的紅總司一派好像才醒過神來，才知道這裏藏匿了一個反動組織的壞頭頭。為了表示正義和清白，不知誰起了個頭，他們高呼起革命口號：「打倒反動組織的壞頭頭張永豪！」「無產階級專政萬歲！」「毛主席萬歲！」紅總司一派顯得義憤填膺，紅革司一派則像霜打的莊稼一樣，蔫蔫地離開了這裏。

接著，農革聯頭頭李長有、工革司頭頭吳宏剛一一被抓捕歸案。第二天，這幾個人被捆綁起來掛上牌子遊了街。張永豪的牌子上寫的是「反動組織壞頭頭、致死人命犯張永豪」，李長有、吳宏剛的牌子上寫的是「打人兇手、致死人命犯×××」，看見這幾個人灰頭土臉的樣子，紅總司一派興高采烈，揚眉吐氣。這一回，紅革司搬起石頭重重砸了自己的腳，使自己陷入萬劫不復的境地。石海濤借此機會要徹底打掉他們的銳氣，煞掉他們的威風，消除他們的影響，使他們再難形成氣候，直至完全消遁。他要像秋風掃落葉一般剪除異己，在激烈的階級鬥爭中樹立自己的權威。這一下，革命委員會將會穩如磐石，再也無人可以撼動了。

五十五

張永豪怎麼也想不到會落到這步田地。他越想越覺得公安局對他有挾私報復的成份。當初，是他帶著人衝擊、查抄了公安局，公安局懷恨在心，秋後算帳，尋隙對他狠下毒手。當初他們衝擊公安局時的情景是何等壯觀、何等氣勢如虹！同學們一個個激情四射，熱血沸騰，簡直像在迎接一個盛大的節日。公安局在他們的逼人攻勢下驚慌失措，束手無策。那時他們只有亢奮而沒有恐懼，只知向前而不計後果。有紅司令毛主席撐腰，能有什麼不良後果呢？今天，公安局早從最初的驚恐中緩過氣來，特別是黃一清參加了三結合的革命委員會，更是有恃無恐，更要不失時機地發揮無產階級專政機器的強制作用。好比一條受過凍的蛇，一旦甦醒過來，就要吐著信子，四處尋找獵物。那些曾經捉過牠打過牠的人豈能逃過牠的噬咬？牠不把帶毒的牙齒狠狠刺進你的肌肉，豈能善罷甘休！

令張永豪還感到滑稽的是他們當初給牛鬼蛇神戴高帽子掛紙牌子遊街，而今天，他也同樣落到了這樣一個下場。從內心講，他一直是忠於毛主席的，忠於毛主席的革命路線的，是一心一意回應毛主席他老人家的號召積極開展文化大革命的，怎麼搞來搞去，就把他們搞成了反動組織？這「反動組織」是憑什麼認定的？怎麼自己就成了壞頭頭？自己究竟「壞」在什麼地方？王闖、衛東彪那樣的人就成了革命派？就成了紅色政權裏的一員？他們哪一點比我們強？哪一點比我們做得好？這裏面的玄妙他怎麼也搞不明白。他媽的，還不如當初當個逍遙派。不過他心裏並沒有完全認輸。文化大革命遠沒有就此完結，以後還不知怎樣向前發展，此消彼長彼消此長已司空見慣。好比翻燒餅一樣，現在，他們正對爐火的炙烤，說不定嘩啦一下就翻了過去，對著爐火炙烤的就是對立派了。要有信心，有毅力，要經受得起這點磨難。他知道觀看遊街的很多是擁護紅革司的群眾，他要維護自己的領袖形象，要用堅貞不屈的精神狀態鼓舞大家。不能膽怯委瑣，不能讓群眾看到他洩氣失望。當初游鬥牛鬼蛇神時，他最看不起那些渾身長著軟骨嚇得尿了褲子的人。他要像革命先烈那樣威武不屈、昂首挺胸，他要在精神上壓一壓對立派的囂張氣焰。

當他一個人被關進號子裏的時候，才感到從來沒有過的孤獨和寂寞。戰友們都不知道四散到什麼地方去了，父母親不知道該怎樣對自己牽腸掛肚。前不久，父母親還操勞著他的婚事，催促他儘快和一個叫王桂枝的訂婚，他說等忙過這一段再說，誰知一不小心卻蹲到監獄裏出不去了。

他的腦子很快被王桂枝占滿了。王桂枝，真是從天上掉下來的一個仙女。她在美麗的海濱城市青島出生長大，由於父親的歷史問題，全家被遣返回老家——姥姥那個村莊。她的父親是一個老知識分子，自覺人生黯淡，一心想把姑娘嫁給個有知識有前途的青年，他無意中看上了張永豪，極力想促成這門婚事。張永豪第一次見到王桂枝，就被她的美貌徹底征服了。她明眸皓齒，五官勻稱，皮膚白嫩而細膩，身子婀娜且修長。她梳著兩條齊肩小辮，說起話來那麼清脆而富有磁性。他心中感歎：畢竟是生長在城市裏的姑娘，不僅清純脫俗，且從骨子裏透出一股文靜和高雅，和農村的姑娘站在一起，給人一種鶴立雞群的感覺。李秀娟是學校公認的美人，可在他看來，王桂枝要比李秀娟美過十倍。當時之所以沒有立即把這件事定下來，是因為他不知道她父親的歷史問題究竟有多嚴重，會不會影響到自己的未來。後來，看到升學無望，前途渺茫，他心中也就毫無保留地接納了王桂枝，覺得能和這樣的美人相伴是前世修下的福分。可是，還沒等他向她最後表白，卻發生了如此的變故。那天在姥姥那個村子被五花大綁，他相信王桂枝也站在臺下的人群中。看到這慘烈的一幕，她還會嫁給他嗎？他那個有歷史問題的老爸還會再找一個有現實問題的姑爺嗎？不可能了，絕對不可能了。要知道有今天，何不早些把那門親事定下來？何不大膽和她親近親熱一番。長這麼大，他還沒有摟過抱過親過一個自己心儀的女子，如果這次在監獄裏關上十年八年，或者公安局一發狠把自己槍斃了，這輩子可就虧大了。此時他特別期望能再見王桂枝一面，即使這輩子和她徹底沒戲了，如能再見她一面，向她作一番真情的表白，他的心中也會感到莫大的慰藉，即使死了也值了。他在心裏默念著王桂枝的名字，想像著她那美麗的倩影，褲襠裏有點蠢蠢欲動的感覺。

副支書讓人把展紅旗拖到大隊部，他把手放在展紅旗的鼻子上，感覺他還有呼吸，還沒有死。這使他甚為欣慰。不管怎麼說，人沒死就好。即使他死了，他們可以推說是他自己掉到糞坑中淹死的，和正陽村的農紅軍沒多大關係。但他身上的一道道印痕不可能是掉到糞坑裏落下的，他的脊椎、他的腿也不可能是掉到糞坑挫傷的。如果較起真來，一驗傷口，農紅軍是脫不了干係的。所以說，沒有死就好。千萬不要死在正陽村。正陽村的矮矬子被打死了，紅革司一下子就失了理，怎麼收拾他們都不過分。可你把人家紅革司的學生打死了，一命抵一命，你也不會理直氣壯到哪裏。他原想把展紅旗抬到家裏養好傷，然後把他送回去，轉念一想，不行。假如他死到家裏怎麼辦？人家會說是他把人弄死的，到那時，你就是跳到黃河也洗不清啊。現在社會亂成這樣，死個人如同死只螞蟻，但共產黨的天下，不會總這麼亂下去，到哪一天要整治了，要走上正軌了，惹下事總歸不好。副支書想了半天，沒敢把他往家裏抬，他只是吩咐老婆熬些小米粥，再煎上幾個雞蛋，得先讓這小子吃點飯。從昨天逮進來就沒進食，折騰了這麼長時間，他肚子裏早沒東西了，不能讓他餓死在這裏。他又找了弟弟的一身衣服，要給展紅旗換上。天冷，這小子泡在糞坑裏，渾身衣服又濕又髒，這樣的衣服貼在傷口上，會引起傷口的潰爛，加速把他拖入死亡。不過，這小子是夠堅強的，他始終忍著，不喊不叫。是他麻木了，沒有叫的力氣了，還是信念支撐著？副支書認定是一股信念在支撐著。因為哪一派紅衛兵都認定他們是絕對正確的，是忠於毛主席的，是會取得最後勝利的。既然如此，他們就會無所畏懼，視死如歸。昨天打他的時候他沒服軟，沒叫喊，這就足以說明問題。想到這裏，他對這小子倒產生出些許的敬意。他是當過兵的，最看不起那些個熊貨軟蛋、有點傷有點痛就哼哼呀呀的。人，沒有堅強的意志和必勝的信念，像個無脊椎動物那樣，能幹成什麼事兒？這樣的人即使衣食無憂，健康長壽，也會枉活一世遭人唾棄。

展紅旗還蜷縮在他辦公室的磚地上。一是因為紅革司為救他打死了正陽村的人；二是因為他身上太臭，所以，這會兒誰也不願意走近他，救助他。救助他的「貴人」非副支書莫屬。副支書是堅定的紅總司一派，這一點沒有人懷疑；副支書好賴也算村裏的頭面人物，別人對他的行為一般不會提出太多的非議；副支書人緣不錯，平時就喜歡幫人救難的，大家對他的做法也不會感到難以理解。他打了盆熱水，先把展紅旗的頭和臉洗淨，然後又換了清水，給他洗手，擦身。待擦洗乾淨，再把弟弟的幹衣服為他換上。展紅旗臉色蒼白，渾身癱軟無力，不知是因為疼還是因為冷，偶爾身體會抽動一下。副支書不時把手放在他的鼻子上，看他還有沒有呼吸，只要有呼吸，他就要按照自己的計畫繼續開展救助工作。

老婆送來了小米飯、煎雞蛋，她看到還有一絲氣息的展紅旗，不禁嘖嘖道：「唉呀呀，怎麼把人家娃娃打成這樣？學生娃娃犯了什麼罪？可憐見的！他家的大人知道了，不知該怎麼心疼了！」

副支書不理老婆的嘮叨，他招呼她一起把展紅旗抬到自己的床上，讓他平躺在那裏，儘量把頭枕高些，然後接過小米飯，用一隻小勺往展紅旗嘴裏餵。展紅旗緊閉著嘴，飯怎麼也餵不進去。老婆繼續埋怨道：「多虧是年輕娃娃，身體經得起折騰，不然，有兩條命也完了。」

副支書乜斜了老婆一眼，說：「囉唆個啥？還不快幫忙！」

老婆和他忙活了半天，還是一口飯也沒餵進去。老婆說：「我不知道你是清楚呢還是糊塗，他現在根本就不是餵口飯的問題，是要送醫院急救的問題。」

副支書放下手中的碗，說：「我咋不知道送醫院？現在正在逮他們這一派的大小頭頭，把他送到醫院，大夫們會給他治病？說不定他只能死得更快些。再說，他現在身上青一塊紫一塊的，到處是傷，送醫院不是明明白白告訴別人，是農紅軍先把人家打成這樣，然後引得紅革司進村找人報復。這理還說得清麼，紅總司會讓你這麼做麼？」

老婆聽後也覺得是這麼回事，她說：「那怎麼辦，難道就讓他這麼等死？死了是誰的責任？」

副支書想了想，說：「我今天必須去一趟縣城，想法把人交給紅總司。人交到他們手裏，以後怎麼樣就和咱沒關係了。」說完，他拉了床被子給展紅旗蓋上，對老婆說：「你今天就在這裏給我好好看著，無論無何，我們也要把他活著送走！」

老婆說：「早知道這樣，當初別抓人家打人家不就完了？」

副支書說：「少廢話！」說完，他蹬了輛自行車，朝縣城方向急馳而去。

村子裏都在忙著為任二愣送葬。任二愣的屍體經公安局檢驗，上面被長矛捅了有十幾個洞，究竟哪一個洞是誰捅的，無法知道；究竟是哪一個洞致他於死地，也不好確認。公安局把屍檢報告送給了縣革委會，縣革委會認定，任二愣是為捍衛紅色政權而死的，因而應被追認為革命烈士。村子裏除有一人在抗美援朝戰爭中光榮犧牲被授予烈士外，他是村子裏的第二個烈士。

儘管榮為革命烈士，任二愣一家還是陷入巨大的悲痛之中。他媳婦哭成個淚人，兩個孩子也披麻戴孝，為父親的犧牲大聲嚎啕。任二愣在本地娶不上媳婦，三十多歲時才娶了個從河南逃難來的女人。他的死使全家頓時失去了頂樑柱，家人怎麼能不為之悲痛欲絕！二愣子得到了那個志願軍烈士無法企及的哀榮。縣革命委員會、縣各大群眾組織都為他送來了花圈。花圈大大小小擺了一院子，引得一些農紅軍私下議論：「咱還不如也這樣死上一回。」

安葬那天，縣裏來了不少頭頭腦腦，縣農紅軍司令為他念了悼詞，悼詞說，任二愣「回應偉大領袖毛主席的號召，積極投身文化大革命，為保衛紅色政權做出了卓越的貢獻。他立場堅定，愛恨分明，是貧下中農的優秀代表。他忠於黨，忠於偉大領袖毛主席，忠於毛主席的革命路線，為無產階級的革命事業不惜獻出了寶貴的生命。他的鮮血沒有白流，正是由於他的英勇犧牲，紅革司的幾個壞頭頭被捉拿歸案，紅革司這一反動組織土崩瓦解，無產階級紅色政權比以往任何時候都更加穩固。希望全縣的工人、農民、革命幹部和革命群眾向他學習，把條山縣建設成紅彤彤的毛澤東思想大學校……」那些頭頭腦腦安慰任二愣全家：「請節哀，政府是會給革命烈士家屬發撫恤金的，為紅色政權做出貢獻的人，黨和人民是永遠不會忘記他們的。」

五十六

副支書在縣城見到王闖，說了展紅旗的情況。王闖說：「我以為那天晚上紅革司已經把他搶走了，沒想到還留在那裏。他也是紅革司的一小頭目，死硬分子，按說也應該把他抓起來的。」

副支書說：「抓也罷，打也罷，希望你們把他弄走，放在村裏不是個事兒。」

王闖說：「是你們把他抓去的，不是誰放到你們村裏的。叫我們把他弄走，弄到哪裏去？」

聽王闖有推託的意思，副支書急了，說：「什麼你們我們，咱們可是一家人啊！「一〇・一五」那天，你們一聲命令，我們馬上就組織人馬奔赴縣城。沒有我們，你們能取得那麼大的勝利？這一次要不是矮矬子丟了一條命，你們能把紅革司打垮能把他們的頭頭抓進監獄？這會兒我們有了點難處，你們怎麼能撒手不管？」

幾句話說得王闖竟沒了詞兒，他想了想，說：「既然事情發展到這一步，怎麼處置他就不那麼簡單了。把他送回家？不行。放在我們這兒？也不行。紅革司的人都跑得沒了影兒，讓他們領回去？更不行。總之這件事比較頭痛，你先回去，我們研究一下再說。」

副支書走後，王闖把幾個頭頭找來商量展紅旗的事。王闖說：「村裏人大概把他打得不行了，要交給我們，大家想想該怎麼辦？」

衛東彪說：「這可是個燙手山芋，他們握在手裏怕燙，咱們握在手裏就不怕燙？」

王闖說：「『一〇・一五』把紅革司趕出縣委會，正陽村的農紅軍是立了大功的。他們懲罰展紅旗，也是為了捍衛紅色政權，維護我們組織的聲譽。他們為捍衛紅色政權付出了生命的代價。正是這樣的代價才使我們縣有了今天這樣的局面。村裏有了難處有求我們，我們怎麼能袖手旁觀、不管不顧呢。都不要展紅旗，難道把他扔到路邊餵狗？」

衛東彪說：「假如展紅旗死在咱們手裏，縣革委、公安局以此為由，再把咱們都抓起來怎麼辦？你以為我們就那麼招人待見？」

王闖說：「那你說該怎麼辦？」

衛東彪說：「據判斷，人肯定打得不輕。展紅旗這個傢伙一直對我耿耿於懷，一直對咱們組織懷有仇恨，是紅革司裏的一個死硬分子。我思謀，他活著對咱們這一派不利，死了對咱們這一派也不利。既然這樣，索性一不做，二不休，借別人的手把他滅了算了。」

王闖沒想到衛東彪能說出如此狠話，他心裏哆嗦了一下，說：「那麼個大活人，又不是一條狗，你說滅就滅了？」

衛東彪說：「毛主席教導我們說，不要憐惘蛇一樣的惡人，魯迅也說要痛打落水狗。一條凍僵的蛇如果活過來將會怎樣？一條落水的狗如果上了岸將會怎樣？量小非君子，無毒不丈夫，反正文化革命已經亂到這個份兒上，死個把人有什麼了不起的？」

王闖問：「借誰的手？怎麼個滅法？」

衛東彪說：「根據地區來的消息，一場大仗即將打響。這場大仗恐怕就不是大刀長矛土槍土炮能解決問題的了，真槍真炮都要派上用場。反正紅革司許多人都逃到了那裏，都在為紅色兵團賣命，到時候我們把他放到武鬥現場，叫人用亂槍打死，那時候誰還會說什麼？事後即便有人追究，就說他是參加武鬥被亂槍打死的，和咱們一點關係沒有。」

王闖聽後，一拍大腿，說：「這倒是個好辦法，我看只能這樣辦！這事咱們都不用出面，交給莫俊才辦就行了。」他們把莫俊才叫來，如此這般交代了一番。

展紅旗終於醒過來了，醒過來後才感到渾身疼痛，鑽心一樣。與其這樣，還不如繼續昏死著。副支書看他醒過來了，很高興，趕快拿起桌子上的雞蛋餵他，可他還沒有力氣吃東西，他只能轉轉眼珠，腦子也有了些思維活動。他在想，自己這是在哪裏？怎麼到這裏來的？想著想著，似乎理出點頭緒，可一會兒眼睛一閉，又一片茫然，再一次昏睡過去。不知過了多長時間，他又醒過來了，腦子又開始活動起來，他看見眼前是一片紅旗，紅旗上是紅革司幾個仿毛黃色大字，他領著大家呼口號，他高呼一聲，眼前豎起樹林一樣的手臂，聲音震天撼地，雄壯有力。他興奮無比，正想伸胳膊蹬腿再呼一聲，刺骨的疼痛使他倒吸了一口氣，嘴眼也隨之歪斜起來。他不得不沉靜下來，努力思索著，極力想弄明白何以落得今天這樣的境地。

副支書一直守在他的床前，觀察著他的一舉一動。看到他臉上有了點表情，副支書臉上的表情也隨之豐富起來。他知道年輕人經得起折騰，別看遭了這麼大的罪，他會很快恢復過來的，只要他活著離開正陽村，他就放心了。他讓妻子回去再弄點好吃的東西來，他深信只要他張口吃東西了，他這條命就撿回來了。

妻子把家裏的一隻雞殺了，熬了些雞湯端來了。也許是雞湯的香味把展紅旗薰醒了，他這一次睜開了眼睛，眼珠子轉來轉去看著周圍的一切。副支書很高興，趕快把他扶了起來，招呼妻子說：「快，我扶著，你用勺子餵他。」

妻子把雞湯倒進展紅旗嘴裏，展紅旗咂巴了一下，吞咽了下去，副支書高興地說：「有救了，有救了。」

妻子用袖口在眼睛上擦了一下，說：「你們這些缺德的，真下得了手啊。假如咱的孩子被打成這樣，我非和他們拚命不可！」

她一邊說，一邊小心翼翼地餵著雞湯。小半碗雞湯喝下去，展紅旗的臉上漸漸有了些血色。副支書在一邊自言自語地說：「文化革命怎麼搞成了這樣？下一步再怎麼往下搞？真是越搞越不明白。」

妻子說：「你個黨員幹部都弄不明白，我們老百姓就更不明白了。」

副支書沉默以對。看著一碗雞湯餵進去大半，展紅旗閉上了嘴，副支書說：「歇歇再餵吧，餓過了勁，得慢慢來，不要一下子把他撐著。」

妻子放下勺子，說：「要不今天晚上把他弄到咱家住吧，這樣招呼起來也方便些。」

副支書說：「說不定紅總司很快就把他接回縣城了。還是想辦法把他送回自己家裏好。有自己父母在身邊照顧，好得會更快些。」

妻子說：「就這個樣子把他送回家呀？他父母親知道後不罵咱正陽村一輩子？我寧可讓他把傷養好後再送回去。」

副支書依著妻子，說：「那就繼續養吧，什麼時候紅總司來人了，就讓他們帶走算了。」

幾天之後，展紅旗的傷勢日見好轉，只是他還不能站起來走路，依舊只能在床上躺著。這天，他們正在給展紅旗餵飯，外面響起了汽車馬達聲。是莫俊才開著李國臣原先乘坐的那輛吉普車。車馳到了大隊部大門口。從車上下來三個人，一進院子，就問：「人呢？人在哪裏？」

副支書應聲走了出去，問：「是紅總司派來的人麼？」

來人回答：「不是紅總司還能是誰？」

副支書問：「你們要把他先接回縣城去嗎？」

來人回答：「這你就不用管了。」

一個來人手裏拿了條麻袋，一個來人手裏握著根繩子。他們掀起門簾走進屋裏，聞到屋裏一有股肉香，說：「紅革司的死硬分子抓的抓，跑的跑，他倒躲在這裏享福！」說著就敞開了麻袋，要把他往麻袋裏裝。副支書擋住了他們，說：「別，別，他剛緩過來一些，經不起這樣折騰。」

一個來人乜斜了一眼副支書，說：「你該不是紅革司一派的吧？」

副支書的妻子上前護著展紅旗，說：「你們的心怎麼這樣硬？把人打成這樣你們一點都不可憐？你們家沒有上學的兄弟姐妹？」

一個來人說：「不是我們心太硬，是你的心太軟了。階級鬥爭、路線鬥爭，從來都是你死我活的。紅革司是反動組織，上面已經定了性，同情他們，就是同情反革命？懂嗎？」

副支書和妻子都禁了聲。在副支書心裏，這個學生是他弟弟的同學，看到他就像看到弟弟一樣，好不容易看見他活過來了，他不忍心再把他推向死亡之路。可是，他也不想讓展紅旗繼續待在他們正陽村，只要把他送走了，他也就徹底歇心了。如果對他施以過多的同情，不但來人會懷疑自己的立場和觀點，就是村裏人也會對自己的動機產生疑問。想到這裏，他給妻子使了個眼色，說：「因為他來咱村引起了一場血案，這樣做是為了怕暴露目標，再引起不必要的麻煩。」

妻子想起村裏鬥地富反壞時有人先用火燒他們的鬍子，然後再讓他們坐在高高壘起的凳子上，把燈關掉，一腳踢翻凳子，把他們從高處摔下來又喊又叫的情景。每次鬥爭地富反壞時她都不忍心看這樣的情景，她都會捂住眼睛，或者找藉口逃離會場。「同情反革命」，這個帽子太可怕了，她可不敢沾上這樣一個罪名，她趕快把碗勺收拾進籃子裏，逃也似地離開了這裏。

來人一個撐開麻袋，一個抱起展紅旗往麻袋裏塞。展紅旗這些天總是昏睡著，剛才喝了雞湯，這會兒清醒了不少，他睜開眼，看著眼前兇惡的張牙舞爪的人，禁不住「啊」了一聲。來人見他喊叫，立即把他腳上的一隻襪子脫下，塞在他的嘴裏。兩個人使勁把他塞在麻袋裏，見他頭還在麻袋外面，一個人又站在床上，用腳蹬著他的頭，往下一使勁，他的頭就縮在了麻袋裏面。這時，那個撐麻袋的人順手拿起繩子，把麻袋口紮住了。

副支書見此情形，說：「透不了氣，人會憋死的。」

來人看了他一眼，說：「麻袋這麼多眼兒，怎麼會透不過氣？你鑽進來試試？」

三個來人一起把麻袋塞進吉普車的後備箱裏，莫俊才一踩油門，車尾冒出一股黑煙，吉普車馳離了正陽村。

五十七

宋淑華在×縣她姐姐家待了不到一天，就再也待不下去了。「我們組織就這樣完了？」她忿忿地想。她為這個組織付出的心血太多，她太不服氣了。她給姐姐要了些錢，就去了地區，找與他們同一觀點的「紅色兵團」。到這裏之後，才知道她的十多個紅革司戰友都逃到了這裏。紅色兵團的總部駐紮在地區農技校，他們得到了駐地空軍〇二五部隊的暗中支持，腰杆還比較硬，力量還比較強大，還能與得到軍分區支持的「紅旗縱隊」分庭抗禮。兩大派之間已經發生過幾次大的衝突，最初的大刀長矛已經換成了土槍土炮。上一次的衝突中，屬紅色縱隊一派的地區拖拉機廠將履帶式拖拉機改裝成土坦克，向農機校發動猛烈進攻，屬紅色兵團一派的地區化工廠的則研製成土炸藥包對付土坦克。經過一番激戰，雙方各有傷亡。紅色縱隊久攻不克，不得不暫時撤離。現在，他們已經從軍分區搞到槍枝彈藥，揚言紅色兵團不投降就把它徹底消滅；而紅色兵團一派彙集了各縣逃亡到這裏的造反派，力量不僅沒有減少反而愈加壯大，他們密切注視著對方的一舉一動，正以積極的姿態迎接下一次更具規模、更為慘烈的戰鬥。

宋淑華見了紅色兵團的頭頭姜華，他對宋淑華的到來表示了熱烈的歡迎，說：「條山縣的紅革司威震四方，你宋淑華也聲名遠揚。你們的到來為我們增添了新生力量，使我們進一步增強了堅守到底的決心。」

宋淑華說：「敗軍之將，不敢言勇。只是心中積蓄了太多的委屈和不平，不得不誓死反抗，力求討回公道。」

姜華安慰她說：「革命總有陷入低潮的時候，但正義的力量是不可戰勝的。越是這個時候，我們越不能消沉、洩氣，我們要屢挫屢勇，要喚起民眾，積聚力量，伺機摧垮由紅色縱隊組成的所謂的革命委員會，誓把紅色政權奪回到自己的手中。」他還對宋淑華說：「現在各縣來這裏的人很多，兵多將廣，是件好事，只是，我們不能赤手空拳和他們鬥。對方荷槍實彈，我們如不武裝起來，聚攏的人越多，傷亡就可能越多。對方好比是一群饑餓的狼狗，我們不能成他們嘴裏的肉包子。所以，希望你能發揮自己的影響和優勢，想辦法幫咱搞點武器。有了武器，我們就如虎添翼，就不怕他們窮凶極惡，狗急跳牆。」

宋淑華想了想，說：「駐在條山的〇二六部隊和我們關係一直不錯，要不你給我搞一輛車，我帶著我們紅革司的十幾個人，回去試一試？」

姜華說：「〇二五和〇二六部隊都屬空軍，他們雖不便於公開表態，卻都傾向於我們這一派。鐵心支持我們這一派的工廠也有好幾個，搞輛車不難。」經過一番聯繫，他們還是搞了一輛〇二五部隊的軍車，這樣別人一般不會隨意攔截和檢查，行動起來更方便一些。姜華對宋淑華說：「你們這是重入虎口，一定要膽大細心，快去快回。」

宋淑華說：「放心。回我們老根據地，會如魚得水。請相信，我們不會空手而歸。」

宋淑華帶著人和車，徑直來到〇二六部隊，找到了陳政委。她和陳政委已經有過好幾次接觸，彼此都很熟悉了，特別是上一次〇二六部隊為他們的傷患包紮治療，使他們對這支部隊產生了特殊的好感，覺得和這支部隊有一種心連心的感覺。宋淑華握著陳政委的手，叫了一聲「陳政委」，喉頭禁不住哽咽了，淚水也湧出了眼眶。陳政委說：「怎麼啦，我的小領袖？來，坐下慢慢談，慢慢談。」

宋淑華用袖子擦了擦眼淚，講起了這一段紅革司的遭際和所受到的無情打擊，她說，石海濤心狠手辣，對我們這一派恨之入骨，處心積慮要把我們置之死地。他張起大網，到處在捕捉紅革司的人，想將我們斬盡殺絕。作為一個群眾組織，在史無前例的文化大革命中，我們不可能沒有錯誤和過失，即使個別人一時不慎做了錯事，也不至於整個組織都是壞人，也不至於我們這個組織就成了反動組織。他們的所做所為實在令人寒心，打死我也不會相信他們執行的是毛主席的革命路線。他們越是這樣，我們越是要和他們作殊死的鬥爭。共產黨的天下，難道會容忍他們這樣胡作非為？

宋淑華說了自己連夜逃出後不得不投奔地區紅色兵團的經歷，她說：「陳政委，我們不能總這樣逃亡下去，也不能乖乖回來蹲監獄。擺在我們面前只有一條路，就是鬥爭。寧願站著死，絕不跪著生。可是，我們面對的是掌握著專政機器的強大的對立派，和他們相比，我們顯得勢單力薄。雖說彙集到了地區的都是這一派精英，大家有堅定的信念和不屈的意志，有一往無前視死如歸的精神，但赤手空拳，最終還是難以抵禦他們的強大攻勢，難免要為真理和正義付出慘重的代價。陳政委，我知道您是同情我們的，是不忍心看著我們這樣被殘害被欺侮的，以前得到過您的支持和幫助，對此我們始終充滿感激之情，渴望您能在我們處於危難之際再次伸出援助之手。」

陳政委表情看似平靜，其實內心卻怒潮洶湧。石海濤支持一派打壓一派，他對這種做法很不滿意，特別是「一〇・一五」事件發生以後，他不僅是不滿意，甚至心中相當的憤慨：怎麼能這樣對付學生呢？人員和財產遭受這麼大不幸，你石海濤在這一事件中負有不可推卸的責任！像這樣的革命委員會主任，應該立即撤職查辦！正陽村事件發生後，他立即意識到，這些學生太幼稚了，他們感情衝動，意氣用事，授人以柄，必遭嚴厲報復。事情的發展果如他所料。他們和駐在地區的〇二五部隊聯繫十分緊密，經常交換對地方文化大革命的意見和看法，都暗中同情並盡其所能地支持紅色兵團一派。只是根據上級要求，他們沒有直接介入地方文化大革命，不能公開出面表態。部隊畢竟是有嚴格紀律的，違反了紀律是要受到軍紀懲處的，他不能憑一己好惡去踩這條紅線。看著宋淑華乞憐的神色，他問：「你希望得到我們什麼幫助？」

宋淑華這時也不隱諱自已的要求，直截了當地提出：「如果不為難的話，希望能為我們提供些搶枝彈藥。」

陳政委聽後馬上回絕：「這不可能。這是軍紀所不允許的。」

宋淑華說：「根據我們掌握的情況，地區紅色縱隊一派手中已有了自動步槍、輕機槍、迫擊炮一類武器。為什麼武裝部、軍分區敢那麼明目張膽地支持並武裝對立派？你們和他們不都是毛主席親手締造的人民解放軍？」

陳政委說：「他們手裏有沒有武器、有什麼武器、怎麼有了武器，我們不清楚，也管不著，反正我們不能把武器提供給你們。」

宋淑華說：「我們要武器又不是去殺人，而是要自衛。他們現在已經在大造輿論，要把我們在農技校的據點徹底拔掉，要把我們各縣的造反派徹底驅除。陳政委，我們即將腳無立錐之地，你能眼看著我們屍橫遍地，血流成河？」

這句話似乎打動了陳政委，他緩緩地說：「不管怎麼說，武器是不能主動提供給你們的。當然，你們硬要從我們手裏搶奪，那我們也沒有什麼辦法。」

這實際上是在提醒宋淑華。宋淑華還有點不明白，說：「搶奪武器？這豈不太……你們允許我們搶嗎？」

陳政委說：「武器是戰士的第二條生命，誰也不會眼睜睜看著它被人搶走。可是，你們是學生，又不是什麼窮兇極惡的歹徒，你們如果要搶，解放軍不會向人民群眾動武。」

宋淑華這會兒理解了陳政委的意思，說：「可武器放在哪兒？我們到哪兒去搶？」

陳政委向他提示：「下午有一個班在柳村的崖溝裏進行實彈射擊。」說著，他拿起電話要了個號碼，問：「下午實彈射擊沒什麼變化吧？」

對方回答：「沒什麼變化。」

陳政委說：「現在兩派武鬥升級，紅革司處境危急，可能會趁機搶奪武器。對此，適當的防禦是需要的，但千萬不要防禦過度。總之一個原則，寧可讓他們搶走槍枝彈藥，也不要傷了自己和對方。」

對方回答：「明白。」

陳政委正準備放下電話，突然又想起了什麼，說：「射擊時請多帶幾箱子彈。」

對方又回答：「知道。」

陳政委放下電話，對宋淑華說：「中午在我們招待所裏吃些飯，休息一下。下午你們該幹什麼事，我就不管了。」

宋淑華向陳政委表示了謝意。按照他的安排，他們在招待所吃了午飯。休息了個把小時，她帶著人和車去了柳村。她對這一帶地形還比較熟悉，走到那裏，實彈射擊剛開始不久，她帶著人就往靶場走，一個負責警戒的戰士擋住了他們，說：「前面正在打靶，危險。」

宋淑華笑著對這位戰士說：「我們是來向解放軍學習來了。又不往靶子前面站，有什麼危險。」警戒戰士還是不讓他們靠近。宋淑華說：「你怎麼拒絕我們向解放軍學習呢？」她一揮手，十幾個人嘩啦啦就擁進了靶場。靶場那個揮著小旗的指揮官看有人進場，下發了停止射擊的命令，並讓把子彈全部退出彈倉。宋淑華走近這個指揮官，說：「我們是紅革司的，想向你們學習實彈射擊，行嗎？」

指揮官說：「不行。」

宋淑華又問：「我們想借你們的槍用用，行嗎？」

指揮官還是冷冰冰的兩個字：「不行。」

宋淑華指著停在一旁的軍車，說：「毛主席說解放軍要支援革命左派，你看，〇二五部隊多支持我們，給我們派來了軍車，你們都是空軍，怎麼對革命左派的態度就不一樣呢？」還沒等那位指揮官回答，她就對所帶的紅革司戰士說：「大夥還愣著幹什麼？」

十幾個人就從戰士們的手裏搶奪武器。戰士們都知道縣裏分兩大派，部隊首長同情並傾向於紅革司一派，他們象徵性地爭奪了幾下，就讓他們把槍拿走了。宋淑華指揮人把武器和彈藥裝到車上，然後笑著向解放軍招了招手，說：「謝謝你們支持，我們用完就還你們。」說完，就乘著軍車一溜煙似地跑掉了。

那位指揮官回來向陳政委報告了搶槍的事，陳政委說：「這個，你們是沒有責任的。寫個情況報告，拿給我看一看，然後給上級報告一下。」

宋淑華把槍帶回紅色兵團的大本營，受到姜華的大力激賞。他說：「〇二五部隊私下答應給我們提供武器，但總說時機還沒到，也不知道他們要等到什麼時候。還是你有辦法。將來我們這一派勝利了，你絕對是有功之臣。」

宋淑華也覺得此行比預想的要順利，順利得讓她有點難以置信。這件事幹得還算漂亮，漂亮得讓她感到有些意外。

五十八

紅色縱隊在一輛解放牌大卡車上裝置了四個高音大喇叭，在紅色兵團大本營——地區農技校門外展開了強大的輿論攻勢。大喇叭一遍又一遍地廣播著：「受蒙蔽的紅色兵團的戰士們，偉大領袖毛主席教導我們說：『革命委員會好！』遵照這一最高指示，地區和各縣先後成立了有革命幹部、軍隊和革命群眾代表參加的三結合的革命委員會，這是我們整個地區文化大革命形勢大好、越來越好的重要標誌，也是整個地區革命造反派同走資派反覆較量和英勇搏鬥的結果。可是，被打倒的走資派不甘心自己的失敗，他們利用無政府主義和宗派主義，挑撥離間，製造混亂，妄圖破壞革命的大聯合和革命的三結合，阻撓和破壞無產階級文化大革命的勝利發展。少數群眾組織被走資派所利用，興風作浪，倒行逆施，幹了許多令親者痛、仇者快的壞事。更有一些反革命死硬分子糾結在一起，企圖進行更大的冒險，製造更大的破壞。然而，蚍蜉撼樹談何易，革命委員會這一新生事物具有無限的生命力，它將在文化大革命的急風暴雨中經受考驗，茁壯成長，我們的無產階級新生政權在鬥爭中將更加鞏固，更加強大。受蒙蔽的紅色兵團戰士們，望你們認清形勢，明辨是非，早作抉擇，自行疏散，千萬不要被壞人所利用。要知道，走資派趁亂奪權、實行權力再分配的圖謀是永遠不會得逞的，你們為他們賣命是沒有任何出路和前途的。只要你們脫離了紅色兵團，自覺站到我們這一邊，我們會隨時對你們伸出歡迎之手；如果你們一味和紅色政權對抗，繼續破壞和搗亂，那我們將伸出鐵拳，把那些與新生政權為敵的死硬分子砸個稀巴爛！受蒙蔽的紅色兵團戰士們，送你們一段偉大領袖毛主席的教導：『讓那些內外反動派在我們面前發抖罷，讓他們去說我們這也不行那也不行罷，中國人民的不屈不撓的努力必將穩步地達到自己的目的。』……」

紅色兵團的頭頭們越聽越生氣，姜華一拳頭砸在桌子上：「媽的，非把它砸了不可！」他組織人提著斧頭扛著鐵錘衝出大門，爬上那輛解放牌卡車，上去就一頓猛砸。幾個大喇叭很快就被砸扁了，車玻璃也被砸得稀爛，車裏的兩男一女被拉出來狠揍了一頓尚不解恨，又抓到了農技校囚禁了起來。

如此還不足以平息心中怒火，紅色兵團又齊心協力，把這輛大卡車掀翻，從油箱裏倒出汽油，一把火將車點燃，使這輛宣傳車很快變成了「火車」。紅色兵團的人圍著「火車」高呼口號：「誓死捍衛毛主席！」「誓死不低革命頭！」「為有犧牲多壯志，敢教日月換新天！」

好比捅了馬蜂窩，紅色縱隊很快作出強烈反應，他們派人把農技校的大門團團圍了起來，高喊：「嚴懲打人兇手！」「還我戰友！」「徹底剷除反動餘孽！」「堅決搗毀反動窩巢！」「強化無產階級專政，擴大文化大革命成果！」……

紅色兵團緊閉大門，任門外叫罵聲響成一片。紅色縱隊調來了兩輛推土機，意欲掀翻農技校大門，推倒農技校圍牆。相互對峙了一個多小時，在推土機的馬達聲和人群的吶喊聲中，紅色兵團走出兩名代表，要和紅色縱隊的代表談判，他們提出的條件是：立即撤走門口的人群和機械，我們將無條件釋放所抓人員；否則，人員的生命安全不予保障。紅色縱隊的幾個被抓人員成了人質，而且隨時存在生命危險。幾個頭頭們經過商量，答應了對方提出的條件。推土機啞了聲，人群也開始後撤。紅色兵團把那兩男一女引了出來，交給了紅色縱隊一方。

交接過後，紅色縱隊幾個頭頭之間發生了分歧，有人認為我們的人員雖然回來了，但宣傳車被燒被砸，聲譽遭受重大損失，這樣偃旗息鼓將大漲對方士氣，大滅自己威風。於是他們立即撕毀了諾言，重新包圍了紅色兵團，決心一不做，二不休，趁機拔除這顆釘子，剷除這個據點，摧毀這個大本營，使文化大革命在本地區贏得決定性的重大勝利。好像剛剛退去的潮水又一次以不可阻擋之勢擁了回來，推土機的馬達也再次轟鳴著向校門口開來。

紅色兵團對紅色縱隊背信棄義的流氓無賴行徑惱火萬分，可此時手中已無牌可打，怎麼阻止他們的瘋狂進攻？經過研究，他們做出了一個大膽的決定——朝天鳴槍，以示警告。如對方仍不停止進攻，則擇機向人群進行射擊。

從教學主樓的窗戶裏，紅色兵團的半自動步槍「噠噠噠」朝天射出一梭子子彈。清脆的槍聲直擊耳膜，子彈在天空劃出一道道耀眼的弧線。門口聚集的人群突然停止了喧囂，推土機也隨之停了下來。

這一招的確收到了奇特的效果，聚集在農機校門口的紅色縱隊開始慌亂起來，沒過多久，人群開始悄然撤離，推土機也壓低著聲音向後倒去。很快，農技校周圍恢復了往昔的寧靜。

紅色縱隊只是暫時撤離。紅色兵團的槍聲使他們幾個頭頭的腦子一下子清醒了起來。他們不能蠻幹，不能拿自己戰友的生命作賭注。既然紅色兵團首先使用了自動步槍，要徹底制服他們，也必須使用與之相匹敵的武器。他們讓人員撤離之後，迅速制定下一步的行動計畫。

紅色縱隊新的作戰方案是：天黑之後，切斷農技校的電源和水源，然後挖掘戰壕，構築工事。天亮之後，利用工事再向紅色兵團發起全面進攻。

農技校南面是一片開闊地，這裏便於人員展開，適於大規模兵力機動。紅色縱隊把主要作戰陣地選擇在這裏。和這片開闊地相連的，是一個很大的烈士陵園。這座城市當年就是靠解放軍挖掘工事炸毀城牆完成攻堅的。為解放這座城市，大批革命志士獻出了他們寶貴的生命，如今他們就安息在這一大片烈士陵園裏。英烈們絕對不會想到，若干年後，被他們解放了的後一輩人卻在仿效他們的當年進行著一場新的廝殺。紅色縱隊動員大批工人到這裏挖掘戰壕，構築工事。一場生死大決戰正在烈士陵墓旁悄悄進行著。紅色縱隊的頭頭們查看地形後認為，戰鬥打響後，每一個烈士墓及墓碑都可以作為掩體向對方發起射擊。

天亮時分，一條一人深的戰壕已經挖掘出來，戰壕的一端已接近農技校的圍牆。紅旗縱隊將戰鬥人員和武器運抵戰壕之內。機槍、六零炮已架設完畢，一場真槍實彈的戰鬥一觸即發。

莫俊才等三人將展紅旗拖進了這道戰壕。「怎麼回事？」一個戰地指揮模樣的人問莫俊才。

莫俊才附著這個人的耳朵嘰咕了好大一陣子。那個指揮模樣的人小聲責問：「你們弄了一屁股屎，到這兒擦呀。」

莫俊才又在他的耳朵旁嘰咕了一陣子。那個指揮模樣的人說：「好吧，那就用他探一探對方的火力點。」

農機校裏的紅色兵團也一夜沒睡。雖說被掐掉了電源，一團漆黑，但外面挖工事的聲音他們還能清晰聽到。農技校裏到處蔓延著緊張的氣氛，頭頭們聚在一起商討著應對措施。他們也曾打算趁天黑突圍出去，可這麼多人，黑燈瞎火的，突圍出去後往哪裏去？紅旗縱隊如果在大門口設了埋伏，突圍豈不正好入了他們的口袋，成了他們的網中之魚？討論來討論去，最後還是決定在這裏堅守。他們把人員大都集中在教學主樓，主樓的每一道門前都堆滿了沙袋，每一個窗戶都將成為射擊口。萬一紅色縱隊攻進校園，一時半會也難以攻破主樓。在這期間，〇二五部隊不會坐視不管，擁護自己這一派的群眾也不會坐視不管，到那時，將會形成一場怎樣的大混戰，將會造成一種怎樣的結局，還很難說。

紅色縱隊在戰壕前重新架設起高音喇叭，他們朝農技校喊道：「紅色兵團戰士們，你們打砸搶燒，向人民群眾開槍示威，犯下了滔天罪行，你們這個毒瘤不除，必將貽害無窮。現在，你們已經走到窮途末路，繳械投降是你們唯一的選擇。限你們上午十點之前列隊從大門口走出，我們將保障你們的人身安全，否則，我們將會向你們發起攻擊。奉勸你們懸崖勒馬，不要做一小撮走資派的殉葬品。」

農技校這邊一片靜寂。他們覺得紅色縱隊背信棄義，兇殘狠毒，鐵了心要將他們置於死地，用言語回擊已沒有多大的意義。姜華動員大家作好戰鬥準備，他們把射擊手安排在對著大門和南面這一片開闊地的窗口。

時間一秒一秒地過去。十點過後，紅色兵團沒有一個人出來投降。紅色縱隊按捺不住，先派了輛土坦克開到了校門前，朝學校的鐵柵欄門「哐哐」撞了過去。躲在學校教學主樓上的射擊手朝土坦克發來一梭子子彈。土坦克似乎經受不起打擊，緩緩地朝後退去。

躲在戰壕中的指揮模樣的人朝莫俊才使了使眼色，莫俊才拉起躺在戰壕裏的展紅旗，問：「知道這是什麼地方嗎？」

展紅旗雖然站不起來，但此時頭腦卻還清醒。他眨巴著眼，看著莫俊才，搖了搖頭。

莫俊才告訴他：「縣革委會到處在抓捕你們，你們這一派在縣裏待不住，都跑到對面的樓裏去了。現在，我們放了你，你去和他們會合去吧。」

展紅旗不知道這是什麼地方，也不知道自己怎麼來到這個地方，他自己完全喪失了行動自由和判斷能力，只能任由別人擺佈。幾個人把展紅旗扔出戰壕，在求生本能驅使下，他向著對面的樓房，艱難地向前爬去。

躲在教學主樓的射擊手們密切地觀察著這片開闊地。看見一個人從戰壕裏出來向這裏爬行，便斷定紅旗縱隊開始向他們發起了進攻，幾個射擊手瞄準這個目標，一齊扣下板機。

隨著「啾啾」的槍聲，地面上濺起一束束塵土，展紅旗趴在那裏，再也動彈不得了。

紅色兵團的火力點已全部暴露。那名指揮模樣的人一揮手，紅色縱隊的機槍、步槍一起向大樓的窗戶射去。躲在戰壕裏的人乘機躍了出去。有人拿了炸藥包，放在圍牆下面，

隨著「轟」的一聲巨響，學校圍牆被炸開個大豁口，紅色縱隊的人從這個豁口往裏衝。

躲在樓上的射擊手避開紅色縱隊的火力，變換窗口，集中火力朝這個豁口射擊。紅色縱隊的人過於暴露，經受不住打擊，又紛紛退回到戰壕裏。

短暫休整後，紅色縱隊先用架設在烈士陵園的六零炮朝大樓發射了十幾發炮彈，大樓的一角被炮彈擊塌。看到紅色兵團那邊沒有了動靜，紅色縱隊又發動了新一輪的進攻。又是在那個豁口處，紅色縱隊再一次被紅色兵團的火力所壓制，為避免和減輕傷亡，不得不又退回戰壕。

如此再三，紅色縱隊不得不改變策略，他們調集兵力，使用四面包圍、多點開花的進攻手段，以使紅色兵團顧此失彼，火力大大分散。

紅色縱隊一派紛紛向地區農技校集結。紅色兵團一派聞訊也紛紛向地區農技校集結。仗越打越大，越打越混亂不堪。敵我界限難以分清，棍棒、長矛以及槍炮此時都派上了用場。不斷有殺聲喊聲哭叫聲，不斷有人員傷亡。這一場混戰直打得天昏地暗，直打得日月無光。

五十九

發生在地區的大規模武鬥很快驚動了省裏和中央，一個師的軍隊被派往這裏制止武鬥。武鬥很快平息，雙方都有很大傷亡。

宋淑華的一條腿被炸斷了。她正在窗口對下射擊，突然一顆炮彈打了過來，她只覺眼前一亮，身子不由自主地跌倒在地。一個念頭在她腦子裏一閃：「完了。」她拂了一把身上的塵土，看見炮彈把窗戶下面的磚牆打了個大洞，窗子的玻璃被震得粉碎，屋子裏彌漫著一股濃濃的硝煙味兒。她眨了眨眼睛，覺得自己還有意識，還沒有生命之虞，心中升出幾分慶幸出來。她早就立過誓言：「頭可斷，血可流，毛澤東思想不可丟。」「砍頭何所懼，革命志不移。」她對死已置之度外。沒想到老天垂憐，今天還沒讓她去見躺在對面陵園裏的那些革命先烈。

可是，她無論怎樣努力也站不起來了。炮彈把她的一條褲腿撕爛，血從這裏流了出來，把地上染紅了一片。戰友們趕快圍攏過來，看她傷得怎樣。宋淑華忍住疼痛，說：「別管我，封住那道口子，別讓他們攻進來！」她手裏還攥著槍，知道自己已無法依窗射擊，便把槍扔給了別人，自己則忍不住用雙手卡住那仍在流血的斷腿，疼得在地上翻滾起來。

有人過來給她包紮，她咬著牙，豆大的汗珠在臉上流淌。她不知道這腿能不能再接上，倘接不上，這輩子再也無法在運動場上馳騁了。媽的，怎麼偏偏把腿打斷？這腿給了她多少榮譽，多少風光！可是，她不後悔，這條腿是為了無產階級文化大革命而斷的，是為了捍衛毛澤東的革命路線而斷的，它斷得有價值。一個人空長一雙好腿，卻庸庸祿祿走過一生，對革命沒有半點貢獻，這有什麼意思？即使接不上，將來拄上拐，她還要昂首闊步，前進在毛主席指引的革命道路上。革命戰爭年代，不是有很多獨臂英雄、單腿英雄，她宋淑華照樣也可以成為一個傳奇，成為一個威震敵膽聞名遐邇的英雄人物。

宋淑華是〇二五部隊用擔架把她抬出去的。駐在地區的〇二五部隊有一個規模比較大、設施比較全的醫院，平時除了為部隊看病，還收治地方病人，在當地有不錯的聲譽和影響。這次大規模武鬥被成功制止，〇二五部隊奉命派醫護人員去農技校搶救傷患。救死扶傷，實行革命的人道主義，是醫生們義不容辭的責任。宋淑華躺在擔架上一聲不吭，幾個年輕的醫護人員禁不住讚歎：「這個人真夠堅強的！」宋淑華心中默念：我要無愧於毛澤東思想哺育下的青年一代，我不能為自己這一派丟臉！

宋淑華的腿無法再植，只好做了截肢手術。幾個紅革司戰友到醫院看望她，她拋開自己的病情，一個勁地打問這一派的消息：有沒有犧牲的？還有誰受了傷？傷得重不重？戰鬥的結果怎樣？對立派是如何撤退的？戰友們告訴她，武鬥結束不久，毛主席親自圈閱的一份「佈告」貼遍了大街小巷，主要內容是：立即停止一切形式的武鬥，拆除工事，交出槍支彈藥；強化無產階級專政，嚴厲懲治打砸搶燒殺首惡分子，對致死人命者，要嚴厲追查，狠狠予以打擊；解散紅色兵團和紅旗縱隊，遣散各縣彙集到地區的群眾組織成員；大中小學生回校復課鬧革命；工人、農民、機關幹部、財貿戰線等職工回各自單位開展鬥批改；軍隊不得參與地方派性鬥爭……宋淑華聽了這些話，心中有些想不通：武鬥明明是對方挑起的，就這樣各打五十大板了事？解散紅色縱隊她雙手贊成，可由他們拼湊起來的所謂「紅色政權」為什麼不也解散？遣散各縣群眾組織成員，像我這種情況，回得去嗎？紅革司戰友告訴他：我們明天先回去，打探一下情況，完後告訴你。

宋淑華讓人把她的情況告訴了×縣姐姐，姐姐立即到醫院探望，看到妹妹丟了一條腿，忍不住悲傷流淚。宋淑華勸她說：「我們這一派十幾個人成了烈士，和他們比起來，這算什麼？」她囑咐姐姐不要把她的情況告訴爸爸。

姐姐說：「這能瞞得住嗎？他遲早不得知道？」

宋淑華說：「能瞞一天算一天。」

征得醫院同意，姐姐把她拉回×縣的家裏養傷。過了幾天，她那當鍛工的爸爸來×縣看她。見了面，爸爸沒好氣地對她說：「早知道這樣，還不如讓公安局把你抓進去。」

宋淑華臉背著爸爸，任由他去埋怨。反正已是這樣了，再埋怨，能把斷腿變成好腿？

姐姐勸爸爸說：「她願意這樣嗎？已經是這樣了，再說什麼也沒用了。」

爸爸說：「這完全是她自尋的。一開始我就不同意他們整天那樣鬧，可她不聽；她跑到你這兒，你也不制止，讓她又跑到地區，這下鬧出事來了。在縣裏讓人家逮到監獄裏，也不至於落下個殘疾。這倒好，我看她下半輩子怎麼過？」

姐姐說：「我們這兒打死的學生都追認成了革命烈士，像她這樣的，怎麼也得評個革命傷殘人員，將來政府會優撫照顧的。」

爸爸說：「哼，革命傷殘人員！我們打鐵打掉了一隻手，都難弄個革命傷殘人員，你有多大功勞，就成了革命傷殘人員？」

姐姐說：「革走資派的命不算革命？參加文化革命不算革命？」

爸爸說：「你說你革命了，人家還說你反革命呢！理就那麼能說得清？」

宋淑華覺得沒有必要和爸爸在這裏辯論。文化革命還在進行著，誰知道以後向什麼方向發展？我們響應毛主席的號召參加文化大革命，為捍衛他老人家的革命路線浴血奮鬥，毛主席他老人家是不會忘記我們的。

那天武鬥時，莫俊才見紅色縱隊躍出戰壕、炸毀圍牆，他也迅速躍了出去。他躍出去不是要衝進農技校和紅色兵團搏鬥，而是要看展紅旗究竟是死了還是活著。看到展紅旗身上中彈流血，用手在他的鼻子上試了試，見他沒有了呼吸，斷定展紅旗已經死亡。於是，他趕快撤出戰壕，馬不停蹄開著吉普車返回了條山。

出來時王闖曾向他交代：死要見屍。他按照王闖和衛東彪的旨意圓滿完成了任務。展紅旗死了，他見了屍，而且他的死與紅總司沒有關係，是他們那一派把他射殺的。革命鬥爭真是鍛煉人啊，他們幹了這麼一件大事，卻不顯山不露水，了無痕跡，顯示了他們卓越的智慧和高超的鬥爭藝術，顯示了他們越來越走向穩健和成熟。像這樣的鬼斧神工，老一輩革命者未必就能想得出來。莫俊才越想越得意，車差一點開到深溝裏面。

回來後他把情況向王闖和衛東彪彙報了。王闖說：「地區這次大規模武鬥將成為一個分水嶺。武裝部即將進駐學校，並要求所有學生全部回校復課鬧革命。將來兩派如何鬥爭，說不清了。」

莫俊才說：「回校就回校唄，咱們的人又沒有逃散，召喚一聲就回去了。只是紅革司的人一時半會回不來，回來也像一隻隻驚弓之鳥。」

衛東彪說：「出來鬧騰了這麼一兩年，心都野了，再回到學校，能復什麼課？鬧什麼革命？」

莫俊才說：「可也不能總這樣鬧騰下去呀。」

王闖說：「回到學校，你那吉普車可就開不成了。」

莫俊才說：「開不成就開不成吧，反正車癮也過足了，車也折騰得差不多了。」

學生們陸陸續續回了校。儘管費了好大的勁兒，到校率還不到一半。到校的學生依然派性十足，無論哪個年級和班次，看見自己一派的人親如兄弟，禁不住紮成一堆，議論著文化大革命的是是非非；看見對立派的人則視若仇人，鼻子不是鼻子眼睛不是眼睛，有的朝對方吐著唾沫擤著鼻涕，情緒十分對立。紅革司群龍無首，紅總司便顯得有幾分囂張。各個班級都配了武裝部的人進行整飭和管理。兩派間雖然水火難容，但還都能聽從解放軍的安排和指揮。

復課只是喊喊而已，實際上絕無可能。以前的課本不能用，即使能用也不知扔哪兒去了。再說，讓誰講課？那些被打成牛鬼蛇神的老師們問題尚未了結，讓他們再站上講臺肯定是不適宜的。按照偉大領袖毛主席的指示，工農兵要佔領學校講臺，怎麼佔領？還要有一些具體的辦法。

那天學生的到校率超過了一半，石海濤到校向大家作了個報告，他說：條山中學文化大革命的三大任務，就是一鬥二批三改。同學們鬥也鬥了，批也批了，改嘛，是個長期任務，恐怕就不指望你們了。文化大革命搞了差不多兩年，你們在社會上闖蕩的時間不短了，當年的初三高三早該離校了，所以，文化大革命對你們來說就是鬥、批、走，或者鬥、批、散。但究竟什麼時候走，什麼時候散，需要有統一的安排部署，希望你們耐下心來再等一等。同學們現在要做的，就是把心收回來，別再想著搖旗吶喊，打打殺殺，我對你錯，你死我活。這一段解放軍暫時對學校實行軍管，同學們在校一天，就要聽解放軍指揮一天，不能再像以前那樣自由散慢，為所欲為。

聽了石海濤講話，大家的情緒都有點低落。文化大革命轟轟烈烈搞了兩年，我們的使命就這樣完成了？我們的前途就這樣終結了？我們就這樣捲起鋪蓋滾蛋？誰是誰非總得有個結論吧，我們拚死拚活流血犧牲的英勇壯舉總得給予肯定吧，就這樣稀裏糊塗地滾蛋，兩派間的恩怨就此煙消雲散？條山中學的文化大革命就此畫上個休止符？

展紅旗的媽媽到學校找他的兒子，問了他們班上好幾個人，都不知道他去了哪裏。展媽媽覺得奇怪，你們一個個都回到學校，他能跑到哪兒去？聽說地區發生了一場大武鬥，難道他參加了那裏的武鬥？聽說武鬥中死了不少人，難道……，一個不祥的感覺籠罩在她的心頭：總不至於出什麼事吧。四清運動死了丈夫，文化大革命難道還要奪走我的兒子？老天總不能這麼不公吧？

她決定到縣裏，找縣革委會，找石海濤，向他們要自己的兒子。為了不讓別人輕視她，刁難她，第二天她穿戴整齊，在胸前別了兩枚展紅旗串聯時帶回的毛主席像章。她拉著六歲的二兒子展洪志來到了縣革委會，縣革委會的值班人員問她要幹什麼，她說，我要找我的兒子。值班人員呵斥她說，找你兒子怎麼到這裏找？這裏又不是收容所。她說，我的兒子不見了，你們是縣裏的最高領導機關，不找你們再去找誰？

好說歹說，值班人員就是不讓她進。最後她橫下一條心，說：「兒子他爸爸死了，如果兒子找不著，我也不想在這世上活了。你們再不讓進，我就一頭撞死在這大門口算了。」

看到這位婦女來了橫的，值班人員只好先穩住她，然後進去向石海濤作了彙報。石海濤找來了黃一清，讓他勸說這位婦女先回去，然後動用公安力量，查清她兒子展紅旗的下落，給她一個明確的答覆。

六十

黃一清派人到學校調查，兩派都說這些天沒見到展紅旗。紅革司向他們提供了線索：正陽村武鬥之前，展紅旗去了那個村子，被農紅軍逮走了，他們派人去找，沒有找著，後來就再沒見到他的蹤影。

有了這條線索，公安人員就去了正陽村，問了幾個村民，他們都不知道展紅旗是誰。村裏經常抓人打人，究竟抓的是誰，他們往往都不說自己姓甚名誰。所以說，你問展紅旗他們只能搖頭。提及正陽村武鬥前抓的那個學生，很多人都有了印象。但他最後去了哪裏，他們還是搖頭，一問三不知。後來有人告訴公安人員：展紅旗掉糞坑了，差一點淹死，村民們把他從糞坑撈出來後，副支書把他弄到大隊部了。

線索又有了進展，範圍也越來越小。他們找到了副支書。副支書說：「是掉到糞坑了，快淹死了。我千方百計把他救活了。」

「那後來呢？」

「後來紅總司把他拉走了。」

「紅總司誰把他拉走了？」

「我叫不上名字，只知道是一輛吉普車把他拉走的。」

吉普車，全縣就那麼一輛吉普車，而且這輛吉普車是一個叫莫俊才的學生開著，那就順著這條線索再往上摸吧。

公安人員找到了莫俊才，他承認從正陽村拉走了展紅旗，並交代了與他一起去正陽村的另外兩個人。

公安人員立即把三個人拘留起來，並且分別進行了審訊。

莫俊才說：「我們把他拉出去扔到野地裏，後來他去了哪裏，就不知道了。」

問他扔到了哪塊野地，莫俊才支支吾吾說不出來，只說天黑，看不清是在什麼地方。

另外兩個人的交代卻和他完全不同。

公安人員警告莫俊才要老實點：我們已經掌握了真實情況，你撒謊是沒有用的。你可是右派的兒子，在我們面前耍小聰明，最後吃虧的只能是你自己。

莫俊才只好交代了把展紅旗拉到了武鬥前線。但展紅旗的死和自己無關，是他們那一派開槍把他打死的。

公安人員鼻子哼了一聲，說：「和你沒有關係？他自己跑到了武鬥前線？他那麼喜歡吃槍子兒？」

莫俊才心想這事全讓自己一個人扛，那絕對吃不消。他趕忙為自己解脫，說這主意是衛東彪出的，自己是受王闖驅使的。

至此真相大白，展紅旗的確已經不在人世。黃一清把情況向石海濤作了彙報，石海濤沉思了半天，說：「這事，如不抓進去幾個，那個農村婦女會和我拚命的。」他咬了咬牙，把手攥成拳頭往桌子上一擂，說：「立即把王闖、衛東彪、莫俊才幾個逮起來！」

王闖和衛東彪這些天自我感覺非常好。文化革命搞到現在，許多人身心疲憊，傷痕累累，只有他們志得意滿，笑到了最後。雖說大家都在大風大浪中經受了鍛煉，但他們是名聲和地位雙豐收，他們稱得上收穫最大最大，損失最小最小。掛著縣革委會委員的頭銜，他們足可以傲視當年學校的書記、校長，傲視當年的學生會主席。當年班裏紅得發紫的團支書就更不用提了。學校如果不讓待了，他們就到縣裏當幹部去。縣裏理應給他們留著位置，留著辦公室。那些結合到縣革委會裏的老幹部，有幾個是清清白白的？唯有他們，沒有這樣那樣的歷史問題。他們是縣革委會裏最年經的幹部，憑藉著年齡優勢，可以說前途無量。再過幾年，說不定縣委書記、縣長的位子就是自己的了。

他們倆經常在一起竊竊私語。王闖慶幸自己當初與工作組決裂，義無反顧地殺向社會，組織同學們造縣委縣政府的反，終於才有了今天這樣的結果；衛東彪慶幸自己當初跟王闖緊密結合在一起，否則，這會兒也搞不出什麼名堂出來。兩個人情不自禁地說起了將來的婚姻。

王闖說：「將來在縣裏工作，全縣最漂亮的姑娘還不由著自己挑，像李秀娟那樣的人，我還真看不上呢。」

衛東彪說：「家裏一直催我在村裏訂婚，幸虧我沒聽他們的。將來，怎麼還不娶個城裏的？」

就在莫俊才被拘押後，他們兩個仍若無其事，每天趾高氣揚，不可一世。他們想：我們誰也沒有動展紅旗一根毫毛，他的死與我們何干？

石海濤派人到條山中學叫他們，他們以為去縣革委會開會，高高興興去了。到了那裏，見黃一清帶幾個公安在那裏等著，沒等他們說話，就給戴上手拷帶走了。

在這之前，石海濤給他的老首長、省軍區副參謀長王力學打了個電話，說了要逮捕他侄子的事。王力學問：「非要逮捕嗎？」

石海濤說：「牽涉到一樁命案，不逮捕不行。」

王力學有些無可奈何地說：「那就逮吧。」

既然老首長有了這句話，石海濤就沒有什麼顧慮了。

條山中學的學生都知道了展紅旗的死訊。特別是紅革司一派聽到這個消息後，個個義憤填膺，怒不可遏。好呀，你們死了個二愣子，就把我們這一派往死裏整；我們死了個展紅旗，看你石海濤怎麼處置。王闖、衛東彪和莫俊才被逮的消息令他們心中感到解恨。真是善有善報，惡有惡報，你王闖終於等到了這一天！幾個人被逮之後，紅總司一派突然蔫了許多，反正彼此彼此，烏鴉也別笑豬黑了，各自的頭頭都進了大牢，再爭誰最正確、最革命，都沒有多大意思了。

黃一清派人把展紅旗的下落告訴了展紅旗媽媽，展媽媽如五雷轟頂，哭天搶地，將頭狠狠地朝牆上撞，要跟隨丈夫和兒子一起走。幾個人死死地拉住她，規勸說：「人死不能復生，再哭有什麼用呢？假使你死了，你的小兒子成了孤兒，誰來管他？為小兒子著想，你也得活下去啊！」

在人們的勸說之下，展媽媽止住了哭聲。公安人員表示，要和她一起，去地區尋找展紅旗的屍骨，把它拉回來下葬。

根據莫俊才交代的各種細節，公安人員帶著展紅旗母子去了地區。那一場武鬥之後，有的屍體被收走，有的屍體被就地掩埋。烈士陵園的圍牆外面，排列著幾個大大小小的土堆，據瞭解，這就是武鬥後埋屍的墳頭。公安人員找人把這些墳頭一一挖開，裏面沒有棺材，屍體被捲了張破席或破被就匆匆埋葬了。隨著時間的流逝，屍體已經高度腐爛，眉眼已經無法辨認。展紅旗媽媽心裏像墜著一塊鉛，極其沉重，極度悲傷。她既想見到自己的兒子，又怕見到自己的兒子。兒子以這樣的模樣出現在母親的面前，將會對她的感情和心理造成巨大的摧殘和打擊！好在她經歷過丈夫的死，心靈已有了一定的抗擊打能力。即使如此，在辨認兒子的分分秒秒中，對她都是一種十分痛苦的折磨和煎熬。

經過艱難的辨認，她終於找到了自己的兒子。其唯一的也是最為可靠的證據是她一絲一縷織起來的土布衣服。衣服的條紋和式樣獨一無二，與別人所穿的絕對無法混淆。他爬在兒子的屍體上又是一聲聲撕心裂肺的慟哭，她一面哭一面喊：「兒呀，你死得好慘呀，誰打死你，該天打五雷轟呀。咱和誰無怨無仇，為啥要這麼害死你呀。咱做下什麼孽，為啥是這樣一個下場呀。老天爺呀，你睜睜眼呀，為什麼和我們孤兒寡母過不去呀……」無論別人怎麼拉她，她都不願起來。她的身上一直別著兒子串聯帶回的毛主席像章，兩枚金光燦燦的毛主席像章此時緊挨著兒子冰冷的屍體，似乎他老人家也在撫摸著這位革命小將。展洪志跪在母親的身旁，也在一聲又一聲地哭泣著，文化大革命在他幼小的心靈裏，打下了一個陰森可怕、昏暗淒慘的烙印。

公安人員勸慰她說：「殺害你兒子的幾個人都抓住了，你兒子在地下也該瞑目了。」

展媽媽說：「你把他們全殺了，也換不來我的兒子！」

他們幫展媽媽搞到一副薄薄的棺材，將展紅旗重新入殮，拉回條山縣他生長的村子，安葬在他爸爸的墳旁。展紅旗的媽媽眼睛哭腫了，村人對她投以同情的目光。有人私下議論：「她家一個接一個死人，得讓風水先生看一看，家裏房子什麼的有沒有問題。」

宋淑華被爸爸從×縣接了回來，李秀娟、劉小妹聽說後，立即跑去看她。宋淑華見好朋友來了，趕忙拄著雙拐迎了出去，李秀娟和劉小妹緊步向前，一人扶住她的一隻胳膊，把她慢慢攙進屋裏。李秀娟見宋淑華右腿的褲管空蕩蕩的，心裏就有點受不了。她不由得想起了宋淑華在運動場上神彩飛揚的場景。她那兩條頎長健美的腿像鹿似的向前狂奔，對手很快就被她拋在了後面。跑過終點她驕傲回眸，那披散的頭髮下是一張十分張揚充滿青春活力露著勝利微笑的臉，那是她最幸福最得意的時刻。這樣的時刻永遠不會再現了。她的面前還有漫漫長路，在這漫長的人生征途上，她用一條腿走起來該是何等艱難！李秀娟對她充滿同情和憐惜，她不知道該怎樣安慰她，也不知道這件事對她的內心造成怎樣的打擊，罩上怎樣的陰影。

好長時間沒見到好朋友，宋淑華看到她們非常高興，她急切地向她們打問學校的情況，得知王闖和衛東彪都被抓了進去，她高興地直拍手，說：「老天是公平的，他們終於也有今天！」

李秀娟小心翼翼地選擇著詞彙，問：「疼嗎？心裏煩躁嗎？」

宋淑華說：「早適應了。到什麼山唱什麼歌。反正是這樣了，悲觀沮喪都沒有用，只有勇敢面對。」

劉小妹說：「大夥兒都非常惦念你，很多人都想來看你。」

宋淑華不願意別人給她太多的憐憫和同情，看著兩個好友關切惋惜的神色，她反而哈哈一笑，說：「咱們幾個，誰沒受過傷呢？只是輕重不同而已。比起那些犧牲了的，我又幸運多了。革命，總是要付出代價的。將來安上個假肢，和常人也不會有太大的區別。」

宋淑華畢竟是宋淑華，她的樂觀、堅強和豁達讓李秀娟和劉小妹自愧不如。三個人說著說著，話題就轉到展紅旗身上。三個人鼻子都有些發酸，眼圈都有些發紅，很長時間都沉默不語。宋淑華用拐杖在地上劃了兩個阿拉伯數字，說：「他才十六歲！我做過他的入團介紹人，誰知沒把他位到團裏，卻讓閻王給拉走了。」

李秀娟說：「最可憐的是他爸爸死了沒兩年，他又走了，家裏就剩下孤兒寡母，日子夠艱難的。」

宋淑華說：「咱們抽空看看展媽媽。」

劉小妹說：「要看我們去看，你行動不便，就不要去了。」

宋淑華說：「即使別人都不去，我也要去的。」這不僅是因為宋淑華擔任過他們的少先隊輔導員，發展過他入團，還因為展紅旗對他們組織的無比忠誠和無私付出。那天去正陽村，雖說是他主動請纓，但最後是宋淑華拍板同意的。是她送他走上了不歸路，她心中有一種說不出的內疚，展紅旗的音容笑貌攪得她內心難以安寧。

展紅旗用他的死把王闖之流拖進了監獄，紅革司一派對他充滿了敬意和懷念之情。

六十一

有個姓趙的連長負責高三（四）班回校後的學習和紀律。趙連長二十七八歲的樣子，長著絡腮鬍子的臉刮得鐵青。這是個烈士的後代，父母親曾是賀龍的部下，在晉西北打過日本鬼子。在他出生不久，父母親先後壯烈犧牲，他父母的戰友，也是他的義父義母把他送到延安的孤兒院撫養，長大之後，他參軍到了部隊。這是一個在革命熔爐中長大的青年，對黨、對革命、對領袖有著別人無法企及的深厚感情，心中充滿正義感、使命感，他嫉惡如仇，眼睛裏容不得沙子，平時不苟言笑，看起來是一個十分嚴肅令人敬畏的人。

第一天出早操，就讓趙連長很生氣。原先高三（四）班男同學都住在一間宿舍裏，大通鋪，一間屋子裏能住三十幾個人，早晨起床的鐘聲一響，全屋子的人很快都能起來。如今全班分成互相對立的兩大派，兩大派又有那麼多恩恩怨怨，他們不願意再睡在同一個屋簷下面，於是，各個班級就打亂著住了。一個宿舍裏住著好幾個年級的人，雖說年齡大小不一，但因為是一派，說起話來格外投機，晚上就寢後沒完沒了說著文革中的是是非非，早晨難免要睡懶覺，出操時就一時半會起不來。趙連長看著表，時間過了半個小時，人員還是稀稀拉拉。他指著站在前面的衛崇儒，說：「去，到宿舍再給我喊一喊，讓他們快些出來！」

衛崇儒撓了撓腦袋，說：「我不知道他們都住在哪裏？」

趙連長說：「能住在哪裏？總不至於還住在縣委縣政府吧？」

衛崇儒說：「那倒不至於，只是不屬一派的都不願意在一塊住，各年級各班都打亂了。」

趙連長臉色氣得更發青了些。又等了十幾分鐘，看著人到得差不多了，他高喊一聲：「集合！」隊伍很快站成了兩排，只是一排長一排短。長的那一排是紅革司一派，短的那一排是紅總司一派。趙連長喊道：「後面補齊！」連喊了三聲，也沒有人動。趙連長又生氣了，問：「怎麼回事？沒聽見我的口令？」

沒有人回答。道不同不相為謀，派不同不相為伍。趙連長上前一個個撥拉起來：「沒見過你們這些學生？以前沒上過軍體課？」

好不容易把隊伍整好了，趙連長從口袋裏掏出《毛主席語錄》，說：「首先，讓我們共同敬祝我們偉大的導師、偉大的領袖、偉大的統帥、偉大的舵手毛主席——」這回大家跟著齊聲喊道：「萬壽無疆！萬壽無疆！萬壽無疆！」

看到有的同學沒拿《毛主席語錄》，趙連長劍眉一揚，說：「有的同學沒帶《毛主席語錄》，下一次一定要帶上，這是對毛主席忠不忠的具體表現。」

接著，他又一次舉起語錄，喊道：「敬祝毛主席的親密戰友、我們的副統帥林副主席——」大家跟著齊聲高喊：「身體健康！永遠健康！永遠健康！」

「下面高唱〈東方紅〉。」趙連長起了個頭，同學們跟著唱了起來：「東方紅，太陽升，中國出了個毛澤東，他為人民謀幸福呼兒咳喲，他是人民大救星……」

唱完〈東方紅〉，趙連長說：「現在我們學習一段最高指示。」他打開《毛主席語錄》，翻到二二一頁，念道：「必須提高紀律性，堅決執行命令，執行紀律，執行三大紀律八項注意，軍民一致，軍政一致，官兵一致，全軍一致，不允許任何破壞紀律的現象存在。」念完之後，他掃視了大家一眼，說：「我們今天學習了這一條毛主席語錄，就要嚴格按照他老人家的要求去做。從今天出早操的情況來看，你們的派性十足，紀律很差，這是絕對不能容許的。今後，誰違背了毛主席他老人家的教導，不管你原先是多大的頭頭，都要當眾作深刻檢討。革命，不僅要革別人的命，也要革自己的命，大家思想中都有不符合毛澤東思想的雜質和污垢，都要自覺在靈魂深處爆發革命。你們都自稱是忠於毛主席忠於毛澤東思想的，忠不忠，看行動。大家要以實際行運證明自己是毛澤東思想哺育下的革命青年。」

說完，他高喊：「稍息，立正，向右看齊，向前看，向左轉，跑步走。」在操場跑了兩圈，然後回到教室裏。

教室還是以前的教室，但又不同於以前的教室。窗戶的玻璃打破了大半，課桌有的沒有了腿，有的桌面也不知飛到哪裏去了。凳子也湊不齊。好在班裏有人蹲了監獄，有人無法到校（像團支書宋淑華），基本上還能滿足需求。

兩派在教室裏又是涇渭分明，一派坐在這一邊，一派坐在那一邊，中間空著一排座位沒有人坐。

趙連長又皺起了眉頭，問：「怎麼回事？中間空著給誰坐的？」

同學們還是不說話，衛崇儒不想讓趙連長總為他們生氣，他想在解放軍面前有所表現，就拉起同樣出身不好同樣是逍遙派的相太洋，悄悄坐在中間的空位上。

趙連長站在教室的講臺上，看了大家一眼，說：「毛主席號召工業學大慶，農業學大寨，全國人民學習解放軍。現在沒什麼課可復，咱們就照著解放軍的樣子，開展三忠於四無限活動。」

他望了一眼臺下的學生，問：「知道什麼是三忠於四無限嗎？」大家沒有回答，他就自問自答道：「三忠於，就是永遠忠於毛主席，忠於毛主席的革命路線，忠於戰無不勝的毛澤東思想；四無限，就是要無限熱愛毛主席，無限崇拜毛主席，無限敬仰毛主席，無限緊跟毛主席。具體講，就是每天要早請示，晚彙報，每次集體活動之前要做三件大事。」

說到這裏，他又頓住了，問：「知道什麼是三件大事嗎？」還是沒人回答，他又自問自答：「早晨出操時咱們做的就是三件大事，也就是敬祝、唱革命歌曲、學毛主席語錄。毛主席語錄要帶著問題學，活學活用。革命歌曲，除了〈東方紅〉、〈大海航行靠舵手〉，還有毛主席語錄歌。記住了沒有？」

同學們回答：「記住了。」

趙連長說：「今天上午的任務是學習『老三篇』。老三篇大家都學過，但是，偉大領袖毛主席的著作，學一千遍一萬遍都不夠，同學們要把老三篇流利地背下來，永遠銘刻在心坎裏，熔化在血液裏，隨時鞭策自己，一言一行照著去做。下午以實際行動向毛主席獻愛心。究竟以什麼實際行動，我在這裏不給大家規定具體內容，各人可自行選擇。」

李秀娟一上午已經能把老三篇中的〈為人民服務〉背下來了。聽說有人能把這篇文章倒背如流，她可不想做這樣的嘗試。中午吃飯的時候，她見到了劉小妹，問她如何向毛主席表忠心，小妹說：「我想買塊布，在上面繡上毛主席頭像和『為人民服務』幾個字，你看咋樣？」

李秀娟一聽，說：「這個主意不錯，咱們一塊繡吧。」

吃完飯，她們就去了縣城的百貨商店，買了布、繡花夾子和各種顏色的絲線。回到學校，路上碰見幾個老師，他們有的胸前戴著毛主席像章，有的掛著個心形的忠字牌，看來都在積極向毛主席獻忠心。校長史文榮胸前那個紅底黃字的「忠」字做得很大，而且就掛在胸前正中心的位置，見到她倆，還朝她們討好諂媚地笑了笑。劉小妹說：「看來，文化大革命把師道尊嚴給徹底破掉了。」

李秀娟說：「學校開始清理階級隊伍，賈興中被遣返回老家了，誰知道下一個輪誰呢。牛鬼蛇神都等著發落，不表現不行呀。」

劉小妹問：「喬老師會不會被遣返呢？」

李秀娟說：「誰知道呢。他丈夫自殺後，聽說房子被沒收了，把她往哪兒遣返呢？遣返只能從城裏往鄉下走，總不能把她遣返回省城吧？反正她多年來都以學校為家，待在學校也就等於是遣返回家了。」

老師們的命運如何，對她們已關係不大，她們關心的還是自己的事。劉小妹說：「我可沒繡過花，你可得教我呀。」

李秀娟也只是見過媽媽繡花，她自己也沒真正動過手，她說：「先得找好樣子，然後用複寫紙畫在布上，這才能一針一線地往上繡。反正我也沒繡過，咱們學著繡吧。」

這天早操，趙連長帶領大家做完「三件大事」，然後面向東方，向偉大領袖毛主席進行「早請示」。這些天的早請示是集體進行的。趙連長說：「敬愛的毛主席，我們高三（四）班的同學通過學習您的『老三篇』，思想覺悟有了一定程度的提高，派性有了一定程度的克服。我們要把學習的成果逐步落實到行動當中，一心一意向您老人家表忠心，我們要口說『忠』字話，耳聽『忠』字言，心想『忠』字事，腳走『忠』字路。要把向你獻忠心的活動不斷推向新的高潮……」請示完畢，他向大家佈置了晚彙報的內容：「你們各自的表忠心活動進行得怎麼樣，各人晚上睡覺前都要向毛主席如實彙報。」

李秀娟的「表忠心」已經有了些眉目，但進展得有些慢。這天，校園裏展出了馮建國用小米、黑豆、紅豆、綠豆粘貼的毛主席畫像。馮建國有美術方面的天分，畫像的各部分比例掌握得恰如其分，遠看十分傳神。之所以展出馮建國的作品，是因為這幅畫用了數萬粒小米，這些小米要一粒一粒粘在三合板上，統共要花多大的功夫！這其中浸透著馮建國的心血和汗水，沒有對毛主席的無限熱愛無限敬仰，能做到嗎？馮建國的畫讓李秀娟找到了自己的差距，晚彙報時，她把毛主席語錄貼在自己的胸前，狠狠地批判了自己一番。

剛剛作完「晚彙報」，有人告訴趙連長叫她去一趟。她心想，趙連長叫自己有什麼事呢？是不是批評自己對毛主席表忠心表得不夠呢？她想，如果是這事，她就告訴他：已經在晚彙報時向毛主席作過檢討，她要加快進度，爭取早日把自己的忠心向毛主席表達出來。

來到趙連長的辦公室，他劈頭第一句就問：「聽說你舞跳得不錯？」

李秀娟不知道什麼意思，只是期期艾艾地回答：「以前在校宣傳隊待過。跳得也不怎麼樣。」

趙連長說：「是這樣。咱們要號召全校師生大跳忠字舞，這和以前學廣播操一樣，得有人先會，然後作為教員，帶動大家一起跳。我想讓你先去學一學，怎麼樣。」

李秀娟一聽，趕忙搖頭，說：「不行不行，真的不行。」

趙連長問：「為什麼？」

李秀娟想了想，說：「『一〇・一五』那天武鬥的時候，我的大腿受過傷，到現在還經常疼，慢些活動勉強還能堅持，跳舞怕是承受不了的。」

這不是李秀娟內心的真實想法。她爸爸還在監獄裏，她還是全縣最大「走資派」的女兒，怎麼有資格帶領大家跳忠字舞？再說，兩派對立還很嚴重，紅總司們對她極盡醜化和誣衊，怎麼會接受這樣一位教員教他們？與其把自己放到火上去烤，倒不如離火遠一點兒。

不過，李秀娟說出的理由不能不引起趙連長的重視，他說：「好吧，那我再考慮考慮。」

李秀娟如釋重負地走出趙連長的辦公室。

六十二

高三（四）班的相太洋同學出了大問題。

相太洋家庭出身是地主，正因如此，文革開始以來他一直不顯山不露水。運動初始的改名活動中，有人提出他的名字不好，說，「相太洋」的諧音是「像太陽」，只有毛主席才是我們心中最紅最紅的紅太陽，你怎麼能像太陽呢？那首著名的〈東方紅〉歌曲裏，也是「共產黨，像太陽，照到哪裏哪裏亮。」你一個地主的兒子怎麼敢像太陽呢？

當時他和人爭辯，說：「我這個『相太洋』的諧音是『向太陽』。葵花朵朵向太陽，我就是一棵葵花，永遠朝著太陽旋轉，有什麼不合適的呢？」當時他還真把人給說服了。相太洋平時在班裏非常低調，從不招誰惹誰，從不出什麼風頭，走路總低著頭，說話也低聲細氣的，人們也就從來不怎麼注意他。文革開始後，他沒資格參加紅衛兵，也沒有加入任何群眾組織，是一個地地道道的逍遙派。這一兩年來，任憑同學們鬧翻了天，他一直躲在不被人注意的角落一步一步平平安安走過來了。

對趙連長發出的指示他總是積極地不折不扣地執行。每次集合，他都到得很早；每次祝福、唱語錄歌，他的聲音都很大；「老三篇」他背得滾瓜爛熟；忠字舞，他也跳得像模像樣。他沒有派性可鬧，趙連長對他印象不錯，幾次在全班面前表揚了他，這久違的表揚使他頗為激動，心想：參加紅衛兵、當革命左派沒咱的份，可向解放軍學習，向偉大領袖毛主席表忠心，誰也不能排斥咱。咱要作出個樣兒來讓大夥瞧瞧。

他想畫一幅大大的水彩畫兒，下面是幾朵向日葵，上面是一幅毛主席側面頭像，頭像周圍是一道道光芒四射的紅色線條，再上面是一行字：「敬祝毛主席萬壽無疆。」這些天他一直構思著這幅畫兒，他要把它畫好，然後貼到教室後面向大家展示。教室後面原先是「學習園地」，文革開始後就徹底荒蕪了，現在則變成了「忠字欄」，同學們向偉大領袖毛主席獻忠心，都在這裏展示。相太洋想把自己的這幅作品搞得好一些，希望它能引人注目，希望能再得到趙連長的表揚。不知道為什麼，他那從不出風頭的個性此時發生了一些改變，想在向毛主席獻忠心活動中出個小小風頭。

他把該畫的都畫好了，特別是毛主席的側面像，他覺得畫得很好，很讓自己滿意。本來他是想剪張側面像貼上去的，可覺得這樣圖省事很難表達出自己對毛主席的愛心。人家能用幾萬粒小米粘毛主席像，自己還不能用筆畫個出來？他堅持一筆一筆把它畫在了紙上。畫好了毛主席像，他長長鬆了口氣，最後，就剩上面的那一行字了。

也不知他的腦子一時發生了短路還是心肺一時出現了停頓，問題偏偏就出在那行字上。他在寫「敬祝毛主席萬壽無疆」時，竟然寫成了「敬祝毛主席無壽無疆」。寫完之後他也沒有發現這個重大錯誤，竟興沖沖把它貼到了「忠字欄」裏。剛剛貼上去，站在那裏觀看的同學就「啊」地一聲瞪大眼睛張大嘴巴，一幅吃驚的表情掛在臉上，一時愣在那裏不知該作何舉動。正在此時，趙連長走進了教室，他朝相太洋的畫掃了一眼，一把把它揭了下來折成一團。轉身對觀看的同學叮嚀：「大家都不要亂說呀。」然後對相太洋說：「走，到我辦公室去一下。」

趙連長問：「說說，這是怎麼回事？」

相太洋的腦子還在短路著，說：「我也不知道是怎麼回事。」

趙連長說：「這可不是一般問題，我相信，你不會是故意的。」

相太洋說：「絕對不是故意的。絕對是一時疏忽。」他嚇得渾身發軟，說完，雙手捂著臉，嚎啕大哭起來。

趙連長聽出他的哭聲裏充滿了悔恨和委屈，就安慰他說：「既然是一時疏忽，就不要想得太多。回去好好反省反省，晚彙報時向毛主席他老人家賠個情，道個歉。」

相太洋抽泣著離開趙連長的辦公室。他不敢到教室去，他怕看到同學們驚愕不解甚至是指責憤怒的目光，他躲在操場的一個角落裏繼續哭泣。

趙連長走到教室裏，想聽聽同學們對這件事有什麼議論。剛到教室，就有人對他說：「我覺得他是故意的。」

趙連長問：「怎麼見得？」

幾個人七嘴八舌回答：「地主階級的子弟，能希望毛主席長壽嗎？」

「他的名是『像太陽』，天上只能有一個太陽，他詛咒毛主席這個紅太陽落了，他好升上去。」

「他畫的那些向日葵哪像向日葵，純粹是花圈。他不是獻忠心，是借機向偉大領袖毛主席獻花圈！」

趙連長擰著眉頭，說：「大家先不要亂猜疑，誰沒有粗心大意寫錯字別字的時候？相太洋這會兒思想壓力很重，我們不能再給他施壓。萬一他承受不住咋辦？」

有人對趙連長一再表揚相太洋本來就心懷嫉恨，這時就甩過來一句：「他這是自作自受！」晚上就寢的時候，趙連長有點不放心，到宿舍去看相太洋，不見他的影子，問大家，都說沒見著。趙連長心裏有了不祥之兆，說：「大家都別睡覺，全都出去找人，什麼時候找到人再回來睡。」操場裏、菜園裏、廁所裏……所有能找的地方都找了，全沒他的影子。趙連長又打發人到他的家裏去找，家裏沒有；又發動人到親戚家去找，還是沒有。這樣一直折騰到了天亮。趙連長說：「大家先休息吧，或許，他心裏的疙瘩解開了，自己就回來了。」

一直等了一天，還是沒見相太洋的影子。趙連長著實生氣了，想：「等我再見到他，非狠狠批評一頓不可！非叫他面對毛主席像，向他老人家認錯不可！」他還覺得不解恨，又更進了一步：「乾脆把他關到監獄裏，我看他還往哪兒跑！」

又過了一天，有人在學校北面鐵路旁的一眼水井裏發現一具屍體，學校趕忙派人前去打撈。別人都不敢下井，還是王寶山膽子大，他繫著繩子下到井底，然後往屍體上綁了繩子。人們相繼把他和屍體拉了上來。屍體在水裏泡得像發了的麵團，臉漲得像個足球，讓人很難認出是誰。可相太洋胸前戴的那枚毛主席像章大家都認識。像章很大，四面沒有邊，屬「光焰無際」型的，頭像下面有一艘船和翻捲的海浪，上面有林副主席手寫的「大海航行靠舵手」幾個字，像章的背面是個大大的「忠」字。

相太洋的手裏死死捏著本《毛主席語錄》，有人想扒開他的手，試了試，卻扒不開。趙連長讓人用席子把屍體蓋了，再讓人趕快通知他的家人。

家人把屍體拉走後，趙連長把這事趕快給石海濤作了彙報，石海濤問：「你是不是恐嚇訓斥他了？」

趙連長說：「沒有，我還安慰他，叫他不要想得太多。」

石海濤說：「那這事怨不上咱們。原想讓這幫學生在校再搞一段清理階級隊伍，看來不得不讓他們早些離校了。」

趙連長說：「好不容易這段時間整治得好一些了。」

石海濤說：「夜長夢多，不定什麼時候又出什麼事兒。這還是把兩派的頭頭們抓起來了，要不然，是你整治他們還是他們整治你，就說不清了。」

趙連長問：「讓他們捲起鋪蓋回家？」

石海濤說：「不回家去哪兒？大學不招生，工廠不招工，農村學生，唯一的出路就是回家種地。早走晚走，早晚都得走，何況高三初三已多待了一兩年，不能再待下去了。」

這是一個天空陰沉的下午，全校師生都集中在大操場裏。解放軍站在佇列的前後維持著秩序。下午三點，黃一清出現在佇列的前面，他的後面是幾個公安人員分別押著張永豪、王闖、衛東彪、莫俊才。人群出現一陣騷動，大家紛紛踮起腳跟朝前看。待人群安靜下來，黃一清從口袋裏掏出一份判決書，說：「先給大家念幾份宣判書。張永豪，男，二十歲，本縣××村人，一九六七年×月×日，因組織策劃正陽村武鬥並致死人命，判處有期徒刑八年；王闖，男，二十歲，本縣××村人，因涉及致死展紅旗案，判處有期徒刑三年；衛東彪，男，二十歲，本縣××村人，因涉及致死展紅旗案，判處有期徒刑三年；莫俊才，男二十歲，本縣××村人，因涉及致死展紅旗案，判處有期徒刑五年……」

念完判決書，公安人員把幾個人帶走了。全校師生目睹這幾個曾經叱吒風雲的人物在他們面前狼狽地消失。

靜了一會兒，校革命委員會籌備組負責人、青年教師李保平帶領大家做完「三件大事」，宣佈：「下面，請縣革命委員會主任、縣武裝部長石海濤同志作離校動員。」

石海濤走到隊伍前面，說：「全體同學們，偉大領袖毛主席親自發動和領導的文化大革命開始以來，大家懷著崇高的使命感和進取心，積極投身到這場轟轟烈烈的大革命中，經受了鍛煉和考驗，做出了卓越的成績和貢獻。如同打仗一樣，我們不能總在一個地方打，我們要經常轉換戰場。同學們在學校已經待了三五年了，我們在這個戰場上已經把敵人打垮，取得了徹底勝利，我們該撤離這個戰場了。撤離到什麼地方去？撤離到廣闊的天地去，也就是回到農村，回到父母身邊。好兒女志在四方，廣闊天地大有作為，作為回鄉青年，我們回到了農村，要響應偉大領袖毛主席的號召，抓革命，促生產。抓革命，就是要按照毛主席的偉大戰略部署，繼續開展文化大革命，把這場關係到國家前途和命運的大革命進行到底；促生產，就是要參加農業生產勞動，與貧下中農同甘共苦，出力流汗。農村很需要我們這樣的知識青年，我們知識青年要虛心向貧下中農學習，接受他們的再教育，走與工農相結合的道路。相信在我們同學中間，將來會出現邢燕子、侯雋、董加耕一樣的優秀青年……」

動員大會完畢，大家齊聲高唱〈大海航行靠舵手〉：「大海航行靠舵手，萬物生長靠太陽，雨露滋潤禾苗壯，幹革命靠的是毛澤東思想……」

六十三

李秀娟正在宿舍裏收拾東西，宋淑華被她父親用小平車拉來了。見到宋淑華，李秀娟驚訝地叫了聲：「淑華姐，你……」

宋淑華說：「大家眼看就要分手了，我怎麼也得看看親密夥伴和戰友。再說，我也得收拾收拾我的東西。」

李秀娟扶宋淑華在床上坐好，問：「這些天身體可好？」

宋淑華說：「正準備裝個假腿。」

宋淑華父親不便在女生宿舍停留，一個人走出去了。李秀娟在宋淑華耳旁輕聲說：「我們的畢業證都拿到手了，可校革委會籌備組說，暫不給你發畢業證。」

「為什麼？」

「我問他們了，他們說你策劃了正陽村武鬥，還說你帶人搶了解放軍的槍，這些事還要進一步調查，等查清楚了再作處理。」

宋淑華一聽就火了，說：「完全是石海濤的蓄意迫害！媽的，人都要離校了，誰對誰錯也不作個結論，還在畢業證上使手腳。他再和老子過不去，看我不一頭撞死他個王八蛋！」宋淑華髒話忍不住從嘴裏噴吐出來。

李秀娟安慰她說：「都回家種地，要那個畢業證也沒什麼用，用得著生這麼大氣？」

宋淑華說：「別人都回家種地，我到哪兒種地？我一條腿能種得了地嗎？我不但要畢業證，還要傷殘證！你石海濤不給，我就一層層往上找；如果一層層都不給，我就去找毛主席去要！」宋淑華這會兒既傷了身又傷了心，說出的話既氣狠又有點不著邊際。

李秀娟一邊安慰她一邊幫她收拾著東西。很多紅革司的戰友聽說宋淑華來了，都來看她，宋淑華收斂了臉上的怒容，和大家握著手，互相問候著，說：「以後，再聚到一塊兒，難了。」

有同學回應說：「你家住在縣城，以後，我們凡是進城，就來看你。」

有人提議：「我們去照相館照張相吧，留作永久的紀念。」

宋淑華說：「也是。人太多了不行，就咱們女生吧。畢竟大家風雨同舟，生死與共了一場。」

大家把宋淑華和她的一些東西放到小平車上，然後簇擁著她往縣城走。宋淑華的爸爸跟在小平車後面，和誰也說不上話。同學們邊走邊對他說：「叔叔，你回吧，我們負責把她送回家裏。」

這是縣城唯一的一家照相館，「東方紅」這個名字還是他們給改的。攝影室的背景是很大的一面紅旗，紅旗的左上角是一幅毛主席的頭像。照相師傅按照她們的意見，把人分成兩排，前排坐著，後排站著，宋淑華坐在最中間，李秀娟緊緊挨著她。看到其他人胸前都戴著毛主席像章，唯獨坐在中間的宋淑華沒有，照相師傅趕忙把自己胸前的像章摘下來給她戴上，又把一本《毛主席語錄》塞在她的手上。大家統一把《毛主席語錄》貼在胸前。照相師傅看大家擺好了姿勢，喊了聲「為人民服務」，按了手中的橡皮球，大家的面容就被定格在那一瞬間。

照完相，宋淑華說：「照片上寫什麼字呢？」她想了想，說：「寫上兩行吧，上面一行是『紅心永遠向太陽』，下面一行字小一些，寫『紅革司戰友留念』」。大家都表示同意，說：「行，就這樣吧。」

李秀娟把鋪蓋捲背回家裏，王大娘驚奇地問：「這是咋啦？不去啦？」

「不去啦。」

王德貴站在一旁問：「文化革命還沒搞完呀？」

王大娘挖了他一眼，說：「回到家就不能搞文化革命啦？前幾天大隊支書就來了好幾趟，問娟子什麼時候回來。說公社成立了毛澤東思想宣傳隊，正等著她去呢。」

王德貴說：「那就再接著宣傳吧。」

李秀娟早知道了這個消息，她並沒有打算去的意思。媽媽只是臨時在這裏借住，她們的戶口都不在這裏，憑什麼要聽你們公社、大隊的指派呢。可是，如果讓她回到村裏幹農活，她可是什麼都不會幹，相比之下，還是宣傳隊輕鬆快樂一點。她想，走一步看一步，到時候再說吧。

在家待了不到一天，她想起自己向毛主席獻忠心的那塊刺繡還掛在教室後面的「忠字欄」裏，她要把它拿回來，將來可以掛在家裏，也可以縫在挎包上面。她走進教室，看到衛崇儒一個人還坐在教室裏看書。她覺得奇怪，問：「你不是早說要回家當農民嗎，這會兒怎麼又捨不得走了？」

衛崇儒對學校的確有點戀戀不捨。他喜歡學習，學校曾經給了他那麼多知識和快樂，一回到農村，這一切都會一去不復返了。他珍惜剩餘的分分秒秒。如果沒有人攆他，他想這樣賴一天是一天。看到李秀娟，他反問：「你不是也回來了嗎？」

李秀娟說：「誰像你！我是取我的手工的。」她搬了條凳子，踩上去一邊取一邊感歎：「相太洋就差這麼幾天！能挺過這幾天，不就沒事了？人呀，一輩子前面不知道有多少未知數！」

衛崇儒說：「我倒覺得他死得其所。」

李秀娟說：「你胡說什麼，小心他的魂把你拉去！」

衛崇儒說：「我們村有個富農子弟，現在四十多了還娶不上媳婦，我看他這一輩子只能打光棍了。貧下中農的女子絕對不會嫁給地富家兒子，嫁到地富家一輩子都得挨批挨鬥遭人白眼。地富家的女子都想嫁個成分好些的改變自己的惡劣處境，像相太洋這樣的地主兒子，只能是一輩子打光棍的命。與其如此，倒不如這樣走的好。」

李秀娟不得不承認他說得有道理，她想起了〈為人民服務〉裏面的話，說：「『人固有一死，或重於泰山，或輕於鴻毛』，他這樣死可是輕如鴻毛了。」

衛崇儒說：「我倒不這樣看，他死的時候手裏還緊握著《毛主席語錄》，他是用死證明自己對毛主席的忠誠，這怎麼能說是輕如鴻毛呢？如果說他的死輕如鴻毛，展紅旗的死就重如泰山了？」

李秀娟說：「展紅旗的死和他不一樣，展紅旗不是自殺，他是為了理想、為了信念、為了正義、為了追求而被人殺害的。他用死換取了正義，懲治了壞人，他是我們組織的驕傲，他的死是重如泰山的。」

衛崇儒說：「我看他們沒有多大區別。」

李秀娟不想與他爭辯，一個逍遙派，哪懂得戰友之間的情誼呢。她歎了口氣，說：「你看咱們的同學，死的死了，關的關了，傷的傷了，到這會兒又像一陣煙似地散了。到頭來毫髮未損得以保全就是你衛崇儒呀。」

衛崇儒說：「我心裏的傷誰能看見呢？剛才說相太洋一輩子找不到媳婦，咱和他又有多大差別呢？」

李秀娟想到他給自己寫紙條碰釘子的事，覺得這句話是有感而發，就有點調侃地說：「聽說村裏有換親的，大不了換上個媳婦。」

衛崇儒苦笑了一聲，說：「咱沒有姐姐妹妹，拿什麼和別人換。不過，咱上中農成分，不至於像地富子弟那麼慘，雖說找不下好的，但瘸子拐子瞎子聾子總歸能找到一個。」

李秀娟見當年恃才傲物的高材生如今可憐巴巴的樣子，禁不住好笑，她說：「將來結婚時，別忘了請我們喝喜酒呀。」

「只怕到那個時候不知道到哪裏找你。」

這話讓李秀娟想到了自己，作為走資派的女兒，自己將來能有一個好的歸宿嗎？嫁出去是沒什麼問題的，嫁到哪裏，嫁給什麼人可就難說了。唉，既然人生道路上有那麼多未知數，還是走一步算一步吧。

過了幾天，宋淑華約了幾個同學去看展紅旗的媽媽。展紅旗的家就在條山腳下，距黃河也不遠。同學們還是用小平車拉著宋淑華。田間的路不太好走，加之去的時候大多是上坡，宋淑華坐在車裏顛得很不舒服。當年他們在山上植過樹，那時，她扛著鐵鍬，總是走在全班同學的最前面。時過境遷，她現在只能借助別人的幫助才能出行。但無論怎麼艱難，她也要完成自己的夙願，去看展紅旗的母親，去憑弔自己的戰友，去為他的墳培土。穿過一片又一片柿樹林，他們到了展紅旗的村子，找到了展紅旗的家。這是幾間低矮的小茅屋，家裏的陳設也極其簡單。展媽媽見到兒子的同學，禁不住抹起了眼淚。宋淑華勸慰她說：「大娘別難受，展紅旗走了，我們就是你的子女，我們每年都會來看你的。」

展媽媽看著她的殘腿，說：「好姑娘，你們心裏惦念著他就行了，不要跑這麼遠路累著身子。」

宋淑華問展媽媽生活上可有什麼困難，展媽媽說：「困難誰家都有，沒糧吃，沒錢花，一個工才幾分錢。可別人能過去，咱也過得去。」過了一會兒，她又說：「給展紅旗定烈士的事，我跑縣裏找了石海濤好多趟，都沒有辦成。憑什麼正陽村打人的二愣子被定為烈士，我娃偏偏就不行？我娃能定為烈士，有了撫恤金，日子就能好過一些。」

宋淑華想到自己的殘疾證和畢業證尚無著落，但她還是安慰展媽媽說：「還是要繼續找他們，不給解決就往上找，到時候我們幫你一塊找！」

展媽媽說：「我是鐵了心要堅持上訪的，憑什麼我的娃娃在學校裏就這麼不明不白地沒了？」

宋淑華說：「好在那幾個慘害展紅旗的兇手都逮起來了。」

展媽媽說：「我總覺著殺死我娃的不止是那幾個人。」

宋淑華不知在展媽媽心裏還有哪些人。正陽村那些打手是不是應該算在裏面？自己把展紅旗派到正陽村，是不是也應該算是一個？而且，射殺展紅旗的子彈，說不定就是從自己的槍膛裏發出去的？唉，這個年代，這些人，這筆糊塗賬！

展媽媽帶著他們來到展紅旗墳前。這裏一前一後有兩個墳包，前面那個是展紅旗爸爸的，後面那個是展紅旗的。展紅旗墳頭的土堆比較新，卻已經長出了青草。宋淑華帶著大家給展紅旗的墳頭培了土，然後默哀了幾分鐘。默哀完畢，她哽咽著說：「紅旗，我們看你來了，你安息吧。你的死重於泰山，你永遠活在我們紅革司戰友的心中，我們永遠懷念你！」

幾個紅革司戰友眼裏都噙滿淚花。

條山肅穆，黃河嗚咽。太陽的餘輝照耀著這片蒼茫的大地。

六十四

三十年後，由宋淑華和王闖發起，原條山中學高三（四）班同學來了個大聚會。

宋淑華和王闖都成了縣城頗有名氣的富人。宋淑華離校不久，就頂替爸爸在農修廠當了工人。她安上了假肢，討回了畢業證但卻沒有討到殘疾證。工廠照顧她，讓她當了一名倉庫保管員，殘疾對她的工作沒有造成太大的影響。

農修廠經營不下去，倒閉了，宋淑華跟著下了崗。為了維持生計，她曾到大街上賣過菜。賣菜的利潤不高，對一個殘疾人來說，幹這個需要來回走動的活兒有很多不便。後來，她開了一家小飯店。小飯店經營得不錯，她的腰包開始慢慢鼓了起來。有了錢，她不滿足只開個小飯店，就擴大了門面，雇了廚師和服務員，自己當起了老闆娘。社會上吃喝風日盛，越是貴的有特色的飯菜賣得越火，各級黨政部門成了宋家飯莊的常客。風風火火的宋淑華把飯店經營得紅紅火火，飯店的門面越來越大，她成了條山縣令人羨慕的富婆。

王闖從監獄裏出來，先到一家建築工地打工。幹了幾年，對工程這一套逐漸熟悉了，就在已退休叔叔王力學的資助下，自已開了個建築公司。這些年縣城成了大工地，到處都在搞工程建設，王闖的建築公司越來越發展壯大，他很快成了大老闆，並且在縣城為自己建了一棟小樓。

王闖當上了大老闆，經常要陪各式各樣的客人吃飯，他成了宋家飯莊的常客。每次到了那裏，他總是說：「宋老闆，又給你送錢來了。」

宋淑華說：「就衝我姓宋，也該把錢送給我。不給老同學送錢難道還送給外人？」

王闖在宋家飯莊裏不知吃過多少次飯，但他們之間從來不提文革的事。反正四人幫粉碎了，都上當受騙了，好比一群羔羊，任人驅使著，幹了那麼多錯事傻事，有什麼好說的？而且事情已經過去了那麼多年，還提它幹什麼？當年的恩恩怨怨早被歲月的風雨蕩滌得乾乾淨淨。有時獨自想起那些往事，腸子都快要悔青了。我們當年怎麼就那麼無知，那麼狂熱，那麼愚昧，那麼可笑呢？宋淑華斷不了請那些被整過的老師到她的飯店裏吃飯，每每吃飯時她都要向那些老師們道歉，說實在對不起你們，讓你們受苦了。老師們倒也豁達大度，說那怎麼能怨你呢？你不也是受害者嗎？」

宋淑華看著自己的殘腿，想：誰又給自己道過一聲歉呢？

王闖又到她的飯店吃飯，酒至酣處，王闖說：「淑華，咱們離校三十年了，該搞個大聚會了。」

宋淑華說：「搞呀，我做東。」

王闖說：「用不著你破費，花不了幾個錢，我全包了算了。」

這些年同學們之間斷不了有來往，各人的境況都知道一些。他們那一茬學生，大多回村後當民辦教員，後來不少人陸陸續續轉了正。這些孩子王掙的工資少得可憐，有時還被拖欠著，生活都不是很富裕。還有一些人始終在家務農，已成了地地道道徹裏徹外的農民，他們的經濟狀況就更差一些。

本縣的同學好通知，王闖打發他手下的人員，騎個摩托，一天也就差不多都通知到了。外地的幾個聯繫起來就麻煩一些。

李秀娟、衛崇儒、莫俊才都在外地。

李秀娟是城鎮戶口，條山縣符合「靠山、疏散、隱蔽」的條件，相繼建起了幾個三線工廠，她按政策被招進廠。當時她爸爸李國臣剛從監獄出來還在家中賦閒，李秀娟沒有太多奢望，只求平平安安過小日子，就與同廠一個家庭出身政治面貌都無瑕疵的工人結了婚。沒想到這個人一是懶，二是脾氣暴躁，李秀娟不慎陷入水深火熱之中。進廠後她被抽調到廠宣傳隊，丈夫懷疑她與宣傳隊的一個英俊小生關係曖昧，回家後經常關起門來暴打她，直打得李秀娟哭爹喊娘周圍鄰居都能聽到她那淒厲的哭叫聲。打完後丈夫坐在沙發上，等李秀娟做好飯菜端到他面前。李秀娟哪受過這樣的屈辱？她曾想過離婚，但由於有孕在身，始終下不了決心。父親官復原職，又當上了縣委書記，李秀娟有了膽氣，提出離婚要求，無賴丈夫卻死活不肯。女兒出世後，為了讓她能有一個完整的家庭，李秀娟只好勉強維持著這樁無愛的瀕臨死亡的婚姻。

李國臣當了地委書記，李秀娟隨父親到了地區；李國臣當了省農業廳廳長，李秀娟隨父親又來到了省城。每一次調動都不得不拽著那個死皮賴臉的丈夫。女兒一天天長大，李秀娟一天天變老。丈夫來到省城，眼界開闊了，另外勾搭上了女人看不起李秀娟了，同意和她離婚。李秀娟終於結束了這樁長達二十多年、令她身心疲憊的婚姻。女兒上了大學，她一個人孤零零打發著時日。接到好友宋淑華打來的電話，她正好想散散心，就痛快地答應了。

衛崇儒遠在北京的一家研究機構工作。回村後他擔任了民辦教師，與同村一個半文盲的女子結了婚。一九七七年恢復高考，他順利地考取了曾讓他魂牽夢縈的北京大學歷史系，畢業後分配到國家某研究機構，如今已出版了幾部歷史著作，成了小有名氣的歷史學家。衛崇儒成了高級知識分子，有了名氣和地位，但並未拋棄他那半文盲的糟糠之妻。他身邊不乏追求者，崇拜者，而且他也知道李秀娟的婚姻已經破裂，以他現在的條件，重續舊夢不是不可能。但是，在他最落魄的年代裏，這些人何曾把他看在眼裏？只有這個半文盲的女人無怨無悔地嫁給了他，並給他生了一兒一女。他得講點良心，不能當新時代的陳世美。後來，他把老婆孩子全接到了北京生活。王闖通過他們村的親戚朋友知道了他在北京的電話，告訴了他同學聚會的事。衛崇儒說：「如果沒有重要會議，我一定回去。」

王闖在電話裏罵道：「同學聚會就是最重要的會議，哪個會議能比這個重要？到時回不來，看怎樣收拾你！」

文革結束，莫俊才父親的右派問題得到平反，他們一家子重新回到了西安。莫俊才後來上了電大，如今在一家汽車工廠當工程師。

王闖和莫俊才沒有什麼聯繫，他把這個任務交給了衛東彪。衛東彪從監獄出來，知道林彪叛國投敵，摔死了，就把名字又改回來，還叫衛發財。其實改不改名字也沒多大意義，回到村裏，村人只叫衛發財，誰人會喚衛東彪？衛東彪只是特殊時段特殊環境一個人的特殊代號而已。聽說黃河灘治黃工地需要人，去那裏有可能轉成城鎮戶口。李國臣官復原職後，把原縣委辦副主任胡念文打發到那裏去治黃，衛東彪與胡念文又有那一段「戰鬥情誼」，就和一些同學投奔胡念文，來到了黃河灘。幾個寒暑過去，轉戶口的事卻無影無蹤，大家極度失望後不得不另尋出路。衛東彪千方百計想當個民辦教員，以便將來有機會轉正吃皇糧。

條山中學的李保平老師後來成了縣教育局局長，他找過李保平無數次，但始終未能如願，無奈，只好死心踏地回到村裏，當上地地道道的農民。他在村裏承包了果園，也掙了一些錢，日子還得還算富足。當年他與莫俊才一起徒步串聯，後來又一起蹲監獄，兩個人成了莫逆之交，一直保持著聯繫。衛東彪電話通知他後，莫俊才說：「到時候我開輛車，把老婆孩子一齊拉回去看看！」

衛東彪在電話裏開玩笑說：「隨你便，拉上小蜜也沒人管。」

起初宋淑華打算把聚會地點放在自己的飯店裏，王闖覺得她的飯店檔次不夠高，就選在全縣最高檔的富源大酒店。那天同學們到得很整齊，除了相太洋和另外兩個早逝的同學，能來的基本都來了。班主任陳其安退休在家，也被請來參加聚會。

衛崇儒久居京城，見到一個農村模樣的老漢向他打招呼，卻認不出對方是誰，經別人提醒，才敲著自己腦袋說：「你看你看，真是老糊塗啦！大名鼎鼎的衛東彪呀！你大變樣啦。」

衛東彪張開嘴巴呵呵笑著，臉上的皺紋像菊花般綻開，嘴裏的門牙已掉了幾顆，說：「已改回名字，還叫衛發財啦。現在不是鼓勵發財致富嘛。真是貴人多忘事。你們讀書人不風吹日曬，你的樣子可沒有變多少。」

衛東彪的頭髮幾乎全謝頂了，他指著莫俊才的花白頭髮，說：「你這裏還森林茂密啊。」

莫俊才說：「你沒見到了深秋，早染上霜啦。」

大家互相詢問著對方兒女的境況：有幾個兒女，有幾個孫子，孫子多大啦，是男還是女。會議室裏像一鍋沸騰的水，熱氣四溢。王闖作了個手勢，說：「大家靜一靜，現在，請團支書宋淑華講話。」

宋淑華說：「一屋子老頭老太太，沒有了團員，哪還有團支書呀。還是請陳老師講話吧。」

王闖把話筒遞給陳其安，陳其安今天特別高興，他說：「同學們，自從你們離校之後，很多人我今天第一次見到。我腦子裏一直還是你們當年在校時的模樣。時間過得真快，一眨眼，我們全老啦。所幸我們都趕上了一個好時候，今天能高高興興歡聚在一起。說心裏話，在我教過的學生中，你們這一茬是基礎最好、素質最高的，正常情況下，起碼有三分之二的人能考上大學。可是，歷史偏偏沒有按常規發展，大家的人生軌跡全變啦。即便如此，我仍然認為你們這一茬同學還是最棒的。你們經歷了人生的種種磨難和跌宕起伏，艱難地走到今天，每個人都很不容易！你們的成熟和對社會的深切瞭解、你們的吃苦耐勞精神、你們的使命感和責任感是別人無法企及的。今天讓我講話，我想對你們提三點希望：第一，要珍惜同學關係。同學關係，特別是在特殊年代裏形成的同學關係是一種不尋常的關係。『度盡劫波兄弟在，相逢一笑泯恩仇。』今天大家在一起很融洽，很親熱，我看到很高興。同學關係是一種財富，是一種需要大力開發的資源。同學之間要互相聯繫，互相幫助。比如誰家孩子上大學沒錢，可以找王闖借；誰家婚喪嫁娶需要辦酒宴，可以找宋淑華幫忙；誰去北京辦事，可以找衛崇儒……大家要用同學關係這個紐帶緊密聯繫在一起，開創自己的事業和未來。第二，要好好培養後代。知識改變命運，我們沒趕上上大學，一定要讓子孫彌補上這個缺憾。國家越來越尊重知識和人才，我們哪怕省吃儉用，哪怕賣房子賣地也要供孩子們上大學，上研究生，有條件的讓他們出國留學。不光要培養好自己的孩子，在座的大都是民辦或公辦教師，要盡好教師的責任，好好培養自己的每一個學生，使他們都成為有用之材。我沒有把你們送入大學，這是一生的遺憾。希望你們在自己的教學生涯中不要留下缺憾。第三，要注意身體健康。大家都到了知天命之年，什麼名呀利呀到這年紀就不要再苛求啦，沒有一個好身體，這一切都是空的。大家的頭髮開始變白啦，身體的零件開始老化啦，要正視這個現實。我們好不容易走出陰霾，迎來了改革開放，日子越來越好，可一旦疾病纏身，怎麼享受美好的生活？相太洋不用說啦，我們班還有兩個同學早早走啦，太可惜了。希望大家珍惜現在的每一天，始終保持輕鬆愉快的心情，以健康的體魄，迎接更加美好的明天……」

陳老師說完，大家報以熱烈的掌聲。王闖把話筒遞給宋淑華，說：「淑華，你也說兩句吧。」

宋淑華接過話筒，說：「陳老師把我要說的話都說啦，我沒什麼說的啦，只有一句話：歡迎大家到我的飯店吃飯。免費。」她又把話筒遞給了王闖。

王闖接過話筒，說：「各位誰要蓋房子借錢，請找我。」頓了頓，他又說：「大家多年不見，每個人都有很多話要說，在這兒一時半會也說不完。這樣吧，咱們去餐廳一邊吃一邊說，怎麼樣？」

於是大家起身，紛紛向餐廳擁去。

鄉村教員，很少能到這樣高級的場合用餐，看到餐廳的佈置，看到餐桌上擺放的各色菜肴，大多數人都有劉姥姥進大觀園的感覺。服務員給每個酒杯裏斟滿酒，王闖舉起酒杯，說：「為了我們同學間的友誼，為了我們更加美好的未來，乾杯！」

杯子的叮噹聲響成一片。

席間，李秀娟掏出手機，對宋淑華說：「要不要給小妹掛個電話？」

劉小妹去了美國。那年推薦工農兵學員，劉小妹所在的大隊支書要推薦自己的準兒媳，而貧下中農代表大多同意推薦劉小妹。僵持不下之際，劉小妹借找李秀娟的名義見到了她爸爸。當時李國臣已經恢復了職務，聽了劉小妹的敘述，給她所在的公社書記寫了個條子，劉小妹順利地上了大學。她在大學與一個同班同學談了戀愛，畢業後，雙方去了美國留學，現在都留在那裏工作。宋淑華看了看表，說：「現在正是美國的半夜，不要驚動她，還是等那邊天亮了再給她打吧。」

衛崇儒一邊喝酒一邊向大家通報說：「我在北京見到趙連長啦。」接著他講了趙連長的傳奇故事：四人幫覆滅之前，他去北京探望自己的義父義母，得知了「四人幫」的種種醜行，他義憤填膺，到處散發傳單，揭發批判四人幫陷害忠良、篡黨奪權的種種陰謀，他很快被投進了監獄。就在被判處死刑正待處決之際，四人幫倒臺了，他重獲新生，後來在北京一個重要的部門擔任了相當職務。

衛崇儒成了焦點人物，大家紛紛過來給他敬酒，說：「你考上北大，留在首都北京，為我們這茬人爭了光，你要再接再厲，幹更大的事，出更大的名，我們跟著你也臉上有光……」

衛崇儒喝多了酒，嘴巴有點把不住，說：「咱們是文革中分手的，可今天大家都諱談文革。我在文革中是有名的逍遙派，可現在對文革卻饒有興趣。因為我是學歷史的呀，歷史不能被挖空一段，留下空白呀。我寫了兩部有關文革的專著，可哪個出版社都不給出，編輯總對我說這是敏感題材，上面有指示，不能出，還告訴我要忘記過去，著眼未來，團結一致向前看。可是，不充分認識文革，能真正認識改革開放的歷史意義嗎？改革開放不是以文革為起點、為依據的嗎？問問你們的兒孫，問問你們的學生，有誰知道文革是怎麼回事嗎？短短三十年，國人怎麼就這麼健忘？『前事不忘，後事之師』，『忘記過去就意味著背叛』，我們不能津津樂道過去的光榮而閉口不談過去的慘痛，如此下去，專制主義、蒙昧主義、極端主義隨時可能復甦並向我們反撲過來。我們親身經歷了文革，千萬不能讓文革的慘劇重演呀……」

大家沒有多大興趣聽這位學者的高談闊論，便轉過身子，互相碰著杯，說：「喝酒，喝酒！」

「對，喝酒，喝酒！」

後記

趕在二〇〇八年中秋節前改完這部小說的最後一章，終於舒了口氣。

小時候曾經作過文學夢，文化大革命使這個夢徹底破滅了。一九七七年恢復高考，考上大學中文系。那時候文學熱得燙手，特別是「傷痕文學」大行其道。看到別的同學在搞文學創作，自己心也癢癢，想把少年時那個夢續上，上課之餘，就在發黃的粉連紙上寫寫畫畫，就有了這部小說的初稿。當時自己的文學根底很差，一開始就鼓搗長篇也屬頭腦發熱，明知寫出來也發表不了，只是為了練練筆而已。到了一九八一年，終於把這部長篇寫完了。這是迄今為止自己唯一的一部長篇小說手稿，雖說稚嫩，也是自己孕育生產的，即便只是個死胎，也耗費了自己不少的心血。

之後出過好幾本書，都不是文學方面的。我一直有個心結，覺得學中文的總要搞出點文學的東西才對得起這個專業。二〇〇五年有一段時間比較清閒，就想起這部書稿，有了把它敲出來存在電腦裏的想法，於是就邊敲邊改，斷斷續續，敲敲停停，趕退休也沒有敲完。二〇〇八年初退休之後，時間大大地寬裕了，待在家無所事事，這才下決心怎麼也要把這部稿子改完。這一方面是為了消磨時間，一方面也是一種使命感在驅使。書中最後一章筆者借衛崇儒之口說出了自己的寫作目的，我覺得這個理由是站得住腳的，無可辯駁的。這部書之所以斷斷續續拖延了這麼多年，還因為這是所謂「敏感」題材，寫出來也難以出版。既然如此，也就寫寫停停，甚至很長時間把它壓在了箱底。現在了卻了一樁心債，可以把它存在電腦裏歇一歇了。由於時間的積澱，認識的深入，改後的書稿與原來有了很大的不同。也許我孤陋寡聞，目前全景式描寫中學生文革場景的長篇還不曾見，這部小說是否具有某種填補空白的意義？不得而知。我覺得，文革這個「敏感」題材不會永遠敏感下去，隨著政治的開明，言論出版的自由，總有一天，它會像井噴一樣出現的。解放戰爭三年，出了多少文學作品？文革十年，又出了多少文學作品？現在不是文革題材的東西多了，而是太少太少了。這十年是中華民族歷史上最黑暗的一頁，是國人心靈飽受摧殘、精神慘遭戕害的時期，需要挖掘並留給後人深長思之的東西很多很多。假如這一頁成為空白，後人會罵我們這些過來人，會給我們這個時代貼上文化專制等等恥辱的標籤。

接觸過很多年輕人，他們已對文革沒有了記憶。當年的紅衛兵都步入老年，如果不由我們這些親歷者把這段歷史真實地記錄下來，我們民族的這一頁歷史會永遠埋藏以致從記憶中抹去。若干年後，親歷文革者從這個世界上完全消失，這一頁歷史將會被人戲說。歷史必須保持他的完整性，不能缺頁損頁。歷史不是任人打扮的小姑娘，無論美化還是醜化，都不是對待歷史的正確態度。我們需要的是真實的活生生的描述，是對那一段歷史的盡可能的還原。書中大的事件都是真實發生過的，許多人的姓名也都是真實的。比如展紅旗，他是我的一個親密戰友，一九六七年底我們一起參加徵兵體檢，他因肛裂未能如願。我到部隊不久，就聽說他被殘害了。他死的經過和書中的描寫沒有太大的出入。所以說，這部書也是獻給展紅旗的。願他在天堂裏安息。

我要趕在精力尚可的時候把這部書改完。畢竟年過花甲，誰知道會出現什麼意外？萬一哪一天身體出了問題，無法坐在電腦前敲打怎麼辦？好在上帝關照，讓我順利把這部書稿改完。這是我一生中第一個也可能是最後一個長篇。雖說用了心血，仍有很多不足之處，需要進一步加工修改。但自己生的孩子自己喜歡，我對這部長篇還是充滿了期待。

熱烈歡迎各位方家的批評指正。

釀小說50　PG1156

紅魔

作　　者　　薛金升
責任編輯　　林泰宏
圖文排版　　張慧雯
封面設計　　陳佩蓉

出版策劃　　釀出版
製作發行　　秀威資訊科技股份有限公司
114 台北市內湖區瑞光路76巷65號1樓
電話：+886-2-2796-3638　傳真：+886-2-2796-1377
服務信箱：service@showwe.com.tw
http://www.showwe.com.tw
郵政劃撥　　19563868　戶名：秀威資訊科技股份有限公司
展售門市　　國家書店【松江門市】
104 台北市中山區松江路209號1樓
電話：+886-2-2518-0207　傳真：+886-2-2518-0778
網路訂購　　秀威網路書店：http://www.bodbooks.com.tw
國家網路書店：http://www.govbooks.com.tw
法律顧問　　毛國樑　律師
總 經 銷　　聯合發行股份有限公司
231新北市新店區寶橋路235巷6弄6號4F
電話：+886-2-2917-8022　傳真：+886-2-2915-6275

出版日期　　2014年7月　BOD一版
定　　價　　600元

Printed in Taiwan

國家圖書館出版品預行編目

紅魔 / 薛金升著. -- 一版. -- 臺北市 : 釀出版, 2014.07

面 ; 公分. -- (釀小說 ; PG1156)

BOD版

ISBN 978-986-5696-27-6(平裝)

857.7 103010759

讀者回函卡

感謝您購買本書，為提升服務品質，請填妥以下資料，將讀者回函卡直接寄回或傳真本公司，收到您的寶貴意見後，我們會收藏記錄及檢討，謝謝！如您需要了解本公司最新出版書目、購書優惠或企劃活動，歡迎您上網查詢或下載相關資料：http:// www.showwe.com.tw

您購買的書名：________________________________

出生日期：_________年_________月_________日

學歷：□高中（含）以下　□大專　□研究所（含）以上

職業：□製造業　□金融業　□資訊業　□軍警　□傳播業　□自由業

　　　□服務業　□公務員　□教職　□學生　□家管　□其它_____

購書地點：□網路書店　□實體書店　□書展　□郵購　□贈閱　□其他

您從何得知本書的消息？

□網路書店　□實體書店　□網路搜尋　□電子報　□書訊　□雜誌

□傳播媒體　□親友推薦　□網站推薦　□部落格　□其他__________

您對本書的評價：（請填代號　1.非常滿意　2.滿意　3.尚可　4.再改進）

封面設計____　版面編排____　內容____　文／譯筆____　價格____

讀完書後您覺得：

□很有收穫　□有收穫　□收穫不多　□沒收穫

對我們的建議：________________________________

____

____

____

請貼
郵票

11466
台北市内湖區瑞光路 76 巷 65 號 1 樓
秀威資訊科技股份有限公司 收
BOD 數位出版事業部

（請沿線對折寄回，謝謝！）

姓　　名：＿＿＿＿＿＿＿＿　年齡：＿＿＿＿　性別：□女　□男

郵遞區號：□□□□□

地　　址：＿＿＿＿＿＿＿＿＿＿＿＿＿＿＿＿＿＿＿＿

聯絡電話：(日)＿＿＿＿＿＿＿＿＿＿(夜)＿＿＿＿＿＿＿＿＿＿

E-mail：＿＿＿＿＿＿＿＿＿＿＿＿＿＿＿＿＿＿＿＿